川端康成と伊藤初代

初恋の真実を追って

水原園博

求龍堂

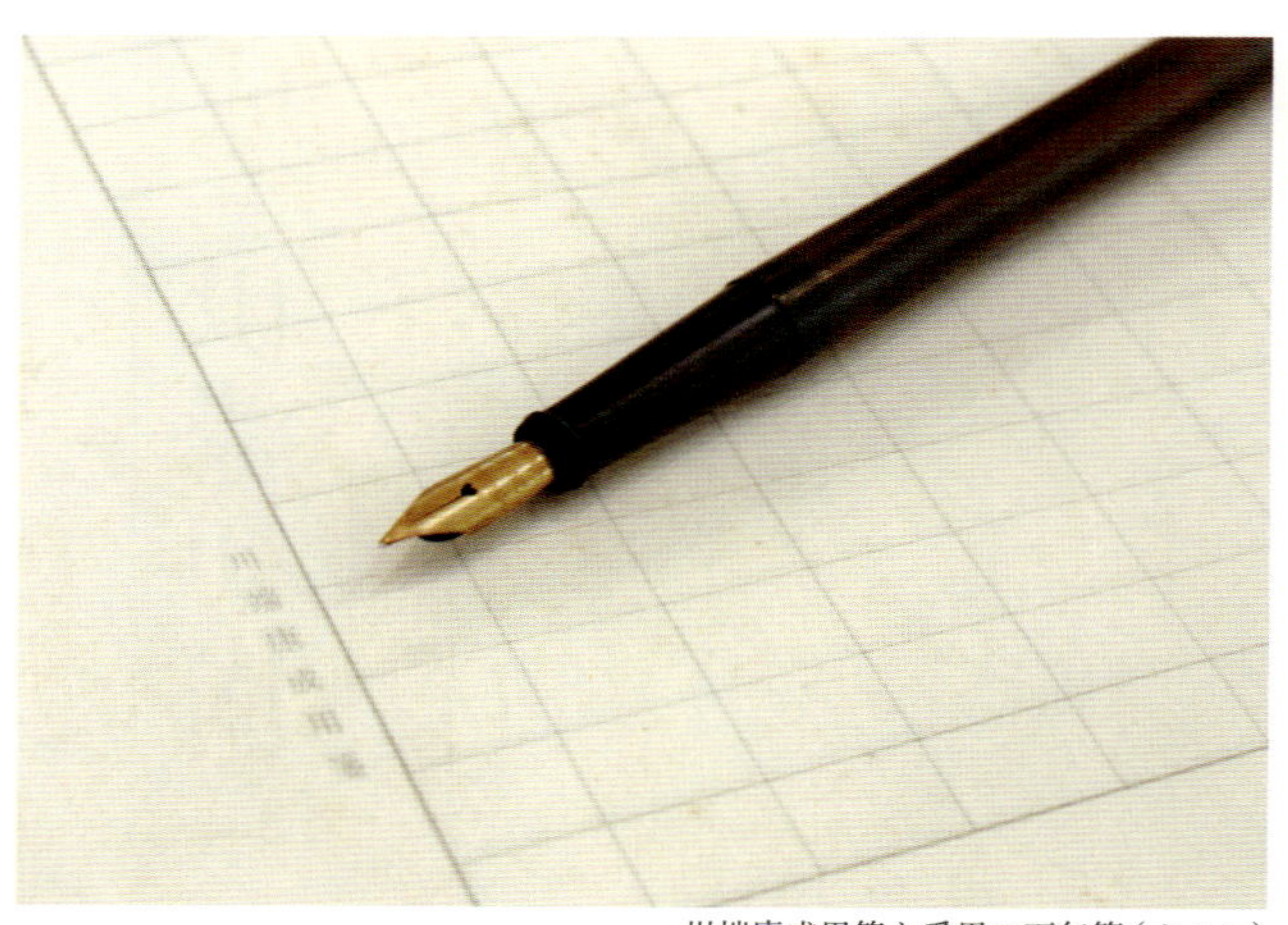

川端康成用箋と愛用の万年筆（オノト）

目次

序章　伊藤初代との恋

川端康成　伊藤初代との恋

大正八年、第一高等学校の生徒だった川端康成（二〇歳）は、三明永無ら友人たちと本郷のカフェ・エランに通った。お目当ては一四歳の可憐な少女伊藤初代（源氏名・千代）である。

初代は会津若松出身、幼くて母を失い、二歳の妹を背負って授業を受けた。成績も優秀で校長から表彰されるほどだったが、家の都合で小学校を中退、上京後、子守奉公などをした。

カフェ・エランの経営者・山田ますと巡りあい、子のいない山田ますにわが子同然に可愛がられた。初代も彼女を実母のように慕った。明るく振舞ってはいたが、どことなく影のある千代に川端は引かれていく。しかし彼女への想いは胸に秘めたままだった。

大正九年の秋、川端は東京帝国大学文学部に入学。ある事情でカフェ・エランは閉鎖され、初代は山田ますの姉ていの嫁ぎ先である、岐阜市加納の西方寺の養女となった。

大正一〇年九月一六日、二二歳の川端は三明と初代を訪ねた。彼女から養家との折り合いの悪さを訴えられ、同情が愛情に変わったのだ。東京に呼びよせて結婚したいと考えた。

一〇月八日、川端は西方寺の住職・青木覚音に挨拶に行く。耳が遠く、雲を突くような大男だった。長良川のほとりの宿で初代に求婚すると「貰つていただければ、わたくしは幸福ですわ」と応じた。鵜飼の篝火に照らされた顔は世にも美しいものだった。

頻繁に手紙が行き交った。「私のやうな者でもいつまでも愛して下さいませ」とも書かれていた。経験したこともない幸福を噛みしめ、川端は嬉しさのあまり枕を濡らすほどだった。

二九日、初代の十分な了解も得ずに、川端は親友三人と一緒に岩手県の岩谷堂に行った。小学校の用務員だった父忠吉から婚約の了解を得るためだ。全員が帝大の制服制帽姿だった。帰京して菊地寛に婚約を報告、過分の援助を約

川端のアルバムに貼ってあったエラン時代の伊藤初代

東京帝国大学在学中の川端康成

初代書簡（川端宛）10通と、未投函の川端書簡（初代宛）

束してくれた。

一一月八日、運命は暗転する。「私には或る非常があるのです。それをあなた様にお話しすることが出来ません。その非常を話すくらゐなら、私は死んだはうがどんなに幸福でせう。どうか私のやうな者はこの世にゐなかつたとおぼしめして下さいませ」と、一方的に約束を破棄されたのだ。非常とは何だ、非常とは？　一体、初代の身に何が起こったのだ？

川端は夜行列車に飛び乗った。初代は養家にいた。しかし固く心を閉ざしたまま、約束を反古にした理由を明かそうとはしない。三明を岐阜に呼寄せ、初代宛の長文の手紙を託した。三明のとりなしもあり一旦初代は翻意する。希望の灯は一瞬点ったかに見えた。

だが一一月二四日、最後通牒を突きつけられる。「あなた様は私を愛して下さるのではないのです。私をお金の力でままにしようと思つていらつしやるのですね。どうぞ好きなだけ私を恨んでください」と書かれていた。もはや打つ手はなかった。

初代を忘れようとしても、胸の炎は燃えさかるばかりだった。煩悶（はんもん）を抱えた川端は伊豆湯ヶ島に旅立った。一高生の時、踊子に出会った場所である。

大正一二年頃から、この手ひどい失恋を糧に小説を書きはじめた。「南方の火」「篝火（かがりび）」「非常」「彼女の盛装」「霰（あられ）」などを発表、見事な文学的果実に転換せしめた。実らなかった恋の相手・伊藤初代こそ、珠玉の川端文学の母貝となったのだ。

川端の行動、並びに書簡一覧（大正一〇年秋）

九月一六日頃　岐阜訪問　三明永無と岐阜に行き、鵜飼宿で伊藤初代と会う。

九月一九日	初代書簡一（川端宛）	岐阜訪問のお礼。
一〇月一日	初代書簡二	台湾にいる山田ます、来年春に帰国予定。
一〇月七日～八日	岐阜再訪	西方寺訪問。長良川の畔で結婚の約束をする。写真館で三人で記念撮影。
一〇月一二日	川端宛青木覚音葉書	初代の将来のため、会わないでほしい。
一〇月一三日	初代書簡三	山田ていの小言。
一〇月一三日（同日）	初代書簡四	竹細工屋の娘の事件。
一〇月一四日	初代書簡五	覚音からの葉書の詫び。一度岩谷堂に帰り、改めて東京に行きたい。
一〇月一八日	初代書簡六	近所の娘と上京したい。二〇円ほど貸してほしい。一一月一日に岐阜を離れたい。
一〇月二一日	川端岩次郎宛川端書簡一	初代との結婚の決意。結婚は一、二年先になるだろう。岩谷堂行きを告げる。
一〇月二三日	初代書簡七	借金の申込みを撤回したい。これからも私を愛してくださいませ。
一〇月二五日	川端岩次郎宛川端書簡二	理性では動かしがたい。すべてを捨ててかかっている。
一〇月二九日	岩谷堂訪問	同行したのは三明永無・鈴木彦次郎・石浜金作。役場で戸籍入手。岩谷堂小学校訪問、初代の父忠吉に会う。婚約を報告、許諾を得るべく説得。教諭の鹿野新八が対応。
一一月一日	帰京	東京に戻る。

一一月二日　伊藤忠吉宛川端書簡一
未投函　川端書簡
一一月三日　川端岩次郎宛川端書簡三
一一月七日　初代書簡八
一一月八日〜九日　岐阜訪問
一一月一二日　初代書簡九
一一月一四日　三明永無宛初代書簡
一一月一五日　川端宛鹿野新八書簡
一一月二一日　伊藤忠吉宛川端書簡二
一一月二五日　初代書簡一〇

突然の訪問の詫び。初代の幸福と忠吉に孝養を尽くしたい。

君から手紙が来ないと、心配で心配でたまらない。

身元調査の報告。父親の人柄は大丈夫だと思う。直ちに結婚という意味ではない。

私にはある非常がある。あなたとは結婚できない。

急遽岐阜に向かい、西方寺で初代と会う。初代は心を閉ざし語ろうとはしない。三明が駆けつけ、初代を翻意させる。

親戚の娘がいたから、不本意なことを書いたと弁解。

突然の訪問に気が動顛、失礼な対応を詫びたい。

経緯を説明。ただ初代さんを下さいとお願いするだけです。

最後通牒。二度と会うつもりはない。好きなだけ恨んでください。

第一章　岩谷堂　夕映えの丘

初代の父・忠吉の故郷

平成二六年七月、私は小高い丘の展望台に立っていた。岩手県奥州市、古くから江刺と呼ばれてきた場所だ。目路はるかに人家が点在、高架の上を東北新幹線が糸を引くように快走していた。夕陽は奥羽の山脈（やまなみ）に沈みつつあった。薄紅（うすくれない）の残照はあたりを浄土一色に染めあげた。汗ばんだ体に吹きわたる風が心地良かった。ここは伊藤初代の父・伊藤忠吉の故郷である。

目を真下に転じると、狭隘な山あいに一本の川が流れていた。川の名は人首川（ひとかべがわ）、平安初期、征夷大将軍・坂上田村麻呂が蝦夷（えみし）征伐のために出陣。部下の田村阿波守兼光（たむらあわのかみかねみつ）が蝦夷の武将・大嶽丸の子、人首丸（ひとかべまる）をこの地で撃破した。兜を取って血を拭うとうら若き美少年。兼光は観音堂を立てて丁重に弔った。人首という名がおどろおどろしく響いてくる。微かな鈴の音のように子供たちの歓声がどこからか聞こえてきた。あの一戸一戸に人々の生活があるのだ。

向山（むかいやま）公園の展望台を下り、文学碑に向かう。野菊に似た花が咲きこぼれ、膝まで没する。奥に巨岩が鎮座、高さ二・二メートル、幅二・五メートル、重量は二三トン。江刺市の蛇紋岩に黒御影石が填めこまれ、「川端康成ゆかりの地」と刻まれている。御影石は浮金石（うきがねいし）と呼ばれる斑レイ岩。福島県の黒石山に露出する玉石から採った。除幕式は川端自裁の二年後、昭和四九年四月一五日だった。

碑文の表は川端研究家の長谷川泉（はせがわいずみ）が揮毫、裏面は帝大時代の川端の友人、盛岡出身の鈴木彦次郎が寄稿した。

大正十年十月十六日　若き日の川端康成は私を含めた学友三名と共に此地を訪れた初恋のひとともいうべき伊藤初代の父忠吉に会うためであった　この恋はついに実を結ぶに至らなかったが　川端の全作品を味読するならば　いかに少女初代の心象がその底に色濃く投影しているかを認めずにいられまい　従って彼女の生地岩谷堂の山河は生涯川端の胸に哀しくも懐かしく宿っていたであろう

昭和四十九年四月十六日

川端君の三回忌に

友人　鈴木 彦次郎

碑文の文章は格調高いが、二箇所間違っている。まず日にちだが、東京帝国大学の学生四人（川端康成、三明永無、石浜金作、鈴木彦次郎）が岩谷堂を訪問したのは一〇月一六日ではない。一〇月二九日、土曜日の朝に水沢駅に到着した。川端が東京に戻って忠吉に手紙を出したのは一一月二日。大阪宿久荘の村親戚・川端岩次郎に報告したのは一一月三日。几帳面な川端が二週間も手紙を放置するはずがない。

菅野謙の『川端康成と岩谷堂』（昭和四七年一二月、社団法人江刺文化懇話会刊行）に当たったところ、鈴木彦次郎の文章が引用されていた。「水沢駅についたのは忘れもしない十月十六日の早朝であった」と、『街』（昭和四二年一一月刊行）に明記。鈴木は勘違いしていたのだ。また初代の生誕地は岩谷堂ではなく、福島県の会津若松である。

帰路、坂の途中に廃校になった奥州市立岩谷堂小学校があった。人気のない校庭に入り、がらんとした運動場を横切る。朽ち果てた茅葺の通用門を眺めていると、突然ガサッという音がした。なんとカモシカの親子がつぶらな瞳でこちらを見ている。カメラを向けると一目散に崖を下りた。野生動物との遭遇にしばし心が波打った。

タクシーを呼び、水沢駅前の「北ホテル」に向かった。街角には小沢一郎氏のポスターが微笑んでいる。焼き肉を食べ、レトロな町を散策、適当にスナックの扉を開けた。カウンターには三〇半ばの女性がいて、どこか酔芙蓉の花を思わせた。叔母さんが急病で店を手伝っているらしい。

カラオケを勧められ、坂本冬美の「雪国 駒子・その愛」を歌った。この歌は越後湯沢を訪れた際、「雪国の宿・高半」の女将・高橋はるみ氏から教わった。歌詞も旋律も美しい。ヒットしなかったのが不思議なくらいだ。彼女は中島みゆきの「糸」を歌ってくれた。張りつめた絹糸のような声は夜気をふるわせ、旅の良き思い出となった。

岩谷堂夕照

人首川暮色

川端文学碑

建立当時

夜半に目覚め、枕もとの灯りをつける。昭和二年執筆の「南方の火」(『川端康成全集』三五巻本、第二巻)を開く。数カ所抜粋する。

時雄の外に学校友だち三人だつた。弓子の父の戸籍謄本を貰はうとすると、役場員が皆窓口へ立つて来て、けげんさうに時雄達を眺めた。

父の源吉は小学校の小使だとここで分つた。学校は役場の直ぐ隣りだつた。土曜日で教員室に一人残つてゐた女教員が大学生四人の気負ひ気味の様子に驚いたらしく、固くなつてものも言へなかつた。

そして小使を宿屋へ誘ひ出して来て、時雄が弓子と婚約をした、それを承諾してくれと、四人がかりで説き伏せようとした。小使は出された料理に箸をつけもせずに、一口でも食べればことわれなくなると思つたかのやうに、両手をきちんと膝に置いて黙り通してゐた。

一体彼は弓子を愛すれば愛する程、彼女の父の罪を責めたくなるのだつた。小娘の彼女がこんなに苦労をしなければならないのは父の愛が薄いか働きがないかであることは明らかだつた。とにかく、十や十一の頃から遠く離れて自分で自分を養つて来た娘が今幸福にはいる道――若い時雄は弓子の幸福は彼との結婚の外にあらうはずがないと固く信じ切つてゐた。――その結婚を父親がかれこれ言へる道理はない。遠くまでわざわざ来たのも、こちらが礼儀を重んじればこそだ。若し不承知なら、二人が勝手に結婚するまでのことだ。相談に来たとはいふものの実は報告に過ぎないのだ。

「弓子さへお世話になりたいと申して居りますなら、私としてはもう娘と一緒に手をついてお願ひいたしますんです。けども、継母でございますから、なほのこと女房にも話してみなければなりませんし、一度よそへやりました者ですから養家の方へも相談しませんと、私の一存ではほんの心持しか申し上げられないんでございます。」

その夜、駐在所から宿帳を持つて帰つた女中が、直ぐ学校へ来てほしいといふ小使のことづけを伝へた。

宿直室だつた。当直の教員が敵意を含んだ堅苦しい姿で座つてゐた。時雄の肩を片手で押しつぶしさうな猛々しい大男が鋭い目だつた。時雄は一目見てなんとはなしにがつかり疲れを感じた。小使は妻のところへ帰らなかつたのだ。他人の教員に相談したのだ。時雄を鑑定させようとしてゐるのだ。父親に抱いたさつきまでの柔らかい気持ちが濁つて来た。

当時の心境が手に取るように解る。自分との結婚が初代を幸せにすると固く信じていたのだ。三明永無が音頭を取り、制服制帽姿での岩谷堂行きに繋がった。ところが初代から、お四人でいらっしゃいましたねと思わぬ反発を招いた。事前に岩谷堂行きをちゃんと伝えてあったのだろう。

結婚話はまず娘が親に話をして、親も心の準備をする。しかる後に相手を紹介してもらうのが筋だ。いきなりやって来て、お宅の娘さんを貰いたいでは乱暴すぎる。

最近、この間の事情が分かる資料が川端邸で見つかった。猛々しい大男と評された教員、鹿野新八からの手紙だ。

鹿野新八書簡

十一月十五日

岩手県江刺郡岩谷堂尋常高等小学校　鹿野新八　消印は一六日

東京市浅草小島町七二　坂光子様方　川端康成様　親展

復　当地にお出で下さいました際は 突然のこととは申せあまり
に心なき応対に出でました事を今更口惜しく存じます
何卒悪からずお許し下さる様お願ひ致しますと同時に
全く東都に名士の知己を得ましたことを光栄とし感謝
致します
あの節は私としては全くの突然のことで 何が何やら一向存じませ
ん故 伊藤氏よりの挨拶方依頼を承諾した私は 其の進むべき
道 取るべき方針に迷ひました　態々(わざわざ)訪ねて来られたとすれば
必ずや深い理由があることとも思ひましたが　あまりに不意のこと
一方には甚だ失礼ですが 其の眞否をも疑つた次第でありまし
た　経験の浅い私によつてお互の幸福を破壊する様なこと
があらば……など考へても見ました　遂あの様なことを申上
げることになりましたのは 私としてはお互の合意の上であり理解の
上でありますなら 成るべくこれを遂行させることは 将来の幸福と思
つたからであります　兎(と)に角(かく)初代さんにも照会致して居ります
其の返書の次第により 及はずなから御助力致したいと思ひます
此度はお珍らしき品 御送り下さいまして 誠にありがたく存じ
ます　お言葉に甘いて有難く受領致します
先は取敢す御礼まで　　　　　草々
大正十年十一月十五日

復
当地にお出で下さいました際は突然のこととは申せあまり
に心なき応待に出でました事を今更口惜しく存じます
何卒悪しからずお許し下さる様お願ひ致しますと同時に
全く東都に名士の知己を得ましたことを光栄とし感謝
致します
あの節は私としては全くの突然のことで何が何やら一向存じませ
ん故伊藤氏よりの挨拶方依頼を承諾した私は其の進むべき
道取るべき方針に迷ひました　態々訪ねて来られたとすれば
必ずや深い理由があることとも思ひましたがあまりに不意のこと
一方には甚だ失礼ですが其の真否をも疑った次第でありまし
た　経験の浅い私によってお互の幸福を破壊する様なこと
があらばーー　など考へても見ました　遂にあの様なことを中止
げるまでになりましたのは私としてはお互の合意の上で理解の

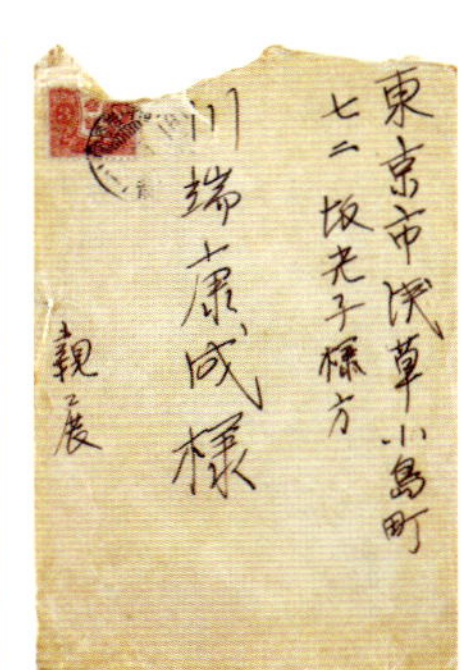

東京市浅草小島町
七二　坂光子様方
川端康成様
親展

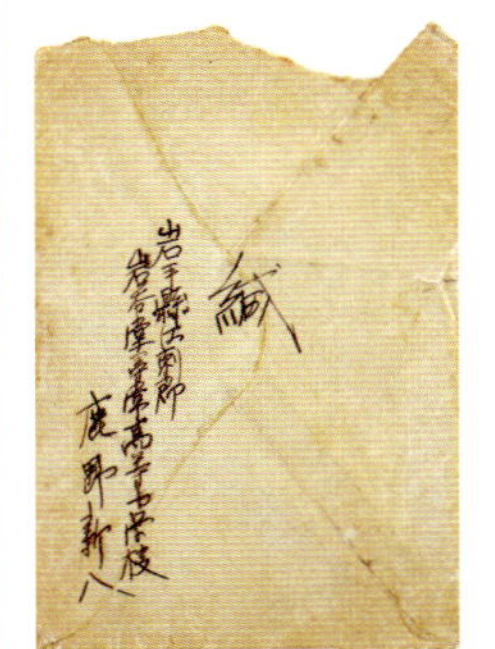

鹿野新八書簡

江刺郡岩谷堂町　　　鹿野新八
川端康成様
御許へ

其の真否をも疑ったとはどういう意味だろう？　これは推測だが、初代から父の忠吉に手紙が届く。こういう人物から結婚を申し込まれた。だが迷いがあると書かれていた。そこで忠吉は信頼する鹿野新八に相談、事情を知った鹿野は威圧的に接したのではないだろうか。
一五歳とはいえ、世の辛酸をなめた初代は、川端が考える以上に大人だった。どうも川端の夢ばかりが一人歩きしている。境遇からくる積年の願望を結婚に託した。あまりにも甘美な空想だった。作品「南方の火」から引用する。

そんな時雄が空想する結婚は、夫となり妻となることではなかつた。彼と弓子との二人が二人とも子供になることだつた。子供心で遊び戯れることだつた。（中略）
子供らしい日々のなかつたことがどんなに自分の心をゆがめてゐることかと日頃から思ひ悩んでゐた彼は、結婚でその痛手を癒せると初めて自分の前に明るい人生の道が見えた喜びだつた。（中略）二十三の彼と十六の弓子とは夫となり妻となるには若すぎるかもしれないが、子供になるには年とり過ぎてゐるくらゐだ。

子供時代に帰るとは退行現象ではないか。初代は少女から女への危うい綱渡りを迫られていた。過去に戻りたい男と未来に進みたい少女、人生の舵取りは真逆だった。
翌朝、岩手県中南部をエリアとする「胆江（たんこう）日日新聞社」を訪ねた。一週間前に市の観光課に電話をかけ、紹介されたのが編集委員の渡辺晃氏。二人の恋を新聞にシリーズで連載したそうだ。氏には平成二六年春に求龍堂から刊行した『巨匠の眼 川端康成と東山魁夷』を送ってあった。

氏は胸ポケットに赤ペンや青ペンを差していた。浅黒い顔は現場を歩きまわった勲章だ。取材するなら車で案内しますと言う。願ってもないことだ。

江刺の事情を聞き、再度文学碑に向かった。眺望抜群だからだ。朝の光は透明感があり、昨夕の赤みがかった光とは違って、文学碑もすっきりと見えた。

渡辺氏は伊藤忠吉の実家のあった増沢地区を指さした。瑞々しい青田の広がる純農村地帯である。

「渡辺さん、あれは?」

人首川に架かる新しい橋の右手に大きな建物群があった。平成五年に渡辺謙が主演したNHKの大河ドラマ『炎立(ほむら)つ』の大規模なオープンセット。少し奥にあるガラス張りの建物は「えさし郷土文化館」。

車に乗り込むと社封筒を渡された。四回の連載もので、事実関係を的確に押さえ、エピソードを中心にまとめられていた。

「これ、私が書いた記事です。後で読んでください」

郷土文化館で学芸員を紹介され、館内を案内してもらった。江刺地方が奥州藤原氏の出身地だと初めて知った。壁に架かった歴史パネルを追う。一〇五六年に藤原清衡(ふじわらのきよひら)が生まれ、八八年には押領使として岩谷堂豊田に居館を構えた。土塁や堀、城砦(じょうさい)の遺構などが現存しているという。

一一一九年には紺紙金銀字一切経を益沢院で書写させた。解説図版として展示されていたのが、高野山が所蔵する中尊寺経。鍬を振りあげた農夫、種を蒔く農夫の姿などがリアルに描かれていた。

歴史をたどると、人首川に設けられた堰の記載が多いのに気づく。おそらく度々氾濫し、為政者には治水が急務だったのだ。しばしば飢饉や大火にも遭遇。その都度、人々は闘志を奮い起こして立ち直ってきた。岩谷堂は伝統ある岩谷堂箪笥(たんす)で有名だ。朱塗りの箪笥に黒の飾金、伝統的文様のなんと力強いことか。じっと見入っていると、渡辺氏に質問された。

増沢地区を望む

石碑の解説版

渡辺晃氏

増沢地区、伊藤忠吉の実家

益澤院跡

「川端の恋愛事件ですが、水原さんが調査しはじめたきっかけはなんですか？」

「平成二五年の夏、鎌倉市長谷（はせ）にある川端邸に息子と出向きました。その折に川端香男里（かわばたかおり）先生から、手紙の束を見せられたのです、初代さんの」

「香男里さんは川端の養女、政子さんの娘婿（むすめむこ）ですね？」

「ええ、公益財団法人川端康成記念会の理事長です」

「なんのために川端邸に行かれたのですか？」

次々に質問の矢が飛ぶ。

「川端は昭和五年から東京朝日新聞に新聞小説『浅草紅団（あさくさくれないだん）』を連載しました。おそらく執筆のために収集した資料でしょう。昭和初期の美術展や音楽会、舞踊界のチラシやパンフレット、さらに見世物小屋のチラシまでありました。しかも段ボール箱いっぱい。スキャナーを持ち込みデータとして取り込んだのです」

「了解しました。問題の初代さんの手紙ですが？」

「彼女から川端康成に宛てたものが一〇通。初期の短編で川端はそっくり引用しています。現物を前に興奮しました。初期の川端文学は圧倒的に彼女の影響を受けています。その文学的価値も計りしれません。現物が公開されたことは過去一度もありません。初代さんサイドの意向に先生は配慮されたのでしょう。一通だけ中身を確認、すぐにお返ししました」

「でも手元にスキャナーはあったでしょう？」

「ええ、許可するのなら、先生が必ず言い添えます。時期を待とう、焦ってはならないと自重しました」

「それで」

待ちきれないように先を急がせた。

「……今年の冬に伊豆の湯ヶ島に行きました。『伊豆の踊子』執筆の宿、『湯本館』の露天風呂で閃いたのです。初代の手紙は確認できた。では川端の手紙は存在するのか？　もしも初代の縁者が所持していていれば大発見ではないか。伝手（つて）をたどって、御子息の桜井靖郎（さくらいやすお）さんに行きついたのです。そこで耳を疑うような証言を聞きました。それは――」

私は経緯を説明した。

「なるほど、そうだったのですか。水原さんはなかなかの語り部ですね」

渡辺氏は私をからかった。こんなことを言いながら、徐々に親しくなっていく。

車は忠吉の生家のあった増沢地区に近づいてきた。生家に縁者はいるようだが、いきなり訪問するのも失礼である。代りに近くの社（やしろ）に寄った。社殿は痛んでないものの夏草が伸び放題。氏子も管理に熱心ではないと見える。緑一色の里山を走っていると、整備された一角に出た。そこにある解説板に目を通した。藤原清衡が平泉に進出、奥州の覇者となった後、一切経五三〇〇巻を誕生の地・益澤で八年の歳月をかけ書写させた跡だという。戦いで殺戮した多数の敵を思うと安閑とできず、極楽浄土に迎えられようと善行を積んだのだ。付近には数基の経塚や阿弥陀堂、日月堂や和光院があり、当時、枢要な地域だったようだ。地名は増沢、書写させた場所を益澤院と呼ぶ。文化の薫香（くんこう）が伝わってきた。

図書館に寄った。川端コーナーがあり、川端と初代の肖像写真が並んでいた。岐阜で撮ったスリーショットもあった。鈴木彦次郎の生原稿も展示されていた。

横町にある岩谷堂尋常高等小学校跡地にも行った。元々はここにあったのだ。大正一〇年一〇月二九日の土曜日、帝大生たちは東北本線の水沢駅に降りたった。まず岩谷堂の役場に向かった。初代の身元調査も兼ねていた。岩谷堂行きを提案したのは、リーダー格の三明永無である。永無という変わった名前は島根県の温泉津にある名刹「瑞泉寺」で生まれたからだ。

空地にはクローバーが生い茂り、運動場はがらんどう、空には夏雲が魚群さながらに銀鱗を光らせていた。脳裏に浮かんだのは一枚の写真だ。初代が一二歳の時、用務員だった父に送ったものだ。台紙の裏には御父上様と筆で書か

岩谷堂小学校職員、前列中央が高橋藤七校長、中段左端が伊藤忠吉

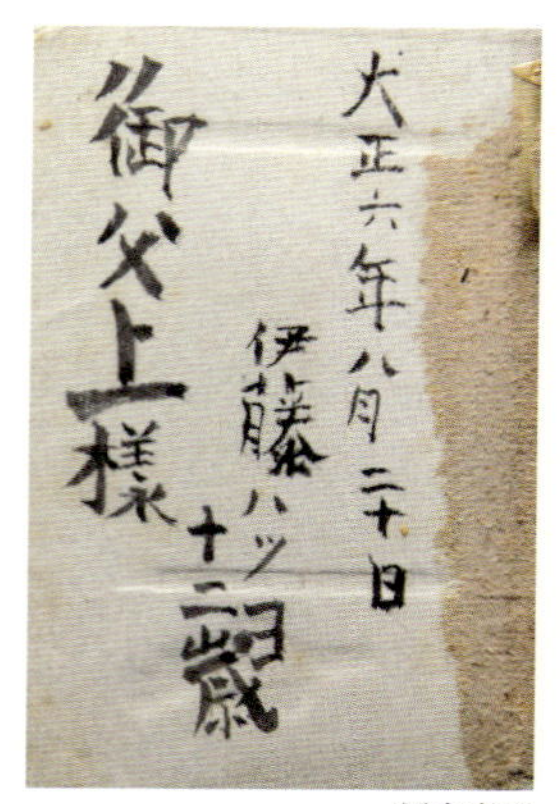

写真裏面

伊藤初代

北上川悠々

れてあった。

渡辺氏行きつけの食堂で昼食をとった。初代に断りなく、帝大生たちが岩谷堂を訪ねた是非を渡辺氏に問うた。

「結果として拙かったが、やむにやまれぬ友情として尊いものだと思います。忠吉さんも感謝したでしょう。前途有望な青年が岩谷堂を訪ね、わざわざ宴席まで用意してくれた。その誠意は伝わったはずです」

「なるほど」

今度は私が肯く番だった。

新幹線の水沢えさし駅に向かった。北上川に架かる長大な橋を渡る。写真を撮りたいと伝え、橋のたもとで待機してもらった。良いポイントを求めてスタスタと道を戻る。

北上川は東北地方最大の流路。総延長二五〇キロ、県北の七時雨山（ななしぐれやま）を源流として、太平洋に注ぐ水運の大動脈である。ゆったりとした流れに陸奥（みちのく）の母なる川を実感した。存分にシャッターを切った。

渡辺氏とは駅前で握手して別れた。駅前の物産展売場で南部鉄瓶に見入った。小振りでも堂々としている。大仏の螺髪（らはつ）のような突起が多数あり、持つと結構重かった。高価だが購入した。この重さこそ、旅の充実感に他ならないのだ。

第二章　鎌倉　桜井氏との出会い

川端邸で伊藤初代からの手紙の束を見た後、今度は初代に宛てた川端康成の書簡を探すべく、縁者探しが開始された。誰かいるのか、いないのか、この時点では漠としていた。大学時代の友人・平山三男氏（川端康成記念会評議員）と姫路在住の森本穫氏（川端文学研究家）に声をかけた。期せずして二人とも宮城県名取市に住む尚絅学院大学教授の田村嘉(たむらよし)勝(かつ)氏の名を挙げた。田村氏に連絡を取ったところ、神奈川県の葉山町に住む桜井靖郎氏の連絡先を教えてくれた。伊藤初代の再婚相手・桜井五郎の御子息で七〇代後半だという。

平成二六年五月、桜井氏に電話を入れ、鎌倉で会うことになった。温もりのある人柄のような印象をうけた。藤沢にあった松下電器傘下の工場「松栄製作所」の経営者らしい。テレビ局で営業一筋だった私は、対人折衝は苦にならない。しかし本人に会ってみないと解らない。

当日朝、平山三男氏から体調が悪く参加できずとの連絡があった。肝心な時にさぞ残念だろう。吉祥寺から新宿に出て、湘南新宿ラインに乗った。これならば一時間弱で鎌倉に着く、大変ありがたい電車だ。

約束の一時間前に到着、西口にある喫茶店に入った。急階段を上がると「自家焙煎珈琲　オガタ」、ここから鎌倉駅が見渡せる。相手を視認できて、駅前の雑踏で待たなくてもすむ。

初代に関する本を事前に読み、ある程度の予備知識を持って臨んだ。

持参した新潮社の『川端康成全集』三五巻本の第二巻を開いた。「非常」（大正一三年『文藝春秋』初出）という短編が収められている。川端の下に初代から婚約を破棄する手紙が届く。私にはある「非常」があり、それが何か告げるわけにはいかないと書かれていた。突然の翻意に川端があわてふためく様子が描かれている。

「非常。非常。非常とは何だ。常に非ず？　我が常の如く非ず？　世の常の事に非ず？」
私の頭の中には「非常」といふ言葉が雨滴のやうに絶えず響いてゐる。
電車を下りて団子坂を上りながら私はまた夜店の瓦斯(ガス)の火で手紙を読んだ。

おなつかしき友二様。

お手紙ありがたうございました。

お返事を差上げませんで申しわけございませんでした。お変りもなくお暮しのことと存じます。

私は今、あなた様におことわり致したいことがあるのです。私はあなた様とかたくお約束を致しましたが、私には或る非常があるのです。それをどうしてもあなた様にお話しすることが出来ません。私今、このやうなことを申し上げれば、ふしぎにお思ひになるでせう。あなた様はその非常を話してくれと仰しやるでせう。その非常を話すくらゐなら、私は死んだはうがどんなに幸福でせう。

どうか私のやうな者はこの世にゐなかつたとおぼしめして下さいませ。

あなた様が私に今度お手紙を下さいますその時は、私はこの岐阜には居りません、どこかの国で暮らしてゐると思つて下さいませ。

私はあなた様との　○！　を一生忘れはいたしません。私はもう失礼いたしませう――。

私は今日が最後の手紙です。この寺におたより下さいましても私は居りません。さらば。私はあなた様の幸福を一生祈つて居りませう。

私はどこの国でどうして暮らすのでせう――。

お別れいたします。さやうなら。

　おなつかしき友二様

尋常三年の秋までしか文字を学ばなかつた十六の娘の手紙だ。婦人雑誌の読物なぞの中の手紙に形だけは真似てゐるが、思ふことを文字がどこまで現はしてゐるのだらうか。「非常」といふ言葉をどんな意味で使つてゐるのか。――私はもうこの手紙を一字一句暗記してしまつてゐた。

「○！　○！」とはなんだ。なんの伏字だ。恋とか愛とかいふ文字は知つてゐるのだから、なんのつもりの伏字なんだ。」

非常とは何か、川端は具体的理由を推測するものの、実際何であったかの特定は避けている。非常は単に事情の書き間違いだと指摘する声もある。川端研究家も謎は謎として今日に至っている。

約束の時間が近づいてきた。多くの観光客でごったがえす鎌倉駅に、人待ち顔の男性が立ち、手には紙バッグと大きな風呂敷包を抱えている。急いで階段を下りた。

七〇代と思しい男性に声をかけた。桜井靖郎氏であった。伊藤初代を連想させる端正な面立ちだった。挨拶を交わし、先ほどの店に案内した。

名刺を渡すと、しばらく目を通してからテーブルの隅に置いた。ビジネスマンとしてのマナーである。

所持してきた『巨匠の眼　川端康成と東山魁夷』を呈した。静岡市美術館で開催中の「川端康成と東山魁夷」展の図録も兼ね、五〇〇頁近いボリュームである。桜井氏は頁をゆっくり繰(く)りながら、これなら図版が多くて見るだけでも楽しめますねとほめた。まさしくそれを狙って作成した。

桜井氏は持参した風呂敷を解(ほど)いた。現れたのは五、六〇センチほどのパネルで、盛大なパーティーが写っていた。初代と何の関係があるのか、訝(いぶか)しく思った。氏はこの中に父がいるのだと補足した。

日米が戦火を交える一四年前のこと、昭和二年(一九二七年)九月三〇日、装甲巡洋艦「浅間」と「磐手(いわて)」が練習艦隊としてアメリカを訪問した。ニューヨークに寄港、アストリア・ホテルで開催された友好パーティーの写真だそうだ。当時、アメリカにいた桜井五郎も招待された。着飾った貴顕(きけん)が臨席、映画さながらの華麗なシーンだ。

桜井氏は豆粒ほどの人間を次々に指差していった。ここに山本五十六(やまもといそろく)、ここに永野治(ながのおさむ)、ここに野口英世、そして早川雪州や三浦環。ちなみに山本五十六は後の連合艦隊司令長官で、真珠湾の奇襲を成功させた。永野治は海軍技術少佐で、戦争末期にジェットエンジン搭載の特攻機「橘花」を開発した人物だ。

桜井氏は自分の生立ちを語った。桜井五郎は父・桜井省吾、母・とみの五男として、明治三六年五月一八日に東京曙町で生まれた。省吾は旧古河藩（こがはん）氏族で警視局（後の警視庁）に勤務した。五郎は蔵前工業学校（後の東京工業大学の前身）を卒業、汽車製造株式会社に就職、米国に派遣された。エアーブラシを使用したラッカー塗装の研究だ。

話題は初代に転じた。母は本当に美しい人でしたと何度も繰り返した。普通、初対面の相手に、自分の母の美貌を直截（ちょくせつ）語ることはない。だが小学六年生の時に母・初代が急逝。思慕が深まり美化しても不思議ではない。死者は永遠に齢（とし）をとらないのだ。

「そうそう、これを見ていただかないと」

氏は紙袋から写真を取り出した。皆、初代の写真である。写真館で撮られた台紙付のものが多い。一枚は、一三、四の頃の子守奉公時代のもの。姉さんかぶりで小首をかしげ、目は遠くを見やっている。写真技師がつけたポーズだろうが、なかなか堂に入った演じぶりだ。髪を桃割れに結い、はかなげな視線はどこか「伊豆の踊子」をほうふつとさせる。

「大正時代で撮影料は相当高価だと思います。皆、初代の写真でカフェ・エランの経営者・山田ますさんがお金を出したのです。母は常々感謝していました。子のいないますさんにわが子同然に可愛がられたと。自分の力で生きてきた母です。人生で初めて触れたやさしさだったのでしょう」

カフェ・エランでは千代、千代と呼ばれて客からも愛された。人生という舞台で、初代は少女ながらもスターだった。川端の友人・鈴木彦次郎はこう記す。

ちよは、すきとおるような皮膚のうすい色白な少女であったが、痩せぎすの体には、まだふくらみも見えず、固いつぼみのままといった感じだった。人なつっこく、陽気にはしゃいではいたが、時折り、ふいと孤独な影もさして、さびしげにも見えた。

川端の親友・今東光（こんとうこう）も言っている。

日米友好パーティー（昭和2年）

桜井靖郎氏（大正13年9月24日生まれ）

喫茶店「オガタ」より鎌倉駅を望む

子守奉公時代の初代（13、4歳頃）

山田ます

平山写真館（東京本郷区弓町）にて

それはまったく小さな可愛らしい妖精だった。ちまちまと小柄で決して発育のいい女ではなかった。きちっと合わせた襟もとから流れる胸の線はいささかの膨らみもない。つまり乳房の存在を感じさせないのだ。細い胴に赤い帯をしめ、すらりと長い脚を包んだ裾がひらひらとして活発に店の中を動いている姿は、まるで飛び回っているように快活だった。頭はいつもお煙草盆に結っていた。

今東光は山田ますについても語っている。彼女は吉原にいたが美貌ゆえに身請けされた。

すらりと背の高い面長な日本風の頗る美人。それは単に美人なんて言うものではない。実際、絶世の美人と称するに足る美しい人が奥から現れた。これには言葉もなく生唾を呑んで茫然としていた。

だが川端はますに対して厳しい。カフェ・エランをたたみ、岐阜に出発する際、着せ替え人形よろしく初代を飾り立てていた。「新晴」(三五巻本全集、第二四巻)から引用する。「新晴」は昭和五四年に川端香男里氏が発表した。

そして、俊夫が偶然見たあはただしい退京の時の稚枝子は、濃い白粉に顔を殺して、繊弱な格好故に辛じて微かな情趣は汲めても何と云つても不自然な桃割に結ひ、派手な袂の長い着物をけばけばしいコオトの重さうな中に纏つてゐた。それが稚枝子を養つて来た女の趣味だつた。

川端は初代が土の香のする素朴な野の花であってほしいと願った。これこそ彼の生来の美意識である。
「桜井さんをここでお待ちする間、川端の小説を読み直しました」
「ほう、何を読まれました?」

「篝火、非常、南方の火です」

「そうですか、一連のみち子ものですね」

氏は目を細める。

「桜井さん。ひとつお聞きしても良いですか？」

私は椅子に深く腰掛け直した。

「はあ、なんなりと」

春の海のように氏は泰然としている。私は大きく踏み込むことにした。

「一体、非常って何ですか？　どう考えても解らないのです。何かご存知ではありませんか？」

積年の疑問を投げかけた。虚を突いたのか、氏はゴクリと水を飲んで黙ってしまった。拙いことを聞いたのか、こちらまで落ちつかなくなってきた。

しばらくして氏は呟くようにこう言った。

「疑問を持たれて当然です。長年、私も同じことを考えてきました。その理由は知っています。しかし申し上げることはできません」

一瞬のうちに無音の世界に放り込まれた。言葉を発しようにも喉につかえた。理由を知っている。でも言えないとは。

「申し訳ありません」

氏は沈鬱な表情を浮かべて頭を下げた。となると更に理由を知りたい。だが初対面だ。これ以上厚かましく追求するわけにもいかない。並べられた写真に目を落しながら、カップに残った珈琲を啜（すす）った。しっかり淹れたブラジルは冷めてもおいしかった。

私は話題を切り替えた。

「お持ちいただいた写真ですが、撮影は中止します。この喫茶店では無理です。写真には微妙な反りもあり、平面性

ポーズをとる初代

TSUBOI写真館にて（大正8年9月2日）

が保てないのです。こんな時にはスキャナーが役に立ちます。改めて撮りたいのですが宜しいでしょうか?」

氏に異存はなかった。氏は初代の父・伊藤忠吉宛ての川端書簡二通も持参していた。だが二通とも封筒が欠落、一通は便箋ではなく原稿用紙に書かれていた。初代と結婚するにあたり、己の決意を述べた誠実な内容だった。

肝心要の川端書簡の有無を質(ただ)した。ところが氏は手元にないという。昭和二五年、父の友人を頼って水沢から上京、江東区の南砂町三丁目に移った。手狭だが当時の住宅難では贅沢を言えなかった。小さな物置小屋があり家財道具を入れた。だが雨漏りがひどく手紙が濡れてしまった。小学五年生だった氏は、母が読めなくなった手紙を捨てるのを目撃した。ここで追跡の糸はプッツリと絶たれてしまった。まことに残念なことである。

その刹那、戦慄が走った。そうだ、初代は誰かに体を奪われたのだ――そう仮定すれば全て辻褄(つじつま)が合う。理由を告げるくらいなら、死んだ方が幸せだという意味も。

岐阜の寺に預けられたのには経緯(いきさつ)がある。山田ますが店の常連の帝大生・福田澄男に惚れた。ますが一〇歳近く年長だった。まわりの懸念を押し切って二人は結婚した。福田澄男は大学卒業後、台湾銀行台北支店に赴任、日本を後にした。無論ますも一緒だ。カフェ・エランの経営は人に譲つた。

問題は初代をどうするかだった。ますの姉・山田ていがいる岐阜の加納(かのう)の寺に預けることにした。ていは住職の内縁の妻だった。

「初代さん、誰かに純潔を奪われたのじゃないですか?」

氏は目を鈴のように張った。鈍色(にびいろ)の肯定が走った。

「誰です、奪ったのは?」

「お寺にいた人と聞きました」

やはりそうだったのか――暗澹とした空気が漂った。お寺の関係者といえば、まず住職だ。しかし相手は一五、六の少女。聖職者ともあろうものが、そんな不埒(ふらち)な行為に及んだのか?

もっとも川端は小説「篝火」の中でも二人を良く書いてはいない。

養母は左の下瞼に大きい黒子が一つある。その輪郭から初対面の私に嫌な感じが伝はつて来た。

暫くして、また意外な心持ちで、私は養父の姿を見上げてゐた。院政時代の山法師、雲突くばかりの大入道、この二つの言葉が直ぐ浮んで来た。この大きい逞しい和尚は非常に耳が遠かつた。

だが西方寺を訪れた時、住職は食事の用意までしてくれた。学生である二人を慮り、寺に泊ってはどうかと勧めてくれた。若い二人だが客としてちゃんと遇されていた。

「桜井さん、聞き違いではありませんね？」

「はっきりと聞きました」

「でも直接聞いたわけではないでしょう。あなたはまだ小学生だ。初代さんは誰に明かしたのですか？」

私は畳みかけた。

「姉の珠江から聞きました。姉は当時二二、三だったと思います。発端は私の疑問でした。三七、八の頃、考えたのです。あんな真面目な母が、婚約という重大事を破棄するはずがない。何か事情があるのではないか？　姉も同じ疑問を抱き、母に質したそうです。それが先ほどの答えです。姉は何度も念を押しました。これは寺の名誉にもかかわること、本当にそうなのかと」

一団の女性客が入ってきた。鎌倉を散策したのだろう、興奮をてんでに語りはじめた。話は中断した。喧騒の中で信じられない話を反芻した。

初代の作り話ではないのか？　しかしそんな恥ずかしいことを実の娘に告白するだろうか？　これは婚約を破棄した最も合理的な理由ではないか？　いや、そうに決まっている。どうして誰もそのことを指摘しなかったのだろう？

私は湧くような興奮を覚えた。と同時に暗澹（あんたん）とした。この件は一切証拠がないのだ。伝聞の伝聞だ。裁判では決定的証拠とはなりえない。

従来、川端文学の愛好者は初代にあまり好意的ではなかった。彼女の不可解な裏切りだとか、境遇から来る歪みなどと推測した。その都度、桜井氏は悔しい思いをした。いつか誤解を解こうと執念を燃やしてきた。それが計らずも今日判明したのだ。

もしも氏が疑問を抱かなかったら、非常の謎は封印されたままだった。一方、事の次第が明らかになれば、寺に迷惑がかかる。約四〇年間、鋭い刺は氏の内奥に刺さったままだったのだ。

再会を約して、鎌倉駅のホームで別れた。空一面に茜雲がひろがっている。朱漆のような色が徐々に深まっていく。点灯した電車が生きもののように滑りこんできた。降りる人はなく乗る人ばかりだ。近くの席に親子連れが座った。由比ガ浜で遊んできたのだろう、幼女の差し出す掌には幾つかの白い貝があった。母は幼女の真剣な訴えを聞いていた。

暮れなずむ窓に自分の顔が映った。六〇も半ばを過ぎ、まだ精悍の気を漂わせている。劇画調の顔にも飽きてきたが、取り替えるわけにもいかない。昔は嫌だった。だが時間をかけて好きになってきた。自分らしさを発揮できる仕事に巡りあったからだ。川端も己の顔が好きではなかった。写真嫌いの一因でもある。

昨今、性暴力が深刻な社会問題となっている。レイプは精神的殺人とも言われ、罰則強化の動きもある。多いのが被害者の泣き寝入り、事件が闇に葬られることだ。寺の住職のことを考えた。なぜ少女の純潔を奪おうとしたのか？

単なる情欲なのか、それとも別の理由があったのか？

ちなみに作中の澄願寺（ちょうがんじ）が西方寺だと特定されたのは川端自裁の直後、昭和四七年の五月半ばであった。岐阜と川端作品の関連などほとんどの人が知らない時代である。

眼を閉じて想像にふけった。まだ少女とはいえ、華やかな東京にいた女性が殺風景な寺に住むこととなった。日々、

らのこと。
果実のごとく静かに熟れていく。干した下着も目に入ったろう。釈迦でも煩悩に悩まされた、まして凡夫ならなおさ

五〇男が若い女性に恋着しても不思議ではない。燃えさかる性欲を理性が制御していた。初代は掌中の珠さながらだった。ところが状況が一変、帝大生が初代を奪いに来た。肝心の初代は寺を出たがっている。東京の甘い水が忘れられないのだ。

川端という学生は鞘のない白刃のようだ。眼光の鋭さは尋常ではない。あの男は将来偉業を為し遂げるかもしれない。思いを遂げるまで何度でも岐阜に来るだろう。黙って初代を渡すべきか、それともその前に立ち塞がるべきか。眠れぬままに廊下を渡り、その寝姿を見た――

人間は謎の詰まった箱だ。際限ない迷路だ。善と悪、聖と俗、美と醜、崇高と卑劣、矛盾した振幅の中に存在している。川端香男里氏は言った。ものごとは単純ではない。必ず三つの視点から判断すべきだ。検事の立場、弁護士の立場、そして裁判長の立場。この言葉ほど、刺激を受けた言葉はない。一三年間、一緒に仕事をしてきた幸を感謝したい。

この件をどう扱うか厄介な問題だ。もしも公にして、事実無根だったらどうするのだ？　住職にも名誉がある。そう、死者の名誉だ。でも私は知りたい、その時に何が起きたのか？　むろん初代の狂言という線も視野に入れなければならない。

桜井氏から衝撃の告白を聞いたことは、本稿を書く契機となり、二年近い旅に私を駆り立てる結果となった。

第三章　長谷　未投函の手紙

川端香男里氏に桜井靖郎氏との出会いを報告した。喫茶店では写真が撮れなかったと言うと、川端邸を提供しますとのこと。初代書簡一〇通の複写の許可を乞うと快諾してくれた。これが興奮せずにいられようか。ついにオリジナルが開示されるのだ。

薫風の五月、長男の水原晶彦（みずはらあきひこ）と川端邸を訪れた。同席したのは、公益財団法人川端康成記念会評議員の平山三男氏と桜井靖郎氏。

スキャニングが開始された。スイッチを入れるとモーターが駆動、パソコンにデータが取り込まれていった。息子に作業を任せ、座談に加わった。平机を囲んで歓談していると、つかつかと晶彦がやってきた。長身を折り曲げて私に問いかけた。

「これ、スキャニングするの？」

手には一枚の紙を持っていた。蟻の行列のように縦書きの文字が連なっていた。川端が初代に宛てたものだ。封筒は無く裸のままだ。文面をたどっているうちに異様な戦慄が走った。川端の心音が伝わってきそうだった。

「凄い。平山」

「どれどれ」

眼鏡を取り出して、氏は素早く文字を追った。読了するや、大きく肩をすくめた。便箋は桜井氏に手渡された。

「いやあ、こんなに母を思ってくれていたなんて」

桜井氏の顔も紅潮している。

「こりゃあ、文学者の川端じゃない。恋するただの青年だな」

私の声も上擦（うわず）っていた。隣の部屋で仕事をしていた川端香男里氏が、何事が起きたのかと顔を出した。

「ああ、未投函の手紙ですね」

「先生、これ、発表されていませんよね？」

「もちろんです。外部に出たことは一度もありません。いたって初（うぶ）なものです」

氏は悠然たるものだ。

「これはニュースになります。これだけのネタです。マスコミはいっせいに報じるでしょう」

「これでバランスが取れましたね。初代さんの一〇通と川端の一通で」

座がにわかに喜色に包まれた。

やがてスキャニングは終了した。封筒の表と裏、便箋の枚数分だけ複写する。データは九〇点を超えた。初代から川端宛ての手紙が一〇通、三明永無宛の手紙が一通。川端から初代宛ての未投函の手紙が一通。川端が宛名だけ書いたやはり未投函の絵葉書が一通、そこには長良川と金華山が写っていた。他に住職から川端に宛てた葉書も一通あった。

他に初代の父・忠吉に宛てたものが二通、これは桜井氏が持参した。計一六通。他に先日の初代の写真があった。大正八年頃から戦争勃発まで、よく保管されていたものだ。

これらの貴重な資料は帰宅して精査することにした。データに取り込んでおけば、まずは安心である。書簡の公開に関しては、川端香男里氏、桜井靖郎氏とも異存はなかった。いずれこれらは川端研究の礎（いしずえ）となっていく。問題はいつ、どこで公開するかだ。現物は展覧会場で公開できる。川端康成所蔵の美術コレクションを軸に企画する展覧会だ。今後の展覧会スケジュールはこうなっている。

平成二六年夏の岡山県立美術館、二七年春の島根県立美術館、秋の宮崎県立美術館、平成二八年春の東京ステーション・ギャラリー、秋のひろしま美術館。平成二九年春の石橋美術館（福岡県久留米市）、秋の岩手県立美術館、平成三〇年の愛媛県美術館と三重県立美術館。過去一三年間で、全国の県立美術館を中心に二二館ほど実施してきた。最も息の長い企画展である。

次はマスコミ発表、まず新聞だ。主要紙は大都市には強い。だが地方は事情が異なる。地元紙が圧倒的シェアを持つことが多い。共同通信社と時事通信社に情報を流せばよい。

僕が十月の二十七日に出した手紙見てくれましたか。君から返事がないので毎日心配で心配でずっと居られない。手紙が君の手に渡らなかったのか、お寺に知れて叱られてゐるのか、返事するに困ることあるのか、もしかしたら病気ぢやないか、本当に病気ぢやないのかと思ふと夜も眠れない。とにかく早く東京に来るやうにして下さい。恋しくて恋しくて早く会ひたいと僕は何も手につかない。二十七日に出した手紙にはいろいろ詳しく書いたが、あんなことは君の都合でどうでもよろしい。僕は君の云ふ通りにして上げる。早く何とか思ふ通り返事して下さい。唯、一人で旅することは僕が心配だし心細いから止めて下さい。必ず迎ひに行く。そして何とかして汽車に乗れたらそれでよろしい。東京に来てからのことで心配なことあるなら、それも君の思ふ通りしてあげる。厭なことなぞ決してさせない。父様の方は安心してゐなさい。台湾の方も僕が責任持って好く

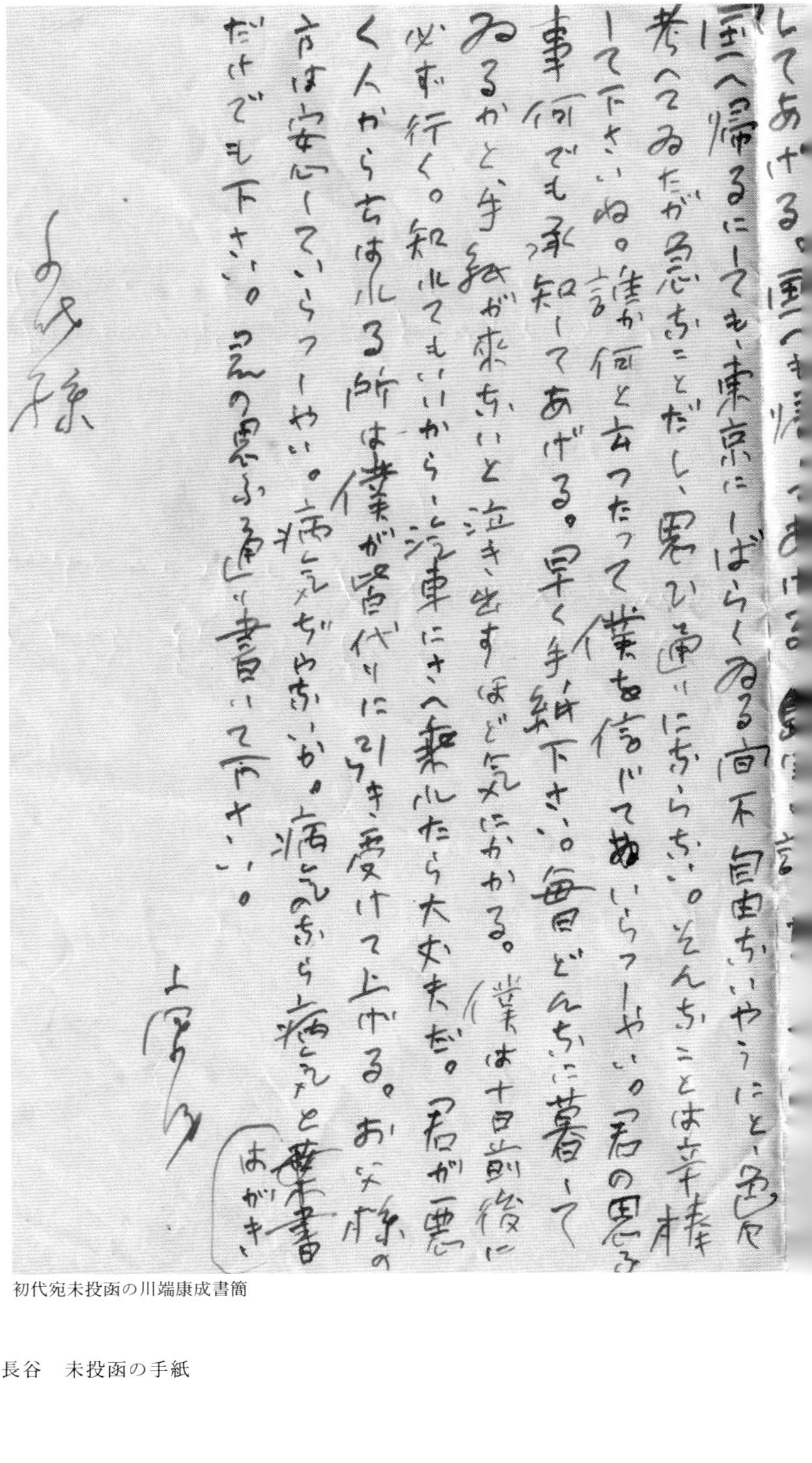

してあげる。国へも帰つてあげる。
国へ帰るにしても、東京にしばらくゐる不自由しないやうにと、色々考へてゐたが悪いことだし、思ひ通りにならない。そんなことは辛棒して下さいね。誰が何と云つたつて僕を信じてゐらつしやい。君の思ふ事何でも承知してあげる。早く手紙下さい。毎日どんなに暮してゐるかと、手紙が来ないと泣き出すほど気にかかる。僕は十日前後に必ず行く。知れてもいいから、汽車にさへ乗れたら大丈夫だ。君が悪く人から云はれる所は僕が皆代りに引き受けて上げる。お父様の方は安心していらつしやい。病気ぢやないか。病気なら病気と葉書だけでも下さい。君の思ふ通り書いて下さい。

初代宛未投函の川端康成書簡

川端邸を辞して近所のレストラン「季草庵（きそうあん）」に寄った。主の田村徳幸（たむらのりゆき）氏に賑やかに迎えられた。

「おお、水原さん、お元気でしたか」

「今日、うれしいことがありましてね」

つい顔もほころぶ。

「これ、何ですか、全部、裕次郎じゃないですか」

店内を見渡した桜井氏が驚いた。石原裕次郎のデッサンが五、六点、飾られていたのだ。描いたのは田村徳幸氏。裕次郎が青春時代を過ごした湘南に憬れ、五年ほど前に大阪の尼崎から鎌倉に引っ越してきた。川端邸まで数分の距離だ。大の裕次郎ファンだった桜井氏も喜び、今度、裕次郎だけのカラオケ大会をやろうということになった。

晩年、川端は歌手の藤圭子に心奪われた。とりわけ『圭子の夢は夜開く』が好きでステレオを大音量にして聞いていた。一五、一六、一七と、私の人生暗かった。その一節など、見事に合致する。薄幸の美少女は川端の好みなのだ。関係者が段取りをつけ、ホテル・オークラで会うことになった。その直前に川端は自裁、約束は夢と終わった。藤圭子もまた、平成二五年の夏、西新宿のマンションで自ら命を絶った。有名であることは何ら救いとはならないのだ。

鎌倉名物のシラス丼を注文、発見を祝してビールで乾杯した。皆、興奮冷めやらない面持ちである。

「桜井さん、非常の真相ですが、ぜひとも公表すべきだと私は考えます」

平山氏が真っ向から切り込んだ。しかし桜井氏は慎重だった。

「おっしゃることはよく分ります。しかし西方寺のことを考慮しなければなりません。昭和二年には住職も亡くなり、別の方に代替わりしています。寺にとって名誉なことではありません。母は山田ますさんに大変お世話になりました。その縁者が身を寄せた場所ですしね」

寺側に配慮した。

未投函の川端書簡を発見、川端の息づかいが鮮明に浮かび上がってきた。ふと思い立ったことがある。各地に散らばる初恋の舞台の調査だ。現地に赴き、人に会い、空気を肌で感じ取る。今日は記念すべき出発の日だ。

新緑の川端康成邸

自宅で取りこんだデータをプリントアウトした。初代の書簡を中心に、川端が関係者に宛てた書簡も併せて、大正一〇年秋の出来事を時系列でたどってみたい。

初代書簡では、読点と思われる箇所は半角空け、句点を新たに施した。また平仮名の「な」に対して、初代は変体仮名の「奈」を使用。読みやすさを優先して「な」とした。また旧漢字は原則新漢字とした。

初代書簡 一 （岐阜訪問の御礼）

大正十年九月十九日

岐阜市外加納町六　西方寺内　伊藤より　十年九月十九日

東京市浅草区小島町七二　坂光（ママ）殿方　川端康成様行

康さん只今御手紙を有りがたう御座いました。此の間 岐阜におよりのせつは いろいろな品を下さいまして御禮申ます…

ハマさんやヒコさんは 皆様無事にいらしやいますか 皆様に四六四九申上て下さいませ…

東京はいつもにぎやつて居りますでせう…

私も東京にゆく考んがいです。もしも東京にゆきましたら またお目にかかりませう

今日台灣の伯母様からはがきがまいりました。此間 伯母様が病気でしたそうです…

康さん只今御手紙を有りがたう御座いまし
た。此ノ間岐阜におより■のせつはいろいろお品を
下さいまして御禮申ます・・・
公エさんやとつエさんは皆様無事にいらしやいま
すが皆様によろしく申上て下さいませ。
東京はいつもにぎやつて居りますでせう・・・し
私も東京にゆく事しかいです。もしも東京
にゆきましたら又お目にかかりませう
今日台灣の伯母様からはがきがまへりまし
た。此ノ間伯母様が病氣でした。そうです・・・
伯母様がなをつてから福田さんも病氣にな
られたそうです。康さんも御身を大切になさ
いませ。先はこれで失礼を致します

康成様

サヨウナラ

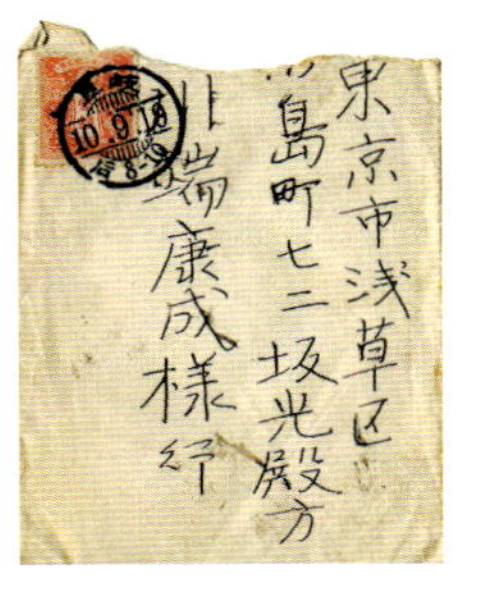

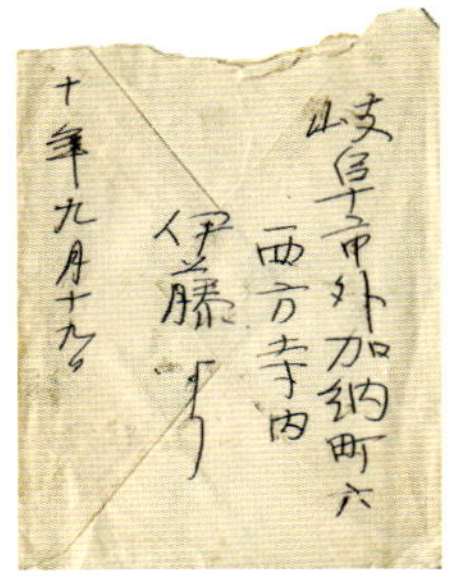

初代書簡一（大正10年9月19日）

伯母様がなをつてから福田さんも病気にな
られたそうです。康さんも御躰を大切にな
さいませ　先はこれで失禮を致します——
康成様　　　サヨウナラ

川端は康(やっ)さん、石浜金作はハマさん、鈴木彦次郎はヒコさん。カフェ・エランでこう呼び合っていたらしい。皆様に四六四九(よろしく)となかなか茶目っ気もある。再会した歓びが素直に伝わってくる。手紙の書き方を理解して白紙一枚をつけている。
川端の住所、坂光とあるのは坂光子の誤記である。

初代書簡二　（台湾の山田ますが来春帰国とのこと）

大正十年十月一日　三銭切手　料金未納
岐阜市加納町　封　伊藤　十月一日
東京市浅草区小島町七二　坂光子様方　川端康成様

康さん 御手紙を有りがたう御座いました。
其ノ後皆様にはおかわり御座いませんか
私方も皆無事に暮して居りますから
御安心下さいませ……
また今月の七八日頃に名古屋方
面にいらしやいますそうですが ぜひ岐

阜にも御より下さいませ。まつて居
ります……
此の間も台湾から手紙がきました
がどうしても私は台湾の方にゆく
かもわかりません……
くわしきことは岐阜に御いで時いろいろ
と話を致しませう　台湾の伯母様
は來年の三四月頃に岐阜にもどつ
ていらしやるそうです　くわしくお話を
致しませう　皆様に四六四九申て下
さいませ　先はこれで失禮を致します
御身大切に奈さいませ。サヨウナラ
康成様　　　　　　　　初代

どうも解せないのは、台湾にいる山田ますの動向を、初代がかなり気にしている点だ。どうして手紙に書けず、会って話さなければならないのか？　何か込み入った事情が介在するのか？

これは仮説だが、結婚が破綻しかかったますが、台湾に初代を呼寄せようとした。彼女の助力を得て、日本人相手のカフェを開こうとした。そのために一旦帰国、初代と同行する計画だったのではないだろうか。まだ雲を掴むような話だが。

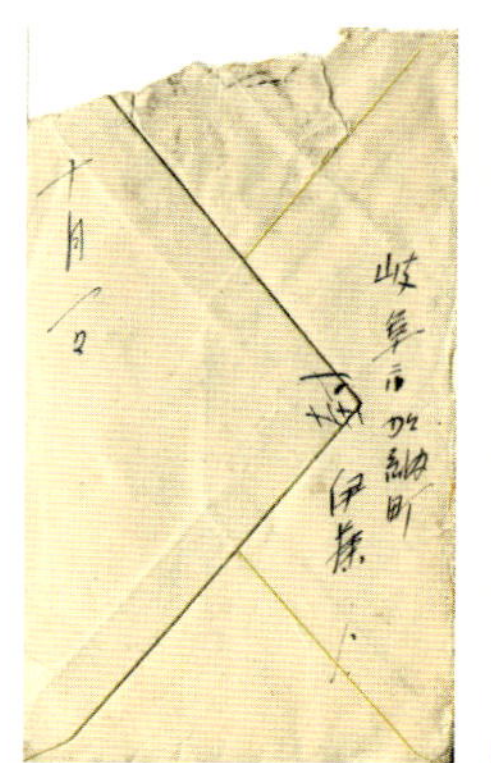

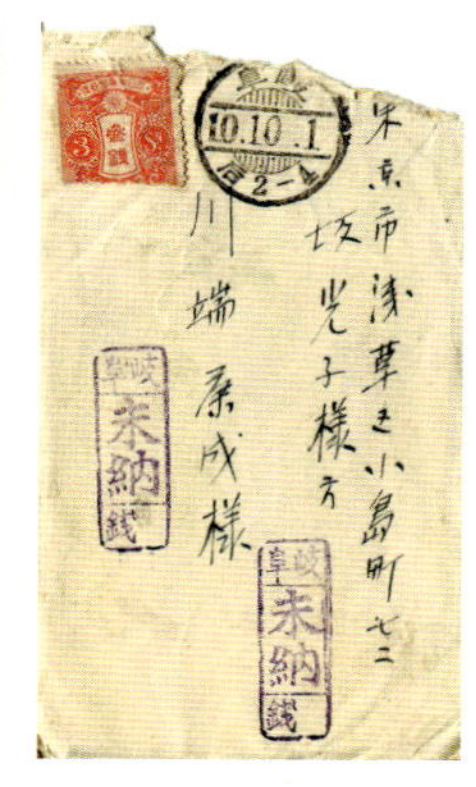

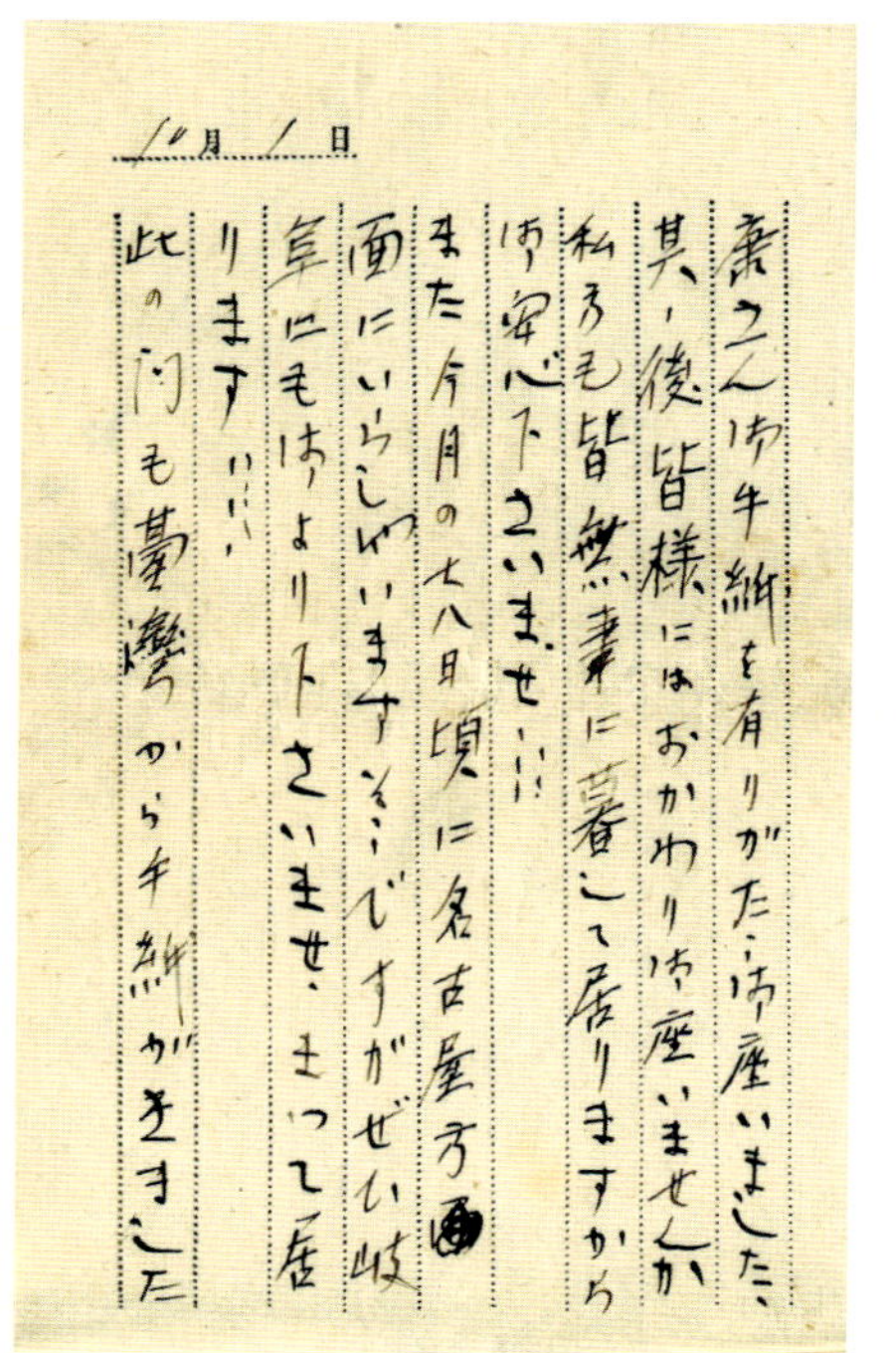

10月1日

康さん御手紙を有りがたう御座いました。
其ノ後皆様にはおかわり御座いませんか
私方も皆無事に暮して居りますから
御安心下さいませ。。。
また今月の七八日頃に名古屋方面
面にいらっしゃいますそうですがぜひ岐
阜にもおより下さいませ。まって居
ります。。。
此の間も臺灣から手紙がきました

10月1日2

がどうしても私は臺灣の方にゆく
かもわかりません。。。
くわしきことは岐阜に御出で時よく
と話を致しませう臺灣の伯母様
は来年の三四月頃に岐阜にもどつ
ていらっしゃるそうです くわしくお話を
致しませう皆様に[illegible]申して下
さいませ 先はこれで失礼を致します
御身大切になさいませ。
サヨウナラ
初代
康成様

初代書簡二（大正10年10月1日）

一〇月七日、川端は三明と岐阜を再訪、西方寺（小説「篝火」では澄願寺）に向かった。初代が預けられていた寺の住職・青木覚音（あおきかくおん）に挨拶するためだ。相当緊張したに違いない。奇妙なことに寺には塀がなかった。境内のまばらな立木越しに初代の姿が見えた。普請中の本堂の壁塗りを手伝っていた。荒壁に囲まれた殺風景な本堂に通される。住職は川端が碁を打つと知ると、対局を所望した。だが川端は碁に集中できない。三明と何事か話している初代が気になったのだ。そんな川端の石を住職は真っ向から殺しにかかる。

酒肴のもてなしを受け、泊っていけとも言われたが、甘えるわけにもいかない。初代を誘って金華山の麓にある「港館」（現ホテル・パーク）に向かった。ところが台風で被害を受け「港館」は営業中止。しかたなく長良橋を渡って対岸の「鐘秀館（しょうしゅうかん）」（現・十六銀行長良川保養所）を訪れ、二階の八畳間に通される。満々と水をたたえた長良川、時雨（しぐれ）に煙る金華山が一望できた。

風呂に入った時、思わぬことを知った。求婚の件を三明が先に伝えたのだ。ムッとしつつも返事を質した。好意は持っているが、考えさせてほしいと。小説「篝火」（大正一三年三月「新小説」初出、三五巻本全集第二巻）から抜粋する。

「朝倉さんから聞いてくれたか。」

さつと、みち子の顔の皮膚から命の色が消えた、と見る瞬間に、ほのぼのと血の帰るのが見えて、紅く染まつた。

「ええ。」

煙草を銜（くわ）へようとすると、琥珀のパイプがかちかち歯に鳴る。

「それで君はどう思つてくれる。」

「わたくしはなんにも申し上げません。」

「え？」

「わたくしには、申し上げることなんぞございません。貰つていただければ、わたくしは幸福ですわ。」

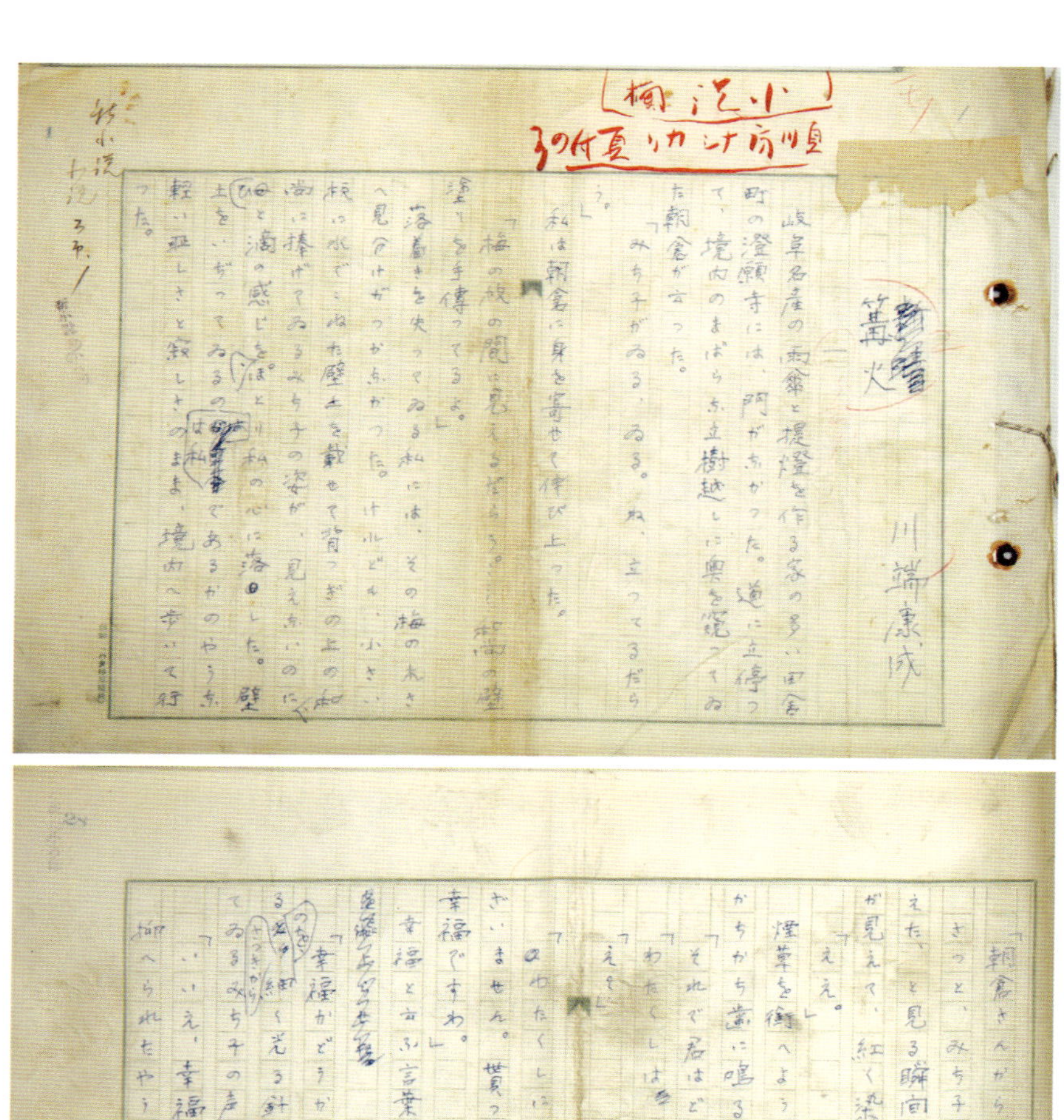
篝火

川端康成

岐阜名産の雨傘と提燈を作る家の多い田舎町の澄願寺には、門がなかつた。道に立停つて、境内のまばらな立樹越しに奥を覗つてゐた朝倉が云つた。

「みち子がゐる、ゐる。ね、立つてるだらう。」

私は朝倉に身を寄せて伸び上つた。

「梅の枝の間に見えるだらう。壁塗りを手傳つてるよ。」

落着きを失つてゐる私には、その梅の木さへ見分けがつかなかつた。けれども、小さい枝に水でこねた壁土を載せて背つぎの上の左官に捧げてゐるみち子の姿が、見えないのに、畑と濁の感じをぽとりと私の心に落した。壁土をいぢつてゐるのは私であるかのやうな軽い悲しさと寂しさのまま、境内へ歩いて行つた。

「朝倉さんから聞いてくれたか。」

さつと、みち子の顔の皮膚から命の色が消えた、と見る瞬間に、ほのぼのと血の歸るのが見えて、紅く染まつた。

「ええ。」

煙草を銜へようとすると、琥珀のパイプがかちかちと歯に鳴る。

「それで君はどう思つてくれる。」

「わたくしは、なんにも申上げません。」

「ええ。」

「わたくしには、申上げることなんぞございません。貰つていただけば、わたくしは幸福ですわ。」

幸福と云ふ言葉は、唐突な驚きで私の良心を飛上らせた。

「幸福かどうかは……。」と私が云ひかかると、細く光る針金のやうにはね返るみち子の声が、鋭く切つた。

「いいえ、幸福ですわ。」

叱へられたやうに、私は黙つた。何かへ向

小説「篝火」原稿、大正13年3月『新小説』に発表（茨木市川端康成文学館蔵）

幸福といふ言葉は、唐突な驚きで私の良心を飛び上がらせた。

「幸福かどうかは……。」と私が言ひかかるのを、さつきから細く光る針金のやうにはきはき響いてゐるみち子の声が、鋭く切つた。

「いいえ、幸福ですわ。」

抑へられたやうに、私は黙つた。


緊迫感の伴った見事な描写だ。夕食を終えた三人の前を、舳先（へさき）に篝火をともした鵜飼舟が来る。生涯忘れられない夜となった。その晩は三明と「鐘秀館」に泊まった。翌日、宿に初代が来て、裁判所の前の写真館で記念撮影をした。最初の訪問から三週間、冬枯れの野に放たれた火のような勢いだ。

川端宛青木覚音葉書　（初代の将来の為にもう会わないでいただきたい）

大正十年十月十二日夕　大日本帝国郵便壱銭五厘切手
岐阜市外加納町西方寺
東京市浅草区小島町七二　坂光（ママ）殿方　川端康成殿へ

拝啓頃日（けいじつ）御尊来辱（かたじけなく）申候
何之風情も無之然るに早速
千代宛へ御礼状被下忝（かたじけな）く
存候得共（ぞんじそうらえども）今後千代宛の御書面千代将来之為可成（なるべく）御見
合被下申候度（たく）右之旨三明君へも御面
会之節御伝へ願度（たく）上申候先ハ貴

意を得度申候早々敬具

この頃中はお越しくださいましたが何もおかまいもせず、然るに、千代宛てお礼状を早々にいただき、かたじけなく候得ども、今後、千代宛ての書面は千代の将来のためにも、お見合わせいただきたく、右お願い申し上げます。三明君にも、ご面会の説には、その旨お伝え願いたく、まずは貴殿にお願い申し上げます。敬具

帰京した川端に青木覚音からの葉書（一二日付け）が届いた。頃日とか辱とか、難しい漢字が使用されている。達筆かつ簡潔で気品があり、教養の程がうかがわれる。年少者にもかかわらず、敬意を払っている。文は人也と言う。これほどの人物が悪戯をしたのかと頭を悩ませる。

住職には山田ますから預かった初代を養育する責任があった。どこに出しても恥ずかしくない花嫁にしてやろう。それが結果として山田ていの厳しい干渉となり、初代の反発を招いたのではないか。初代とつきあってくれるなという警告は、却って川端の恋心を増幅させた。

未発表の小説「新晴」（三五巻本全集、二四巻）によると、初代は寺に預けられたものの、養女としてではない。跡継ぎのいない山田家の相続人とされていた。ますの姉ていは山田家の戸主で青木家への入籍が難しかったのだ。

初代書簡 三 （山田ていの小言。来年末には上京したい）

大正十年十月十三日　三銭切手　便箋に赤い花　消印　不鮮明

岐阜にて　伊藤

東京浅草区小島町七二　坂 光子様内　川端康成様

康様 此の間はわざわざ御いで、下さいまして有

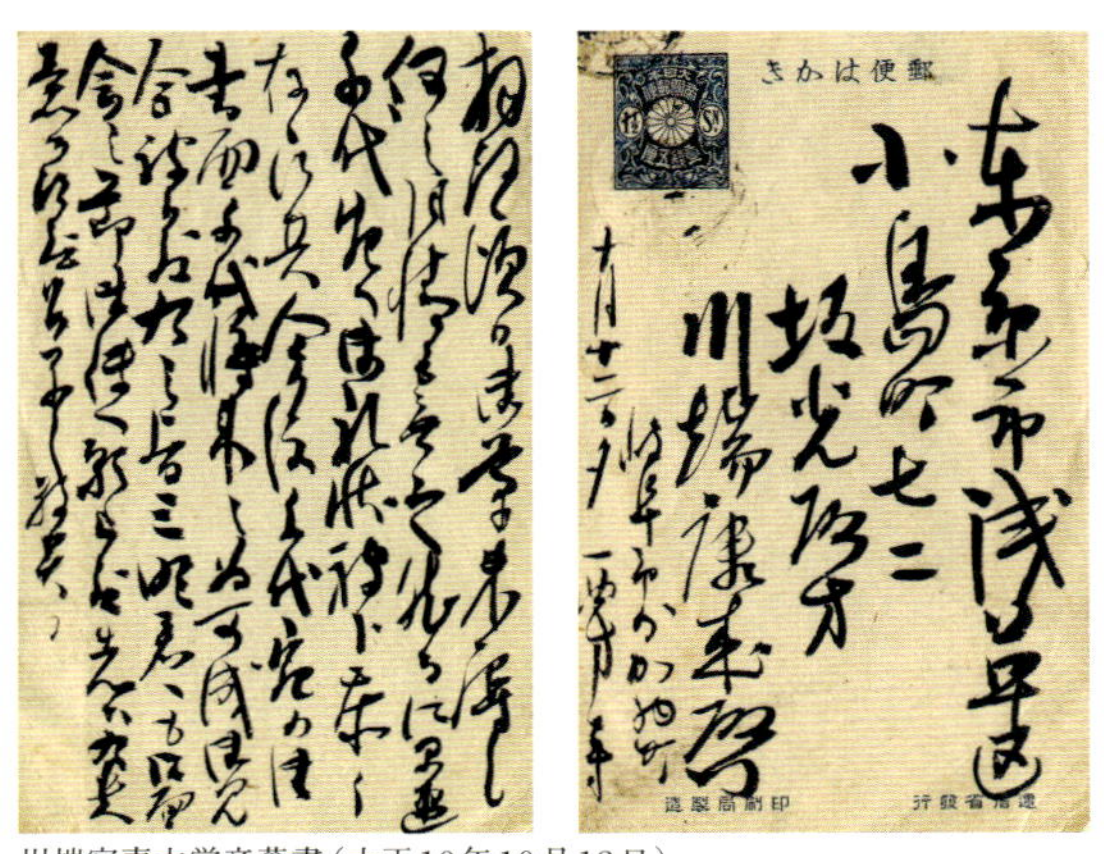
郵便はかき

東京市浅草区小島町七二
坂光子方
川端康成君

川端宛青木覚音葉書（大正10年10月12日）

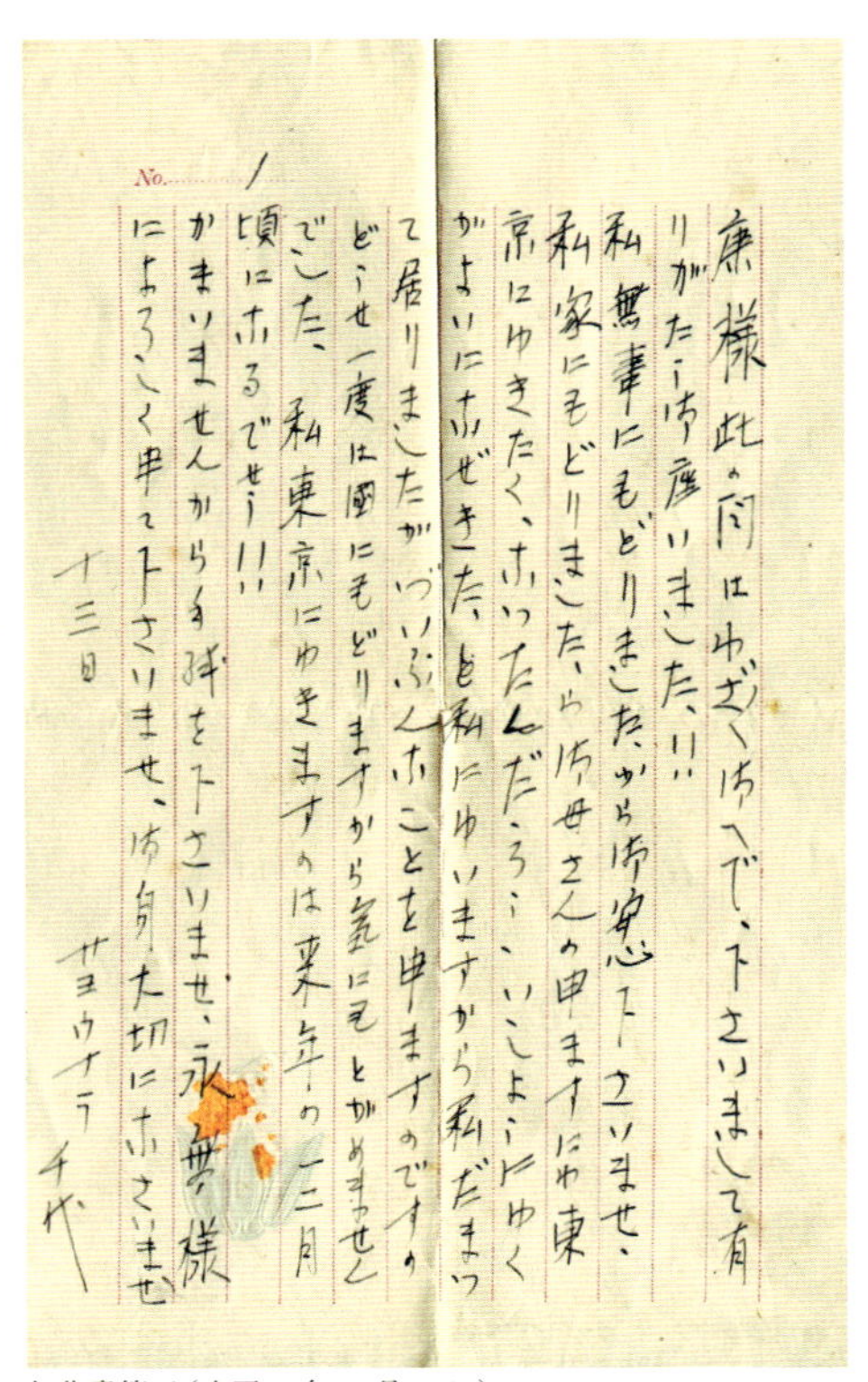
No. 1

康様　此の間はわざわざ御いで下さいまして有
りがたう御座いました!!!
私無事にもどりました。故か御安心下さいませ。
私家にもどりましたら御母さんの申ますには東
京にゆきたく、おいったんだろう、いしよにゆく
がよいにおぜきした、と私にゆいますから私だまつ
て居りましたがずいぶんなことを申ますのですの
どうせ一度は国にもどりますから気にもとがめませんで
でした。私東京にゆきますのは来年の一二月
頃になるでせう!!!
かまいませんから手紙を下さいませ。永井様
によろしく申て下さいませ。御身大切になさいませ

十三日
サヨウナラ
チヨ

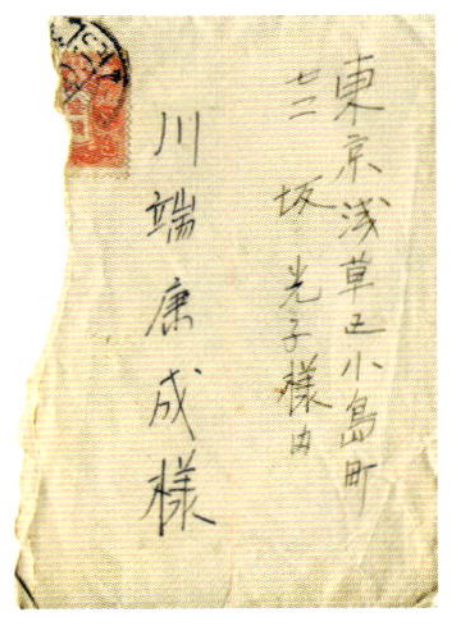
東京浅草区小島町
七二　坂光子様内
川端康成様

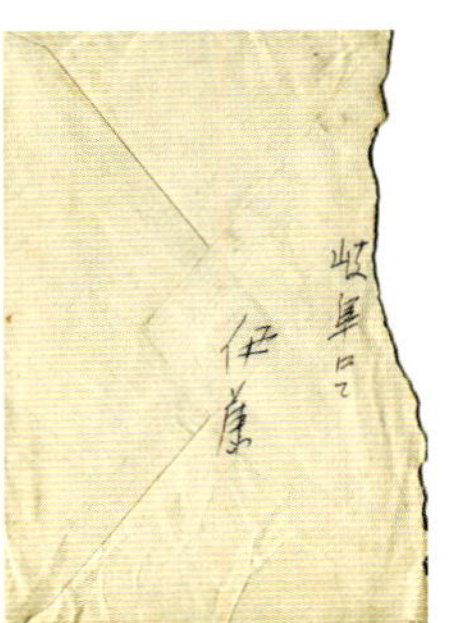
岐阜にて
伊藤

初代書簡三（大正10年10月13日）

りがたう御座いました!!
私 無事にもどりましたから お母さんの申ますにわ 東
京にゆきたく、なつたんだろう。 いしようにゆく
がよいになぜきた、と私にゆいますから 私だまつ
て居りましたが づいぶんなことを申ますのですの
でした。私東京にゆきますのは 来年の一二月
頃になるでせう!!
どうせ一度は国にもどりますから 気にもとがめません
かまいませんから手紙を下さいませ。永無様
によろしく申て下さいませ。御身大切になさいませ
十三日　　サヨウナラ
千代

一〇月一三日、初代の手紙が二通届いた。昼と夜、二回書いたのだ。無地だった便箋が花模様に変わる。乙女らしいときめきを感じる。乏しい小遣いの中から買い求めたものか。

初代書簡 四　夜 (竹細工屋の娘の話)
大正十年十月十三日　三銭切手　消印は十二日　同夜、二回目の投函
岐阜市外加納町　伊藤より　十月十三日夜
東京浅草区小島町七二　坂 光子様内　川端康成様

康様 只今御手紙を有りがたう御座いました。
皆様も雨がふつて鵜飼もはつきり見ることも
出きませんでしたわね!!
御帰りの汽車で 大へんにぎやいましたんですの
ね。汽車の中であまり薬を御のみになつて 東
京で落つこちになさいましたそうですが けがわな
さいませんか。大切になさいませ!!
今さんの話は面白様な 恐ろしい様な話ですね。
私もその様な話を聞きました。(加納の竹を
けづる家の娘さんでした。その家には澤山の
人をつかつて居る家でした。その娘さんは自分
家に居る人と いしようになれないため死んでしまい

ました。いよいよ今日お寺にゆくとゆうその時
娘さんの思いになつた男の人は 死んだ娘さん
のこえ)そのままなことをゆうそうです!!
此様な話は めつたにある様な話でわ有りませ
ん!! 岐阜は皆様が御帰 になつてから
晴れた日ばかりです。東京の様な所にゆきた
いです。皆様の御帰りになつた日から けんかばかり

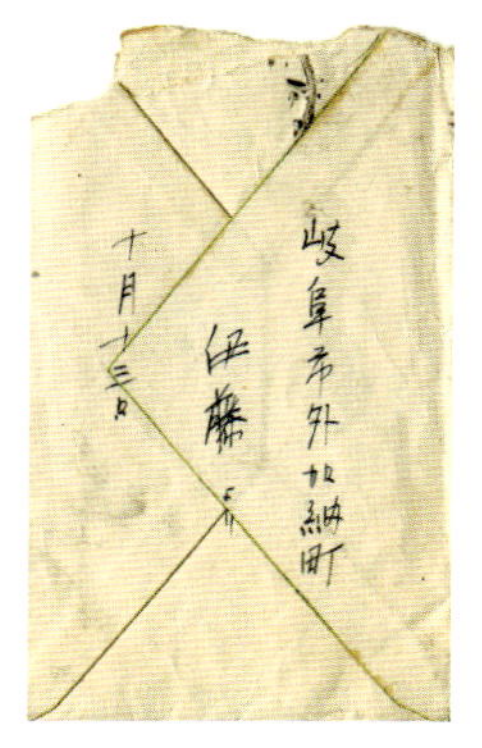

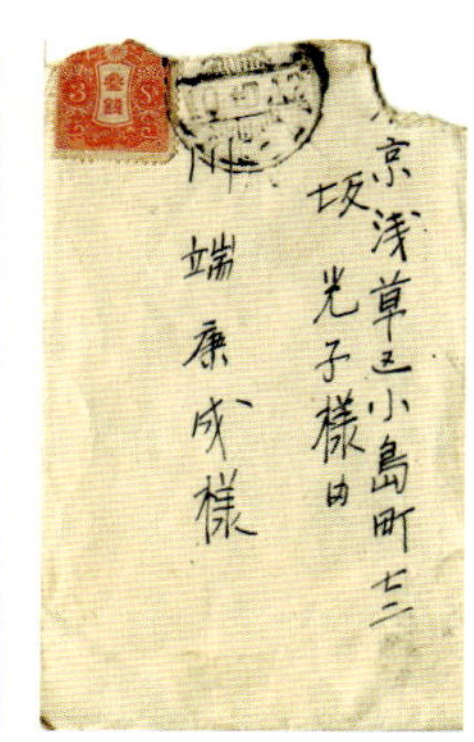

No. 1

康様 只今御手紙を有りがたう御座いました
皆様も雨がふって鵜飼もはっきり見ることも
出きませんでしたわね!!
御帰りの汽車で大へんにさぎ(やいました)んですの
ね汽車の中であまり薬を御のみになって東
京で落っこちになさいましたそーですがけがはな
さいませんか大切になさりませいね
今さんの話は面白様な恐ろしい様な話ですね
私もその様な話を聞きました(加納の竹を
けづる家の娘さんでした、その家には深山の
人をつかって居る家でしたその娘さんは自分
家に居る人といいよーになれないため死んでしまい

No. 2

ましたいまく今日お寺にゆくとゆーその時
娘さんの思いになった男の人は死んだ娘さん
のことそのままなことをゆーそーです!!
それからとーと男の人は死んでしまいましたそーです
どの話も恐ろしい話ばかりでした!!
此様な話はめったにある様な話ではありませ
ん!! 岐阜は皆様が御帰りになってから
晴れた日ばかりです東京の様な所にゆきたい
いです皆様の御帰りになった日からけんかばかり
して居ります私はよくわかって居りますから
御手紙を下さいます時に私の家の人に見られ
てもよい様な面白いことでも(かいて下さいませ、

十三日夜

サヨウナラ

初代書簡四(大正10年10月13日)

して居ります。私はよくわつかつて居りますから
御手紙を下さいます時に 私の家の人に見られ
てもよい様な面白いことでも一かいて下さいませ。

十三日夜　　　　サヨウナラ

いずれも平凡な内容だ。一通は住職の妻ていから、厭味を言われたこと。夜書いたのはたわいない内容で、竹細工屋の娘の話。川端と婚約したというものの、川端に対する強い鼓動が聞こえてこない。住職夫婦に見られても、差し支えのない内容にしたのか？

初代書簡 五 （今年中に国に帰るつもりです）

大正十年十月十四日付、三銭切手　消印は十五日
岐阜市外加納町　伊藤より　十四日夜
東京浅草区小島町七二　坂 光子様内　川端康成様　親展

おなつかしき康成様
其の後 ご無沙汰を致しました。貴女
様にはおかわり御座いませんか。
此の頃中に 貴女様の所にはがきが行
きましたでせう。どうか悪く思わないで
下さいませ。私は悲しくてなりません
ほんとうは話し致しませう。私が貴女

様からの手紙を拝見して居ります。
と 私もすぐに手紙を出すつもりで手
紙を書はじめましたら どこに手紙を
出すかと言われましたから 私康さんの
所に出すのですと申ましたら もう康

さんの所に出さぬともよい、 それで
も私出しました。 その日御母さんと
大へんにあらそいしました。
私もほんとうにいやになりまし
た。 どのやうなことを書て出しました
か存じませんが
気にしないで下さいませ。 私もながく
は居りません。 今年中の内には帰
るつもりです。 私もいぜんより気のあ
わぬ所ですから 帰るつもりで居り
ました所が 台湾の方からとめられ
てしかたなし居ります物の 私は

国に帰つて　又東京に行きませう。
又私が国に帰りま(す)やうなことが

有りましたら手紙で御しらせ申
ますからよろしくおねがい致し
ます。私の考では此の間のはがき
は貴女様より手紙でも私の所
にいただけないやうなことでも書い
て有りますでせう。
かまいませんから手紙をくださいませ。
貴女様が出しにく御座いましたら　三
明様より手紙を出していゝただいて
その中に貴女様の手紙もともに

入れて下さいませ。
ほんとうにいやだと思とすこしもいた
くなくなります。私はさまざま
なことを考かいると悲しくなります。
私はあの汽車のひゞきをきますと
ほんとうに淋しく思つては毎日の様に
涙て居ります。今夜も月は出て
私を笑つて居ります。今な淋し様な
ことはよしませう。
今日も天気でした。十年も暮れて

行きます。大正十一年はどんなに面白く暮すことでせう。それをたのしんでまつて居ります。

三明さんハマさん彦さん 皆様によろしく申て下さいませ。

東京の夜を思出すと 恋しくなります。貴女様と三明様とお二人の御手紙をたのしんでまつて居ります。かならずはがきのことは気にしないで下さいませ。どうか御手紙下さいませ。先はこれで失禮を致します。寒くなりますから御躰大切になさいませ。皆様によろしく。一

おなつかしき　　サヨウナラ

康成様　　千代子

手紙の冒頭が単なる康様から、おなつかしき康成様に変化している。親愛の情が深まったのか。小言を言われれば、初代は黙ったりはしない。軋轢(あつれき)を怖れない。台湾のますからとめられて岐阜に留まっているが、年内には一度、岩谷堂に帰り、その後に上京する予定だという。上京の時期が段々早まってくる。

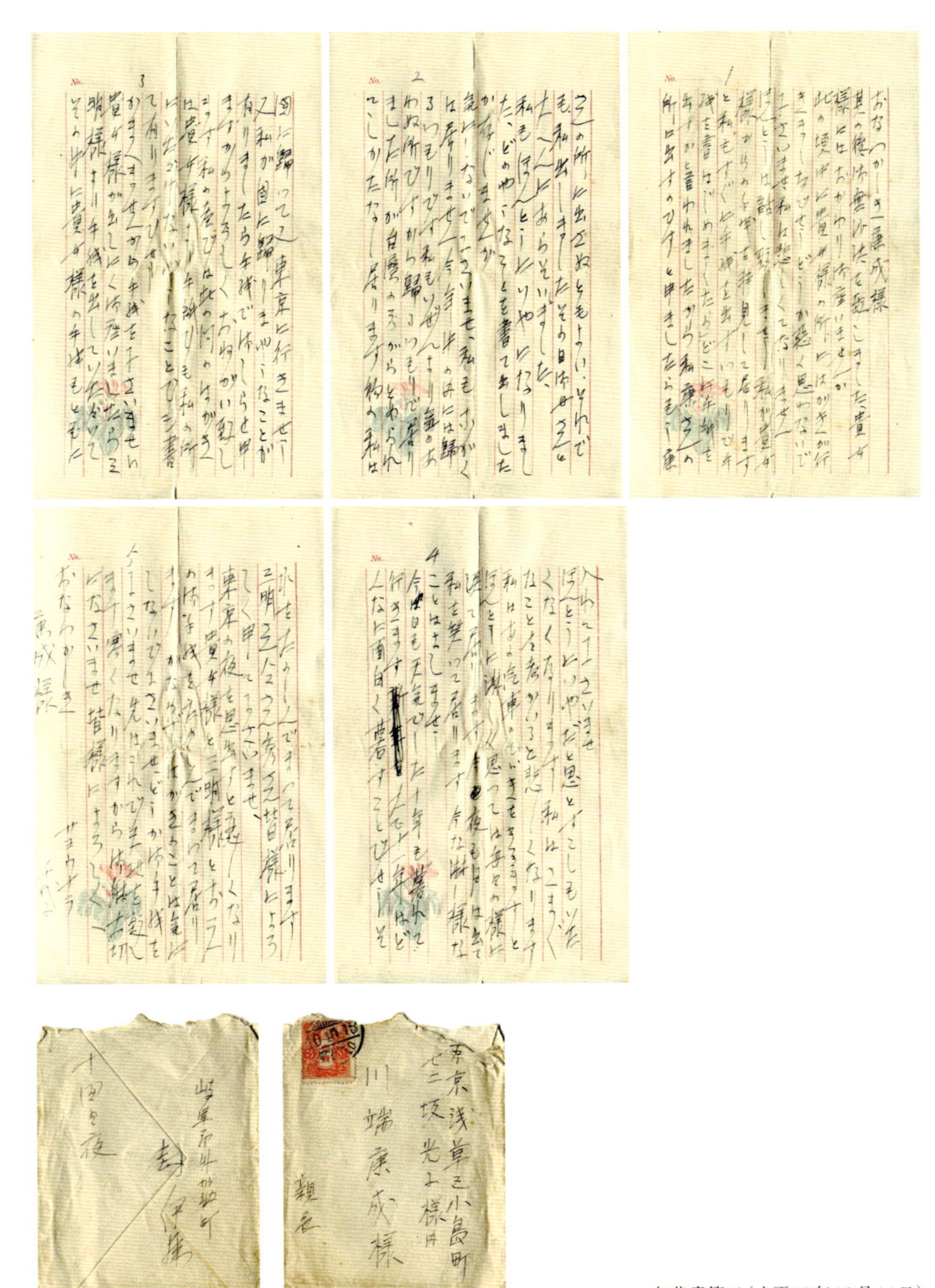

初代書簡五（大正10年10月14日）

初代書簡 六 （近所の娘と上京したいので、二〇円貸してほしい。一一月一日には岐阜を離れたい）

大正十年十月十八日夜　三銭切手　消印判読不能

岐阜市にて　伊藤　〆

東京市浅草区小島町七二　坂光子様内　川端康成様　親展

康成様 お手紙を有りがたう御座いました。

私の手にてお手紙を拝見することが出きました。

私ほんとうに毎日毎日涙いて暮して居ります。

どうしても十二月頃までは岐阜には居りません。私はよく考かいて見ましたけれど 私の様な気のおちつかない人は 此の西方寺に居ることは出きません。私も国に帰る覚悟を致しました。

しかし私には 今度国に帰るその時は 私の居ります六丁目に 私より五ツばかり年の上の女の人とい（つ）しように 東京まで行きます。其の人も私とおなじ様に家をだまつて出てゆく人です。ほんとうにきのどくな人なんです。私今貴女様におねがへ致したいことが御座います。ほかのことでも有りません

けれど もしか貴女様の御手に二十円とゆう
お金が有りましたら おかりすることが出きま
せんでせうか。 それだけのお金が有りましたらどん
なに私はうれしいでせう。
其のお金をすこしの間かして下さいませんか。 私が
国に歸りませば すぐにおかへし致します。
もしもかしていただけるものでしたら す見ませ
んけれども 私の所によこさず 私の伯母様
の様にして居ります所に 出していただきた

いのですが その方の所は岐阜市外加納町
二丁目中尾兼吉様方高橋千代として送り
下さいませば 私たのんでおきましたから
そこに出して下さいませば 私の家の人
に しれずにおかりすることが出きるのです。
まことに今なことを申ましてすみませんけれ
ど 送りくださいませんか。 そのお金さいかして致た
だけば 十一月の一日に岐阜をはなれます。
どうかおねがいですから すみませんけれど すぐ
に送り下さいませんか。 其のお金さいあれば此
ないやな所をはなれることができるのです。

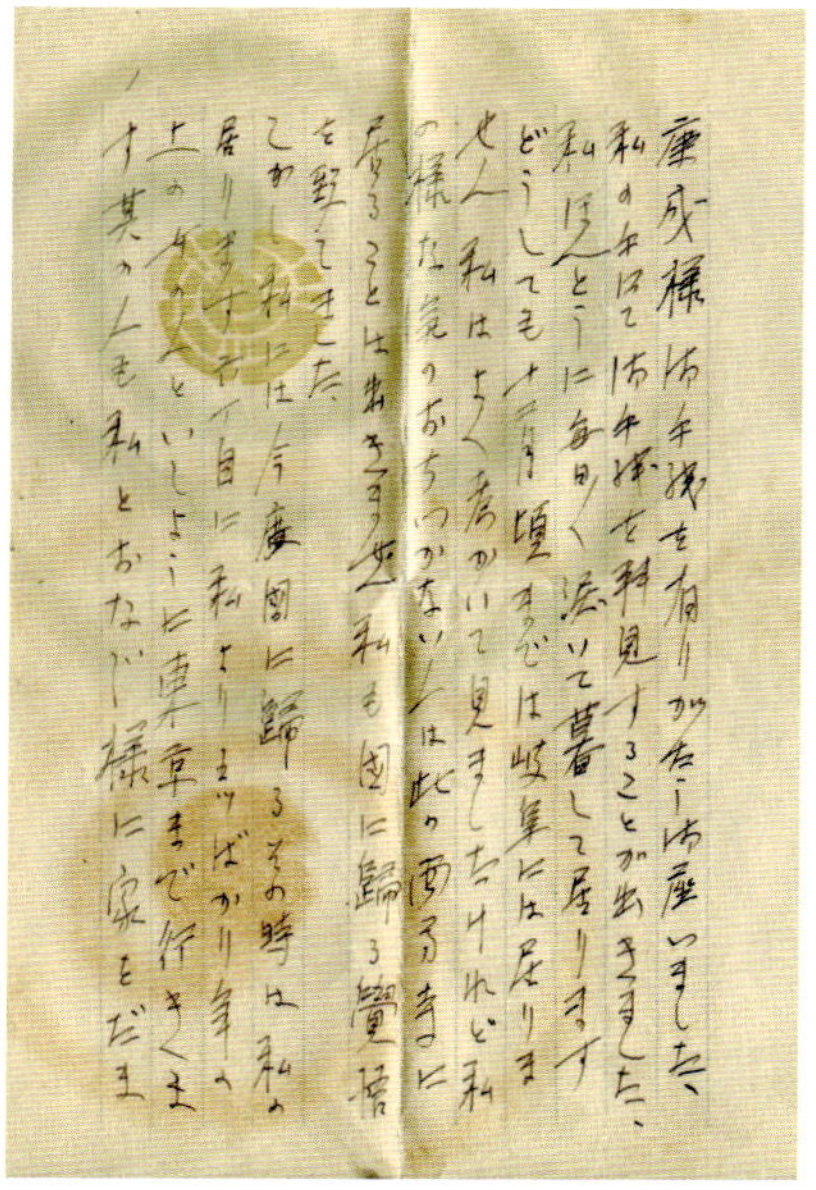

康成様御手紙を有りがたく御座いました、
私の手紙て御手紙を拝見することが出きました、
私はほんとうに毎日／＼泣いて暮して居ります
どうしても十一月頃までは岐阜には居りま
せん 私はよく考がいて見ましたけれど私
の様な気のおちつかない人は此の西方寺に
居ることは出きません 私も国に帰る覺悟
を致てきました
しかし私には今度国に帰るその時は私の
居りますけ一日に私よりまつばかり年の
上のおかんといしように東京まで行きくま
す 其の人も私とおなじ様に家をだま

つて出てゆく人ですほんとうにきへのどくな人
なんです 私今貴女様におねがへ致した
いことが御座います ほかのことでも有りませ
んけれどもしか貴女様の御手に二十円のとゆう
お金が有りましたらおかりすることが出きへま
せんか 若しそれだけのお金が有りましたらどん
なに私はうれしいでせう
其のお金をすこしの間かして下さいませんか 私が
国に帰りますればすぐにおかへし致します
もしかしていただけるものでしたら すみませ
んけれども 私の所によこさず 私の伯母様
の様にして居ります所に出していただきへた

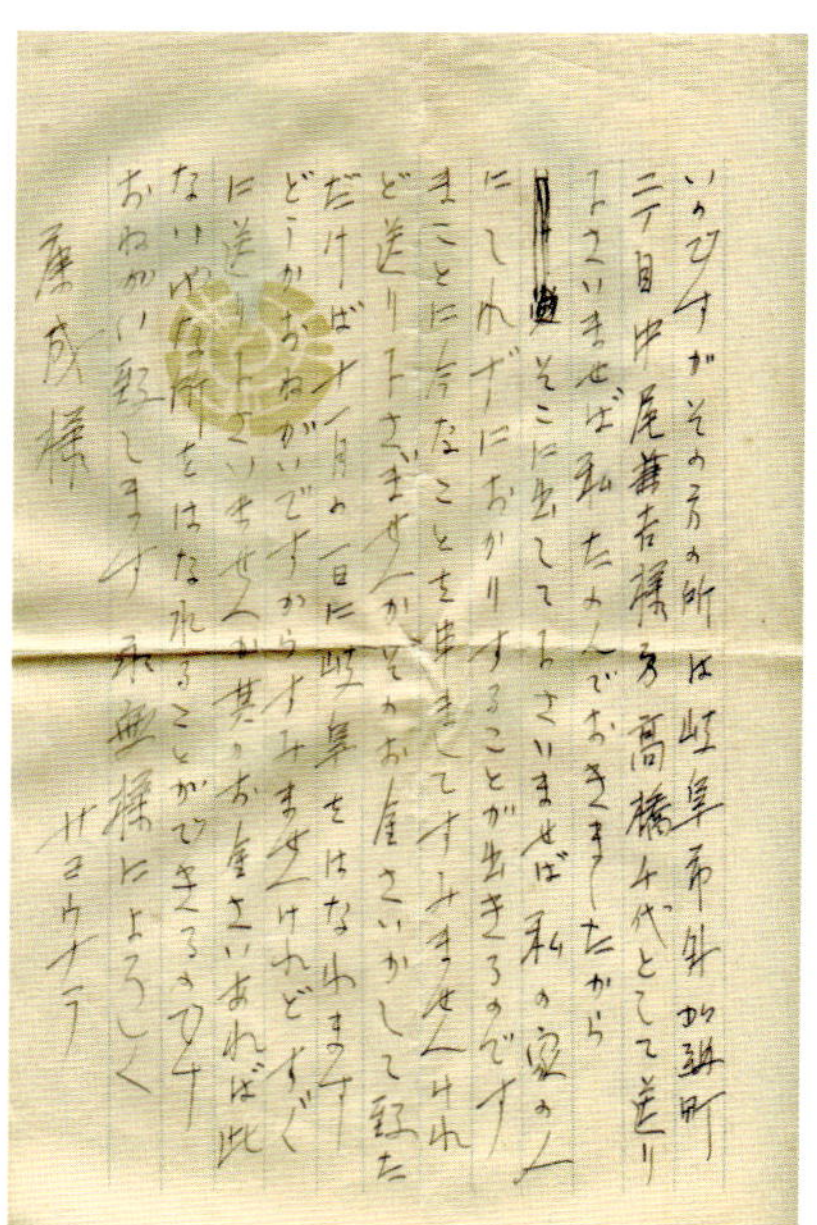

いのですがその方の所は岐阜市外加納町
二丁目中尾華吉様方高橋千代として送り
下さいませば私たのんでおきましたから
そこに出して下さいませば私の家の人
にしれずにおかりすることが出きるのです
まことに于んなことを申まして すみませんけれ
ど送り下さいますか 其のお金さいかして致た
だけば十一月の一日に岐阜をはなれますけ
どうかおねがいですから すみませんけれどすぐ
に送り下さいませんか 其のお金さいあれば此
なけいな所をはなれることができるのです
おねがい致しますす 永無様によろしく
サヨウナラ
康成様

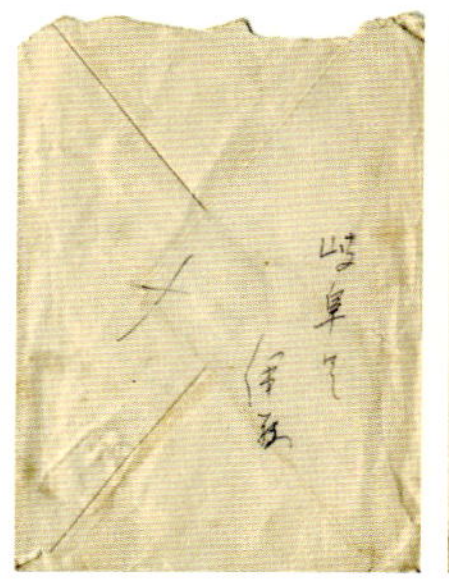

〆
岐阜にて
伊藤

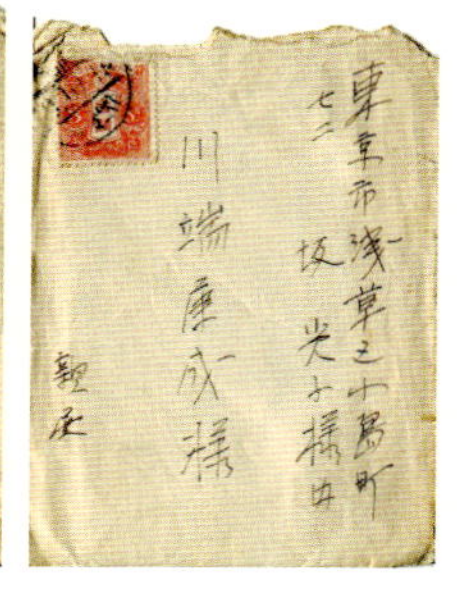

東京市浅草区小島町
七二
坂光子様方
川端康成様
親展

初代書簡六（大正10年10月18日）

おねがい致します。永無様によろしく。

康成様　　　　　　サヨウナラ

事態は急を告げる。初代は家を出る覚悟を固めた。一一月一日、近所の年上の娘を伴って寺を出たい。江刺の親元に帰ったら必ず返すから、二〇円貸してほしいと訴える。直ちに送金していれば、事態は大きく好転した可能性がある。

男女間では、時として金銭が絶大な力を発揮することがある。しかし川端は他の娘も一緒だという点にこだわり、送金せずに終わった。後から三明はこの経緯を知り、金なら俺が用意したのにと口惜しがった。千載一遇のチャンスを逃したのだ。男女の機敏が分かる三明と、分からない川端の差が出た。

川端岩次郎宛川端書簡　一　（初代との結婚と岩谷堂行を告げる）

大正十年十月廿一日　三銭切手

東京浅草小島町七二　坂方　川端康成

大阪府三島郡豊川村宿久庄　川端岩次郎　親展　封筒に十月廿二日夕方着の字

川端は大阪宿久庄の村親戚・川端岩次郎宛に手紙を書いた。初めて結婚を明かし、岩谷堂行きを告げる。川端が何を考えたかよく理解できる。

初代書簡　七　（借金の申し込みを撤回したい。これからも私を愛して下さいませ。十一月十日頃上京します）

大正十年十月廿三日　参銭切手二枚　消印は二四日

岐阜にて伊藤　〆　廿三日

1

岐阜からは直ぐ帰りました。事件といふのは、
正直に申せば結婚に関することです。これ
は他の誰にも明してありませんから、私の親戚
には勿論、誰にも仰しやらないで胸一つに
収めて置いて下さい。後で御迷惑になること
は断然致しませんから。それから結婚と申
しますと悪い女にひつかかつたとでも思召すで
せうが、そんな譯では決してなく、相手は
まだ十六のほんの小娘ですから、その点は解
つて下さい。その少女の今ゐる岐阜の家が面白
くないので、且つ身の置場のないやうな娘なの
で東京につれて来て、楽に私の思ふやうに教
育してやりたく奔走してゐるのです。ずゐぶ
ん御驚きになつたことと思ひますが、私は確と
決心して居ります。それが幸福になるか、

2

不幸になるか未来のことは私には分りません。
何れ改めて御相談もします。結婚も一年も
二年も先になるでせうから、御助言も聞きます。
先日の御約束があるので正直に申し上げたのです。
この二十五六日から岩手県へ二三人の者と又行
きます。娘の親の在です。家柄なども、勿論
非常に貧乏してゐることは分つてゐますがし
出来るだけ調べて来ます。家名を損じる
ことは致しません。事が明になるまで云はない
つもりでゐました。知らないふりしてゐて下さい。
他に洩れると困ります。大阪の方から反対され
たりすると今無茶なことになりさうですから。
私も静によく考へてゐます。馬鹿なことはしま
せんから暫時信用してゐて下さい。又御願

3

でしたいことがあり、それを事情をかくして云ふのは心苦しいので明したのです。再度で申し兼ねますが。盛岡へ行きの旅費三四十円ほどお借し下さいませんか。此間から雑誌社や本屋にいろいろ相談してゐますが、あてはあつても火急の間に合はないのです。十二月頃から少しづつ貰へさうです。先日の御言葉でしたが返せたら返せます。先にも申した通り、話がうまく行つたつて、少女一人東京で養つて行かねばならぬので大変苦しくなります。が、それは覚悟して働きます。そのあてもあります。

私の勝手な行に反対下さつても致方ありません。御注意も喜んで承ります。唯他に洩

4

して下さつては恨みます。

私も心痛してゐます。考へこんでゐます。御力をお借し下さつたらどんなに嬉しいでせう。

右まで。走り書きしていそいでゐますので文言の末は悪からず。

いづれ詳しく。

二十一日　康成

川端岩次郎様

川端岩次郎宛川端書簡一（大正10年10月21日）（茨木市立川端康成文学館蔵）

東京浅草区小島町七二　坂 光子様内　川端康成様　親展

おなつかしき康成様

御手紙を有りがたう御座いました。此の頃中の私の手紙のことを御ゆるし下さいませ。

あの時の手紙のことをお話致しませう。私はほんとうのことをお話致します。私 貴女様の所にあの様なむりなことを申ましてすみませんでした。貴女様に今お話致しますことを悪く思わないで下さいませ。

私は正直にお話致します。貴女様が東京に御帰りになりましてから 毎日の様に私に小言を申すのです。お前は康成様や三明様方になにを話した。お前は　も　どの様なことが書　た手紙が来ても 返辭を出すことはならん。手紙でも來たら見せろとか それは毎日　様に私に申すのです。私はその時でした。いろいろと考いて 私は此の家にいては 貴女様から手紙が來ても 私一人で見ておくわけにはゆかず 此の様な家に居るよりも 東京に行き 貴女様

とお話した上に 国に帰つて 又東京に出て見
様と思い それにしてもお金がない どうした
らよいのかしらと思いました。
私は貴女様からお金を送つていたゞいて すぐに
東京にゆこと思つて 其の様な手紙を出したので
した。其の時書いた手紙は 気がおちつかなく

て 今となつてなにを書きましたやら 私わから
ないのです。ほんとうにすみませんでした。
貴女様が 私の様な物を愛して下さいます
のは 私にとつてほんとうに幸福なことです。
私も今日までは 沢山の人から手紙を下さいま
したが 口さきの愛とか恋とか書いてありました。
私は其の手紙をどうして書いてやればよいのか 私
にはわかりませんでした。
私は貴女様の心におまかせ致します。 私の様
な物　でもいつまでも愛して下さいませ。
私も今日までに 手紙で愛と言ことを書きまし
たのは 今日はじめて書きました。 其の愛と言
ことがわかりました。

又此の手紙に女人のことも書きました。お話致しませう。其の方は今年廿三才です。
名古屋にいた其の時 あるカフエに見えました。其の時 学生の人と 一度結婚をなさいましたが
今ははなれて 此の岐阜で 親様方と皆暮していらしやるのです。どうしても其の人は東京に行き 自分はカフエにはいり 其の様な暮しを(し)て見たいとゆうつて居られましたが 今又ある學生の人から結婚を申しされて 東京に行くのはナシになさいました。ご安心下さいませ。
私も東京にゆくにしても 二人では行きません。

又貴女様の御手紙によれば 十一月の中頃に岐阜に御いで下さいますそうですが 私にしてきて下さいますのは どんなにうれしきことでせう。

しかしお母様はどこまでも貴女様や三明様のことを悪く申して居るのです。

お母様の申すことを聞いて下さい。今度、貴女様方が見えても 外に出ることはならん。どこまでも私に申すのです。私はほんとうに涙いて居るばかりです。貴女様がわざわざ御いで下さ

いまして此の家から外にゆくことの出きぬ時 私どうしてよいのやらはかりません。私もよく考いて見れば 貴女様にきていいたゞくより 私が東京に行きたいと思い居ります。

御いで下さいまして 貴女様の心を悪くするよりどうせ私も一度東京には どの様なことがありましても貴女様とお話致したいことが有りますから 十日頃に行きたいと思つて居りますがたから 十一月の一日にはいけません様になりまし貴女様が岐阜に御いで下さいますならまつて居りますが 私が貴女様の所におたづねしてもよければ 十日頃に行きますが 貴女様方にきていいたゞいたほうがよいでせうか。私が貴女様の所におたづねしてよいでせうか。貴女様がどう思い下さいますか。貴女様の思いどうりに致しますから 貴女様の思いどうりに書て手紙を下さいませ。私は貴女様にきていたゞくのはうれしいのですが どうしても外に出して下さらぬ其の時 貴女様のお心に悪く思いにな

る様なことがあつてはいけませんですから
其のことをよく考がいて下さい。只今書いたことを
悪く思っては下さいますな。私は正直にお話致しましたので
す。只今の私が東京に行ったらよいのか 貴女様にき
ていたゞくか 二ツのことをおねが致します。私は東京に
はゆく考いです。御手紙をまつて居ります。
手紙は中尾様の所に出して下さいませ。先は
失礼を致します。御身大切に!!
おなつかしき

康成様　千代

一八日に依頼した件を詫びる。あの時は何を書いたのか判断がつかなかったと。養父母からは外出を禁じられ、せっかく岐阜に来てもらっても、無駄足になるのではと気を揉む。一人で上京するのが良いのか、考えあぐねて川端に判断を求めている。たどたどしい文面が切なく響く。川端は烈しく心を揺さぶられたに違いない。

珠玉の言葉が続く。

「貴女様が私のような者を愛して下さいますのは、ほんとうに幸福なことです。私のような者でもいつまでも愛して下さいませ。私は愛ということがはじめてわかりました」

こんな手紙を最愛の女性からもらったら、誰しも舞いあがってしまう。胸中、満ち来る潮さながらだったろう。

封筒には赤い花、便箋には蓮の花。小さな変化を川端が見逃すはずはない。蓮は極楽浄土に咲く植物、涅槃、ニルバーナの象徴だ。ニルバーナとは悦楽の極致も意味する。

おなつかしき康成様
御手紙を有りがたく御座いました。此の頃中の私
の手紙のことを御ゆるし下さいませ。
あの時の手紙のことはお許し下さいませ。私は[illegible]
どうしてもお許し致します。私貴方様の所
にあの様なむりなことを申しまして、すみませんで
した。貴方様にお許し致しますことを深く
思わなければ下さいませ。
私は正直にお許し致します。貴方様が東京
へお帰りになりましてから毎日の様に私
に小言を申すのです。お前は康成様と三明
様と共になったを話した。お前はもどの様な

2
ことが書た手紙が来ても返辞を出すことはなら
ん手紙でも来たら見せろとかそれは毎日様
に私に申すのです。私はその時びっくりしたいろく
と言って私は此の家に[illegible]貴方様から手紙
が来ても私一人で見ておくわけにはゆかず此の
様な家に居るよりも東京に行き貴方様
とお話した上に国に帰って[illegible]東京に出て見
様と思いましたにしてもお金がないどうした
らよいのかしらと思いました
私は[illegible]様がお金を送って下さいましてすぐに
東京にゆこと思って其の様な手紙を出したので
した其の時書いた手紙のは気がおちつかなくて

3
て今となってあなたを書きましたやら私わから
ないのです[illegible]とうにすみませんでした、
貴方様が私の様な[illegible]を愛して下さいます
のは私にとって[illegible]
私も今まで[illegible]山の人から手紙を下さいま
したがにさきの愛とか恋とか書いておりました
私は其の手紙をどうして書いて[illegible]私
にはわかりませんでした、
私は貴方様の心におすがり致します私の様
な[illegible]
私も今までに手紙で愛と言うことを書きまして
たのは今日はじめて書きました其の愛と言

4
ことがわかりました、
し此の手紙にすまんのことも書きました お許
し下さいませ。其の方は今年廿三才です
名古屋にいた其の時[illegible]した其の
時[illegible]の人と一度結婚をなさいましたが
今ははなれて此の岐阜で親様と皆暮
していらしゃるのですどうしても其の人は東京
に行き自分はかってはいり其の様な苦しを
して見たいとゆうっておられましたが今子ある学
生の人から結婚を[illegible]東京に行くかねよし
になさいました[illegible]ございません、
私も東京にゆくにしても一人では行きませんし、

初代書簡七（大正10年10月23日）

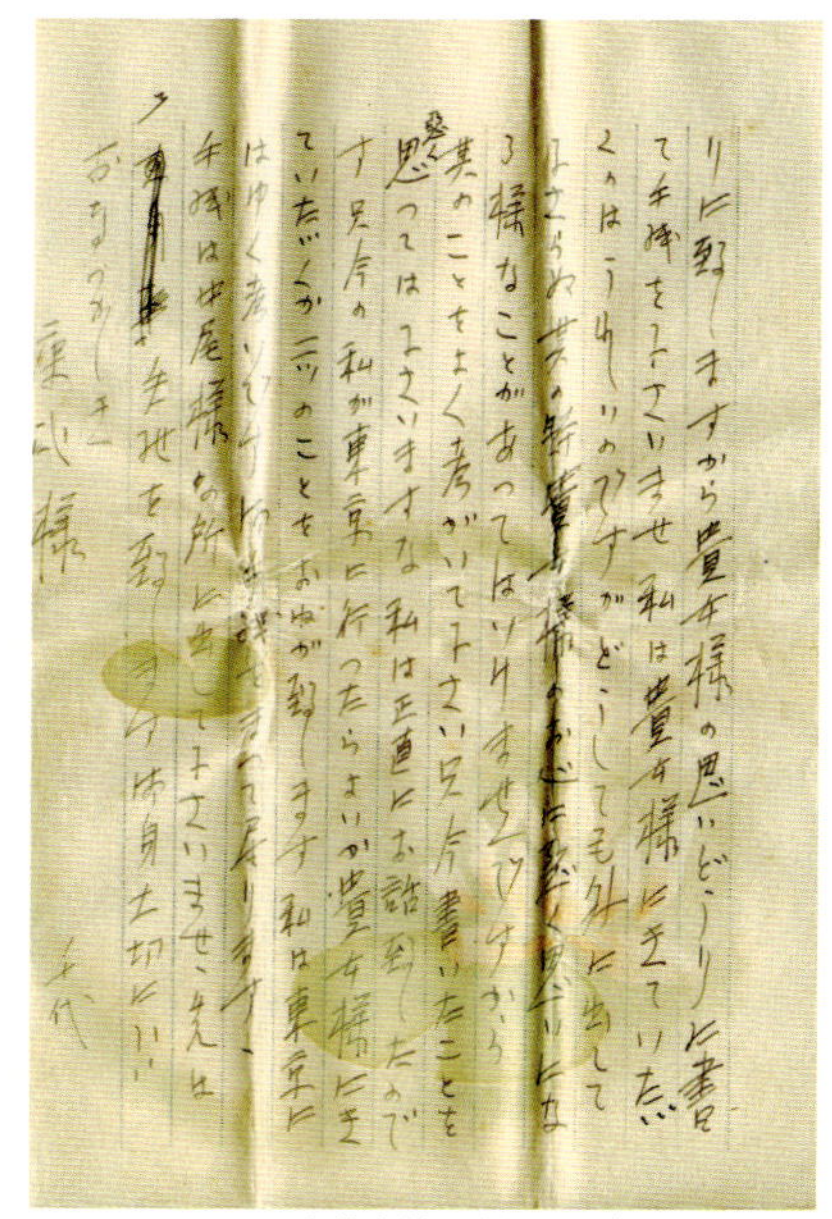

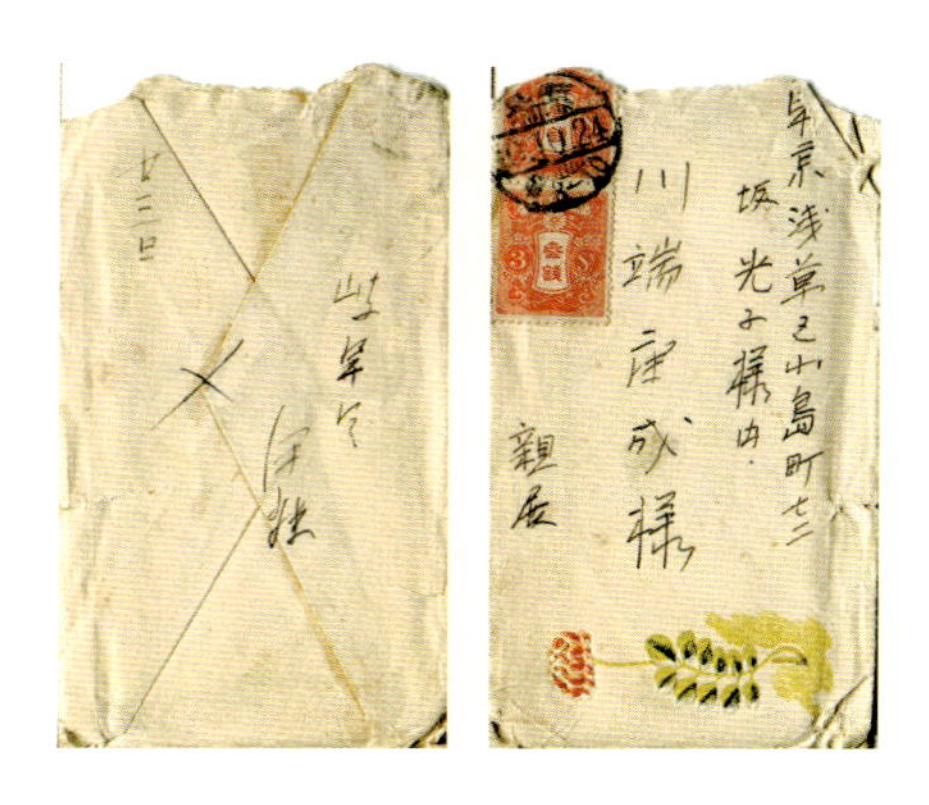

初代書簡七（大正10年10月23日）

川端岩次郎宛川端書簡 二 （私は総てを捨ててかかっています）

十月二十五日　三銭切手

東京浅草小島町七二　坂光子方　川端康成　二十五日　送金入との文字

大阪府三島郡豊川村宿久庄　川端岩次郎

川端岩次郎から結婚を反対されたのだろう。それに対する返事だ。

「今更理性では動かし難い。総てを捨ててかかっています」

川端の価値観が窺える貴重な書簡だ。このことはいずれ小説に書きたいと岩次郎に誓う。見逃せない言葉だ。

二人は真剣に愛しあっている。そんな確信を抱きつつ、川端は岩谷堂行きを決意する。愛に満ちた手紙も持参、ほぼ結婚の了承を得た。菊池寛にも報告、様々な便宜を計ってもらった。三明永無が新居を見つけて来た。所帯道具も買い揃えなくてはならない。

一〇月二七日頃、川端は初代に手紙を書く。だが初代からの返事はない。

二八日夜、学友三人と上野駅から東北本線に乗る。翌朝、水沢に到着、タクシーで岩谷堂の役場に向かう。戸籍を入手して、岩谷堂小学校に行く。用務員の伊藤忠吉に会い、婚約を報告。宿で忠吉と夕食をとるが、忠吉は箸をつけようとはしない。夜、教諭の鹿野新八に呼び出されて不快な経験をする。

伊藤忠吉宛川端書簡 一 （初代様の幸福と御父様の孝養に力を尽くしたい）

大正十年十一月二日　　封筒欠落

先日は実に突然御驚かせ申して失

礼致しました。あの折に後から考へる

1

御手紙拝見致しました。御忠言有難く存じます。仰せ一々御尤とは存じますが、私自身もさうだとは思ひますが今更理性で動かし難くなって居りますから致方ありません。秋田にも三番にも勿論相談は致します。無論常識から云って反對されるのが至當と推察し、誠に反對されても断じて遂行すると決心致して居ります故、時機を待って居るのでございます。先日はあんな風に事情を打明けないで、金銭を拝

2

借し、それを一時でも打明けない事件のため欺して使ったやうな形式になったのを、今にして、心苦しく存じます。平に御詫び致します。私もこれがため親戚から反對される——これまで並々ならぬ恩を受けた人々から万一疎になるやうなことがあればと想ふと悲しくなります。その心痛ばかりでも大抵ではございませんしが何と申しても、このことは私自身の究極の問題

3

です。身勝手なことから人様の助けを求める虫の好さは分って居ります。自分のことは自分で致しませう。こちらで職を求めるなり何なりして、当面の問題を解決し今後の生計を立てませう。強い精神は天にも通じさせます、何も新らしい思想等の問題ではございません。大学の秀才で良家の令嬢と結婚したから幸福とも貧家の娘と結婚したから不幸だとも、それは一般的には云へず、一組一組の問題です。私は結婚を功利的に

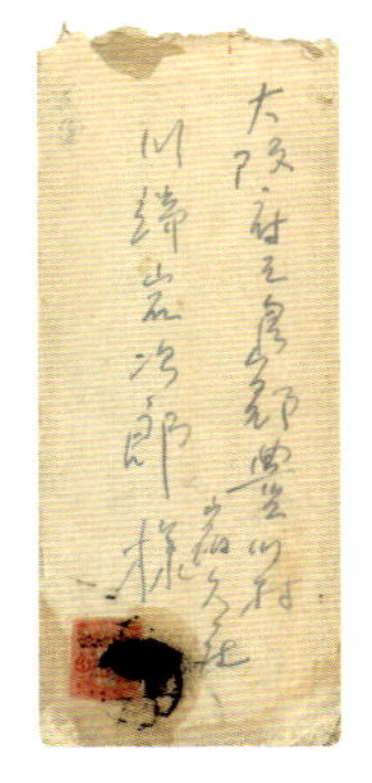

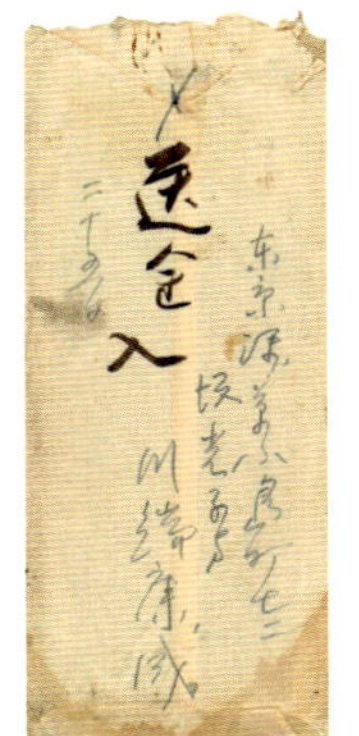

考へて居りません。又その娘が可愛想だから救ってやらうとして定めたのでもありません。又厭はしい関係から仕方なくといふのでは勿論ありません。少し詳しく申せば次の如くです。女が十五の時東京でよく會ひました。去年の今頃岐阜に行ってこの九月まで會ひませんでした。九月友人と岐阜に寄って一寸會ひました。十月友人と二人で娘のゐるお寺（そこの養女といふことになってゐます）に行って娘にそのこと話し娘が承知しました。これだけです。この約束には、どうあっても両方として責任を持ちます。今年中待って下さい。

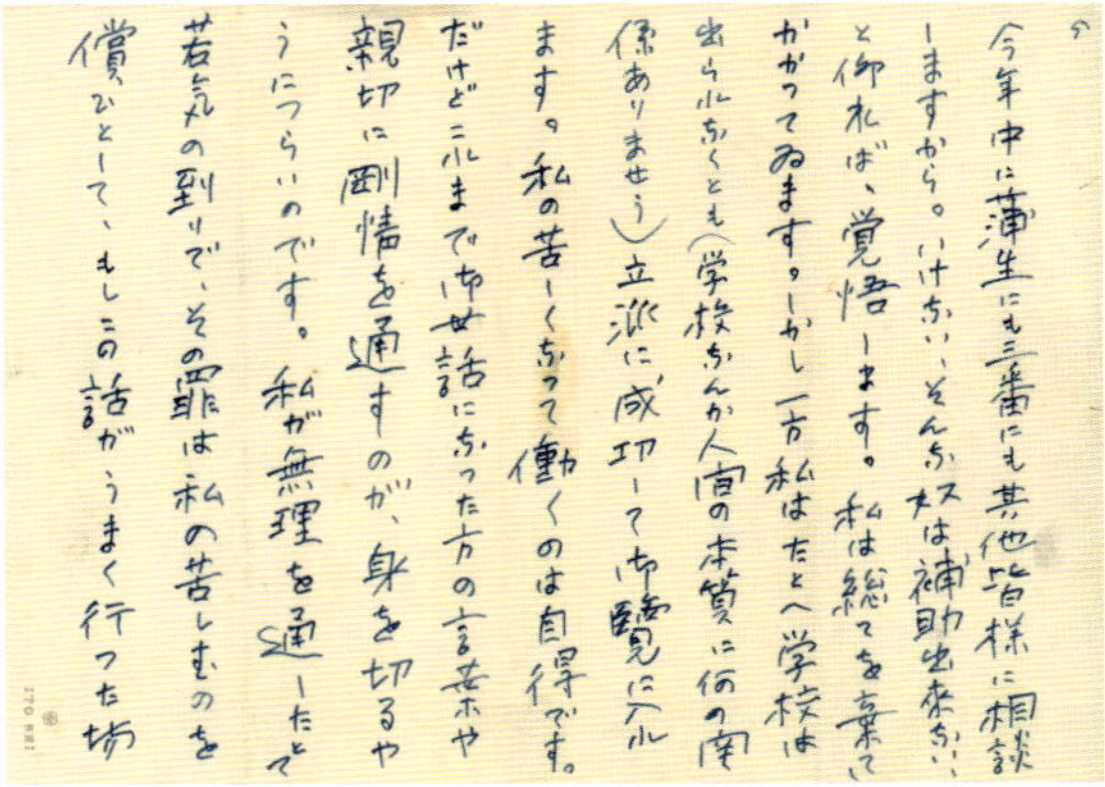

今年中には蒲生にも三番にも其他皆様に相談しますから。いけない、そんなのは補助出来ない、と仰れば、覚悟します。私は総てを棄てかかってゐます。しかし一方私はたとへ学校は出られなくとも（学校なんか人間の本質に何の関係ありません）立派に成功して御覧に入れます。私の苦しくなって働くのは自得です。だけどこれまで御世話になった方の言葉や親切に剛情を通すのが、身を切るやうにつらいのです。私が無理を通したとて若気の到りで、その罪は私の苦しむのを償ひとして、もしこの話がうまく行った場合、その女も私の家族として許して頂け、私の故里にも爪弾きされず迎へてやって下されば、私はどんなに嬉しいでせう。私としても故里と可笑しなことになるのは淋しいのです。この問題は詳しく小説に書く折もあらうと思ひますから、御読みの上御了解下さい。

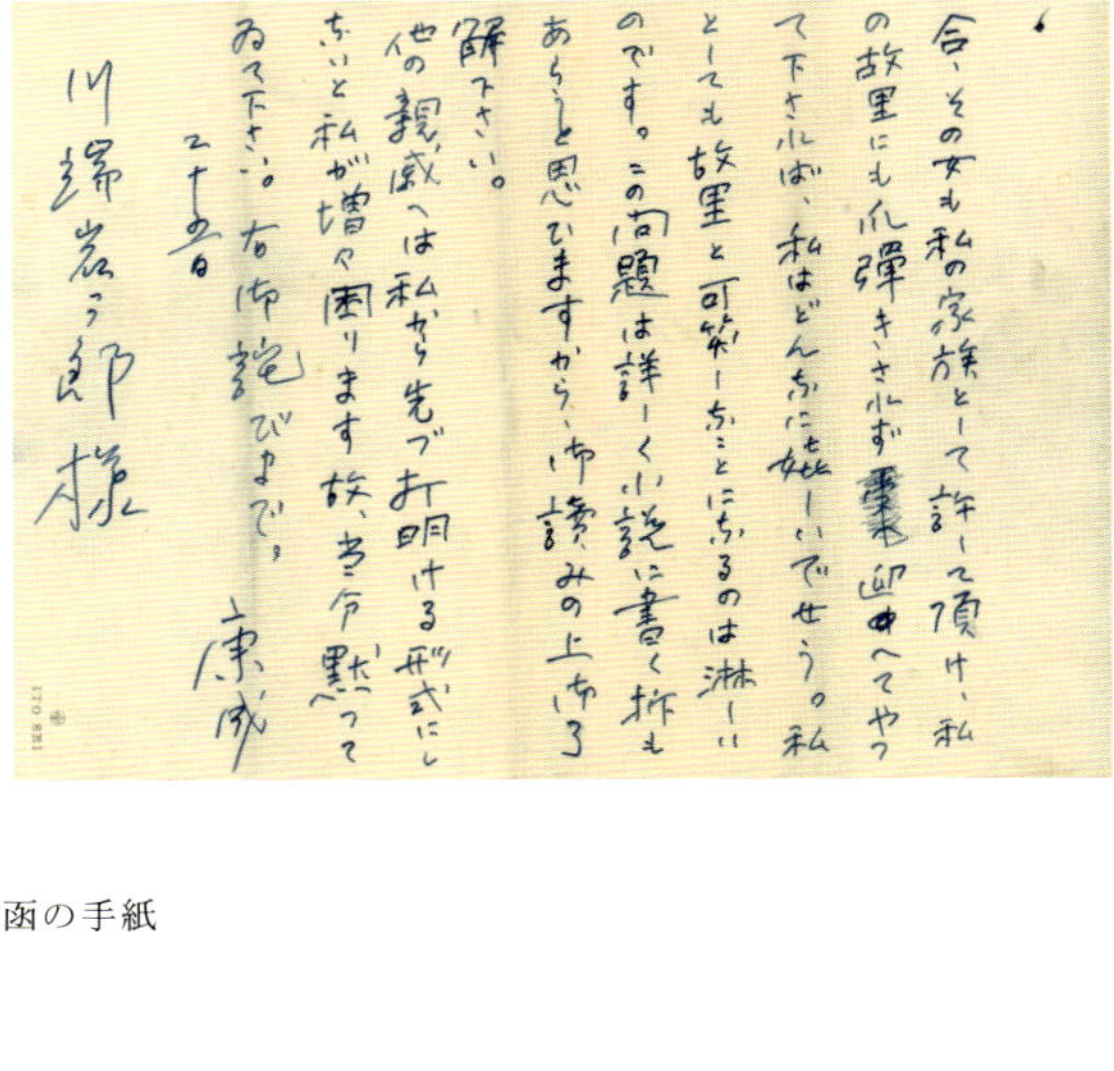

他の親戚へは私から先づ打明ける形式にしないと私が増々困ります故、当分黙ってゐて下さい。右御詫びまで。

二十五日

康成

川端岩次郎様

川端岩次郎宛川端書簡二
（大正10年10月25日）
（茨木市立川端康成文学館蔵）

と随分非礼な言葉を平気で申し上げたやうで恥しく御座いますが、私としても一生懸命の場合だったもので御座いますから、悪からず御許し下さいませ。私達の御地に参りました心を素直に御受け入れ下さいまして、ああ仰つて下さつたのは、私としても御礼の申しやうもなく唯嬉しう御座います。お目にかかつた折、いろいろ申し忘れた事がある気もし、改めて申し上げたい事も山々御座いますが、盛岡の鈴木の家に寄つて一日帰京致しました旅疲れ

の上に、この事で殆どねむられない程心痛を続けた心の張りが、御言葉でほっと安心すると同時に疲れが一時に出まして、昨日鹿野先生に御礼の手紙を書いたのが、やつとの事だつたので御座いますから、詳しい事、私の心持等は、先日申し上げげた言と次便を御併読の上御了承解下さいませ。唯無力な私で御座いま

すが、初代様の幸福と御父様の
孝養に出來得る限りの力を尽くした
いと思ふ外 何も考えて居りません。
鹿野先生に御願ひして置きました
から、先生に御相談下され度く、私
にも御不審の点は御聞き下されば

正直に申しますし 私に仰り悪いことは
本郷駒込林町一六八帝大佛教青年會内
□□□□□□□□ 三明永無に
ご遠慮奈く仰つて下さいませ。
台湾の小母様へは、総て私一人の責任
として、御地へ参つたことも申さず、友
達の口添へを借りて相談します。
このこと御承知願ひます。岐阜へ
手紙をお出しになる場合は、このことにも
岐阜の寺を初代様が出たがつている
事にも 関係ない事お書き下さい。で
ないと、御父様の御手紙でも開封さ
れ、台湾の小母様に對し私のする
ことが無駄になりますから。私から

申し上げるのは変で恥しう御座います
が、本人初代様の意志は大丈夫で
御座います。私が心を一事に注いで動
いて居りますのも、初代様の心が頼り
だからで御座います。
なるべく早く出來るだけのことは致し
ます。此の正月は初代様を国に送
つて、久々に新年を共々御迎へ下さ
るやうに屹度(きつと)致します。
御心配かけて申譯御座いません。
鹿野先生によく御礼の心を御伝
へ下さいませ。
他は次便に譲つて 右ご挨拶のみ

申し上げます。
悪い病流行中　御身大切に
遊ばしませ。

十一月二日　　川端康成

伊藤忠吉様

伊藤忠吉宛川端書簡一（大正10年11月2日）

一一月一日、帰京した川端はすぐ忠吉宛に手紙を書く。常用の白紙の便箋に書かれ、水に濡れ判読が難しい箇所もある。

「初代様の幸福と御父様の孝養に出來得る限りの力を盡したいと思ふ外、何も考えて居りません。本人初代様の意志は大丈夫で御座います。初代様の心が頼りだからで御座います。」

赤心（せきしん）に満ちた内容である。強い責任感がひしひしと伝わってくる。

「台湾の小母様に對して、私のすることが無駄になります」

これは一体何を意味するのか？　山田ますに西方寺サイドとの結婚の橋渡しを頼もうとしていたのか？　初代も山田ますに婚約を報告したのか？　いや、そもそも山田ますが結婚に賛成したかどうかも疑問である。

ますは福田との結婚に破綻しかかっていた。ならば一度帰国して岐阜の実家に戻り、上京後カフェを開くことを計画していたのか。となると初代は右腕とも頼む存在である。ところが初代もかつての可憐な少女ではない。どこへ行っても食べていける自信をつけていた。

依存心が消え、独立心が芽生えた時、初代は大きく変身する。夏草さながらの生命力、したたかさを纏いつつ、逞しい女として人生の舞台に登場する。この変貌を川端は察知していたのか？　庇護したい気持ちは理解できる。しかしあまりにも強いと反発を招く。実に匙加減が難しい。

事態は暗転する。頻繁に届いていた手紙が、二四日を最後にプッツリと途絶えてしまう。川端は不安に駆られつつ筆を執る。例の未投函の手紙である。

初代宛川端書簡（未投函）（恋しくって恋しくって、早く会はないと僕は何も手につかない。手紙が来ないと泣き出すほど気にかかる）

封筒無し、便箋のみ　一一月一日から七日の間に書かれたと推定される。

僕が十月の二十七日に出した手紙見てくれましたか。君から返事がないので 毎日毎日心配で心配で、ぢつとして居られない。手紙が君の手に渡らなかつたのか、お寺に知れて叱られてゐるのか、返事するに困ることあるのか、もしかしたら病気ぢやないか、本当に病気ぢやないのかと思ふと 夜も眠れない。とにかく早く東京に来るやうにして下さい。恋しくつて恋しくつて、早く会はないと僕は何も手につかない。二十七日に出した手紙には いろいろ詳しく書いたが、あんなことは君の都合でどうでもよろしい。僕は君の云ふ通りにして上げる。早く何とか思ふ通り返事して下さい。唯、一人で旅することは 僕が心配だし心細いから止めて下さい。必ず迎ひに行く。そして何とかして汽車に乗れたら それでよろしい。東京に来てからのことで 心配なことあるなら、それも君の思ふ通りしてあげる。厭なことなぞ決してさせない。父様の方は安心してゐなさい。台湾の方も僕が責任持って好くしてあげる。国へも帰してあげる。実に話したいことが 山ほどある。国へ帰るにしても、東京にしばらくゐる間 不自由ないやうにと、色々考へてゐたが 急なことだし、思ひ通りにならない。そんなことは辛棒して下さいね。誰か何と云つたつて 僕を信じていらつしやい。君の思ふ事 何でも承知してあげる。早く手紙下さい。毎日どんなに暮してゐるかと、手紙が来ないと 泣き出すほど気にかかる。僕は十日前後に必ず行く。知れてもいいから、汽車にさへ乗れたら 大丈夫だ。君が悪く人から云はれる所は 僕が皆代りに引き受けて上げる。お父様の

僕が十月の二十七日に出した手紙見てくれましたか。君から返事がないので毎日毎日心配で心配でじっとして居られない。手紙が君の手に渡らなかったのか、お寺に知れて叱られてゐるのか、返事するに困ることがあるのか、もしかしたら病気ぢやないか、本当に病気ぢやないのかと思ふと夜も眠れない。とにかく早く東京に来るやうにして下さい。恋しくって恋しくって、早く会ひたいと僕は何も手につかない。二十七日に出した手紙にはいろいろ詳しく書いたが、あんなことは君の都合でどうでもよろしい。僕は君の云ふ通りにして上げる。早く何とか思ふ通り返事して下さい。唯、一人で旅することは僕が心配だし心細かったら止めて下さい。必ず迎ひに行く。そして何とかして汽車に乗れたらそれでよろしい。東京に来てからのことで心配なことあるなら、それも君の思ふ通りしてあげる。嫌なことなぞ決してさせない。父様の方は安心してゐなさい。台湾の方も僕が責任持って好くしてあげる。国へも帰してあげる。実に話したいことが山ほどある。国へ帰るにしても、東京にしばらくゐる方不自由ないやうにと色々考へてゐたが急なことだし、思ひ通りにならない。そんなことは辛棒して下さいね。誰か何と云ったって僕を信じてゐらっしゃい。君の思ふ事何でも承知してあげる。早く手紙下さい。毎日どんなに暮してゐるかと、手紙が来ないと泣き出すほど気にかかる。僕は十日前後に必ず行く。知れてもいいから、汽車にさへ乗れたら大丈夫だ。君が悪く人から云はれる所は僕が皆代りに引き受けて上げる。お父様の方は安心していらっしゃい。病気ぢやないか。病気のなら病気と葉書（はがき）だけでも下さい。君の思ふ通り書いて下さい。

[illegible]

ちよ様

初代宛川端書簡（未投函）

方は安心していらつしやい。病気ぢやないか。病気なら病気と葉書だけでも下さい。君の思ふ通り書いて下さい。

康成

千代様

初代書簡八（私にはある非常が有るのです。其の非常を話すくらいなら死んだ方がどんなに幸福でせう）

大正十年十一月七日　午後六〜八時　三銭切手

岐阜にて　伊藤　消印　午後六時〜八時

東京市浅草区小島町七二　坂光子様方　川端康成様　親展

おなつかしき康成様

御手紙有りがたう御座いました。

此の頃手紙を出しませんで失礼を致しました。貴女様は御変りもなく御暮しのこと、存じます。私は今貴女様におことわり致したいことが有るのです!!!

私は貴女様とかたく　おやくそくを致しましたが私にはある非常が有るのです。それをどうしても貴女様にお話しすることが出きないのです。私今此の様なことを申

上れば ふしぎに思いになるでせう。
貴女様は其の非常を話してくれとお、
せでせう。私は其の非常を話すくらいな
ら死　だ方がどんなに幸福でせう。

どうか 私の様な物は 此の世にいない
と思つて下さいませ。
貴女様が 私に今度御手紙を下さい
ます其の時は 私は此の岐阜には居りませ
ん。どこかの国で暮して居ると思つて下さ
いませ。私は貴女様との事を一生わすれ
ません。私はもう失礼を致しませう。
私は今日が最後の手紙です。此の西方寺
に下さいましても 私は居りません。　さらば
貴女様の幸福をまつませう。
私はどこの国で暮すのでせう。皆様
によろしく申上て下さいませ。お別れ致し
ます
サヨウナラ…

康成 様

不幸にも不安は的中した。十一月七日の「非常」の手紙、それはあまりにもおぞましい内容だった。幸福の絶頂から、不安の深淵に叩き落された。

一一月九日、夜列車に飛び乗った。翌日、西方寺に行って初代に会う。しかし苦悶の表情を浮かべる初代に打つ手は無い。何の成果もなく、悄然と宿に帰った。万策尽きて、電報で三明を呼んだ。疲労はなはだしく、晩飯を食べる気力もない。

一一日朝、宿に三明が現れた。起きる気力もなく昏々と眠った。昼頃、気力をふりしぼり、二〇枚ほど手紙を書いた。初代が上京する汽車賃と手紙を三明に託した。三明は魔法でも使ったように、あれほど頑なだった彼女の心を解きほぐした。事態は改善されたかに見え、川端は東京に戻った。

初代書簡 九 （心配をかけましてほんとうにすみませんでした。東京に行きます）

大正十年十一月十二日　消印　午後零～二時　三銭切手
岐阜にて　伊藤生　〆　十一月十一日　消印十二日
東京本郷根津西須賀町一三　戸澤常松様方　川端康成様　親展

康成様 此の頃中は貴女様にご心配をかけてすみませんでした。　おゆるしくださいませ。
私があの様な手紙を出して 申わけがありません。!!!
永無様よりお話をきゝ、まして　大へん貴女様には 心配をかけまして　ほんとうにすみませんでした。私は東京に行きます……
私も思う様に家を出られませんから　一月一日

おなつかしき康成様
御手紙有りがたく御座いました。
此の頃手紙を出しませんで失礼を致しまし
た、貴女様はおかわりもなく御暮のこと、
存じます。私は今貴女様におことわり致
したいことが有るのです。……
私は貴女様とかたく　おやくそくを致し
ましたが私にはある非常が有るのですそ
れをどうしても貴女様にお話しすることが
出来ないのです。私を、此の様なことを申
上ればふしぎに思いになるでせう
貴女様は其の非常を話してくれとおっしゃ
るでせう私は其の非常を話すくらいな
ら死んだほうがどんなに幸福でせう

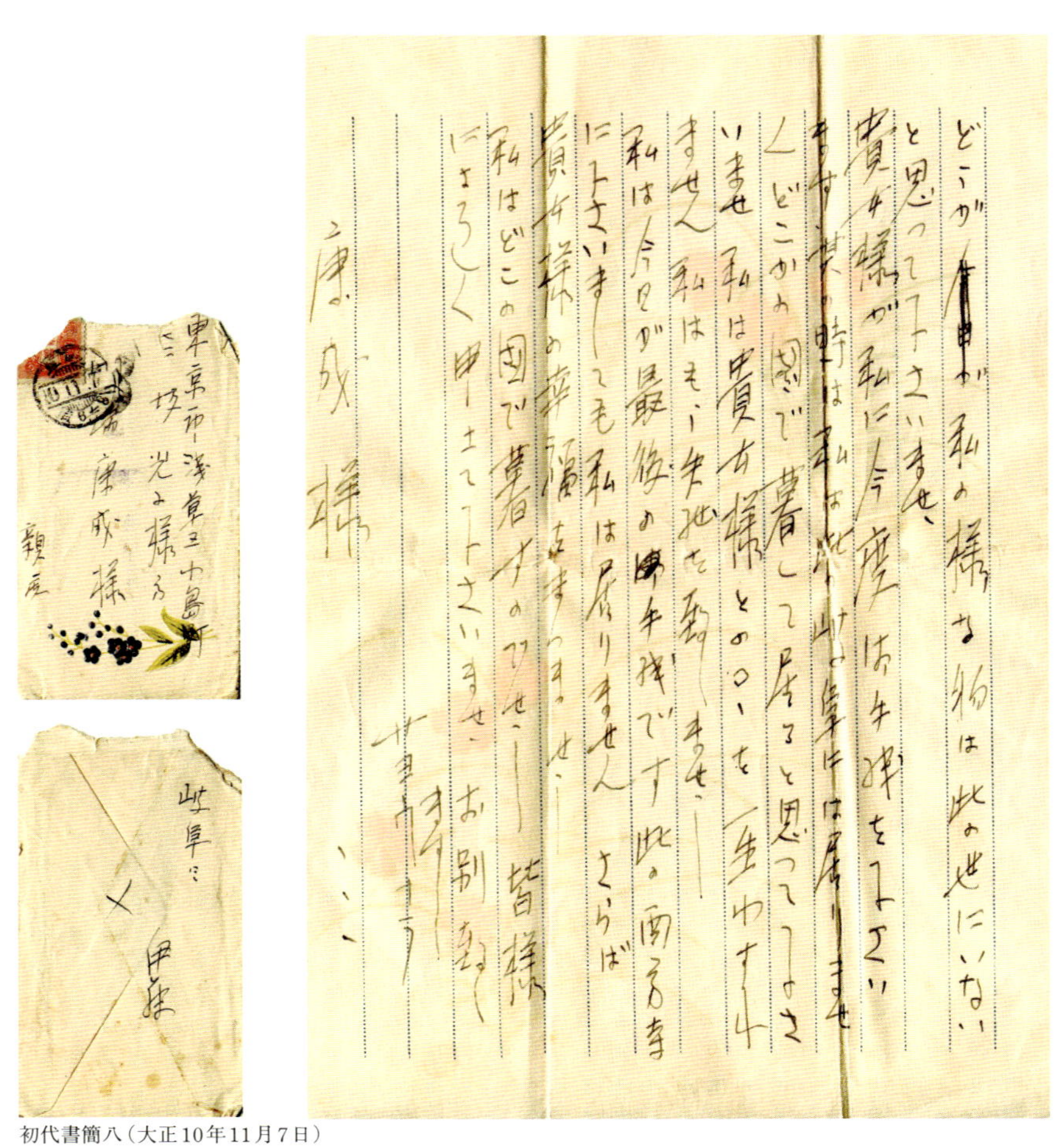
東京市浅草三十島町
三坂光子様方
康成様
親展

岐阜市
伊藤

どこか　が私の様な物は此の世にいない
と思って下さいませ、
貴女様が私に今度は手紙を下さい
ます其の時は私は此の世には居りませ
んどこかの国で暮して居ると思って下さ
いませ　私は貴女様との心を一生わすれ
ません　私はもー手紙を致しません
私は今日が最後の手紙です　此の西方寺
に下さいましても私は居りません　さらば
貴女様の幸福を祈ります
私はどこの国で暮すのかわかりません　皆様
によろしく申して下さいませ　お別れ致します

康成様

初代書簡八（大正10年11月7日）

には思う様に出て行きます。其の様な時なれば出てゆくことが出きます。又御手紙の中にお金を有りがたう御座いました。

貴女様におわび致しておきたいのは　此の間父より貴女様のことについて手紙を下さいました……が私は父におことわりして下さいと書いて出しましたから貴女様の所にことわりの手紙がきましてもほんとうに思わないで下さいませ。私がなぜに父に其の様な手紙を出したかと申ますと其の手紙を書きます時にしんるゐの女の子がきて居まして私の手紙を見て居るのです。其の時に私がおことわりして下さいと書くよりしかたがなかつたのです。その子が居たばかりに私の思う様に書く事が出きないのでした。手紙におことわりの手紙がきましても悪く思わないでどうか私を愛して下さいませ……又貴女様に父より手紙がきましたら貴女様より手紙を一本出して下さいませんか。私があの様な手紙を出しましたが其の女の子がいたばかりにことわつていただく様と書きましたがほんとうは心から書い

のでは有りませんから 其の所をよく書いて すみ
ませんが 一本手紙を出して下さいませ。 おねがい
致します。 永無様や貴女様にほんと
うに申わけが有りません。
ハマさん 彦さん 皆様にお話をなさいました そう
ですね。どうかよろしく申て下さいませ。 私 又 永無
様の所に手紙を出すのですけれど 思う様に書
くことが出きませんから 又 あとより出します
から よろしく申上て下さいませ。 私今 皆様のい
ないのを見て書きましたのです。 手紙は中尾様の
所にいただくことが すこしの間出きませんから 私が
其の内に手紙を出しますから 又その時に下さいませ。
おねが 致します。 先は失禮を致します。 皆様
によろしく申上て下さいませ。 御身大切になさい
ませ。

サヨウナラ

千代子

康成様

なぜか便箋は二つに裂かれている。 偶然破れたのか、 それとも故意に破ったのか。 縺れた糸のような文面だ。 解きほぐそうにも筋道が追えない。 御心配をかけてすみませんでしたと謝り、 東京に行きますと明言する。
あんな手紙を書いた理由は、 隣で親戚の娘が見ていたからだと弁明する。 更に江刺の父に手紙を書き訂正してくれ

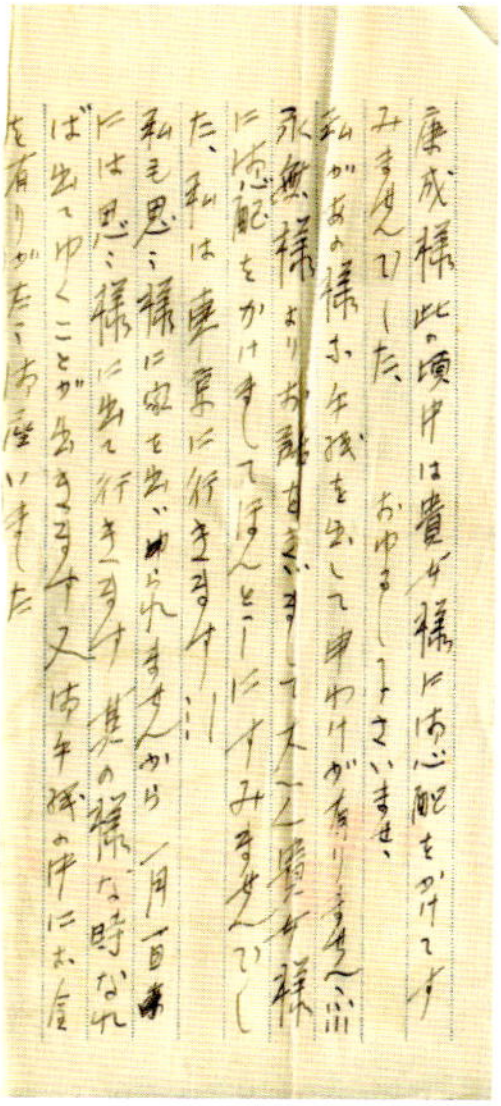

康成様 此の頃中は貴方様に御心配をかけてす
みませんでした。おゆるし下さいませ。
私が岐阜の様な手紙を出して申わけが有りません。
永無様より御話をきいて本当に貴方様
に御心配をかけましてほんとーにすみませんでし
た。私は東京に行きます。
私も思ふ様に家を出られませんから 一月一日
には思ふ様に出て行きますが其の様な時なれ
ば出てゆくことが出来ますが又御手紙の中にお金
を有りがたく御受いました

言ひがたいのでおきたいのは此の間父
より貴方様のことについて手紙を下さいましたに
が私は父におことわりして下さいと書いて出してき
たから貴方様の所にことわりの手紙がきまして

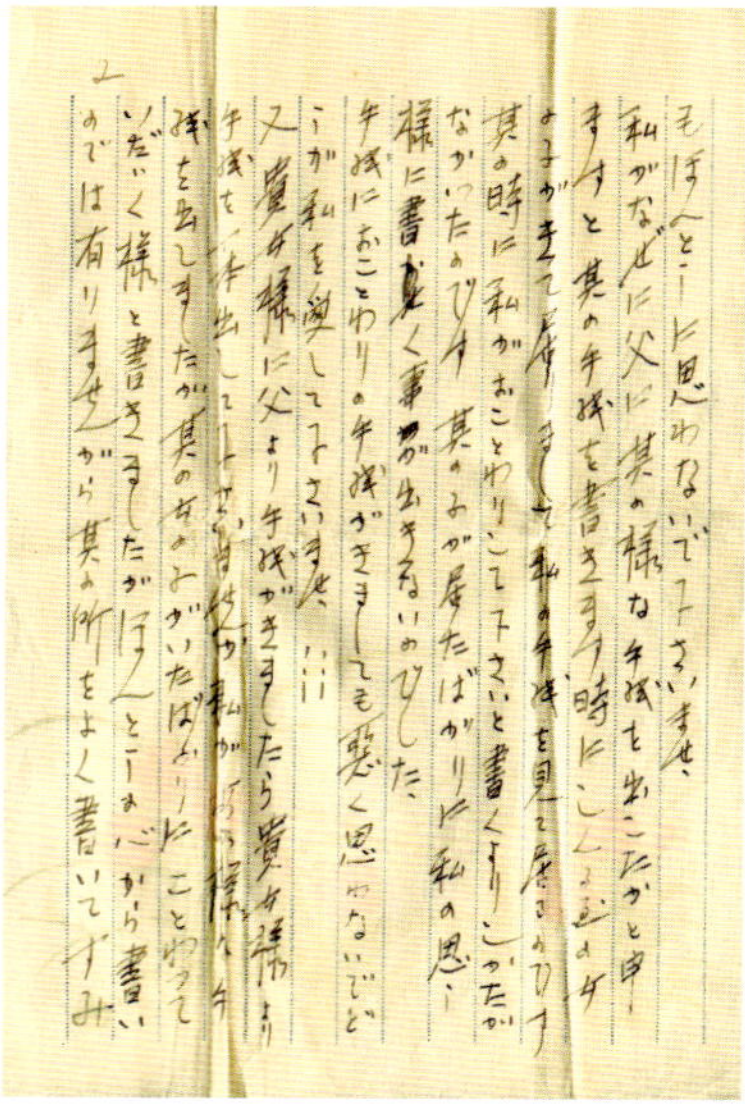

2
そんなとーに思わないで下さいませ。
私がなぜに父に其の様な手紙を出したかと申し
ますと其の手紙を書きます時にこんな出の女
の子が来て居ました 私の手紙を見て居たのです
其の時に私がおことわりして下さいと書くよりしかたが
なかったのです 其の女が居たばかりに私の思ふ
様に書けなく事が出来ないのでした
手紙におことわりの手紙がきましても悪く思わないでど
うか私を愛して下さいませ。
又貴方様に父より手紙がきましたら貴方様より
手紙を本当に出して [illegible]
手紙を出しましたが其の女のみがいたばかりにことわって
いただく様と書きましたが ほんとーとーは心から書い
たのでは有りませんから其の所をよく書いてすみ

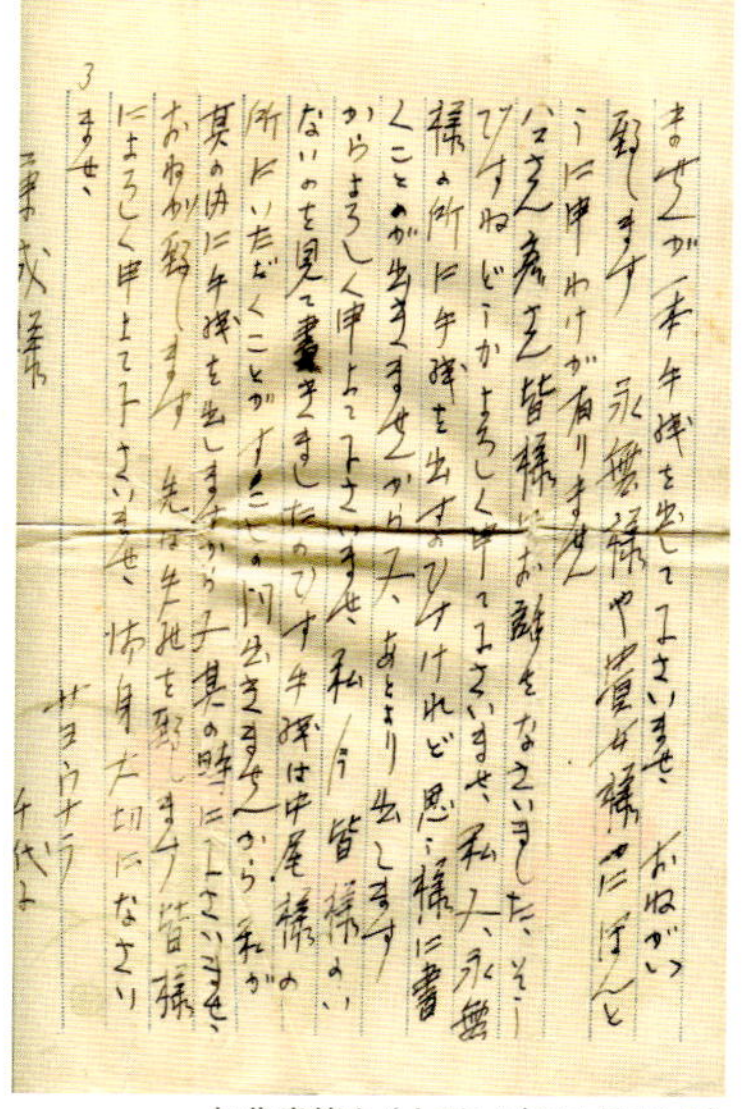
ませんが一本手紙を出して下さいませ おねがい
致します 永無様や貴方様にほんと
うに申わけが有りません
久さん康さん皆様にお詫をなさいました。そー
ですねどーかよろしく申て下さいませ。私は永無
様の所に手紙を出すのですけれど思ふ様に書
くことが出来ませんから又 あとより出します
からよろしく申上て下さいませ 私、今 皆様の、い
ないのを見て書きましたのです 手紙は中尾様の
所にいただくことがすこしの間出来ませんから私が
其の内に手紙を出しますから其の時に上さいませ。
お願い致します 先は失礼を致します皆様
によろしく申上て下さいませ 御身大切になさり
3
ませ。
康成様
千代子

十一月十二日
岐阜にて
伊藤生

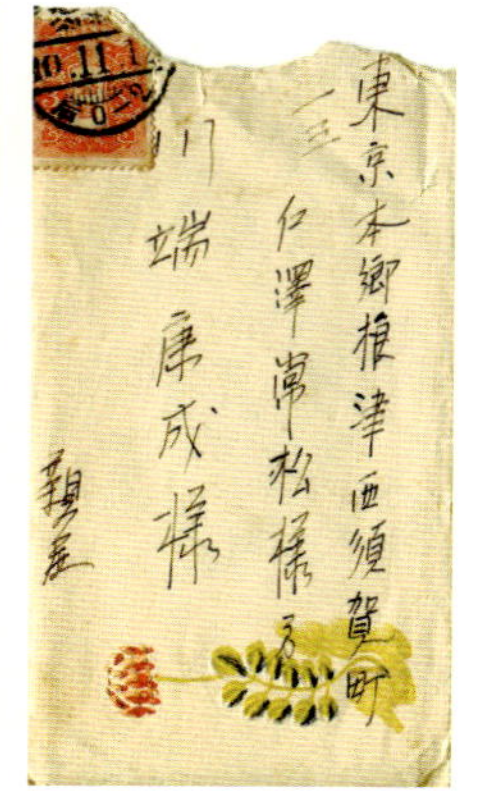
東京本郷根津西須賀町
一三
仁澤常松様方
川端康成様
親展

初代書簡九（大正10年11月12日）

されている。惚れるとはこういうことだ。破局が待つとも知らずに川端は突き進む。川端はマインド・コントロール
と依頼する。そしてどうか私を愛して愛して下さいませとの言葉もちゃんと添える。

三明永無宛初代書簡

大正十年十一月十四日　消印　三銭切手
差出人名無し（裏白紙）
東京本郷駒込林町一六八　帝大佛教青年會　三明永無様　親展

永無様 只今御手紙を有りがたう御座いました。此の頃中 貴女様に御心配をかけましてすみませんでした。康成様の御手紙も拝見致しました。
康成様の御手紙にては 私の父の所にことわつて下さいと書いて出しました。手紙のことは 私もよく話のわかります様に 書いて出しましたから貴女様より康成様に申上て下さいませ。
私としても一月頃でなければ 十二月頃にでも早くゆくつもりで居りますが 思う様には出てゆかれませんが なるたけ早く行きませう。
今日も貴女様の手紙が來ましたら もう手紙を出してはならぬと言つて居りますから 此の寺

には下さらずに 中尾方に下さいませ……

中尾方に下さいましても 思う様に手紙を拝見致しますことが出きづ すこし御手紙を出しますことがおそくなりましても 悪く思わないで下さいませ。思います様に 家を出して下さいません から おそくなりましても悪くどうぞ思わないでいて下さいませ。康成様にも其の様に申て下さいませ。

今夜月は出て居りますの。東京は美しき月か出て居るのでせう。私も早く東京に行きませう。ハマさん彦さん皆様によろしく申上て下さいませ、先は失礼を致します。御身大切に御暮しなさいませ。

サヨウナラ

千代子

永無様

一五日、川端宛に岩谷堂小学校の教諭・鹿野新八から、失礼な対応を詫びた手紙が届く。（一九頁）

伊藤忠吉宛川端書簡二　（初代様の幸福と御父様の孝養に力を尽くしたい）

大正十年十一月二十一日　　封筒欠落

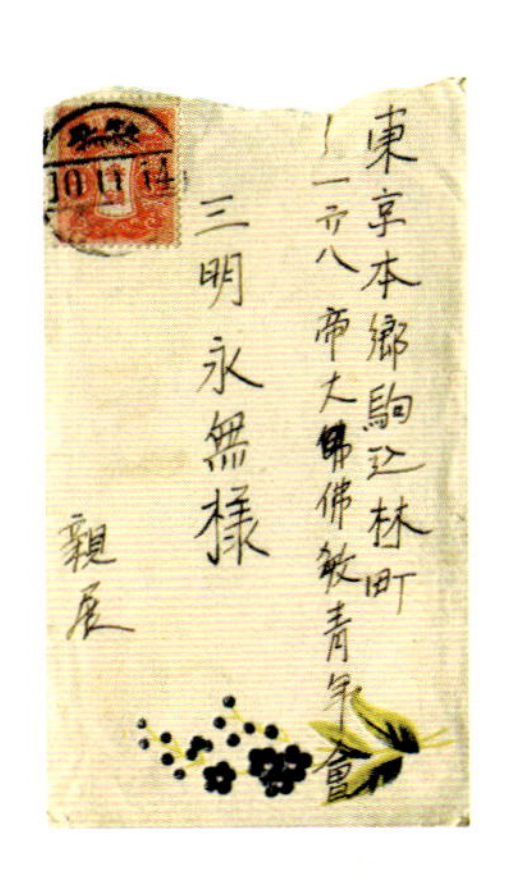

東京本郷駒込林町
一一六八　帝大佛教青年會
三明永無様
親展

永無様　只今御手紙を有りがたう御座いまし
た、此の頃中貴女様に御心配をかけまして　す
みませんでした、康成様の御手紙も拝見致
しました
康成様の御手紙にては私の父の所にことわつ
て下さいと書いたので出しました、手紙のことは私
もよく読めわかりません様に書いて出しましたから
貴女様より康成様に申上て下さいませ、
私とこでも一月頃でなければ十二月頃にでも早
くゆくつもりで居りますが思ふ様には出てゆかれ
ませんがなるたけ早く行きませう
今日も貴女様の手紙が来ましたらもう手紙
を出してはならぬと言つて居りますから此の寺
には下さらずに中尾方に下さいませ、、、

中尾方に下さいましても思ふ様に手紙を拝
見致しますことが出きず　すこし御手紙を出し
ますことがおそくなりましても悪く思わないで下
さいませ、　思います様に家を出して下さいませ
からおそくなりましても悪くどうぞ思わないでい
て下さいませ、康成様にも其の様に申て下さ
いませ、
今夜月は出て居りますの東京は美しい月
が出て居るのでせう　私も早く東京に行きませ
う　ハマさん皆様によろしく申上て下さい
ませ、先は[illegible]を致します　御身大切に御暮
こなさいませ

サヨウナラ

千代子

永無様

三明永無宛初代書簡（大正10年11月14日）

川端は忠吉宛てに長文の手紙（十一月二十一日付）を真正直に書いた。封筒は失われ便箋のみである。便箋は 十ノ廿 松屋製 と印字されている。

其後失禮致しました。御変り御座いませんか。岐阜へ御照會下さいました由、鹿野先生から承りました。初代様からも、その事に就て私に手紙が参つて居ります。私が申し上げるより 写し取つた方がいいと存じますので、

（中略）

此は原文のままで御座います。そして何故断つて下さいと書いたかといふ理由は、親類の子が來て 見てゐたからださうで御座います。それは兎に角、外に事情があつたのだらうと存じますが、其後又初代様から手紙を御受取りになつてご了解下さつたことと存じます。私も初代様一人の外に目的がある譯で御座いませんから、本人の心を外に事をする筈は御座いません。御地へ参りました節、私の申上た事には 一言もごまかしやとりつくろひは御座いません。重ねて御願ひします。

御地へ参りました節は 初代様の現状や将來をかれこれ申しましたが、 私はそれを楯にとつて、それより私に下さつた方が幸福だらうとかで 強制致しますのでも、 私が 今の初代様が気の毒だから同情してとかの心も、 微塵も御座いません。唯、 下さいと一心に御願ひするだけです。初代様を貰つてしまえへば、 後はどうでもいいと思つても居りません。台湾の小母様にも、 何時までも、 いい小母さんになつ

てゐて戴くつもりです。鹿野先生にも申し上げましたが、 初代様が何時東京に來ても困らないやうに致して御座います。将来が御心配でしたら、 出來るだけ早く籍をいただきたいと思ひます。唯岐阜のお寺に、 何時までも長い年月置くことは、 私も厭で御座います。

面談を要することがありましたら、 何時でも御地へ参ります。

三明その他よりもよろしく。御地の寒気、 さぞかしと存じます。御自愛祈ります。

右、 御照会の返事のことで初代様から右に写

しました手紙が参りましたことを申上げるついでに。

十一月二十一日　　　川端康成

伊藤忠吉様

左記に今度転宿しました。

本郷根津西須賀町十三　戸澤常松方

忠吉宛の手紙を書くにあたって川端は慎重だった。すぐ投函しなかった。婚約破棄、三明永無のとりなしで復縁。私を愛して下さいませとの言葉。めまぐるしい情況の変化に、川端もさぞ困惑したであろう。

初代書簡 一〇（最後通牒。私を恨みになるなら沢山恨んで下さい）

書留　番号票　岐阜県加納九九八　消印は十一月二十五日

岐阜にて　伊藤生　二十四日

東京本郷区根津西須賀町一三　戸澤常松様方　川端康成様　親展

康成様 お手紙有りがたう御座いました。

私は貴女様の御手紙を拝見致しましてから

私は貴女様の心を信じることが出きません。

貴女様は私を愛して下さるのではないのです。私をお金の力でままにせよと思つていらしやるのですね。私は手紙を見てから 私は貴女様

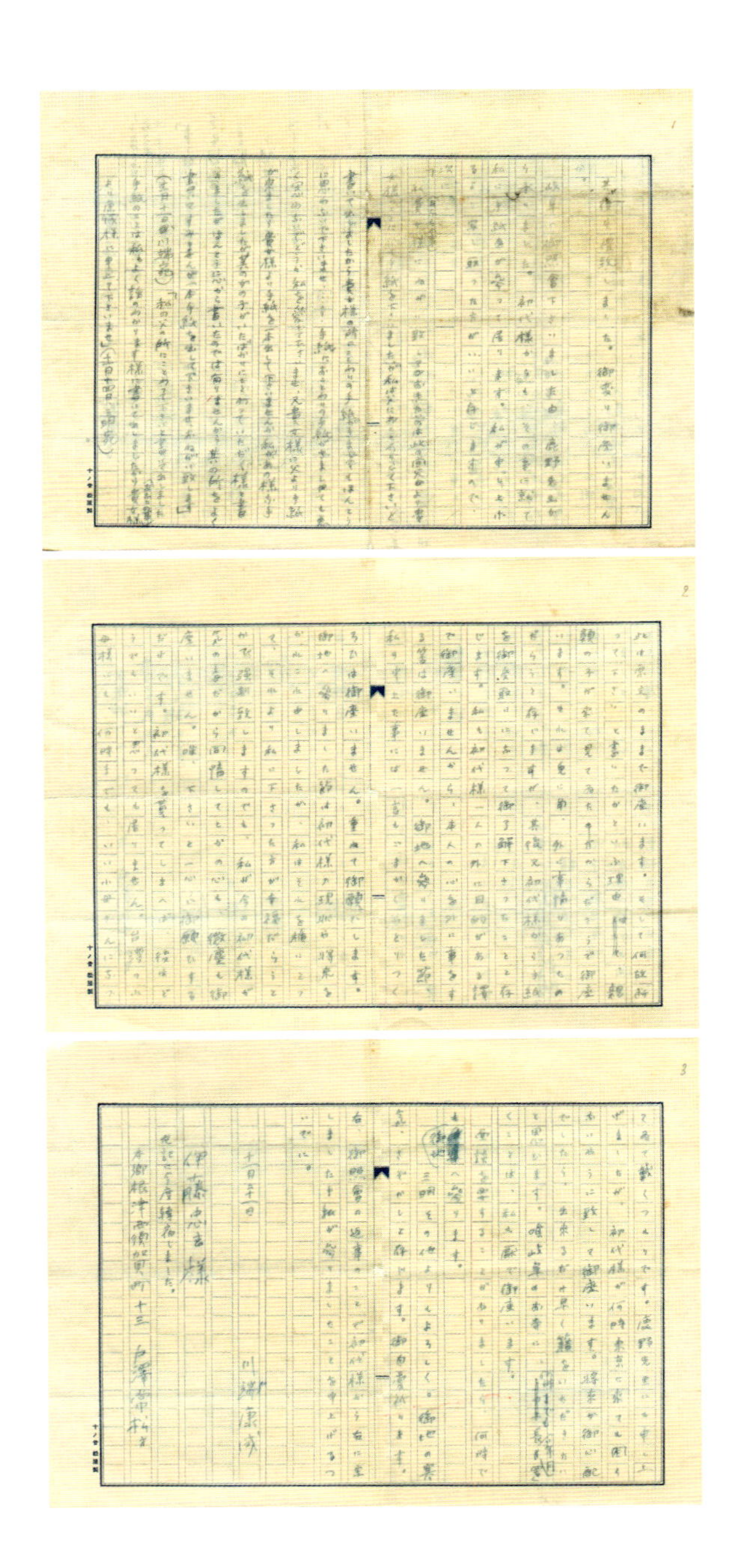

伊藤忠吉宛川端書簡二
（大正10年11月21日）

を信じることが出きなくなりました。
私は貴女を恨みます。私は美しき、きもの
もほしくわ有りませんです。私が如何に貴女様
の心を恨　ます。私を忘れていただきませう。
私も貴女様を忘れます。貴女は私
が東京に行つてしまえば　あとはどの様にな
つてもかまはないと思う心なんですね。
もう私は何にごとも申ませんが　私は貴女様

を忘れて居ませう。
貴女は私を恨みになるでせう。恨まれても
かまいません。私も中尾方に手紙はとうとう
私の手に入られない様になりました。
貴女様か此の手紙を見て岐阜にいらしやい
ましても　私はお目にかゝりませんし
貴女様がどの様におしやいましても　私は東京
には行きません。手紙下さいましても私は拝見
しません。私は自分を忘れ貴女様も忘れ　まづ
めに暮すのです。私は貴女の心を恨みます。
私を恨みになるなら　沢山恨んで下さい。
手紙下さいましても　拝見しませんから　其のつも

りでいて下さい。中尾方も貴女の手紙は受取
とつてくれません。私は永久　貴女の心を恨ます。

康成様　　　サヨウナラ

初代から速達が届く。封筒は縦長の事務用の無地。嫌な予感がして急いで開封する。有無を言わせぬ最後通牒であった。あなた様の心を信じることができません。あなたは私をお金で買おうとしている。私を恨みになるなら沢山恨んで下さい――何時、金で買おうとしたのだ。曲解もはなはだしい。

一転、さらに一転、彼女に何が起こったのか？　しかしこう書いてよこすことは、彼女なりの理屈、筋道があるはずだ。その中に入りたいが、川端の手紙が廃棄された以上困難である。

ある日、川端文学研究家・森本穫(もりもとおさむ)氏と電話中、重要な情報を得た。新潮社の第四次全集三五巻本の第三三巻「独影(どくえい)自命(じめい)」の三四九頁に、初代が純潔を奪われたと日記に伏字で記されている。

十月、石浜、昔みち子が居りしカフェの前の例の煙草屋の主婦より聞きし話。――みち子は岐阜〇〇にありし時、〇に犯されたり。自棄となりて、家出す。これはみち子の主婦に告白せしことなり。

さらに森本氏はこう補足した。三五巻本の補巻一の五八七頁、大正一二年一一月二〇日の日記には実名で記されていると。

十月、石浜、旧エラン前の例の煙草屋の主婦より聞きし話。千代は西方寺にて、僧に犯されたり。自棄となりて、家出す。これは千代の主婦に告白せしこと。

康成様御手紙有りがたく御座いました
私は貴女様の御手紙を拝見致しましてから
私は貴女様の心を信じることが出来ません
貴女様は私を愛して下さるのではないので
す私をお金の力でままにせよと思っていらしゃ
るのですね私は手紙を見てから私は貴女様
を信じることが出来なくなりました、
私は貴女を恨みます　私は悲しき、きもの
もほしくも有りませんです　私が如何に貴女様
の心を恨ます私を忘れていただきません
私も貴女様を忘れます　貴女は私
が東京に行ってしまへば　あとはどの様にな
ってもかまはないと思ふ心なんですね
もー私は何にごとも申ませんが私は貴女様

1

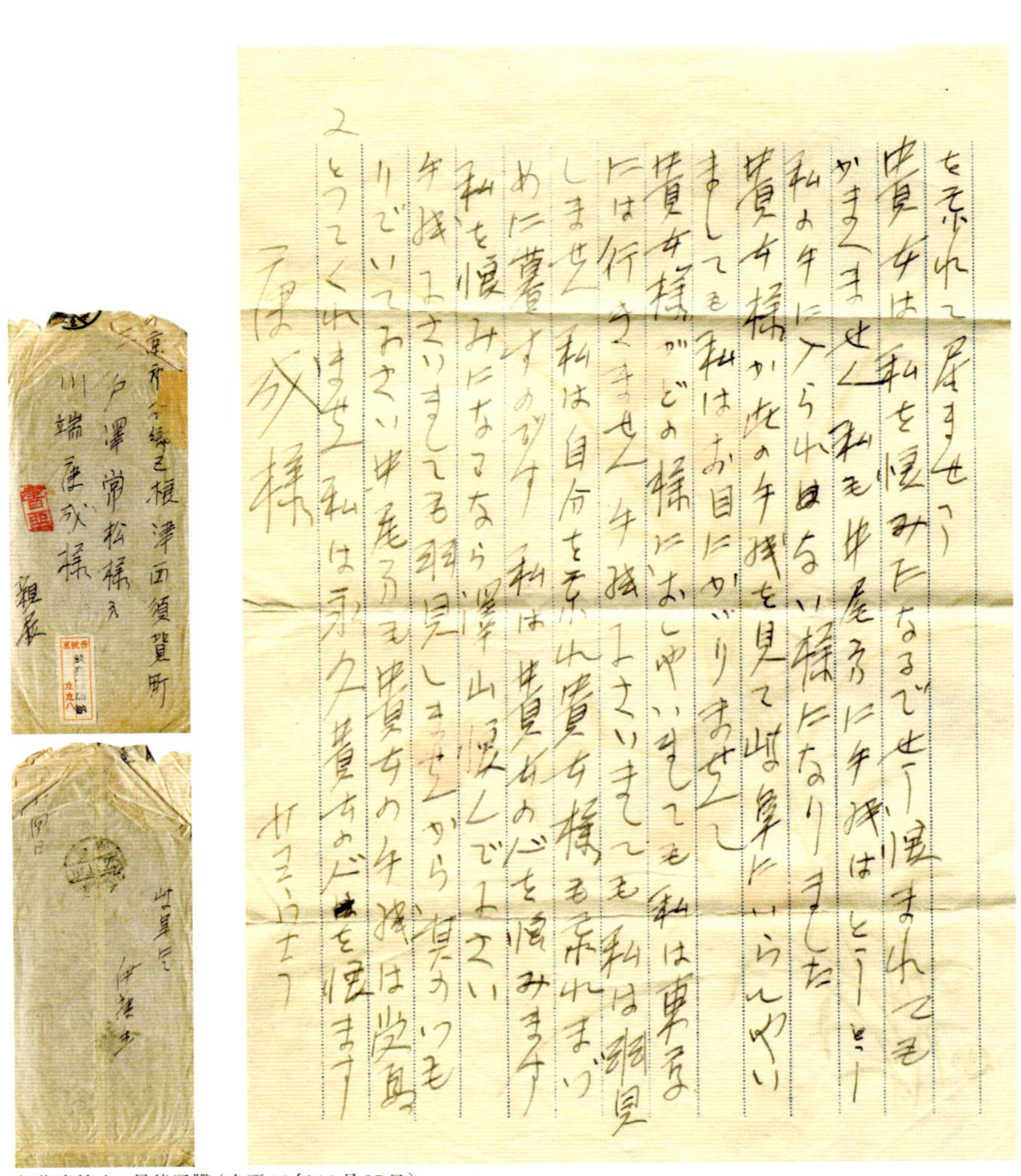
を忘れて居ません
貴女は私を恨みになるでせう 恨まれても
かまいません 私も中尾さんに手紙はとう／＼
私の手に入られない様になりました
貴女様が此の手紙を見て岐阜にいらしゃい
ましても私はお目にかゞりません
貴女様がどの様におしやいましても私は東京
には行きません 手紙よこさいましても私は返見
しません 私は自分を忘れ貴女様も忘れまず
めに書すのです 私は貴女の心を恨みます
私を恨みになるなら沢山恨んでよさい
手紙よさいましても返見しませんから 其のつも
りでいておさい 中尾さんも貴女の手紙は受取つ
とつてくれません 私は永久貴女の心を恨みます
廿五日 ちよ
康成様

初代書簡十、最後通牒（大正10年11月25日）

私が看過していた事実を森本氏は即座に指摘した。初出は昭和二三年から刊行された『第一次全集一六巻本』(新潮社)で、第四巻「あとがき」に日記のこの箇所が収載されていると。

一六巻本の「あとがき」をまとめたものが、昭和四五年一〇月刊行の『第三次全集一九巻本』(新潮社)の第一四巻の「独影自命」。この独創的タイトルは一個の作品としても読む価値がある。三五巻本全集は川端の死後、昭和五〇年代になって刊行されたものだ。

大正一二年一一月二〇日といえば事件の二年後である。初代は前年に中林忠蔵と結婚している。煙草屋の主婦が事件を知ったのはそれより前。西方寺を飛び出したのが大正一一年の二月、その時に初代は主婦と接触した。初代は父の故郷の岩谷堂に帰ったが、肌に合わなかったらしく、すぐ東京に舞い戻る。この経緯を掴んだのは、戦後、初代がしたためた日記だが、これについては後述する。

それにしても本来秘匿すべき恥ずかしいことを、どうして煙草屋の主婦に打ち明けたのか? なんらかの事情がなければ、軽々に漏らす内容ではない。

この件をすぐ川端香男里氏に伝えた。香男里氏は平成一五年七月一〇日発売の『文藝春秋』八月号に書簡発見について寄稿する予定だった。『文藝春秋』に掲載された「川端康成と永遠の少女」という表題の、「非常」の真相と小題がついた箇所を抜粋する。

何ゆえに婚約が破れたのか。苦悩の日が続き、破婚体験を基にした数多くの作品が生み出されることになる。特徴的なことは初代の手紙がそのまま引用されて作品の一部となっている作品が多いことである。まるで自分の日記を再製・利用する手つきである。今度発見されたのは伊藤初代書簡十通、康成の「未投函」初代宛書簡一通であるが、初代書簡の内四通が作品の中に取り入れられている。「尋常三年の秋までしか文字を学ばなかった十六の娘の手紙」ということを認識したうえで、最小限の文字の書き換えで文章が生き生きとしてくる。

ただ初代が記した「非常」という言葉の前で、作家は悩む。
「非常、非常。非常とは何だ。常に非ず？　我が常の如く非ず？　世の常の事に非ず？」
私は直感的ではあるが、これは当て字であろうと考える。文字についてあまり勉強していないために適当に漢字をならべるということはよく見受けられることだからである。つまり「事情」ということを言いたいところで、知っている漢字に置き換えたと考えられないだろうか。大事なことは作家をも悩ませる言語感覚を初代がしめしたということである。日常ではなく、非日常、非常であると強くアッピールしているのではないであろうか。

（中略）

「みち子（注、初代のこと）は岐阜〇〇にありし時、〇に犯されたり。自棄となりて、家出す。」この〇部分は川端自身が日記を利用する時に意識的に伏字にしたものである。この部分は三十五巻本『川端康成全集』補巻一に伏字なしで記載されている。「千代は西方寺にて、僧に犯されたり」と。この事実は後に初代さん自身が近親者に語っておられたことでもあるので、ここに記す。これまで伏字のまま見過ごしていただいた研究者諸氏の御心遣いにも感謝したい。

香男里氏の指摘のように、昭和二三年に刊行された第一次全集の「あとがき」には、初代と別れた無明長夜（むみょうちょうや）が連綿と記されている。初代とのことは、川端岩次郎に予告した通り、様々な文芸雑誌に連載した。単行本に収めなかった四作品、「篝火」と「非常」は第一巻に、「霰」と「南方の火」は第二巻に収載されている。「霰」は「暴力団の一夜」を改題したものである。

公表を躊躇（ちゅうちょ）した理由は幾つか考えられる。あまりにも痛切な体験だったために書くのがためらわれた。作品の完成度に疑問を持ち草稿と見なした。もしくは大切な素材ゆえ後で完成させようとしたのか。

例の日記（伏字としたもの）を最初に引用したのは長谷川泉だ。昭和四四年六月、明治書院刊の『川端康成論考』で、複雑な背景があったと言及した。

川嶋至は講談社刊の『川端康成の世界』で「非常」の真相に迫り日記を引用した。しかし真偽については触れなかった。

三枝康高は、川端没後の昭和四八年一月、「図書新聞」元旦号で日記を紹介した。「非常」を「事情」の書き間違いだと指摘した。

昭和五四年一月、羽鳥（はとり）徹哉（てつや）は教育出版センター刊の『作家川端の基底』の中で、初代の行為を「不可解な裏切り」として捉えた。

文芸評論家の川西正明氏は最も鋭く切り込んだ一人だ。平成二一年七月、岩波書店刊行の『新・日本文壇史』の第三巻「川端康成の恋」で、日記（伏字としたもの）を引用した。初代に何が起きたかを明言、石浜の聞き込みで川端は真相を知ったと指摘した。犯人は推測がつくとして個人名は出さなかった。

「非常」（三五巻本全集、第二巻）では、川端は非常の手紙を受け取るや三明宅に駆けつけ、非常とは何かを二人で論じ合っている。三カ所抜粋する。

「男だね。」

「僕もさう思ふ。女が言へないと言ふのは、処女でなくなつたことしかないね。」

「渡瀬がみち子と鵜飼を見物した夜に、いたづらをしてしまつたんじやないかね。」

それを聞いた私は、渡瀬といふ法学士の蒼ざめた皮膚が私の肌に冷たく触れたやうに感じて寒くなつた。

「そんなことはない。若しそれなら、みち子はその時の話をあんなに詳しくしないはずだよ。」

「和尚だつて何をするか分らない。」

すると院政時代の山法師のやうな逞ましい養父が、私の目の前に立ちはだかつてゐるやうに感じた。

汽車の窓から首を出して、私はさも自信ありげにきつぱりと言つた。

「みち子のからだがよごれてゐないなら何としても東京につれてくる。若しだめになつてゐたら、国の実父の手もとへ帰れるやうにしてやろう。」

「ああ、そうし給へ。」

そして汽車が動き出すと柴田は手をさし出した。私はその手を握つた。


処女喪失を暗示する場面が「南方の火」(三五巻本全集、第二巻)に登場する。ただし別の解釈も成立する。


彼はその夜眠れなかつた。翌る朝、やつぱり弓子に会ひに行つた。彼女は五六人の女給達と一緒に店の土間を洗つてゐた。

弓子は彼の言葉を死んだやうにこはばつた顔で聞いてゐた。彼は最後に言ひ出した。

「運命だと思つて僕のところに来てくれないか。自分は生まれた時からさうなるやうにきめられてゐるのだとあきらめて……。」

「でも私はもうこんなになつてしまつたんですもの。」

「こんなにとはどうなつたんだ。君はどうもなつてゐやしないぢやないか。」

「なつてゐますわ。」

「どうもなつてゐやしない。ここにちゃんとかうして座つてるぢやないか。」

手足も揃つて——と言ひ出しさうな彼の語調だつた。

「私が悪いんですわ。お目にとまるやうなところへ来たのがいけないんですわ。あなたにお目にかからないところへ消えてしまへばいいのですわ。どこかへ行つてしまひますわ。」

弓子は時雄を見るのも嫌なのか、または時雄に見られるのも苦しいのか、とにかくまるで彼を脅かすやうな口調で同じことを繰り返すのだつた。

桜井靖郎氏から「非常の謎」を直接聞いた以上、初恋の舞台、岐阜に行かなくてはならないと考えた。足の裏から伝わってくる何かを感知するのだ。その機会は意外と早くやってきた。

第四章　岐阜　初恋の地

平成二六年、七月八日から九日にかけて、川端邸での書簡発見のニュースをマスコミが一斉に取り上げた。テレビはNHKが独占、七月八日の昼と夜のニュース、更に『ニュース・ウオッチ9』で一〇分間、全国に放映した。担当は報道局科学文化部の添徹太郎、信頼に足る人物だった。新聞は読売新聞夕刊、翌日の朝刊を筆頭に全紙に掲載された。取材先は鎌倉、葉山、岐阜、姫路と四ヵ所に及んだ。担当は文化部の待田晋哉記者。七月八日の一五時から、吉祥寺のホテルで共同記者発表をした。主要紙の他、共同通信、時事通信も同席、全国に配信された。NHKで全国放映された反応は大きかった。川端邸の電話は鳴りっぱなし。桜井靖郎氏や森本穫氏もテレビ出演、新発見の意義を語った。森本氏は声のトーンもやわらかくて説得力があった。

数日後に発売された『文藝春秋』八月号は、書簡を中心に一五頁の特集を組み、三ページにわたって川端香男里氏が寄稿した。

マスコミへの対応を終え、向かったのは岡山県立美術館。七月一六日からの「巨匠の眼　川端康成と東山魁夷展」の準備のためだ。担当学芸員の広瀬就久氏と相談、急遽、新設したのが初恋コーナーで、方形の覗きケースを会場に持ち込んだ。

開幕式を終え、岐阜に向かった。川端研究家の金森範子氏に会う予定だった。岡山から新幹線で名古屋、在来線に乗り換えて三〇分程度で岐阜駅に到着した。岐阜駅を出ると、広場に黄金の信長像が立っていた。信長直々賓客を出迎える趣向なのだ。右手には鉄砲、左手には南蛮兜、いやでも黄金の銅像は目につく。パリのルーブル美術館近くの広場にも、燦然と輝く金の彫刻があった。まわりにも多くの彫刻が配置され、芸術的雰囲気が充満している。だが岐阜のはどこか寂しそうで唐突だった。

宿は川端ゆかりのホテル・パーク（旧「港館」）だ。瀟洒なホテルは長良川に面して建っていた。ロビーには川端コーナーがあった。長良川を舞台にした恋物語が要領よくまとめられていた。中部学院大学講師の三木秀生氏の監修だ。三木氏も川端研究家として知られている。

岐阜での取材に当たり、誰か協力者が必要だった。平山、森本両氏に相談すると、金森範子氏を推薦された。昭和一二年生まれで川端康成研究会会員、元・東海女子短期大学教授である。何度か電話をしたが、実に朗らかな人だ。書簡を収めたDVDを先に送付した。

夕刻、ホテル内の会食場所に向かった。角部屋で眺望が利き、前は滔々と流れる長良川、隣は岐阜公園。宵闇の中に枝を張った木々が黒々と生い茂っている。

賑やかな声が聞こえてきた。金森氏に挨拶した。同行の老舗の傘問屋の経営者・宮嶋勝太郎氏と、福田恒(ふくだひさし)・佳代子夫妻を紹介された。福田亘氏は『広辞苑』を編んだ新村出(しんむらいずる)の外孫(そとまご)だそうだ。

『広辞苑』の前身は昭和一〇年に博文館から出た『辞苑』で、『広辞苑』の初版は昭和三〇年である。現在は平成二〇年刊行の第六版、収録語数二四万語。用紙にはチタンが使用され、より薄くなって裏が透けないとか。凄い技術だ。

新村出は現代仮名遣いに疑問を抱き、昭和一六年の白水社の『国語問題正義』では反対の立場をとった。川端も反対論者の一人だった。川端の文章は新村出が目指した「正しく美しく、もっと良い日本語」とも合致する。川端の漢字とひらがなの使い分けなど、泣きたくなるほど蠱惑的(こわくてき)だ。没後に刊行された新潮社の三五巻本全集でも、川端の意志を尊重して旧仮名遣い。旧仮名遣いは私にも新鮮だった。陰影を伴った立体感があり、そこには心地よい湿度がこもっていた。

朝日新聞に連載中の『古都』に感動した新村出は、川端に手紙を送った。二人の書簡のやりとりが同紙の日曜PR版に載った。小説には京都弁が多用されているが、方言の大切さについて意見を交わした。テレビの普及により、標準語が席巻、地方から方言が消えた。方言はその土地固有の文化遺産であり、魂であることを忘れてはならない。

八時半になった。鵜飼を眺めるために部屋の電気を消した。鵜飼舟が六艘、川上から下ってくる。舟の舳先に篝火を灯して鮎をおびき寄せるとか。

来た、来た。意外と速い。カメラに収めようとしたが、光量不足でシャッターが落ちない。結果は抽象画のような仕上がりになった。

歓談もお開きとなり、金森氏から西方寺に関する資料が入っている茶封筒を渡された。残念だったのは氏と話が出来なかったこと。まさか四人連れとは思わなかった。あらかじめ聞いていれば心の準備をしていたのだが。

翌日、目覚めると、朝雲が桜色に染まっていた。カメラを探してしているうちに色褪せてしまった。束の間の微笑だった。六時前だったが、この近辺を撮影するために外出した。

金華山を右手、長良川を左手に、昇りはじめた太陽に向かって歩く。申し分のない斜光である。まず護国神社に寄った。太平洋戦争の前年、昭和一五年に創設された新しい社だ。三万七千柱の英霊が眠っている。

樟(くすのき)の巨木も見事なものだ。太い幹は緑なす苔に覆われ、大きく枝を張っている。天と地の交合の末に誕生した若々しさだ。私の故郷の香川県善通寺市にも勇猛さを謳われた第一一師団が置かれ、広大な護国神社があった。至るところに樟があった。子供心にも馴染みは深い。

巨樹の背後には、岐阜市の象徴、金華山(きんかざん)が聳(そび)えていた。形がおにぎりを連想させる。標高三二九メートル、四〇万都市に接しているせいか、いっそう高く感じられる。

かつて金華山は幕府の天領だった。明治には帝室御料林となり伐採は禁止された。植林された山は本来の姿ではない。照葉樹に満ちた金華山に魅力を感じて当然だ。初夏になると、全山に群生する椎の一種、ツブラジイが淡黄色の花をつける。夕日を浴びて金色に輝くところから金華山と名付けられた。

クラシカルな煉瓦作りの塀が続く。プレートには鏡岩上水場と記されている。浄水場の計画は大正一〇年、昭和五年に通水開始。金華山から湧き出す伏流水が水源である。ホテルの水道水が冷たく、飲んでみるとが実に甘かった。岐阜は水都(すいと)なのだ。

川端が岐阜を訪れたのも大正一〇年である。運命とは皮肉なものだ。破綻したからこそ、一連の初期作品が誕生した。初代と結婚して沢山の子供を授かり、幸せを享受していたら、川端文学は相当違っていたであろう。

水源地の敷地に入ると、昔のポンプ室があった。猪の出没に注意と立札がある。水源地に建物は二棟、エンジン室、ポンプ室となっていた。壁には長良川の玉石が填めこまれ、丸窓と矩形の窓が規則正しく並ぶ。昭和初期のレトロなデザインだ。敷地の奥にはゼネラル・エレクトリック社製の旧式ポンプが据えられ、塗装の赤と樹木の緑が呼応している。草の葉先に付いた露が朝の光を浴びて真円に輝いていた。

再び通りに戻った。紫陽花(あじさい)の一叢(ひとむら)が路傍に点在、彩(いろどり)を添えていた。これほど濃く青い紫陽花は初めてだ。つい足が止まる。紫陽花は土壌が酸性かアルカリ性かで色を変化させる花だ。とすれば最高の水がこの色を生むのだ。水は料理だけではなく花の色も美しくするらしい。

一般道に出ると、激しく車が行き交っていた。うるさいので引き返す。今度は順光で、撮影意欲は半減する。撮り残したものがないか、後ろを振りかえりながら歩を進める。

ホテルの前を過ぎて長良橋に向かう。橋のたもとにポケット・パーク名水があった。「おもしろうて　やがて悲しき　鵜舟かな」と詠んだ芭蕉の句碑がある。

脇に「川端康成ゆかりの地」と記された「川端文学碑」が据えられている。平成一八年九月に除幕、川端香男里氏も駆けつけた。蛇紋岩に黒御影石を填めこんだ重厚なものだ。ただいかんせん場所が狭い。広大な岐阜公園には他にも適切な場所がありそうなものだ。何か裏事情があったのか?

三年後の一一月に建立された、銀色に輝く「篝火の像」が近くにあった。建立に奔走した方に申し訳ないが、川端と初代の像には失望した。まったく似ていないのだ。後で事情を聞くと、二人の写真を送り中国で制作したとか。川端邸にも川端のブロンズ像がある。彫刻家の高田博厚制作だが、川端展では展示しない。鳥のようなご面相で、品位、尊厳が伝わらない。彫刻による再現は難易度が高い。

長良橋を下から眺める。橋梁の無骨な構造美に見とれる。川の淀みには和舟が浮かんで好対照である。橋をくぐると鵜飼の乗船場が現れ、群青の空に白い月がかかっていた。

古(いにしえ)の面影を残した川原町を歩く。斎藤道三や織田信長など戦国武将の城下町だった。殷賑(いんしん)を誇った街道筋では、歴史の教科書にも出てくる楽市楽座が開かれていた。材木や和紙の集散地としても知られ、長良川の舟運を生かした川(かわ)

鏡岩浄水場の煉瓦塀

路傍の紫陽花

鏡岩浄水場の旧式ポンプ

川端文学碑

川原町界隈

岐阜提灯

湊でもあった。軒下に下がった提灯や細い格子窓が、岐阜ならではの風情を醸しだす。朝の静かな時で一人として観光客はいなかった。

ホテルに帰り、シャワーを浴びた。逡巡した末、加納の西方寺を訪ねることにした。連絡はとってない。お寺だからなんとかなると考えた。

フロントからタクシーを呼ぶ。加納栄町通四丁目の西方寺と告げた。取材で来たと知ると、運転手はあれこれ説明してくれた。加納は中山道の宿場町で、慶長六年に奥平信昌が一〇万石で入府、加納藩の城下町。和傘の生産で有名だとか。

岐阜市は第一次大戦後、繊維関係の大規模工場が進出、第二次大戦では空襲で一面の焼野原となった。都市計画に基づいて道路が整備され、駅前は繊維問屋が林立、既製服の取引で発展を遂げたそうだ。

歴史好きの運転手と話すと気分がほぐれてきた。西方寺の取材が気鬱だったのだ。「南方の火」（三五巻本全集、第二巻）の冒頭が浮かんできた。事件の二年後、大正一二年七月再刊の『新思潮』に発表されたものだ。三カ所抜粋する。

秋の初めから雨が多かつた。

岐阜にゐるみち子を俊夫と柴田が訪ねて、三人で長良川に臨んだ旅館に行つた日も、朝からの雨のままに暮れてしまつた。旧暦七月の満月の夜であつたが、雨のために鵜飼の船も出なかつた。

澄願寺には門がなかつた。道に立停つて、境内のまばらな立樹越しに奥を窺つてゐた柴田が云つた。

「みち子がゐる、ゐる。ね、立つてゐるだらう。」

俊夫は柴田に身を寄せて伸び上つた。

「梅の枝の間に見えるだらう。……和尚の壁塗りを手伝つだつてるよ。」

さう云ひ云ひ柴田は境内へ歩き出した。

落着きを失つてゐる俊夫には、その梅の木さへ見分けがつかなかつた。

東京でもみち子の前では、俊夫は柴田や西村達の影のやうにしてゐた。その後もみち子は柴田によくなついてゐた。そして彼は友人の前でも女に露骨に向ふ男であつた。

久しい年月、俊夫は自己に蔽ひかぶさつてゐるいろいろなものから解脱することを祈念してゐた。洗ひ落したいいろいろなものがしみついてゐて、俊夫を限りなく孤独に暗鬱にしてゐた。それらは境遇や身体やその他のことから来てゐた。しかしだんだん明るい心になりかかつてゐた。みち子が東京でみてゐた頃とはだいぶん変つて来てゐる。


加納に近づいてきた。交差点に十六銀行、早野接骨院、そして西方寺があった。ブロック塀の下にはプランターが並べられ、黄色い花が咲いていた。簡素なたたずまいに少々面食らった。お寺は白い土塀に囲まれているものと先入観念を持っていたのだ。

門の前には御影石の石柱があり、浄土宗西方寺と記されていた。昭和四七年、西方寺発見当初は背後の細い門柱だけでブロック塀もなかった。その門柱は空襲にでも遭ったのか、表面は黒ずみ彫りも浅くなっていた。往時を語る生証人である。左手にはガラスばりの掲示板があり、浄土宗檀信徒信条なるものが箇条書きされていた。

入るかどうかまだ迷っていた。せっかく来たのだと割り切り、境内に足を踏み入れた。初めて寺を訪れた川端の心境を追体験する。最近伐採されたらしく、何本もの切り株が無残な姿をさらしていた。本堂の前には植込みが二カ所、密に枝を張っている。右手の木は花梨らしく、枝が噴水のように勢いよく空に伸びていた。

本堂に近づくと犬が激しく吠えた。その声につられて、伸びやかな肢体の女性が庫裡からやってきた。娘さんかと思ったが奥さんのようだ。名刺を出して取材に来た旨を伝えた。この間のＮＨＫの人といい、昨日訪ねてきた人といい、このところ来客が増えましたと笑む。春を告げる福寿草のようなぬくもりを感じた。

西方寺

戦前から残る御本尊

高村光太郎《手》(大正７年）島根県立美術館蔵

「このあたりは空襲で焼けたと聞きました。戦前のものは残っているのですか？」

「御本尊さまだけです。岐阜が米軍の空襲に遭い、住職が命からがら運び出したのです」

仏様だけか——予想していたとはいえ残念なことだった。住職が在宅していれば会いたかったが、正直、心が波立っていた。

本堂に上がらせてもらった。戦後、再建された建物では昔を偲ぶ因とてない。本尊に合掌、瞑目する。一体、ここで、何があったのだ？　真相解明に拘泥しようとも遥か昔のことだ。それを追及することに意味はあるのか？　内なる声が響いてきた。一人の僧の読経に更なる僧が加わり、徐々に潮のように盛り上がってくる。やがて数十人、数百人の声明となった。耳を聾せんばかりだ。荒磯に砕ける波濤にも似た無限の律動である。

目を開くと、仏の印相が目に入った。手の指を上に向けたのは施無畏印、下に向けたのは与願印、昔、美学の授業で習った。施無畏印、読んで字のごとく畏れを無くすという意。とすれば恐怖を拭い去る手か。では与願印は願いを与えてくれる手か。

ふと高村光太郎の《手》が浮かんできた。四〇センチほどのブロンズだが、印相に興味を持った光太郎は、己の手を見ながら制作した。この作品も施無畏印で、畏れなくとも良い、安心なさいとの意だ。手は顔ほどの表情は持たないが、こうして向きあうと様々なイメージが湧いてくる。

徐々に平安を取り戻してきた。真実を見極めようと力を入れすぎないこと、自然体でいることだ。桜井靖郎氏の顔が浮かんでくる。大病したとも聞いた。「水原さん、私はそう長いとは思っていませんよ」と何度も訴えられた。限りある生命を自覚、この刹那を大切にしているのだ。次に語りあう機会が待ち遠しい。

奥さんに礼を言って西方寺を去った。犬が吠えていいかどうか迷っていた。可愛いものだ。

タクシーで移動中、大通りの右手に瀬古写真館の看板が目に飛び込んできた。にわかに訪ねたくなった。三人が記念撮影をしたとされる写真館だ。岐阜市の裁判所前の写真屋だったと「南方の火」には記されている。

受付の女性に来意を告げた。名刺を渡すと瀬古安明氏に取り次いでくれた。二階の応接室に通された。例のスリーショットも壁に飾られていた。

待つこと一〇分、瀬古氏が現れた。おしゃれで颯爽としている。写真館は人々のハレ、夢を撮るのが商売だ。主（あるじ）たるものこうでなくては。突然訪問した非礼を詫びた。瀬古氏も新聞やテレビで報道されたことをよく知っていた。

本題に入った。スリーショットの写真には当館の技法が反映されていると瀬古氏は言う。まず人物の配置だが、三角形の構図を得意としている。この場合、主役は川端、左のメインライトに近い位置に座り、しかも肘掛椅子を使用している。大学生二人に一〇代の女性という、滅多にない組合せから、微妙な力学関係を読んだのではないかと。川端は背筋をすっと伸ばしている。これは精神的高揚感の表れだ。また手札サイズでも、撮影料は現在の金で五万円はする。高価な撮影代を払ったのは誰だろうと疑問を呈した。

大正一〇年当時、創業者の瀬古安太郎は七〇代後半、子の二代目安太郎は五〇代、そのどちらかが撮ったのだろう。創業者は時計屋を営んでいた。明治五年、単身、シベリア鉄道経由でドイツのケルン市に向かった。ポートレート用のレンズ製作を依頼、半年間同地で滞在。帰国後、宮大工にスタジオ用の写真機本体を作らせ、明治八年に創業した。上野彦馬同様、写真の黎明期を生きたのだ。

瀬古安明氏は濃尾大震災について語ってくれた。私自身、濃尾大震災のことはついぞ知らなかった。明治二四年一〇月二八日午前六時三七分、岐阜県の根尾村（ねおむら）を震源とするマグニチュード八の直下型地震が勃発した。大地は風にたなびく布のように揺れ、大量の土砂や流木は川を堰き止めて湖を作った。木造の建物は潰れ、市街地では火災が発生した。被害は岐阜愛知を中心に死者七千人、負傷者二万人、倒壊した家屋は九万戸だった。

岐阜市内の惨状も目を覆うばかりで、瀬古写真館も壊滅的打撃を受けた。だが安太郎は屈せず、撮影機材を持ち出し、半径二〇数キロの被災状況を撮りまくった。

写真館に残された二〇数枚の写真を見た。消えかかったものもあったが、大半はまだ鮮明だ。災厄の生証人でもある映像は地震学会や建築学会、医学会など、研究者にとっては貴重な資料となった。六キロもある根尾谷断層（ねおだにだんそう）の写真は欧米にまで知れ渡った。最大上下変位六メートル、梯子でないと通れなくなった。

三一年後の大正一二年九月一日午前一一時五八分、首都圏を直撃したのが関東大震災である。マグニチュード七・九、死者九万九千名、行方不明者四万三千名、罹災者三四〇万人。

川端も遭遇し、人妻となった初代を探しに行った。「独影自命」一一月二〇日の日記（三五巻本全集、第三三巻）から引用する。

> 地震に際して、我烈しくみち子が身を思ひたり。他にその身を思ふべき人なきが悲しかりき。
> 九月一日、火事見物の時、品川は焼けたりと聞きぬ。みち子、品川に家を持ちてあるが、如何にせるや。我、幾万の逃げ惑ふ避難者の中に、ただ一人みち子を鋭く目捜しぬ。

川端の純真さに心打たれる。濃尾大震災を撮影した瀬古安太郎同様、二度とない好機に、川端の好奇心は跳梁（ちょうりょう）した。創作者の本能である。

瀬古写真館を辞した。取材協力は惜しまない、又連絡してくれと言われた。

黄昏（たそがれ）迫る川辺を歩いた。川端は血の滲むような思いで破婚を作品とした。「篝火」「非常」「南方の火」など、初期川端文学の中核をなす作品群だ。研究者はみち子もの、千代ものと呼ぶ。作品に昇華されたからこそ、恋愛譚（れんあいたん）は残ったのだ。

川端が破婚から学んだものは何か？　運命の見極めがたさ、運命に翻弄される人間の哀しみか。畢竟（ひっきょう）人生とは、絶対喪失したくないものを剥奪（はくだつ）される歴史なのだ。長良川は何も答えない。

瀬古写真館で見た濃尾大震災の写真、その生々しい映像が脳裏から離れなかった。川端が西方寺を訪問した際、初代が手伝った壁塗りは、濃尾地震で半壊した本堂の再建だった。なぜ川端は一行も記さなかったのだろう。

瀬古安明氏、壁には例のスリーショット

昔の瀬古写真館

明治24年濃尾大震災後の被災地の貴重な写真（瀬古写真館蔵）

岐阜市は大震災と空襲で破壊された。東京同様、未曾有（みぞう）の災厄を二度経験した。市民は瓦礫の山の中から、不屈の闘志で再起した。織田信長の破壊と創造、そんな空間遺伝子が息づいているのか。

ホテルに着いた。定刻まで時間がある。金森氏から昨夜手渡された資料を思い出した。袋から取り出すと「加納町史」の他にコピーが一枚あった。まず「加納町史」、昭和二九年四月一五日、大衆書房から刊行、編集は矢崎正治。付箋が貼ってある箇所を開いた。

浄土宗　西方寺　岐阜市加納本町六丁目四八番地
知恩院末　寂静山　西方寺
本尊　阿弥陀如来　慈覚大師作
本堂　縦六間　横六間五尺　庫裡　玄関　門
沿革　当寺開山　徳蓮社釈誉達無専念上人、開祖の俗姓は久松。三州（三河の国）の産にて、当地の城主・奥平美作守信昌公の乳兄弟なるをもって、此の地に請待あり、当寺草創者也。慶長六辛丑年（一六〇一）即ち当城築の半なり。

一九世隆応和尚。姓岡山也。明治八年（一八七五）入山。明治維新に際し、朱印地は上還し、明治二四年（一八九一）濃尾の大震災により、七間四方の本堂も倒壊し、悲境の極に陥った。此の時過去帳古文書等一切腐敗す。爾来無縁無檀の有様にて、住僧もなく、御本尊の香華供養すら不可能となった。
二十世法蓮社性誉上人覚音和尚、姓青木。明治四十二年（一九〇九）入山。
昭和二年（一九二七）一二月七日示寂（じじゃく）。

青木覚音和尚は、大正八年(一九一九)以来、本堂再建の事業を起し、仏陀の照護により、大略竣成に及んで、尚仏天蓋、五具足、祖師前三具足、高座及び仏具荘厳物等を新調するに多額の経費を要し、之が為、今回宗師円光大師七百年御忌奉記念として、特信者の祖先且愛子順縁逆縁の精霊法名を供養し、永代経を奉修云々と賛助を請うた。大正十二年(一九二三)西方寺覚書。

本寺亦昭和二〇年七月、大東亜戦の戦災により、堂宇、寺宝悉く焼失、今や暫く再興の緒に就かんとしている。

これは干天の慈雨だ。青木覚音に関する情報を渇望していた。覚音は西方寺再建の志を抱き、立ちはだかる難題と闘った。理想に燃える情熱家なのだ。葉書の気骨ある筆遣いも納得できる。

晩年川端は書に目覚めた。書は人格であると信じた。都知事選で秦野章(はたのあきら)を応援した大きな理由は、必勝と書かれた書を評価したのだ。青木覚音は生臭坊主に多い、酒色に溺れる人間ではないのかもしれない。

もう一枚のコピーも貴重だった。昭和四八年に出された「川端文学研究 第四号」の見開きだ。そこに安藤隆郎の寄稿文「『篝火』の背景——西方寺の思い出」が載っていた。長谷川泉の筆者紹介によれば、安藤は中部女子短期大学助教授で美術を担当、日展にも入選したとある。水彩画が三点添えられていた。

わたしは、西方寺の近所で生まれました。「篝火」にある天満神社のある町です。この近所にはお寺がたくさんありました。(中略)西方寺は北向きで左側に大きな「ぎんなんの木」が一本あったように覚えています。実を拾った記憶はありませんが、秋になると黄色の落葉を集めて遊んだものです。境内で横着をして、カンカン坊主と呼んでいた「おっさま」や「おくりさま」に見られて逃げて帰りました。「篝火」にもある天満神社も私たち子どもの一番大事な遊び場でした。清水が湧き出て「とげうお」がたくさんいました。

〈カンカン坊主〉

胸の前に直径一五センチぐらいの鐘を横向きにして、右手でカンカンと叩きながら、何やらお経をとなえて、左手をやはり胸の高さに掌を合わせるようにしていました。鐘のすぐ下に木の箱を下げていました。（中略）みぞれの降る日は、高下駄の前皮のついたのをはいて、蛇の目傘を左手にさして、カンカンと遠くまで修業して歩かれました。決まって夕方でした。廻る道順が決まっていたのでしょう。家の前に立って、お経の終わるまで、おっさまの顔をじっと見つめていたものです。「大坊主」と云って逃げたこともあります。

〈おくりさま〉

おくりさまが、どちらの高橋から嫁入したか私は知りません。西方寺へ再婚したとか聞いてはいます。ずんぐりと太った人のようです。歩く時には少し背を丸めて、前かがみになって、小またにチョコチョコと歩く人でした。ネチネチとくどい叱り方をする人だったように記憶が残っていました。

この文章によって西方寺の暮しが浮かんできた。托鉢する住職に伴われ初代も一緒だったそうだ。寄進は現金もあったが、茶碗一杯の白米が多く、その白米をいれる袋を初代らが持ち従った。そんな安藤隆郎の証言もある。初代は加納では顔が売れ、東京から来たこともあって、ちょっとした有名人だった。若い男の注目を浴びたに違いない。ていさんという人はヒステリックで初代に厳しく接した。初代は本能的に住職に縋ったのではないか。住職にとっても自分を頼ってくる少女が憎かろうはずがない。後妻に入った、ていには魂胆が見え透いていた。また初代に甘い夫を腹立たしく思っていたのではないか。

ロビーに金森氏が現れた。エレベーターで最上階に向かった。フランス料理店からの眺望も見事なものだ。眼前には金華山と長良川、右手に岐阜の町、そして遠くに伊吹山。レストランの明かりが窓に映り込み、暮れなずむ空との二重奏だ。

移り込みといえば、以前、こんな体験をした。箱根宮ノ下の「富士屋ホテル」のダイニングルームで夕食を取った。

青木覚音（西方寺住職）

西方寺（伊藤初代が預けられた寺）
「川端文学研究第四号」（昭和48年）に掲載された安藤隆郎による水彩画

山田てい（山田ますの姉）

高い天井、クラシカルな雪洞(ぼんぼり)、着飾った人たち。
シャンパンを注文、乾杯してグラスを置いた。その折、シュガーポットに天井の照明が映じ、虹さながらに輝いていた。それはスプーンにも映りこみ、星を一匙(ひとさじ)掬ったようだった。この小宇宙に気づいた人はほとんどいまい。急激な気象の変化も箱根の大きな魅力だ。夜、カーテンを開けると、あたりは霧におおわれていた。灯火(ともしび)が仄(ほの)かに紅く、青い夜気に滲んでいた。朝、景色は一変、雪が積もっていた。

長良川では鵜飼見物の舟が繰り出して酒宴の最中だった。川下から浴衣姿の舞姫を載せた舟が近づいてくる。定刻の花火を合図に鵜飼舟に随走する。鵜飼は初夏から秋にかけての一大風物詩だ。空が光を失うにつれ、窓に映じた明かりが濃くなっていく。

注文した酒が運ばれてきた。軽く杯をあげた。目下、金森氏は私を観察中だ。この男、二人の恋物語を書くのだと、勇躍岐阜に乗り込んできた。だがどう書くのかわかったものではない。間違った事実を書かれては困る。そんな警戒心が見え隠れしていた。

事前に金森氏に電話を入れ意見交換をした。氏は言った。非常は事情の間違いだ。川端は初代に強い関心を抱いたが、初代の方はそうでもなかったのではと。

西方寺発見の経緯を金森氏に聞いた。川端は初期作品の中で一切実名を明かさなかった。伊藤初代の名は勿論、西方寺や瀬古写真館、宿泊先もだ。長谷川泉は帰国していた三明永無を取材、例のスリーショットの存在を把握していた。

昭和四七年五月、東海女子短期大学講師の島秋夫は、岐阜大学付属小学校のPTA読書クラブに招かれた。そこで『雪国』を課題本に取り上げ、岐阜での恋物語に言及した。四月一六日の川端自裁の直後、島秋夫は朝日新聞(岐阜版)で呼びかけた。小説「篝火」に出てくる、まぼろしの澄願寺はどこか、一緒に探そうではないかと。

地元の碑文研究家・青木敏郎がこれに呼応、岐阜市加納の西方寺が澄願寺だと特定した。岐阜日日新聞紙上では山下丈夫記者がこの一件を記事にした。朝日新聞には島が寄稿した。これを機に長谷川泉や三枝康高ら遠来の研究者も

暮れなずむ街

岐阜を訪れるようになった。

昭和四七年夏、金森氏は川端全集（昭和四四年から刊行の一九巻全集）を入手した。自裁後の川端ブームで簡単に購入が出来なかった。第一巻に「篝火」と、祖父の思い出を綴った「十六歳の日記」が載っていた。

読むうちに彼女は驚愕した。川端家の菩提寺は極楽寺、そこが西方寺と置換えられていた。恋の舞台となった寺の名を川端は残したのだ。これこそ愛の証だと直感した。昭和五二年、金森氏は「作文の会」創刊の小冊子『小品』にこの件を記した。不遜な言い方だが、川端の死が招いた収穫だった。

川端の自裁も話題となった。推測することは自由だ。中には論者の品性を疑うようなものもある。死の原因を断定すればするほど安っぽくなる。そもそも自死の理由など解りっこないのだ。極論すれば本人も解っているのか。

まだまだ独特の視座で卓越したものを書いてほしかった。川端ならではの珠玉の言葉を味わいたかった。最近の小説がつまらないのは、単なるストーリー展開に終わっているからだ。表現力が決定的に欠けているせいだ。

運ばれてきた冷製のポテトスープを味わっていると、改まった口調で問いかけられた。

「西方寺の件ですが、どうして今更？」

言葉はやわらかいが、秘めたものは鋭利だった。

「桜井さんから直接聞いたからです。非常の理由、純潔を奪われたことを打ち明けるなら、死んだ方がましだ。これは最も合理的な説明だと考えています」

「それが合理的ですか？」

首を傾げた。

「初代さんが嘘を言った。約束を破棄する方便だとは考えられませんか？」

予想もしない言葉だった。桜井証言こそ真実だと確信していた。しかも彼女は婚約とは言わずに約束と言った。婚約とは認識してないのだ。

「方便の可能性が皆無だと言いません。しかしカフェ・エランの前のタバコ屋の主婦にですよ、犯されたなどと口にしますか？　それも一五歳の少女がですよ」

「出まかせを言ったかしれません。それにただの口伝でしょう。ご子息と云えども、裁判では証拠にはなりませんよ」

なんという切りかえし方だ。まわりを見渡して声のトーンを落とした。興奮するとつい声が高くなる。

「すると、あなたは、二人の恋を疑うのですね？」

咎めるような視線を彼女は易々と撥ね返した。

「二人の、あれがですか？」

氏は小首をかしげた。笑ったようにも見えた。

「初代さんの手紙を何度読んでも、恋している熱気が伝わってきません」

見解は真反対だ。ビリヤードの球が衝突したような音が耳朶に響いた。

「なぜ婚約、金森さん流に言えば約束ですか、交わしたと思われますか？」

「なにがなんでも岐阜を出たかった。求愛はまさしく渡りに舟だった……覚音さんは立派なご住職です。そう、私は確信しています」

押しても引いても揺るぎそうになかった。論破する見込みは皆無だ。だが弱音を吐くわけにはいかない。

「川端との結婚は良縁ではなかったと？」

「川端さんより三明さんのようなタイプが好みだと考えます。それに作家志望の青年でしょう。海のものとも山のものともつきません。ところでお渡しした資料は読んでいただけましたでしょうか？」

「拝読しました」

「どうでした？」

「無住だった寺を再建する。理想に燃えた情熱家ですね。そんな人が愚行をしでかすのか？　どうも腑に落ちないのです」

「なんだか推理小説のようね」

彼女はコトコトと笑った。

「あなたはどんどん書き進めなさい。削除を前提にね」

涼しい顔だった。正直、不快だった。しかし自分の考えのみを絶対視したくない。自分が間違うこともある。いや、しばしば起こりうる。

真実に対する好奇心を理性と呼ぶのではないか。物事を判断するには、検事、弁護士、裁判長、三つの視点が大切だと教えてくれた、川端香男里氏の顔がうかんできた。

金森範子氏、辛辣ではあったが、凛としていた。こうした品位は簡単に身につくものではない。彼女は敵対しようとしているわけではない。己の意見を真率に述べているだけだ。芥川龍之介の小説に『藪の中』という作品がある。世の中のことは『藪の中』に酷似している。立場、立場で、見解が全く異なるのだ。そこでムキになるのは児戯にも等しい。

「ジョン・ゴールズワージーの『街道』ですが、川端が大正一一年に翻訳したのをご存知ですか?」

金森氏は質問した。

「ゴールズワージー……どんな内容ですか?」

「戦争が終わり、兵士たちが故郷の町に帰ってくる。真っ直ぐな街道の向こうにポツンと黒い点が現れ、ゆっくりと近づくにつれ、縦隊になった大勢の兵士たちの姿になってきます。窓から女たちが熱狂的に手を振って大歓迎しています。重い軍靴を引きずる音と土煙が映画のワンシーンのようで。この描写に平和への溢れるような祈りを感じました」

「川端はこの時点でゴールズワージーと出会っているのですね」

ふと思った。戦場から帰還する兵士たち。それは失恋で身も心も敗れた川端の姿ではないのか。学友たちの間でも失恋事件は面白おかしく噂されたであろう。その屈辱感はどれほどだったか。

あたりがざわざわしはじめた。鵜飼が始まったようだ。気もそぞろになり、カメラを鷲掴みにした。ホテルを飛び出して、撮影場所を物色した。

あわただしく望遠を装着、大股を開けて、しっかり脇をしめた。流れに乗った鵜舟は思いのほか速い。漆黒の闇に篝火の朱が目にも清(さや)かだ。赤と黒の幻想にシャッターを切った。

篝火に照らされた鵜舟

第五章　温泉津(ゆのつ)　夕光、静かなり

永無の故郷

島根県中部、日本海に臨む大田市に温泉津という町がある。未知の町を教えてくれたのは、作家の阿部知二研究で知られる森本穫氏だ。温泉津出身の三明永無は杵築中学（現在の大社高校）に進学、恒松安夫と出会った。そこの寄宿舎の寮監が阿部知二の父・阿部良平だった。森本氏は良平を調査するために同地を訪れた。

恒松は慶應義塾大学文学部に入学、後に同大教授となり、島根県知事を二期務めた。学生時代、恒松は岡本一平・かの子夫妻の家に下宿、家事のみならず息子・岡本太郎の養育係まで任された。瀬戸内寂聴の代表作『かの子繚乱』では、恒松は、かの子の二人の愛人のうちの一人とされる。

川端康成と岡本一平・かの子との絆は深い。三明から恒松、恒松から夫妻へと人間の輪が繋がった。昭和八年一〇月、文化公論社より『文学界』を創刊する折、一平から援助を仰いだ。歌人であり仏教研究家のかの子は、作家になると宣言、遅咲きながらデビューをするが、バックアップしたのが川端である。作品を評価、助力を惜しまなかった。

昭和四七年春の川端自裁の後、かの子全集の推薦文が書斎の机の上に残されていた。

> かの子のたいていの小説の頂点には、突然天がひらけたような電光がはためいてゐる。それは壮絶な戦慄であり、崇高な啓示である。また

と書きかけのままに終わっている。一〇年ほど前、瀬戸内寂聴氏と八幡平のホテルでお会いした際、この話題を持ち出した。川端はなかなか筆が進まなくて、瀬戸内氏に書いてほしいと依頼したそうだ。

平成二二年春、川端邸で岡本かの子の書簡六〇通が発見された。既に確認されているのが四〇通、計一〇〇通に上った。

温泉津の街並み

温泉津点描

レンガ色の温泉津

往時の温泉津

平成二四年七月、三明永無の故郷・温泉津を訪問した。両側は切り立った崖、紐状の街道が伸びる。狭い平地に家は密集し、花を愛する人たちは急斜面を庭にしている。温泉津独特の光景である。
光が違う、どこか違うと皮膚感覚が囁く。そうか、空が狭いのだ。狭い分、舞台照明さながら光が拡散しない。あたりの光景を愛でつつ、ゆるゆると歩む。夕光、静かなり。夏の寂寥に包まれ、瑞穂(みずほ)の国に生まれた幸を思う。ふと詩を口ずさむんでいる。

しづかなる夕(ゆうべ)に　出で、、
ほのかなる道を　往き来す。
かそかなるもの　来寄りて、
我が肩に　ふれつ、過ぎぬ――。

わが耳や　何をか聞きし。
我が心知らぬ　ことばを――……

さゝやきて　ものぞ去りにし――。
しづかなるゆふべの道に、
かな葎(むぐら)　一つ　穂を揺る。

しづかなるゆふべの道に、かな葎　一つ　穂を揺る。なんと美しい結語、そして余韻。
言葉は豊かな律動を伴う生命、この折口信夫(おりくちしのぶ)の歌は、畏友・執行草舟(しぎょうそうしゅう)氏の愛唱歌だ。氏、元気なりしや。

温泉津はどこか鎌倉に似ている。鎌倉の谷は谷戸とも呼び、低湿地を意味する。左右から山が迫り、くねくねと細い道が間を縫う。小道を歩く度、景色が変化する。

川端は鎌倉で三度転居した。昭和一〇年暮、上野桜木町から転居、浄妙寺宅間ケ谷に住んだ。昭和一二年五月からは二階堂、ここには悲運の護良親王を祭った鎌倉宮がある。

大正一二年八月、川端は大阪で夏休みを過ごした。初代との別れから二年、彼女への想いは鎮めようもなかった。帰りに鎌倉宮に足を運んだ。大阪の宿久庄に住む川端岩次郎氏宛ての三一日付けの葉書にこう書いた。

二十九日上京いたしました。津と鎌倉へ寄つてゐたので遅くなりました。鎌倉の護良親王の神社の宝物陳列所の欄間に泥舟の額が掛つてゐました。泥舟とはお家の座敷にある額を書いた人です。残暑おいといを祈ります。

祖父三八郎と暮した家は川端岩次郎の手に渡り、座敷に幕末三舟の一人・高橋泥舟の書がかかっていた。父栄吉が泥舟から書をもらい、額装して三八郎に送ったものだ。書は父を感じられる数少ない遺品である。

昭和二一年一〇月から川端は長谷二四六番地に住み、ここが終の棲家となった。

温泉津を散策中、清潔感に満ちた簡素な宿を発見した。格子戸に白壁の宿で「静仙館」なる看板があった。玄関に明かりは点っている。しかし全く人の気配がなく、空想をかきたてる宿だった。ここに画家の風間完描く清楚な女将でもいれば申し分ない。初めての町は何もかも真新しい。

とりわけ温泉津は石州瓦が美しい。大寺の青みがかった黒瓦が魚鱗さながらに輝いている。焼成温度が高く、よく焼き締められている。耐寒性と対塩性に勝れて吸水性も低い。固くて強いのが石州瓦の特徴だとか。

朝から忙しかった。前日、東京から大分に出張、湯布院の「玉の湯」で一泊した。朝食も取らないで、朝七時の電車に飛び乗った。大分から小倉に移動、新幹線に乗り換えて、新山口の車内で友人の松村卓正と落ち合った。広島駅で下車、高速バスで中国山脈を縦断。山陰線の浜田、江津経由で温泉津にやってきた。

折返して海に向かった。観光案内所の前に「温泉津散策図」という看板があった。地図と旅館一覧を眺めていると、何かが驀進する音がした。振り向くと電車だった。電車も瓦屋根も煉瓦色、温泉津ならではの光景だ。海に面して白い土塀が続く。桜の大木が一本、大きく枝を張っていた。春爛漫の頃を思う。夕の海に花びらが散り、ゆらゆらたゆとうさまを。入江が深いせいか波が立たない。薄紙でもかぶせたようになめらかだ。

「水原、ここにいたんか」

声をかけたのは別行動をとっていた松村だ。のんびりと温泉につかり、ビールを飲んで一眠りしたとか。撮影に集中していた私とは好対照である。葉桜のベンチに座り、一緒に黄昏の海を眺めた。

松村は大阪毎日放送に勤めていたときの同僚だった。報道畑で活躍、定年前に神職の資格を得た。定年後に山口市の鋳銭司に帰郷。母の跡を継いで黒山八幡宮と大村神社の神主を兼ねた。

放送局の報道から、古事記や日本書紀の神話の世界によく飛び込んだものだ。神職に就いてから五年が経過、言動も重みが増してきた。痕跡をとどめる長州弁が愛嬌で、長州人特有の理屈っぽさを緩和していた。互いに妻を病気で亡くした身、一言も語らずとも、一緒にいるだけで安らぎを感じる。

大村神社の祭神は大村益次郎。長州藩の軍事指導者、新政府の陸軍の創立者だ。維新の折の益次郎の働きを松村は語る。

慶応二年（一八六六年）の第二次長州征討、地元では四境戦争と呼ぶ。大島口、芸州口、石州口、小倉口の四カ所で戦端が開かれた。山陰道に攻め入ったのが大村益次郎である。浜田や幕府直轄の石見銀山まで侵攻、現地で占領政策を敷いた。

木戸孝允は大村益次郎を抜擢した。益次郎は蘭学を学び、戦術に加えて、戦略という概念を把握した。このことは司馬遼太郎の小説『花神』に詳しいが、直接聞く歓びは格別である。

翌日、車で大田市温泉津町西田の三明永無縁の寺、瑞泉寺を目指した。運転するのは田野葉月氏、島根県立美術館の主任学芸員だ。松江から温泉津は遠く、彼女は昨日出発して温泉津に泊り込んだ。

肝心の寺が見つからない。九時には関係者が揃う。瑞泉寺に電話を入れたが、要領を得ない。それほどに山の中だ。前方に赤い石州瓦の寺が見え、やれやれと安堵して山門の前に立った。ところが別の寺、既に定刻の九時、三人で天を仰ぐ。

それでもなんとか到着した。手前は川、そして橋、高い石垣の上に真言宗瑞泉寺が姿を現わした。創建は嘉暦二年（一三二七年）。圧倒されるような威風と格式だ。三明永無はここで生を享けた。

本堂は黒鳥が羽を伸ばしたような優美さだ。背後の杜が緑の壁となり、黒瓦の輝きを一層強調する。樹齢二〇〇年の大銀杏がたわわに実をつけていた。樹高、根張、どれほどの丈か。その先に紅葉、これまた巨木だ。錦秋の二重奏が待たれる。

広々とした庫裡に通された。皆、勢ぞろいしていた。遅延を詫びた。

三明慶輝氏に挨拶。永無の兄・三明謙譲氏の孫で、銀髪をした穏やかな紳士だ。山陰中央新報社の幹部が二人、担当の石川麻衣記者、共同通信の利根川有紀記者も同席した。

机上には様々なものが置かれていた。再発見された、三明永無所蔵のスリーショットの写真、アルバムから剥がしたらしく、裏に黒い紙が付着していた。永無の字で大正十年秋とあった。この写真は貴重である。初期作品に頻出する千代（もしくはみち子）が、一体、誰なのか特定できなかった。預けられていた寺の名も同様である。川端自身が西方寺や加納などの地名を明かしたのは、昭和二年の「西国紀行」によってだ。

川端没後、川端研究家の長谷川泉は、都内代官山に住む三明永無を訪問した。そこでスリーショットの写真の有無を確認した。三明は存在を認めたが、貸し渋った。かつての恋人の写真が流布されるのを嫌った。だが長谷川の熱意に動かされて貸出に同意、こうして複写された写真が流布されたのだ。

保管されていたオリジナルを発見したのは石川麻衣記者。数日前、山陰中央新報に掲載され、共同通信も全国に配信した。

三明の肖像写真も初見だった。大正六年九月の第一高等学校入学時の写真は少年の面影が残っている。しかし大正九年秋の東京帝国大学入学時の写真、カメラに正対せず、やや視線を落としている。凛々しさや覇気、憂愁や思慮。素晴らしいポートレートである。この一枚を目にしただけでも来た甲斐があった。

三明は杵築（きづき）中学に進学、本来なら近くの浜田中学だが、遠くの中学校を選んだ。三歳上の兄・謙譲が浜田中学に在学、比較されるのを嫌った。中学は全寮制で風紀委員を務めた。一学期の成績表を見せてもらった。三一人中トップ、平均点は九六点、凡て甲という申し分ないものだ。

中学では野球部の部長になった。マネージメント能力が買われた。当時は生徒が監督や部長を兼ねていた。慶応や早稲田から指導者を呼び、強豪校となって、三明卒業後の大正六年には、念願の甲子園出場を果たした。

石川記者の発見は他にもあった。大正一三年一二月の永無の結婚式の写真だ。場所は東京帝国大学の仏教青年会館、媒酌人が岡本一平・かの子夫妻。出席者は川端康成、石浜金作、恒松安夫。永無二八歳の時だ。

列席した川端は何を考えたのだろう。順調にいっていれば、新郎新婦の席に初代と座っていたのだ。三明の結婚式に川端も刺激されたようだ。翌年五月、市ヶ谷佐内町の菅忠雄宅で松林秀子と出会った。川端二六歳、今度ばかりは手も握らない愚は繰り返さなかった。

岡本夫妻と三明永無の親交を示すものは色々あった。桐箱に「永無肖像　岡本一平画」と記された軸。当代一の人気漫画家が三明の風貌を巧みに捉えていた。一平漫画の献呈本や、一平・かの子合作の色紙もあった。

住職夫婦は多忙でNHKの番組を見なかったらしい。持参したパソコンで録画を再生、真剣な表情で見つめていた。

住職に本堂に案内してもらった。足を踏み入れた途端、驚愕した。内陣は光り輝く浄土だった。山深さが半端でないだけに驚きも倍加する。信仰心の篤さや門徒の結束の賜物だろうが、どれほどこの地に富が集積していたことか。

瑞泉寺のある西田地区は、石見銀山と温泉津港の中間に位置する宿場町。石見銀山は全盛期、二〇万人が居住した鉱山都市。二〇万と言えば大阪と同規模だ。

緑なす大銀杏

瑞泉寺内陣

岡本一平・かの子による色紙

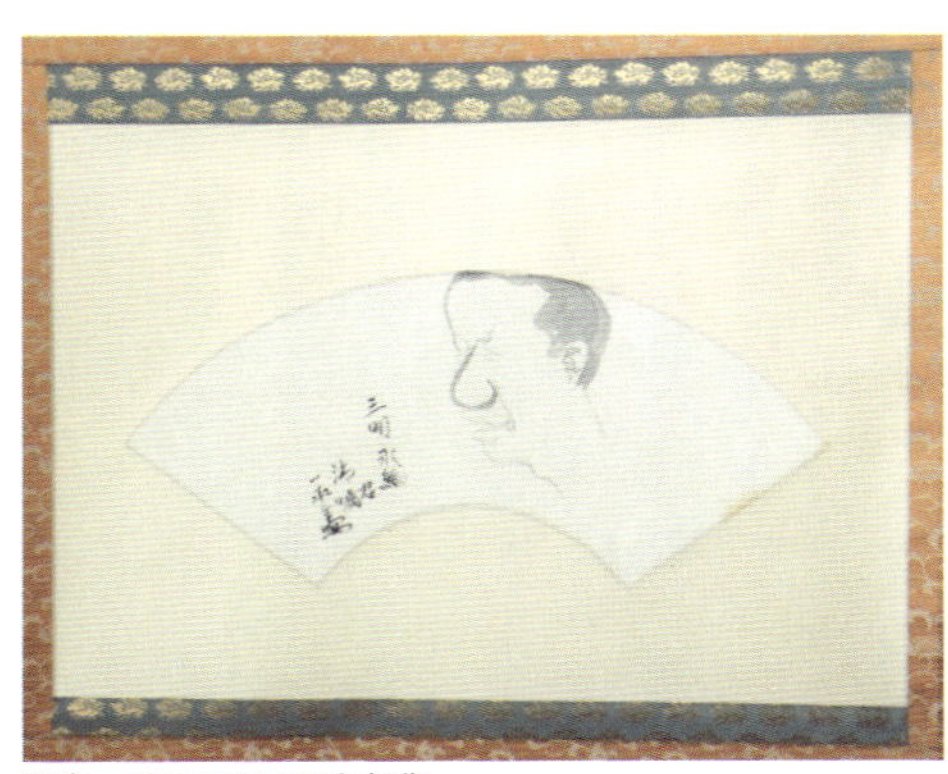
岡本一平による三明永無像

瑞泉寺で解散した。石見銀山を見学するために、私はもう一泊することにした。

三明慶輝氏から食事を誘われ、陽光注ぐ温泉津港に向かった。三明慶輝氏は白のポロシャツ姿。大寺の住職とは思えない若々しい姿だ。案内されたのは「あさぎ屋」、海に面した小料理屋だ。一階はカウンター席で、目下高校野球の実況中。

二階の座敷に通された。二方向窓で、眩(まばゆ)い海と空。ビールを勧められ、遠慮なく喉を鳴らした。料理は九皿、迷い箸になる。

「いやあ、参りました。先日の山陰中央新報ですよ。なにしろ田舎のことでしょう、大々的に新聞に載るなんて滅多にありません。ご院下さん、わしにもちょっこし写真を見せちゃんさいよ。ほおう、これがかな。冥途のみやげになりましたけなあ。そう言われるとうれしいものです。川端さんに大感謝ですよ」

「そのうち展示用のガラスケースも必要になりますね」

と笑いあった。外は長閑(のどか)な入江。紺碧の空には、鳶が悠々と弧を描く。

「永無さんはどういう方だったのですか?」

「大叔父は無口でした。一高や東大のことは口にしませんでした」

「昔の人は自慢めいたことは控えたのでしょうね。ハワイに行かれたとか?」

慶輝氏が説明した。永無は東京帝国大学の印度哲学科を卒業。昭和五年、三四歳の永無は浄土真宗本願寺派の開教使としてハワイに行き、本願寺ハワイ別院附属ハワイ中学校で教鞭をとった。

昭和一六年一二月八日、日本軍の真珠湾攻撃で捕虜として米国本土へ送られた。強制収容所に放り込まれ、塗炭(とたん)の苦しみを味わった。昭和一八年、家族を残して、第二次交換船帝亜丸で永無のみ日本に送還された。

帰国した永無は宗門立千代田女子専門学校、千代田学園、武蔵野女子学園で教壇に立ち、昭和二五年、再び教団直属布教使としてハワイに向かった。ハワイとの縁は切れなかったのだ。大正三年、杵築中学三年の時、永無は「七生」

三明永無結婚式（東京帝国大学仏教青年会館、大正13年12月）
前列右から3人目から岡本かの子、永無の妻利恵、三明永無、岡本一平
後列左から5番目が川端康成

再発見された写真（三明慶輝氏蔵）

三明、東京帝国大学
入学時（大正9年秋）

三明、第一高等学校
入学時（大正6年9月）

という校友会雑誌に「意志の論」なる一文を寄せた。

重荷を負うて遠きに行かむには、意志の力に俟(ま)たざるべからず。百折撓(たわ)まず千挫屈せずして、己の初志を遂げむにも亦、意志の力に由らざるべからず。百の誘惑、千の障碍(しょうがい)に遇ひて、毅然として正義善道を踏むもまた、この力に基づく。意志とは何ぞや。一口に言わば「なにくそ!! やっつけろ」という主義をいふ。「おのれっ!!」と奥歯を噛みしめて目的を達するまで、力を弛めざる気なり。

若々しく覇気に満ちた文章だ。これは冒頭で、このあと延々と続く。なぜこれほど意志の力を強調、己を鼓舞したのか？　文中、大正維新という耳慣れない言葉も飛び出す。国民が抱く危機感の反映なのか。

日本は日露戦争で大国ロシアと戦い、かろうじて勝利した。一一〇万人を動員、死者八万、戦傷者三八万、戦費二〇億。当時の国家予算の八倍である。そして台湾、樺太、朝鮮を植民地化、南満州を勢力下に収めた。アジアの小国が白人国家に勝利、独立運動の契機となった。

しかし内実はお寒い限りだ。

漱石曰く、「借金を拵へて、貧乏震ひをしている国。日本国中何処を探したつて、輝ける断面は一寸四方もない」と当時の状況を酷評する。英国に留学した漱石ならではの見解だ。

第一次世界大戦では漁夫の利を掴み、日中戦争の泥沼に続き、勝算なき太平洋戦争に突入した。国力からして全く無謀だった。

惨めな敗戦から七〇年経過、日本は奇跡的復興を遂げた。あまりにも平和すぎたため、戦後世代の危機意識は希薄だ。一世紀前の永無の文章を読むと、百年の乖離(かいり)を改めて認識する。

「大叔父の方が初代さんと親しかったと聞きました。本当ですか？」

「そのようです。三人の関係は微妙でした」

小説「新晴」（三五巻本全集、第二四巻）の一節を紹介した。川端は俊夫、初代は稚枝子、三明は水庭である。

　高等学校時分の俊夫は、リラばかりでなくさうした場所では、友人と女に第三の者として石のやうに置き残され、女を女臭いとも思はぬ押の強い水庭の前では、自らその位置に身を退きがちであつた。だから稚枝子は水庭のものであり、その関係を少しでも自分のために揺がせようと努めもしなければ思ひもしない自身であることが俊夫に分つてゐたし、女に云ひたいことがあつても喉で消えて、その拘り（こだわ）が自分の内へ内へと落ちて行く卑屈な姿を眺めさせられる馬鹿役は岐阜に来てまで繰り返したくなかつた。

同全集の第二巻、「明日の約束」（初出『文藝思潮』大正一四年一二月号）には、三明永無（小説では片桐）のことが赤裸々に記されている。

　その貸間も片桐が見つけてくれた。
　私はその一年ばかりの間に六度も下宿を変へて、故郷の従妹から「またまた御引越の由驚き入り候。」と手紙でからかつて来た程だつたが、自分で貸間を捜しあてたことは一度もなかつた。しかも、初めの二度の外の四つの下宿は皆片桐が見つけてくれたのだつた。片桐が一つの人形を机の上のあちこちへ動かすやうに、私は自分の住居を片桐の手で次から次へ移されてゐたと言へないこともなかつた。
　そればかりではない。片桐とは一高の寄宿寮以来の親しい友人だが、彼の性質には親しい者に対する献身的な親切と頑固な自己中心主義とが入り交つてゐて、それが兄分らしい強い性格を作り、例へば四角い周囲を三角な自分の中に押し込んでしまひながら大抵のことには先頭に立つて行くといふ風だつたので、二年も学寮の同じ部屋で暮してゐる間に、私の生活は多少彼に支配され、幾分彼から影響を受けてゐたにちがひない。おまけに、私と彼とは女に対する好みが一致してゐたので、同じ女を二人で好きになることがよくあつた。その一つの場合が私の幼稚な恋愛事件となつた。一体私は競争といふことが自分の趣味に合はないし、恋の競争は特に嫌ひだつたから、片桐によくなついてゐるその娘を自分のものにしようとはつきり決心が出来ないでゐるところへ、私の気持に同情した片桐が、あの娘と結婚してはどうかと私に勧めたので、事件が始まつたのだつた。片桐は異常な親切を示してくれたし、私は何かにつけて彼に頼り過ぎてゐたので、彼の人形のやうでもあつた。

　そして、その娘を迎へるために二間続きの二階を見つけてくれたのが手始めで、それから四度とも私の住居をきめてくれたのだつた。私は親切以上の、目に見えない因縁のやうなものが感じられる気持ちもした。

「このへんで片桐から解放され、一度自分の力で青空を見ておく必要がある。」

　私はそんなことを考へた。


「ずいぶん率直に書いていますね」

　慶輝氏は驚く。

「三明永無は川端の恋に徹底して絡みました。そうなると軋轢も生じますよ。親分肌の三明は川端の境遇が哀れでたまらなかった。無口でネクラ、さらに例の凝視癖でしょう。これでは女性は近寄ろうとしませんよ。そこで一肌脱いでやったのでしょね」

「西方寺では、一体、何があったのですか?」

　慶輝氏はおだやかな視線を向けた。

「例の件ですね」

　私は一呼吸置いた。

「真相を調べたい、その発端は伊藤初代さんの御子息・桜井靖郎さんの証言です。伝聞とは言え衝撃的でした。犯されたと確信しました。でも取材を進めるうち、考えが少し変わってきました。まてよ、そうでない可能性もあると。純潔を奪われたとしたら、彼女はパニックに陥っていますよ。不潔感や嫌悪感で、世の中の男に拒絶反応を示すでしょう。三明永無の説得で翻意するでしょうか？　翌年には中林忠蔵と結婚しているのです」

と言ったものの、反対のことも考えた。東京に舞い戻った初代の荒み方だ。「暴力団の一夜」を改題した「霰」の描写。新吉は川端、栄子は初代。「霰」（三五巻本全集、第二巻）は事件の六年後、『太陽』昭和二年五月号に発表された。

> 良子から聞いたところによると、栄子は新吉が初めて来た晩、女給達に彼との関係をすつかり話して聞かせたのださうだつた。また彼女は或る男から毎日のやうに来る恋文を、寝床にはいつてから狂人のやうに高い声で夜毎に読んで聞かせるのださうだつた。一人の会社員は彼女を女学校に入れてやると言つた。他の男は彼女の故郷から父や妹を引き取つてやると言つた。また或る私立大学の学生は、彼女が結婚する口約束を与へた翌る日、彼女の名を左腕に入墨してカフエに来た。しかし、その時彼女はもう内藤の所へ行く約束をした後だつた。彼女は同じ日に二人の男と婚約をしたのだつた。まだまだ沢山の男が僅か十七の彼女を目あてにカフエへ通つてゐたにちがひない。新吉もその一人だつた。これらのことを良子に聞かされると、新吉はもう自分の手が彼女の前に突き出された沢山の手のうちで、古びて力弱いものであることを感じた。栄子の不幸を感じた。破滅を感じた。

「水原さん、ここに書かれているのが本当なら、初代さんとの約束など当てにできませんね」

「彼女なりに必死だったのでしょう。そんな時期って誰にでもありますからね」

「恋が結実しなかった理由は何だと思いますか？」

「川端が熱を上げたほど、初代は好きでなかった、それが真相ではないでしょうか。でもこう考えてもいます。手紙にありましたね、私のような者でも愛してくださいませと。言葉に生命を賭ける作家にとって、恋人から贈られた言葉は、絶対無二の宝です。生涯を貫くものになったと」


ある光景を思い浮かべた。一九五三年、人類未踏のエベレストの山頂、八八五〇メートルを極めたイギリス隊の二人。ニュージーランドの登山家・ヒラリーと、チベット人のシェルパ頭・テンジン。頂上から目にした荘厳極まりない光景。ローツェ、カマルー、チョオユーなど、名だたる八〇〇〇メートル峰を従えた大パノラマ——孤児同然の川端には、愛してくださいませという初代の言葉は、それ以上の感激だった。

「初恋とはそうかもしれませんねえ」

慶輝氏は深く頷いた。過去、幾多の学僧高僧を輩出した名門瑞泉寺、三明の性を継ぐ慶輝氏。向かい合うと自然な威が備わっていた。それも春風駘蕩の威だ。豊潤な時が過ぎて行った。

「明日はどうされるのですか?」

慶輝氏はビールを継ぎたしてくれた。

「ええ、石見銀山の龍源寺間歩(りゅうげんじまぶ)を歩いてみようかと」

「いいですね、風の向くままですか」

「まあ、フーテンの寅さんですよ」

下から歓声が聞こえてきた。高校野球で逆転劇があったようだ。

静かなる海

第六章　東尋坊（とうじんぼう）　異界の海に

死者と語りあいたいと思ったことはないか？　そんな場所が私には一カ所ほどある。四国、善通寺の実家の前にそびえる山だ。象の寝姿に似ているため象頭山（ぞうずざん）と呼ばれる。地元では通称大麻山（おおさやま）、標高六一六メートル。象の目玉の位置には金比羅山本殿がある。

帰郷する度に私は頂（いただき）を目指す。眺望は実におだやかだ。讃岐平野には多くの溜池が点在。瀬戸内海が繻子（しゅす）の帯のように淡く光る。近代技術の粋を集めた瀬戸大橋、ゆるやかな曲線を描く様は大蛇（おろち）に似ている。お椀を伏せたような山の上には闊達な雲が湧き、夢を育むには最適である。

山頂から尾根伝いに行くと、赤松林に囲まれた一角がある。松の梢を渡る風や、笹の葉ずれを聞きつつ、寝転がって午睡を取る。人気のない私だけの場所だ。目覚めると雨乞いの小さな社、龍王社（りゅうおうしゃ）まで歩く。年間降雨量では香川県は最下位で、長年日照りに悩まされてきた。

龍王社界隈は若くして逝った妻と語り合う場所だ。都会の喧騒の中では秘かな声は聞こえない。妻の死の前日、昏々と眠る妻の横で、原稿用紙にペンを走らせていた。書いていたのは二〇〇〇枚近くの長編小説だった。発表の目途は立たず、徒労にも似た行為だった。だが書かずにいられなかった。あの時、書くことが全てだった。過酷な現実と隔絶した行為がどれほど慰めだったことか。

あの時、私は無力だった。祈りも、言葉も、愛情も、何の役にも立たなかった。妻の内奥の火が消えているのに、私はただ見守るしかない。日光に当たらず、蚕さながら透明になっていく妻の脇で、溌剌とした看護師が世話をする。生気みなぎる私がいる。これほど残酷なことがあろうか。

アウシュビッツのように、全員が死ぬのならまだ救いはある。妻は一人だけ、生きながら死刑判決を受けた。よき母として、よき妻として生き、何ら罪を犯したのではない。不条理の極みだった。

爛漫の桜の中、まるで桜の化身のように旅立った。私が痛感したのは、日々の言葉の大切さだ。今日は寒いわねとか、雨が降りそうねとか、何の変哲もない会話がどれほど心の支えとなっていたか。日常会話は幸せの断片ではなく、幸せの真姿（ますがた）なのだ。

大麻山から望む瀬戸夕照

逃れえぬ死病と知った時、私は内心の激流を隠し、惑乱を些かも見せなかった。深い淵のような静寂を保とうとした。演技は完璧であった。

母が少年の私に教えた。祖先は武田信玄の武将・秋山某、かの秋山真之も一族の一人だと。しかし真偽は定かではない。

妹が逝き、父が逝き、妻が逝き、母も逝った。皆申し合わせたように文学が好きだった。妹は詩を、父は漢詩を、母は短歌を愛好した。妻は向田邦子が好きだった。話し言葉のような平易な文章の中に、人生の深淵を秘めていると言った。私が川端の仕事に携わっていると知ればどれほど喜んでくれたことか。唯一、母だけは知る機会があったが、その時は既に惚けかかっていた。

気になる場所があった。越前東尋坊である。風は轟々と吹き渡り、岩壁には波濤が押しよせる。人を拒絶する自然ほど魂を揺さぶるものはない。無論未知の場所だ。

京都のホテルでJRの時刻表を見ていて、東尋坊がそう遠くないと気づいた。なら行くべし。三国のホテルを予約した。米原を経由、北陸本線を北上。左手に琵琶湖、車窓の旅は思いを巡らすのに最適だ。東尋坊には高見順の文学碑がある。同時代を生きた川端と高見、川端より八歳年少である。

敗戦まで三ヵ月という昭和二〇年五月、川端は高見順、久米正雄らと計って鎌倉文庫を開いた。鎌倉の文士たちが協力、蔵書数千冊を確保した。だれもが書に飢えていた。盛況だった。敗戦後、大同製紙の支援を受けて出版社を設立した。

高見は川端と協力、世界ペンクラブの東京大会誘致にも関わった。

高見は稀代の記録魔だった。大正八年に東京府立第一中学校に入学、以後、四六年間日記をつけた。原稿用紙一四〇〇〇枚、著作の三分の一に相当する。白眉は昭和二〇年の『敗戦日記』である。

当時、日本国民は羊のように従順だった。マスコミは権力と癒着して戦争を煽った。そして中国人や韓国人をどれほど侮蔑したか。加害者は犯したことを忘却する。しかし決して被害者は忘れない。代々語り継いでいく。高見は特高や憲兵の目に怯えつつ日記を綴った。今日のように自由にものが言える状況ではない。日記は真実の記録、故に絶対に埋もれさせてはいけない。

日記には無論川端も登場する。高見は北鎌倉に住み、川端は鎌倉の長谷に住み、よく行き来した。昭和二〇年三月二日の川端邸訪問。刻々変貌する川端をよく把握している。

三月二日

雨。三雲君と川端康成氏の家へ行く。

○川端さんの書斎

東南二面が縁側をへだてて庭に面した八畳間。赤い机の横に古風な長火鉢、五徳、猫板の上に急須、番茶茶碗五つあり（お茶を盛んに飲むためならん）。火鉢の横にこたつ（お客用）。床の間に虎の掛物。床の間の前に大日本史料（最近購入されしもよう）。ジャワ更紗でおおいがしてある。壁際に書棚。研究書多く、小説本はなし。（小説本等は別棟においてあるらしい。）書棚の上に古賀春江の「花火(ママ)」の画を掲げ、柱に同じ画家の水絵（？）、机のうしろに文楽人形（お染）。

古賀春江の華麗な色彩の水絵（シュールレアリズム）を新しく部屋に飾ったことについて、川端さんは、気分を明るくしようと思ってと言った意味のことを言った。それは、全く明るいきれいな色彩であった。

三雲さんは古賀春江と川端さんとの親近が不思議に感じられたらしい。それを私は面白く思った。古賀春江の画集には川端さんの跋(ばつ)が載っている。川端さんと古賀春江とは親しかったのだ。だから書斎に古賀春江の画があっても、昔の川端さんを知っている私には、何の不思議さもないのだが、昔の一種冒険的な「実験家」だった川端さんを知らない人には、シュールレアリズムの画家と川端さんの親近というのに、妙な不思議ものが感じられるのに違いない。しかし、今の川端さんは、（川端さんの作風からすると）シュールレアリズムの画家と親交

高見順（撮影 林忠彦）

家族団欒のひととき、川端康成、妻秀子、養女政子
（昭和23年、撮影 林忠彦）　壁に古賀春江の《煙火》がかかる

古賀春江《煙火》（昭和2年）

歓談する川端康成と高見順

近代文学館設立のための記念講演会会場にて（昭和37年4月）
右から川端康成、井上靖、高見順

を結んだ頃の川端さんとは、たしかに境地が違っている。
川端さんは、たしかに変った。川端さんほどたえず歩いている、進んでいる、成長しているということを感じさせる作家もすくない。これからも歩みつづけるだろう。今の境地は川端さんの遂に行きついた最後のものというのではなく、それからなお出で、歩みつづけるだろうと考えられるところに、大きな楽しみがあり、川端さんに私の頭を下げる所以（ゆえん）がある。
常に歩みつづけ、変化、成長する。――だが一方すこしも変らない部分も感じられる。そこに古賀春江と川端さんとの今日における親近が不思議でも何んでもないわけがある。

※「花火」ではなく「煙火」

卓見である。高見は駒場の近代文学館建設に向けても尽力した。高見の執念の賜物（たまもの）でもあった。昭和四〇年に高見順は死去。まだ若く五八歳だった。食道癌と闘いつつ、完成を見ずして没した。高見の全集刊行に際して川端は長文を寄稿した。文芸評論家・小田切進の言葉を引用した箇所（三五巻本全集、第二九巻）を抜粋する。

高見の死の九ケ月ほど前に、小田切進は、「高見順日記」の第三巻「末期の記録」（昭和二〇年一月―四月）の書評で、「『己れを吐露した仕事をしたい』と決意して、心に浮かんだすべての事がらを執念をこめて書いているのだから、日記という形式からは考えられぬほどの強い迫力をもつ。むしろ日記という形式を最大限生かした文学作品というべきかもしれない。戦争の暗黒時代を体験した最も貴重な人間記録であると同時に、昭和文学の最もすぐれた文学記録である。」と言っている。

高見の死の二年前、川端は高見が書いた『いやな感じ』（文藝春秋社刊）に言及した。小説の主人公はアナーキストの砂馬（すなま）。ラストシーンは中国人捕虜の首を日本刀で切り落とす衝撃的場面である。「私は寝食を忘れて一気に読み通し、批評も判断もほとんど忘れて、ただひきこまれた」と最大級の賛辞を寄せた。

不意に左手に余呉湖（よごこ）が現れた。森に囲まれた湖、それは湖北のシンボル、幻想的美しさだ。カメラを向ける暇もなかったが、数分間の衝撃波はずっと尾を引いた。いつか近くに宿を求めて心ゆくまで撮影したかった。琵琶湖も悪くはないが、あまりにも長大すぎる。余呉湖なら一周するのにそう時間は必要としまい。

福井駅に到着。バスかタクシーで東尋坊に行くつもりだった。ところが目と鼻の先にえちぜん鉄道の駅舎。駅員に確認すると、行先は三国港（みくにみなと）、東尋坊はその手前だという。

二両編成の車両に乗り込んだ。ローカル線のせいか客は疎（まば）らだ。制服を着たアテンダントが愛らしい。笑顔で職務にいそしむ姿に心なごむ。車窓の景色も楽しい。色づきはじめた稲穂が頭を垂れている。平（たい）らけく安（やす）らけく、大八洲（おおやしま）の秋は豊穣だ。向日葵（ひまわり）畑も点在、次々にシャッターを切った。

終点の手前の三国駅で下車、高台にあるホテルに荷物を預けた。撮影機材を背負（しょ）い、東尋坊の遊歩道入口でタクシーを降りた。

遊歩道は文学碑の小径（こみち）といい、三国縁の文学者の碑が点在している。三国港を背にして、左手は海に続く崖、右手は海岸林。整備されていて歩きやすい。所々に水たまりがあり、泥濘（ぬかるみ）に足を取られそうになる。

海岸林に生えるトベラやオニヤブソテツ、シャリンバイなどの常緑低木は、過酷な環境から身を守るため、葉は厚く光沢がある。ネザサや葛、センニンソウなどはマント群生植物と呼ばれる。風や光、土壌の乾燥や帰化植物の侵入など、環境の悪化をマントさながら防止する。トベラは鯛の花と呼ばれるらしい。東尋坊の先にある雄島（おしま）では、トベラの白い花が咲く頃、真鯛が産卵のため岩場に集まる。鯛の花とは美しい名前だが、焼くと悪臭を放つそうだ。

文学碑があった。往時とは違いすっぽりと樹木に包まれている。日本近代文学館起工式の翌日、昭和四〇年八月一七日、高見は没した。三日後に青山斎場で葬儀が営まれ、葬儀委員長は川端。詩碑完成は二年後、除幕式には川端も駆けつけた。

高見順直筆の荒磯詩碑

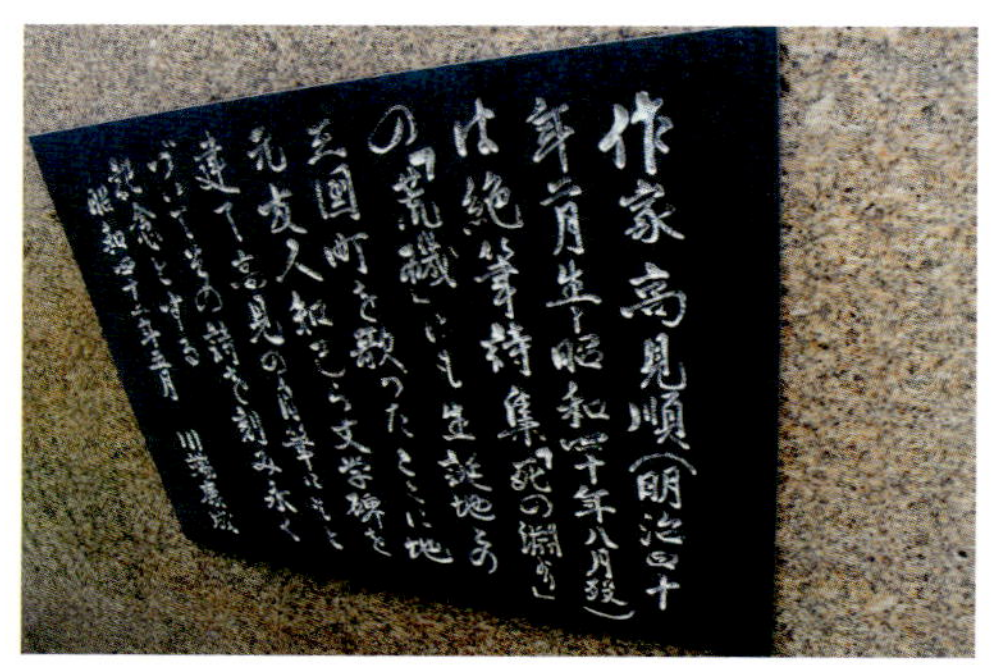

川端康成寄稿

三国港行きのえちぜん鉄道から眺める向日葵畑

荒磯詩碑除幕式にて（昭和42年）

東尋坊の海岸林のトベラ

御影石の石碑は丸石を積み上げた台座の上にあった。高野豆腐のような形状に違和感を覚えた。これは本だと気づくとすんなりと心に収まった。

石碑には「荒磯（ありそ）」の自筆原稿が刻まれていた。前年『群像』に発表された詩集『死の淵より』から抜粋したものだ。文字が白い為、読みにくい。「荒磯」の詩を記す。

ほの暗い暁の
目ざめはおれに
おれの誕生を思わせる
祝福されない誕生を

喜ばれない
迎えられない
私生子の
ひっそりとした誕生

死ぬときも
ひとしくひっそりと
この世を去ろう
妻ひとりに静かにみとられて

だがしーんとしたそのとき

海が岸に身を打ちつけて
くだける波で
おれの死を悲しんでくれるだろう

おれは荒磯の生れなのだ
おれが生れた冬の朝
黒い日本海ははげしく荒れていたのだ
怒涛に雪が横なぐりに吹きつけていたのだ

おれが死ぬときもきっと
どどんどどんととどろく波音が
おれの誕生のときと同じように
おれの枕もとを訪れてくれるのだ

詩碑に刻まれているのは最後の二小節だ。高見の詩は散文的で、閃きや飛躍、破綻や言葉の遊戯が少なく素直で解りやすい。詩碑の裏面には川端が揮毫した一文があった。

作家高見順(明治四十
年二月生—昭和四十年八月没)
は絶筆詩集「死の淵より」
の「荒磯」にも生誕地との

三国町を歌つた ここに地
元友人知己ら文学碑を
建て高見の自筆にもと
づいてその詩を刻み永く
記念とする
昭和四十二年五月　川端康成

高見は私生児だった。本名は高間義雄（たかまよしお）。明治四〇年一月三〇日に三国町平木に生まれた。父は福井県知事の坂本釤之助（さかもとさんのすけ）、母は高間古代（たかまこよ）。私生児として届けられ、父が認知したのは二三年後のこと。一二歳で東京府立第一中学に進学、一七歳で第一高等学校文科甲類に入学、秀才だった高見だが、私生児という境遇への瞋恚（しんい）の炎は凄まじかった。誰しも何らかの煩悶を抱えながら生きている。すべてに恵まれている人など、どこにも居やしない。

若き官僚・坂本釤之助が新しい福井県知事として赴任してきた。視察に訪れた釤之助を、地元の有力者たちは接待した。夜伽（よとぎ）に供された女が高間古代。古代は男児を産んだ。それが高間義雄だった。

物心つかぬうち、石もて逐われるように母子は故郷を離れて上京した。高見順にとって故郷の記憶は石川啄木や室生犀星のように屈折していた。川端も高見も心に深い闇を抱いていた。この闇が滋養分であり創造の源泉であることは言うまでもない。

近年、若い人の読書離れがひどい。現代文学を教える平山三男氏によると、女子高校生に最近読んだ文学書はと聞くと、一冊も無いとの答えが圧倒的。既知の作家名を挙げよと聞くと、ノーベル文学賞受賞の川端康成はともかく、司馬遼太郎ですらチラホラ、高見順にいたっては皆無だという。

川端文学に馴染（なじ）んだ中高年は別として、川端の代表作『雪国』も以前ほど読まれなくなってきた。取材で越後湯沢の「雪国の宿 高半」を訪れた際、土産物売り場でコミック本の『雪国』を発見した。駒子の瞳には星が宿り、島村は超イケメン風だった。

読み継ぐうちに漫画への偏見は霧散した。引用文が冴えわたり、コミック化されても魅力は衰微しない。駒子の心の揺れ、切なさも十分伝わってきた。漫画を通じて『雪国』の素晴らしさを再認識させられた。漫画は、川端文学に触れる水先案内人とも言えた。

発行はホーム社、漫画は空木朔子（うつぎさくこ）。文豪シリーズとして、漱石や芥川など四〇冊が刊行されている。他に『伊豆の踊子』もあった。

最近、川端康成と伊藤初代、二人の恋物語の文庫化を着想した。「篝火」「非常」「南方の火」など、新潮社の三五巻本全集には収録されているが、一冊の本としてまとまっていない。読者は図書館で読むしかない。それも何巻にもまたがるのだ。こんな手間暇を誰がかけるだろうか。出版の件を川端香男里氏に連絡した。

氏はすぐ新潮社に働きかけ、平成二八年春、文庫本『川端康成初恋小説集』が刊行されることとなった。同時期刊行の本書との補完性も悪くない。平成二八年四月二三日から六月一九日まで、東京ステーションギャラリーで開催される「川端康成コレクション 伝統とモダニズム」展も視野に入れての判断だ。


詩碑を後にすると、沖に七ツ岩、亀岩と呼ばれる奇岩が顔を出した。林の上には白い展望塔が見え、東尋坊が近いことを予感させた。

東尋坊に着くと、夏休みと重なり、家族連れでいっぱいだ。東尋坊と記された巨石の前では、家族そろってVサイン、記念撮影をしている。名物の千畳敷の岩場にも、大勢の子供たちが群がり、かっこうの遊び場になっていた。静謐とは無縁の世界だ。これは参ったと大きく肩をすくめた。どうやら最悪の時期だったらしい。

さて、どうしよう？　見渡すと前方左手に小島があり、赤い橋が架けられている。人に尋ねると、雄島と呼ぶ神の島だとか。遊歩道経由なら小一時間で到着できるという。

その前に腹ごしらえだと、「活き活き新鮮、海鮮焼き　いか　さざえ　ほたて　つぶ貝　もろこし」と看板に掲げ

「川端康成コレクション　伝統とモダニズム」展ポスター
（東京ステーションギャラリー、平成28年）

『川端康成初恋小説集』
（新潮文庫、表紙画 あべちほ）

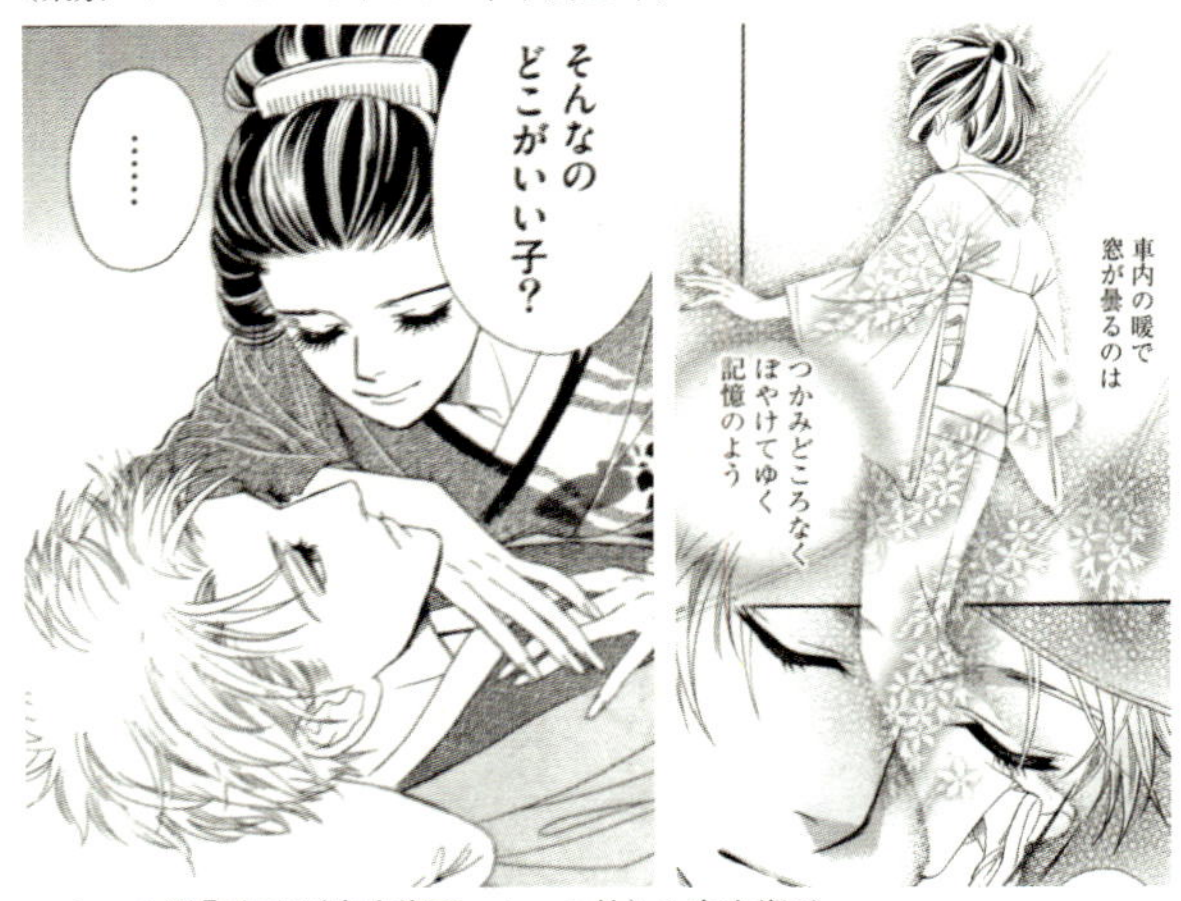

コミック版『雪国』（空木朔子、ホーム社）©空木朔子

られた「海船や」に入った。「注目度ナンバーワン　本日おすすめ　真カキ　一皿　一二〇〇円」とメニューにあった。

水を運んできたスタッフを見て驚いた。なんと長澤まさみばりの容姿なのだ。グラビアアイドルとして登場しても不思議ではない。一〇センチはあろうかというカキに箸をつけた。濃厚なミルクのような味は抜群だったが、心ゆくまで賞味できなかった。彼女が気になったのだ。

後ろ髪引かれる思いで店を出た。チョコレートを買って食べ、口中、いや己の生臭さを消した。少女に執着する川端康成の気持ちがよく理解できた。

変化に富んだ遊歩道では誰にも出会わなかった。観光客が集中するのは千畳敷だけらしい。喜んだのも束の間、急に雨がパラついてきた。

あわてて密生した灌木の下に避難する。傘は持って来なかった。下手をすると濡れ鼠である。雨中の木の下闇の暗さに薄気味悪さを覚える。

二、三〇分して小降りになった。さあ、出発だ。小径は下り坂となった。白いものが視野を掠めた。小さな看板だった。そこには「思い出せ　父母の顔　友の顔」と記されていた。遺体でも漂着しているのではないかと総毛立った。

ここは自殺者が多い。最近、ある週刊誌が東尋坊での投身自殺を特集した。自殺者数として日本は韓国に次ぎ三位。主たる理由は多重債務、派遣切り、生活困窮、鬱、つまり経済的理由だ。失恋などはランキング外である。

東尋坊の二五メートルの岩壁から身を投げる人は年間二、三〇人。未遂者は一〇〇人から一五〇人の間だという。自殺者が一番多いのは富士山麓の青木が原だ。東尋坊には名物おじさんがいる。三国警察に勤務していた茂幸雄氏。彼は三〇〇人を超える未遂者を救った。死を覚悟した人間にどう声をかけるか？

「待ちなさい、私があなたの悩みを解決してあげます」

この一言だそうだ。氏は未遂者の出身地まで同行、債務を解消する等、具体的な解決策を講じる。現在も活躍中である。

地の底に向かうような階段を下り、再び上りきると、空が明るくなった。看板を見た後なので、路傍の草花の可憐さ、健気（けなげ）さがひどく沁（し）みる。雨に濡れた松林の音楽的諧調を楽しむ。波浪が作りあげた海蝕洞や海蝕崖が多い。イワツバメの巣もあるとか。

集落が見えてきた。その先に雄島、島に通じる赤い橋が見える。二〇〇メートルはあろうか。さほど観光客が来るとも思えない。どうしてあそこに長い橋を作ったのだろう？

水平線は微かに明るく、一筋の帯となって午後の光を宿していた。集落に下る道があり、かもめ坂と表記されている。かもめ坂、なんと心和む呼称か。鈍色の寂光（じゃっこう）を放つ海、そして瓦屋根。単純な構図の力強さ。

この屋根の下にそれぞれの生活がある。獲れたばかりの海の幸に箸が一斉に伸びる。想像を羽ばたかせるとほのぼのとしてくる。

海が輝きはじめた。初めての光だ。釣竿を持った子供たちが突堤を駆けていく。映画にも似た素晴らしい映像だ。

朱塗りの橋を渡る。途中、何人かのカップルとすれ違う。下を覗くと浅瀬、底が透けて見える。群をなして泳ぐ小魚の気ままさはどうだ。

雄島は全島流紋岩の島、粘度の高いマグマが冷えて作られた。柱状節理の急峻な岩場が左の崖を占める。標高二七メートル、周囲二キロ。島を一周する散策路が巡らされ、照葉樹林に覆われている。島には大湊（おおみなと）神社があり、神の島とて伐採は禁止されている。

橋を渡りきった。狛犬が向きあい、巨大な鳥居が屹立していた。その先には苔むした急階段。手を取りあった若い男女が怖々（こわごわ）下りてくる。息が上がる。

鬱蒼とした樹木が頭上に広がる。日常性と遮断された幽暗の世界だ。左は大湊神社、右の小径を選ぶ。先程の雨もあり、路面は泥濘む。前方に群生しているのがヤブニッケイの純林、灰色の幹を触手のように空に伸ばす。タブノキが高く聳え、生蛸（なまだこ）のような奇怪さだ。植物が動物的で生臭い。雄島が醸し出す空気感は異界そのものだ。真夜中に肝試しでもしたらとても耐えられない。

東尋坊の千畳敷

遊歩道の東屋

灌木が密生した遊歩道

雨で濡れた木肌に掌を当て、脈々と流れる樹の息吹に触れる。逞しいタブノキに視線を這わせていくと、ふと、熱帯雨林に位置するセイシェルの生命の森を思い起こした。訪れたのは二年前だ。

セイシェルはインド洋のマダガスカル島の北東にあり、多くの島からなる共和国。人口八万、面積五〇〇平方キロ。二年前、同地に滞在した。インド洋にあるモルディブも三〇年前に訪れたが、島は記憶の中にいつまでも閃光を放つ。

ヤブニッケイの林を抜け、島の反対側に通じる径があった。行くかどうか迷ったが、好奇心に背中を押された。

突然、眼前に展開した光景――それは生涯を貫くほどの戦慄だった。黒味を帯びた茶褐色の岩が、あたり一面、魚鱗の如く埋めつくしていた。板状節理の岩の巨大な墓場、ただならぬ異界に唖然とした。

人っ子一人見当たらない。この空間を独占しているのだ。東尋坊の喧騒が嘘のようだ。こんな荒々しい景色をずっと追い求めてきた。広角、中望遠、望遠とレンズを変え、シャッターを切る。私が私である瞬間だ。撮り終えると、側(かたわら)の岩に腰かけた。リュックからお茶を出し、ゴクゴクと飲む。臓腑にしみる美味さだ。

一三年前、私は何千万という会社員の一人だった。偶然、川端コレクションの存在を平山三男氏から教えられ、幸運にも展覧会を立ち上げることができた。更に東山コレクションと出会い、装い新たに再出発した。現在、全国の美術館を巡回、数年後には三〇館を突破。これらの僥倖(ぎょうこう)に対して感謝するばかりだ。

だが魂は荒野を求めている。たった一回の人生だ。満足している暇はない。未だ経験せざるもの、未知のものと遭遇したい。日常の微温から脱して、次の重い扉を開きたい。

眼前の光景が、昔、目撃した光景に重なってきた。一八年前のこと、一人の女性を伴い、シチリア島南岸のセリヌンテの遺跡を訪ねた。目にしたのは瓦礫の山だ。燦燦と降り注ぐ太陽の下、戦場に倒れた兵士にも似て、崩壊した大理石が一面に散乱していた。石は阿鼻叫喚(あびきょうかん)の声を放ったりはしない。ただ無言である。

ギリシャのアクロポリスの丘のように、蒼穹に白亜の神殿が屹立すると信じこんでいた。惨状に目を瞠(みは)り、廃墟の存在感に圧倒された。不思議なことに、存在するものより、存在しないものの方が強烈なのだ。

雄島の大湊神社

雄島の散策路で聳えるタブノキと群生するヤブニッケイ

セイシェルの熱帯雨林たち

四〇代半ばで妻を亡くした。孤独だったが、同情されるのを嫌い、平常を装った。しかし内心、妻を剥奪した病魔を呪い、独身の不運を嘆いた。瞋恚なる爆発物を身に纏っていた。六本木をさまよい、銀座にも通った。愛情乞食であった。

ある夜、クラブFで飲んでいた。強張った顔の若い女性が座った。数日前に採用された新人だった。彼女はブランデーに耳朶を染め、鬱積したものを訥々と話した。画家になりたかったという。芸大を志したものの、経済的理由で頓挫したと。

ひたむきさに好感を抱いた。進学の費用を出しても良いと思った。当時の年収からすれば容易だった。冗談のように仄めかし、テーブルの下で白い指を弄った。指は生きもののようにからみあい、隠微な炎に包まれた。

翌日、新宿で逢引をした。ブラッド・ピットが好きだという彼女と、映画『セブン』を観た。残酷な内容だった。ヘリコプターで届けられた箱が荒野に置かれている。ピットが箱を開けると、妻の首が入っていた。暴力的な感情が昂ぶり、体に触れ合った。寿司をつまみ、歌舞伎町の闇に消えた。

あの時、尋常ではなかった。精神的に壊疽しかかっていた。私が慰撫されるのは女の体しかなかった。ひたすら欲望にまみれ、湧出する歓喜こそ、絶望から逃れる手段だった。年齢差は二回りあった。結婚式は挙げなかった。友人たちに紹介すると、皆祝福してくれた。

しかし数人、奇妙なことを指摘した。彼女は私に相応しくないと言う。憮然として聞き返すと、皆、頑なに口を噤んだ。私は彼女を愛し、彼女も私を愛している。他人の口出しは無用だった。

五年後、予想せぬ結末が待ち受けていた。彼女から別離を告げられた。驚愕したが顕わにはしなかった。勝手にすれば良い。気持ちを翻そうとはしなかった。私の裏切りでない以上、問い質す必要はない。

だが振りかえると、彼女には明確だったものが、私には死角だったということだ。友人の指摘は当たっていた。二人の違和感、根本的乖離を直感していたのだ。

予期せぬ死別と生別、二重の暗転は、私から根こそぎ楽観を奪い去った。突然の災厄こそ人生の実相だ。セリヌンテの紺碧の蒼穹(そうきゅう)を想起する。紺碧こそ、絶望の色だと。

雄島の板状節理の海岸、異界の海は死に場所として完璧だ。真冬、海が荒れ狂う時、吹きすさぶ雪の中に立ちたい。

不幸にして病に臥せて身動がとれぬ時、この異界の海を心の天堂に映し出そう。

異界の海

第七章　岐阜再訪　金木犀のかおり

岐阜を再訪した。駅からタクシーを拾ってグランドホテルにチェックイン、長良川に面した部屋に入った。川は青味がかった翡翠色。陽光を反射しながら縮緬（ちりめん）のような光沢をたたえていた。鵜飼舟が岸に係留され、そのまわりを一人の青年が遊泳していた。水と戯れる鮎にも似て不思議に心に残った。

ソファーに座って川端の「篝火」（三五巻本全集第二巻）を読みはじめた。時折、長良川の清流や、大地の瘤のような金華山を見上げながら、ひたすら物語を追った。気に入った箇所は声に出して読んでみた。三カ所から抜粋する。

普請中の本堂は、がらんと広く、虚しく、荒れてゐた。壁下地の竹の間渡（まわたし）や木舞（こまひ）が裸のままで、その竹の編目から、外側だけ塗つた粗壁がぶつぶつ覗いてゐた。その土は水を含んで黒く、室を冷やしてゐた。仰ぐと、飾りのない醜い屋根の裏が高かつた。

暫くしてみち子は、近路だと、小さい天満宮の境内へ折れて行つた。寒さに敏い桜の落葉が思ひ出したやうに立ち上つて微かな秋の音で湿つた地を走り、また直ぐ風に見棄てられると静かに死んだ。（中略）

私はみち子と歩いてゐた。女の美しさは日の下の道を歩く時にだけ正直な裸になると思つて、私は歩いてゐるみち子を見た。体臭の微塵もないやうな娘だと感じた。病気のやうに蒼い。快活が底に沈んで、自分の奥の孤独をしじゆう見つめてゐるやうだ。

篝火は早瀬を私達の心の灯を急ぐやうに近づいて、もう黒い船の形が見え始める、焔のゆらめきが見え始める、鵜匠が、中鵜使ひが、そして舟夫（かこ）が見える。楫（かじ）で舷（ふなばた）を叩き声を励ます舟夫が聞える。松明（たいまつ）の燃えさかる音が聞える。舟は瀬に従つて私達の宿の川岸に流れ寄つて来る。舟足の早いこと。私達は篝火の中に立つてゐる。舷で黒い鵜が驕慢な羽ばたきをしてゐる。ついと流れるもの、潜るもの、浮び上るもの、鵜匠の右手で嘴を開かれ鮎を吐くもの、水の上は小さく黒い身軽な魔物の祭のやうで、一舟に十六羽ゐるといふ鵜のどれを見てゐればいいか分らない。鵜匠は舳先（へさき）に立って十二羽の鵜の手縄を巧みに捌いてゐる。舳先の篝火は水を焼いて、宿の二階から鮎が見えるかと思はせる。

そして、私は篝火をあかあかと抱いてゐる。焔の映つたみち子の顔をちらちら見てゐる。こんなに美しい顔はみち子の一生に二度とあるまい。


原作の舞台で読書する味わいは格別である。

「篝火」は大正一三年、川端二四歳の時、『新小説』三月号に発表した。ちょうど帝大の卒業と重なり、本来なら喜ぶべき日なのだが、肉親とてなく、また初代とのこともあり、日記に「寂し」とのみ記した。

書くことは自分を客観視する第一歩だ。何が間違っていたか、何が欠けていたかを考察できる。反面、熱狂に陥るケースもある。油断ならない。真実を書くのは意外と厄介なもので、つい脚色してしまう。本当に恥ずかしいこと、惨めなことはなかなか書けぬものだ。

小説、即ち虚構となると、仮に私小説だとしても、どうしても嘘が混入する。太宰治の『人間失格』でも、主人公の大庭葉蔵、必ずしも太宰本人ではない。フランスの哲学者、ロラン・バルトは『物語の構造分析』において、作家と作品を切り離すべきだと主張した。まったくその通りで、書き進める際に留意すべき点だ。

川端の最初の岐阜訪問、旧暦七月の満月の夜だった。鵜飼舟は雨のために出なかったとある。「南方の火」の中には、「二度目に来た岐阜の朝も重い雨雲が今にも落ちさうであつた」とある。一〇月一三日の初代の手紙にも「皆様も雨がふって、鵜飼もはっきり見ることも出きませんでしたわね!!」とある。こうあってほしいという願望を川端は書いた。現実の光景とは遊離していた。

宿から鵜飼舟までは相当距離がある。鵜飼舟と並走しない限り、鵜飼を仔細に観察できはしない。この臨場感は偏（ひとえ）に川端の筆力だ。

清流長良川

若かりし頃の山田ます

孫を抱く晩年のます

結婚に破れて帰国後、再び上京し、エランを訪れたます

私達は篝火の中に立つてゐる。
私は篝火をあかあかと抱いてゐる。

こうした表現は新感覚派の面目躍如だ。盟友の横光利一が激賞した所以である。書けそうでなかなか書けない文章だ。

午後、加納町に住む石榑和子（いしぐれかずこ）氏を訪れる予定になっていた。カフェ・エランのマダムだった山田ますの取材のためである。

定刻にロビーで金森氏と会い、石榑氏の住む加納に向かった。広い駐車場の塀に「フィッシング　イシグレ」と書かれた古びた看板があった。石榑氏に挨拶、応接室に招き入れられた。真面目で誠実な人のようだ。

石榑氏の父は立松信之・母はフサ、昭和七年に彼女が生まれた。上に兄が二人いた。昭和一四年に母のフサが亡くなり、昭和二二年、彼女が一五歳の時に石榑家の養女となった。後に結婚、二児をもうけた。入り婿だった夫の昭二は昭和四〇年に亡くなった。

以下、石榑和子氏の話をもとにますの人生を追ってみる。山田ますは明治二〇年二月二日に岐阜県稲葉郡加納徳川町で生まれた。父は山田亀吉、母はさの。二人の間には、てい、仁三郎、じょう、ます、角次郎、みさえという子があった。ますは三女だった。

一時、ますは吉原で芸妓をしていた。大正六、七年頃、三四歳の時、平出實によって身請けされた。一五、六で吉原に入ったとすれば、おおよそ二〇年。男と女の力学の世界に身を置いたことになる。彼女が肌で掴んだ哲学は一体、何だったのだろう？　吉原を苦界と決めつけたくはないが、肌を合せることで知った確信、深い知恵があるはずである。

ますは平出との結婚後、カフェ・エランを経営しはじめた。客にはカフェの命名者・与謝野鉄幹や谷崎潤一郎、佐藤春夫、東郷青児、徳田球一などがいた。エランとはフランス語で飛躍という意味である。

この頃、子守奉公をしていた一一歳の伊藤初代と出会う。九歳で母を亡くした初代は、ますを思慕、母の面影を彼女に重ねた。親代わりのますから、初代は何を吸収したのか？　功利的な意味合いではなく、女としての商品価値を知り、最も高く売りつけることも学んだような気もする。後ろ盾のない女性が生きていく上で、至極当たり前のことである。

初代は会津若松の若松第四尋常小学校を中退したが、成績優秀で校長から表彰を受けたほどだった。独立心旺盛で上昇志向も強かったであろう。運命に翻弄されるタイプではない。たとえ逆流であっても泳ぎ切る気力、逞しさを身につけていた。

子供のいないますは初代を愛し、また厳しく躾けた。石榑和子氏によれば、ある時、初代の袂が濡れていて、盗み食いが発覚した。ますは「チー、またやったな」と激しく叱責した。すると初代は竹の物差しを持ってきて、「これで好きなだけ私を叩いてください」と訴えた。ますは初代の賢さ、健気さに打たれたという。

平出實は従業員のおしげと相愛の中になり、大正八年、ますと離婚した。しばらく悄然としていたが、ますは一〇歳年下の東大生・福田澄男と恋仲になった。福田は台湾銀行に就職、赴任先が台北に決まった。必然的にエランは別人に譲渡された。

初代の運命は狂いはじめる。一緒に行きたいと訴えたが叶わず、ますの姉ていの嫁ぎ先、加納の西方寺に預けられた。初代が一四歳の時である。

ますの兄・仁三郎の長男・山田清一と、初代との縁談が持ち上がった。だが清一の方から、東京の女は俺には合わない、まして丙午の女なんぞと断った。

ますが結婚生活に破綻、加納に帰ってみると、初代は姿を消していた。杳として行方は判らなかった。

ますの再婚相手は、地元加納町で傘職人だった石榑万次郎だった。石榑は三度目の妻として山田ますを迎えた。ますは最初風呂屋をやって、後に釣道具屋に転じた。客が来ると和子氏も呼び出され、奥で算盤をはじいた。ますは算数が苦手だった。真夏、風呂屋では大胆なかっこうで店番をした。上半身は裸で、首からタオルをかけて胸を覆っただけ。なんとも悩殺的な観音様だった。

アルバムを見せてもらった。二重まぶたの涼やかな瞳、すっきりとした鼻梁、花びらを重ねたような唇。齢を取っても美貌は少しも損なわれていない。花の手入れをする写真が残っている。波乱に満ちた人生を祝福するように午後の陽ざしが背中を温めていた。

話の大半は石榑氏の苦労話だった。石榑家に嫁いだものの、私は体(てい)のいい女中だったと。潔癖なますにどれほど気を遣ったか。四六時中、神経がピリピリして、心休まる暇はなかったと述懐する。

私の母も大同小異だ。昔の嫁は気難しい姑(しゅうとめ)に尽くすのが当たり前。やさしい姑に当たるのは僥倖であろう。一般大衆レベルでは女は単なる労働力であり、出産の道具であった。戦後、石川達三が、妻とは性生活を伴った女中であると喝破、物議をかもしだした。女性の地位向上の点で、欧米に比べて日本はまだ後進国である。

瞬く間に時間が過ぎた。

私は石榑氏に質問をした。初代が西方寺を去った理由である。氏から逆に質された。あなたは何かご存知なのですか？　桜井証言を伝えると、氏はしばらく黙考した。

「今まで胸に秘めてきましたが……私も同じことを考えていました。チーちゃんが寺を出たのはおそらくそれしかないと」

やおら顔を上げてそう言い切った。ここでも桜井証言が裏打ちされた。金森氏の顔には驚きが走り、口を噤んだままだった。判断の針は振り出しに戻った。

石榑宅を辞したのは夜の一〇時過ぎ、何も食べてなかった。岐阜の飲食店は閉まるのが早い。食事はもう無理だ。しかたなくコンビニに寄った。

夜半、雨が強くなった。

翌朝、外を見て驚愕した。夜来の雨で長良川が増水、凄まじい勢いで流れていた。一夜にして濁流に変貌した。鵜

長良川濁流

雨の岐阜公園

飼客には無情の雨だった。こんな雨でも鮎は押し流されないのか？　自然とは美しくやさしいだけの存在ではない。いつ猛々しく襲いかかるかもしれぬ魔力を秘めている。明日の夜、私は鵜飼見物を計画していた。果たして実施されるのか。

前述したが川端が岐阜を初訪問した時も雨であった。小説「新晴」にはその情景が描かれている。「新晴」は川端没後に川端香男里氏が発見した作品である。「川端康成の青春」（『文学界』昭和五四年刊）で存在を明かし全文を掲載した。

俊夫は上流と下流の風景図を胸に畳みこんで、丁寧に橋を渡つた。夜汽車と駅前の宿の後なので、橋上は一帯が晴れ渡つたやうな爽かな眺望だつた。瀬の早い河だと思つた。二三日前まで、大阪で淀川の砂原に馴染んでゐた俊夫に、直ぐ淀川の姿が比較として浮んだ。北に渡りきつた長良村の岸を少し上つて、俊夫は対岸を顧みた。そこに聳えてゐる金華山の頂を、昨夜傘に音のないくらゐだつたのが朝がたから少し滋くなつた雨が、白く染めて、しかも濃くならうとしてゐた。そこで急ぎ足に引き返した。

橋の袂で、俊夫は流に臨んだ気持ちよささうな鵜飼宿の名を二三心覚えに確めた。――稚枝子が来れば連れて河の宿まで遊びに来ようと思つた。

岐阜公園と云つて停車場行に乗つた俊夫は、四町とない次の停留所で電車を下された。少し歩くと、砂礫を敷いた広場の山寄りのところに、名和昆虫研究所らしい建物があつた。先刻宿を出る時、女中に岐阜名所をきくと、鵜飼の長良川の外に、柳ヶ瀬町と岐阜公園と公園の名和昆虫研究所を教へられたのだつた。岐阜へ來て昆虫の標本を見ると云ふのが俊夫を笑はせた。標本室の参観者は俊夫一人で、売店の女が番をしてゐた。此所だけは先走りした秋らしい閑寂なので、素気なく立去り悪い気がして、蝶や蜻蜓の標本の前に立ち珍らしいと思はれるものは一々説明書を細かく読んだりしてゐた。ふと表を見ると、庭の小石が転げるやうな雨になつてゐた。小降になるのを待つ間、標本室の一部の売店で、東京の知人の宅と稚枝子にやれさうな物を選ばうとすればする程迷ひ出し、あれもこれも下らない物に思へて來た。売店の女は価が分らないので事務所へ聞きに行つたりした。

名和昆虫研究所を出て、武徳殿の裏から千畳敷を通って金華山頂に登る道のある稲葉山の麓を見てゐると、再び雨の音が強くなつたので、俊夫は急いで公園を出た。正午近くだつた。

午後、川端展のプロモートのために「岐阜市歴史博物館」に行った。関係者と小一時間面談、外に出ると雨が降りしきっていた。博物館の受付の女性が親切に傘を借してくれた。

ザクザクと砂利道を歩いた。岐阜公園内の信長居館跡。黒々とした冠木門(かぶきもん)の剛直さが信長を彷彿とさせた。おびただしい作家が信長を描き、また映像化された。歴史上最強のキャラクターだ。

黒瓦の一軒の茶店があった。店の名は「むらせ」、脇に「でんがく処　地酒篝火」と記されていた。篝火と田楽も悪くない。親子連れが入るか入らないか迷った末、ようやく暖簾をくぐった。

あたりは靄が立ちこめ、小さな池も幽玄を漂わしていた。晴天では味わえない情緒だ。豊かな長良川、緑濃い金華山、二度目ともなると、情を交わした女のように岐阜の町が肌になじむ。ホテルに帰って原稿を書いた。

翌日、岐阜駅の改札口で一人の女性を待っていた。ウクライナ人のシャラポワ・バレンティナだ。キエフで小学校の教師をしていた。来日後に知りあい、かれこれ八年のつきあいになる。私のパートナーだ。

金森氏に彼女を紹介、車で西方寺に向かった。住職の田中大禅師に会う予定だ。車が境内に入ると、番犬がさかんに吠えたてた。ドアを開けると、一面に甘美な香りが漂っていた。見ると金木犀の大木があり、橙色(だいだい)の花が満開であった。思わぬ芳香のもてなしに、内心、ほくほくした。

福福しい笑顔で奥さんが迎えてくれた。住職の妻を一般的には大黒、梵妻(ぼんさい)と呼ぶ。岐阜ではお庫裡(くり)さんという。音の響きもいい。

大禅師が作務衣(さむえ)姿で現れた。気さくで快活な人らしい。本堂に招き入れられ、各々椅子に腰かけた。談笑していると、大禅師がお経をあげましょうかと言われた。虚を突かれた。経は仏事の時と先入観念があったからだ。

師は席を外して、紫の法衣に着替えてきた。先程とは一変、きりっとした姿になった。金森氏は数珠を二つさりげなく手渡してくれた。バレンティナは驚いた風もなく数珠を手にした。

鉦が鳴り、読経がはじまった。朗々とした声が堂内に響いた。

願わくば我が身浄きこと香炉の如く
願わくば我が心智慧の火の如く
念念に戒定の香を焚きまつりて
十方三世の仏に供養したてまつる

一心に敬って十方法界常住の仏を礼したてまつる
一心に敬って十方法界常住の法を礼したてまつる
一心に敬って十方法界常住の僧を礼したてまつる

請じ奉る十方如来　道場に入りたまえ
請じ奉る釈迦如来　道場に入りたまえ
請じ奉る弥陀如来　道場に入りたまえ
請じ奉る観音勢至大菩薩　道場に入りたまえ

六〇半ばを超え、初めてまともに経に向きあった。全身を耳にすると実に味わい深い。請じ奉る十方如来　道場に入りたまえ、この件など、本堂に諸仏が揃いつつあるような錯覚に襲われる。経とは凄いものだ。

宗祖の法然上人は八百数十年前に浄土宗を興した。凡夫も称名念仏で往生できると提唱した。この革新的教えは、既成宗教、叡山三塔の大衆と相いれぬものとなり、法然は四国に流罪された。法然寂後、墳墓が暴かれ、遺骸は賀茂川に捨てられようとした。弟子たちは企みを察知、小倉山の麓にある二尊院に遺骸を運んだ。法然の教えを受け継いだ親鸞聖人も過酷な仕打ちを受けた。すさまじい法難、弾圧の嵐の中、浄土宗、浄土真宗は誕生、今日に至るまで脈々と継承されてきた。

洋の東西を問わず、同じ宗派間での独立、分派活動は近親憎悪さながら、血で血を洗う騒擾となる。信仰という魂の純粋性を追求した悲惨な歴史だ。信仰という表の顔、宗派という裏の顔、人間の犇めくところ、対立、差別、専制、不条理は悲しいかな必定である。

川端の足跡を求めて、数日間京都を旅した。東山では浄土宗総本山、知恩院三門（山門）を見た。春雨に濡れた三門の威容。左右から枝を差しのべた山桜の風情。粛然たる感銘を得た。仏教がいかに日本の歴史と共に歩んできたかを再認識した。大禅師はあの広大な清浄の空間で修業したのだ。

以前、川端邸の書庫に案内されたことがある。母屋とは別棟で、堅固な鉄筋二階建てだった。頑丈な扉を開けると、おびただしい書籍が並んでいた。背表紙が金文字の仏教関係の大著に圧倒された。

川端の仏教への取り組み、その森厳な世界に襟を正した。己の知識を誇ることなく、東方のおさな歌として、川端は仏典を讃えた。

住職の左には鉦、右には木魚があった。とりわけ木魚の音が、警策さながら体に食い入ってくる。経文の間に木魚の音が交る。音の海に漂いつつ、脳裏に経文が浮かぶ。読経の声が瞬時に漢字に変換される不可思議な体験をした。経が終わった。深い充足の中に住職の話が始まった。師は寺の悲運を語った。明治二四年の濃尾大地震の折に本堂は倒壊、過去帳や古文書類一切が焼失した。一八年間無住の寺となり、慈覚大師作の本尊・阿弥陀如来像の香華供養は信者の奉仕であった。

明治四二年入山の青木覚音師は大正八年に本堂再建事業に着手、大正一五年一〇月に完成させた。大事業に精魂尽き果てたように、一年後の昭和二年一二月に五七歳で遷化した。

西方寺にて、左から田中大禅師、バレンティナ、金森範子氏

金華山からの眺望

太平洋戦争末期の昭和二〇年七月、大空襲で市街は壊滅的打撃を受けた。小坂法道住職は阿弥陀如来を袈裟に包み、防空壕に安置した。うちの仏様には光背も台座もありませんと大禅師は笑った。かつて西方寺は広大な境内を有していた。しかしこんなに狭くなりましたと語る。

一転、師は生きる道を説いた。言葉が溢れて質問する暇も、書きとめる暇もなかった。何かを伝えたいという師と、学びたいという流路が通いあった。

浄土宗の教材の有無を師に問いかけた。すると奥から「浄土宗信徒日常勤行」なる堅牢な小冊子と、一枚のCDを持ってきてくれた。CDには法然上人の遺言「一枚起請文」が録音されていた。ありがたく頂戴した。

思い出す。四国善通寺にある実家は浄土真宗、子供の頃、法事があると必ず同席させられた。おわんと呼ぶ尼寺の住職か、裏山の向こうの吉原から菩提寺である覚善寺の住職が来た。広い座敷は人で埋め尽くされ、誰もがお経を暗記し、誰が導師になってもお経をあげられた。読経の間、正座させられる。早く終わることだけを願った。

終わると釜揚げうどんが振る舞われた。小指ほどの太さの打ちたてのうどんだ。たっぷり生姜が入ったイリコ出汁のタレで、音を立てて啜る。正真正銘の本場のものだ、不味いはずがない。

西方寺を辞し、車に乗り込んだ。ふとこの近くに加納天満宮があることに気づいた。川端が初代と歩いた場所だ。昭和二年に発表された新聞小説「海の火祭」(三五巻本全集第二二巻)にはこう記されている。川端はこの初の新聞小説を失敗作と見なしていた。川端没後、昭和五四年頃単行本になった。

気がついてみると、道の向う側に並んだ傘屋の仕事場の古めかしい格子窓にも職人達が立つて一せいに彼等を眺めてゐた。しばらく行つて、弓子は天満宮の境内へ近路を折れた。桜の落葉が思ひ出したやうに立ち上がつて鳥居のぐるりを走つた。水が美しいので名高いと、彼女は青い苔の小川を覗き込んだ。境内の裏の畦道から直ぐ広い道へ出た。正面に稲葉山の円い重なりが見えた。右手に色づいた稲田が開けてゐた。

車を停めて長い参道を歩く。大鳥居の下をくぐった頃、夕陽は西に傾いて没しそうであった。様々な意匠の幟(のぼり)があり、ハタハタと音を立てて風に翻っていた。

故郷の秋祭りを思い出す。山に囲まれた有岡地区には、上(かみ)、在所、北原、南原、瓦谷と五つの集落があった。大麻(おおさ)山(やま)の山麓には、村を統(す)べる産土(うぶすな)の御舘(みたち)神社が鎮座していた。

祭の日、心を捉えたのはこの幟だ。石柱に縛られた太い孟宗竹(もうそうだけ)が、折からの風に撓(たわ)んで、ギィィギィィと軋(きし)む。捕獲された獣のような、哀しげな咆哮だった。

祖父は私を伴い、必ず露天で何か買ってくれた。私は茣蓙(ござ)の上に並べた玩具の拳銃に目を輝かせた。引き金を引くと、紙火薬に撃鉄が当たって火花を発する。一発毎に鼻を近づけ、火薬の臭いを嗅いだ。それは不思議な安らかさを秘めていた。

最近の子供たちは紙火薬の玩具などは知らない。危険だと判断されてナイフも取り上げられる。通学の時は集団登下校で、おまけにヘルメットまでかぶせられる学校もある。危険とは自ら判断するものだ。大人が勝手に除去するものではない。

西方寺、そしてこの天満宮、言葉にならない想いが沈潜する。初代は逞しく運命を乗り切り、一年後に結婚した。西方寺の件も単なる通過点かもしれない。その時々を全力で生きたのだ。川端との恋愛事件は念頭に無かったであろう。

昔、アメリカの『ＴＩＭＥ』誌を購読した。原文で読むために翻訳された文章よりはるかに心に滲みた。ある時、親の性暴力によってトラウマを負った子供たちの特集があった。被害に遭った子供たちを教育するための特別な施設がアメリカにはあった。そこで教えるのは過去の否定ではない。長い人生にはそんなことも起こると説き、体験を相対化させるメソッドだった。不埒な行為に及んだ男の過半は同様の過去を背負っているとか。

暴力には暴力を、報復には報復を。痛ましい負の連鎖である。有史以来、人間はいささかも進歩していない。至るところで殺戮と圧制、暴力の野火は止まりそうにない。改善の見込みは、断言しよう、まるで皆無である。

加納天満宮の歴史は古い。文安二年（一四四五年）に斎藤利永が旧加納城の守護神として天満宮を勧請した。徳川家康が慶長五年（一六〇〇年）の関ケ原の戦いで勝利、稲葉山の岐阜城を廃棄した。そしてこの地に加納城を築き、鎮護の神として天満宮を遷座した。加納藩の初代城主・奥平信昌は敬神の念篤く、正室亀姫共々天満宮を庇護した。

ここには大空襲でも焼け残った拝殿がある。拝殿に至る長い階が設けられている。樹齢三百年の楠の大木が高々と枝を張り、傘を差しかけたように傾いている。夕陽が没する刹那、終焉さながらの光は本殿を赤々と染め抜いた。

閉じられたカーテンの隙間から僅かに微光が漏れている。隣のベッドからあるかなしかの寝息が聞こえる。起きて灯りを点け、パソコンに向かおうと思った。しかし眠りの底にいる彼女を起こしたくはない。ベッドに仰向けになり、川端と初代のことを考えた。

初代との恋を素材にした作品群の成立過程は複雑だ。作者が草稿と見なし、作品目録から外したものもある。作品の系図が必要になるほどややこしい。

初代は丙午生まれだ。丙午に川端はこだわった。「南方の火」（三五巻本全集、第二巻）にはこう書かれている。

弓子が籐椅子を立ち上がつて、時雄の傍へ持つて来た。そして彼の肩のところでひとりごとのやうに言つた。

「午が祟つてゐたんですわね。」

自分が丙午生れのことを思ひ出してゐるのである。

「丙は陽火なり。午は南方の火なり。」と「本朝俚諺」に出てゐる。時雄はこの言葉が好きだつた。火に火が重なるから激し過ぎるといふのだ。弓子は火の娘なのだ。「丙午の二八の乙女」――この古い日本の伝説じみた飾りも彼が夢見る弓子を美しくする虹だつた。その上に弓子の星は四緑だつた。四緑は浮気星だ。四緑丙午だと思ふことは一層彼の幼い感情を煽り立てるのだつた。

——美しくて、勝気で、剛情で、喧嘩好きで、利口で、浮気で、移り気で、敏感で、鋭利で、活発で、自由で、新鮮な娘、こんな娘が弓子と同い年の丙午生れに不思議に多いことを、時雄は六七年後の今でも信じてゐる。そして丙午生れの娘の自殺が多くなつて新聞や雑誌の問題となつた頃に、この不思議を彼と同じやうに認めてゐるといふ人が沢山現れた。

しかし、これを彼は不思議とも迷信とも考へなかつた。ちゃんとしたよりどころがあると思つた。丙午の娘は戦ひの娘だからだ。彼女らは明治三十九年生れだから、日露戦争の娘なのだ。三十九年に生れた娘の多くは三十八年から九年にかけて母の胎内にゐたのだ。あの戦ひと勝利との国を挙げての激しい感情が彼女らの胎教だつたのだ。また凱旋兵士の子供は三十九年に生れたのが多い。彼らは満州やシベリヤの野で明日の命も知れぬ殺人狂になつて唯戦つてゐたのだ。その凱旋兵士と本国に待ちわびた女との物狂ほしい歓びの結合によつて宿つたのが、丙午の娘だと思へば、何とも言へぬ凄惨の気に打たれる程だ。

そして弓子なんかは丙午生れのために自分の一生が不運だと信じこんでゐるらしかつた。彼女らが男を殺すのは当然である。九月に会つた時にもさもあきらめてゐるかのやうに言ふのだつた。

「東京へ行つたつて、どうせ私には水商売がいいんですわ。丙午ですもの。」

だから彼女が、

「午が祟つていたんですわね。」と言つたのは、時雄との婚約でつきまとつて来た不運からぽつと浮び上つた喜びの声なのだ。さうした過去を振り返つて、ここに新しい自分の明るさを見ようとしてゐるのだ。

私は昭和二二年の亥年生まれ、団塊の世代の第一陣だ。川端流に言えば戦争の子だ。戦うことは常態であった。少年時代から家の重圧や、強い父と戦ってきた。威圧的な言動には本能的に反発した。いつか無念を晴らしてやろうと、物騒なことを考える可愛げのない子であった。その情念が自分を支える熱量となってきた。今日も同様である。

「八百屋お七」を書いた江戸中期の浄瑠璃作家の紀海音はお七を丙午生れとした。男を食い殺すという俗信が蔓延り、明治三九年には出生率が低下。丙午の女性が結婚適齢期となる大正一三年頃、縁談が破談となり、苦にして自殺した女性もいた。夏目漱石は『虞美人草』の中で、妖艶で勝気なヒロインの藤尾を丙午とした。

昭和になっても俗信は生き残った。昭和四一年の出生率は前年比で二五パーセント低下した。西暦を六〇で割り、四六余るのが丙午。次は平成三九年、どうなることか？

川端は祖父・三八郎の影響で易経に馴染んだ。祖父は『構宅安危論』を著すほど易経に凝った。字は端正で教養のほどが窺える。三八郎からは名家を傾けた悲惨、寝たきりの老残しか伝わってこない。しかし彼にも青春の息吹はあり、夏の烈日もあったのだ。

私は占の類を信じない。血液型にも星座にも興味はない。運命とは与えられるものではない。自ら切り開くものだと、単純明快に割り切っている。

朝、遅めの朝食をとった。今日、一〇月一五日は鵜飼の最終日だ。昨夜は長良川の増水で中止になり、残念そうな観光客がロビーにあふれていた。水量が減るのを祈るばかりだ。

バレンティナは部屋でのんびりと読書をしたいと言う。午後、名和昆虫館で合流することにして、私一人で金華山に向かう。

岐阜公園のロープウェー乗場まで、車で七、八分。ゴンドラが到着、観光客と一緒に乗りこんだ。急峻な斜面をぐんぐん上昇する。こんな険しい山によく築城したものだ。山頂駅に到着。狭い平坦部に曲輪や石垣、土塁など、様々な遺構が集中している。稲葉山城を築城したのは一三世紀初頭、二階堂行政である。やがて疑心暗鬼の下剋上の時代となる。

その典型が斎藤利政、別名蝮の道三。山城の国（京都）西岡で生まれ、京都妙覚寺の僧となる。大山崎の油商の婿となり、美濃に行商に出かけ、土岐氏の重臣長井長弘の知遇を得た。道三は大恩ある長弘を暗殺、守護・土岐頼芸に取入り、頼芸を追放したというのが通説だった。司馬遼太郎のベストセラー『国盗り物語』にもそう書かれている。

ところが最近『春日文書』が発見された。道三の父・長井新左衛門尉は長井長弘の家臣。主を凌駕するほどの実力者となり、息子の道三共々、下剋上に至る説が浮上した。通説とは食い違っている。その道三も息子・義龍と戦う羽目になって長良川の合戦で落命した。

永禄一〇年（一五六七年）、信長は義龍の息子・龍興から稲葉山城を奪った。ここを岐阜と命名、天下布武の朱印を使用した。信長没後、天下を取ったのが豊臣秀吉だ。そして関ヶ原で勝利した徳川家康。美濃を舞台として激しい興亡が展開された。

昭和三一年に再建された模擬城に向かう。木の間越しに、岐阜市街の一部が望める。高度感も申し分なく急ぎ足となる。

城内に足を踏み入れた。上の階に向かった時、二領の甲冑を両脇に置いた信長像が飛び込んできた。眉間に皺を寄せ、厳しい面持ちをしている。信長の品位、怜悧、冷酷がひしひしと伝わってくる。この作品には作家独自の解釈がある。

林忠彦の撮った作家・高見順の肖像写真に似てなくもない。福井県の三国の旅館に泊まった折、揮毫用の色紙を山と積まれ、あまりの多さにうんざりした瞬間を狙った。子息の林義勝氏から聞いた。数ある作家の肖像写真の中で、林忠彦が最も気に入っている一枚だそうだ。

冬日の霜さながら、一振の刀剣が展示されている。滅多に出くわさない被写体に何通りも撮った。人を殺傷できる武器、それが眼前にあることに神経が昂ぶる。

天守閣に出た。足を竦ませ怖々四方を見渡した。重なりあう萌葱色の樹木。岐阜市街を彩る緑の裳裾。標高三二九メートルだ。

蛇行する長良川、ターコイズ・ブルーの清流。何百年、何千年の間にどれほど暴れ、惨禍をもたらしたことか。現在、眠れる青龍だ。遠く連なる淡い山波、一際高いのは伊吹山か。雲間から薄日が差して平野に明滅する。美しい地図を眺める。

約束の時間が来た。山麓のロープウェー駅から名和昆虫館は至近距離だ。建物の前で二人が待っていた。入口の看板には「珍しい昆虫でいっぱい」とあり、カブトムシとクワガタムシが向かいあっていた。

昆虫館が出来たのは大正八年、設計は武田五一。その二年後の秋に川端は訪れた。よほど印象深かったようで、昭和五年春、新興芸術派双書として『僕の標本室』(新潮社)を刊行した。「名和昆虫館」標本室からの連想であろう。同書は短編を集めたものだ。

休館日だったが、名和哲夫館長は特別に時間を割いてくれた。虫好きの少年がそのまま大人になったような風貌だ。例の濃尾大震災で標本の一切を失い、ゼロからのスタートだという。日本最古の昆虫館を設立した目的は、農作物に被害を与える害虫駆除のための基礎研究だそうだ。

名和靖は明治二〇年にギフチョウを発見した。青、赤、黄、黒、橙色にドレスアップ、春、優雅に舞うギフチョウ。幼虫が食べるヒメカンアオイの葉がなくては生存できない。明るい雑木林が必須で、里山が激変する昨今、絶滅が危惧される品種だ。

少年時代、私も昆虫と関わった。香川県の善通寺、自宅の背後には、標高四〇〇メートル禅定山(ぜんじょやま)がある。捨身ケ嶽(しゃしんがたけ)なる絶壁で弘法大師が修業したと伝えられる。山の麓は一面の蜜柑畑。薫風香る頃、蜜柑の花の甘い香りに里はすっぽりと包まれる。

ある時、蜜柑の木に害虫のカミキリムシが異常発生した。大人たちは対策を講じ、小学生にも捕獲させた。蜜柑の木を強く揺すると、ポトポトとカミキリムシが落ちてくる。それを捕まえて壜に入れ、農協に持っていくと、そこそこの小遣になった。私も捕獲に熱中した。首を捩じ切って殺すのだが、キチキチとなんとも哀れな声で鳴く。むんむんする樹下の臭いと、断末魔の声は鮮烈な思い出だ。

大正一〇年頃の資料の有無を尋ねた。どこかから『昆虫世界』を探してきてくれた。創立者の名和靖の努力の結晶である。手にすると黴臭さが鼻をついた。

バレンティナは初めての昆虫館に好奇心を全開にした。驚嘆したのは展示の見事さだ。最も美しい形に整え、凝った台紙を使用、視覚的効果を計算していた。そこに昆虫本来の個性的肢体が加味され、いずれも輝きを放っていた。

二階に案内された。建物は二棟あり、「記念昆虫館」は明治四〇年に標本収蔵庫として竣工した。「名和昆虫博物館」は大正八年秋に開館した。

創業者の名和靖、名和梅吉、名和正男、名和秀雄、そして現館長の名和哲夫。個人の創立による日本最古の昆虫専門博物館だ。館長は川端の小説『浅草紅団』と名和昆虫館の関連を指摘した。小説の中にも昆虫館が登場する。

名和靖と言えばギフチョウの発見者として有名である。館長は最も状態が良い標本を持ってきてくれた。黒と黄色の縞模様は一際印象的だ。薄桃色のカタクリやショウジョウバカマを吸蜜源とし、木漏れ日の雑木林を飛び回る。森の妖精と呼ぶにふさわしい。

明治一六年四月、岐阜県農学校博物学助手の名和靖は郡上郡(ぐじょうぐん)祖師野村を訪れた。山辺の道で交尾をしている珍しい蝶を発見、捕獲して紙の間に入れて持ち帰った。動物学の権威・理学博士の石川千代松に同定を依頼、新種だと確認された。

ところが肝心の蝶の生態が解明できない。カギを握るのは食草で、困り果て、発見者に賞金を出すと発表した。噂を聞いたのが名和梅吉、まだ一四歳の少年だ。梅吉は揖斐郡谷汲村(いびぐんたにぐみむら)に出かけ、ある光景を目にした。

> 一匹のギフチョウが私のすぐ前に舞い降りて、草むらの中に姿を消しました。これはと思い、そっと近寄り目で追うと、そのギフチョウは地面の近くに生えている丸い葉の植物に近づき、静かにはばたきながら、葉の裏へ腹を曲げたのです。胸のあたりからこみ上げてくる喜びをなんとか抑え、息を殺し、ひき続きその行動を見守りました。ギフチョウは同じように腹を曲げるしぐさを繰り返します。ほんの数秒のできごとでしたが、ずいぶん長く感じられたものです。
>
> もう絶対間違いないと確信した私は、その蝶を捕まえたあと、葉の裏をいそいで調べました。緑色の葉の裏に

ギフチョウ　　モルフォ蝶

バレンティナと名和哲夫館長

名和昆虫博物館

> は、球状の黄金色の粒が九個、確かに輝いています。
> その瞬間は、本当に喜びがおさえられず、飛び上がったほどです。今までわからなかった食草をついに発見したのです。
> 私はそれを大切に持ち帰り、昆虫翁にそれらを見せ、一部始終その模様を話しました。翁も喜色満面で、すぐその場で懸賞金として二〇銭を与えてくださったのです。（中略）少年時代の自分にとっては、非常にうれしくて、忘れることのできない思い出となっています。

本人ならではの体験談が綴られている。昭和六三年、財団法人名和昆虫研究所が刊行した『ギフチョウ』の中から抜粋した。執筆者は名和哲夫氏である。

哲夫氏は訴える。ギフチョウの生育環境が急速に悪化している。カンアオイは日照条件に恵まれた雑木林の下草の間に生える。二次林の落葉樹が最適である。行政も問題がある。ギフチョウの保護の名の下に、条例で生育地を立入禁止にする。違反者には罰金を課す。

誰も入らないと雑木林はどうなるか？　灌木が生い茂ってカンアオイは生育しなくなる。実態を把握しない規制に警鐘を鳴らす。

名和氏は一枚の写真を示した。死んだギフチョウに蟻がたかっている。一見残酷なように見えるがこれで良いのだと。昆虫には異常な生命力がある。もしも爆発的に増えたら、生態系は破壊される。微妙なバランスで成立している。ギフチョウも成虫になるのは数パーセント。だから食草のカンアオイが行きわたる。

これは示唆深い言葉であった。人間という生態系に置換したらどういうことになるのか？　蝶といえば『雪国』の一場面を思い出す。

> しかし、島村は宿の玄関で若葉の匂ひの強い裏山を見上げると、それに誘はれるやうに荒つぽく登つて行つた。

なにがをかしいのか、一人で笑ひが止まらなかつた。

ほどよく疲れたところで、くるつと振り向きざま、浴衣の尻からげして、一散に駆け下りて来ると、足もとから黄蝶が二羽飛び立つた。

蝶はもつれ合ひながら、やがて国境の山より高く、黄色が白くなつてゆくにつれて、遥かだつた。

「どうなすつたの。」

女が杉林の陰に立つてゐた。


なんとも印象的な場面だ。わずか一〇行にも満たない文章だが、場面転換が速く、高度感を伴う。裏山に駆けあがり、また駆け降りる。今度は蝶が飛び立ち、国境の山よりも高く舞い上がる。垂直方向の空間構成が素晴らしい。若葉の頃とあるので、瑞々しい彩も爽やかである。

『雪国』は精緻な自然観察に満ちている。無論、昆虫も登場する。ぶよ、蚕（かいこ）、蛾、くつわ虫、蜻蛉、羽虫、くつわ虫、キリギリスとなる。とりわけ私の好きな件（くだり）。この精緻な観察を見よ。


彼は昆虫どもの悶死するありさまを、つぶさに観察してゐた。

秋が冷えるにつれて、彼の部屋の畳の上で死んでゆく虫も日毎（ひごと）にあつたのだ。翼の堅い虫はひつくりかへると、もう起き直れなかつた。蜂は少し歩いて転び、また歩いて倒れた。季節の移るやうに自然と亡びてゆく、静かな死であつたけれども、近づいて見ると脚や触覚を顫（ふる）はせて悶えてゐるのだつた。それらの小さい死の場所として、八畳の畳はたいへん広いもののやうに眺められた。

島村は死骸を捨てようとして指で拾ひながら、家に残して来た子供達をふと思ひ出すこともあつた。


「名和昆虫博物館」の名物は南米産のモルフォ蝶だ。展示コーナーは教会のステンドグラスにも似た美しさ、誰もが讃嘆の声を上げる。

モルフォ蝶といえば思い出がある。三〇年前、渡米した折に、ニューヨークのメトロポリタン美術館に寄った。世界有数の広大な美術館を足早にまわる。格別、印象に残る作品もないまま、モダンアートを展示する最上階に来た。真っ白な廊下。二、三〇メートル先に白い扉があり、奥に三点の絵が架かかり、真ん中の作品が強烈な光を放っていた。モルフォ蝶の金属質の青い羽を連想させた。一体、この輝きは何なのか、大股で進んでいった。

それはピカソだった。貧しい家族が食卓を囲む絵だ。一九〇一年から四年までの青の時代、モンマルトルのバトーラボアール、洗濯舟と呼ばれるアパートに未来を夢見て住んでいた頃だ。絵具を買う金もなく、最も安価な青絵具を使用した。一切、形象が把握できなくとも、発色の強烈さで魅了されたのだ。

館長が『ダーウィン自伝』の中のエピソードを紹介してくれた。収集熱が昂じるといかなる結果になるか。

在学中の時、ダーウィンは木の皮を剥いで、その中にいる甲虫（こうちゅう）を探した。一匹の珍しいものが出てきた。左手で捕えて、なおも探していると、また一匹珍しいものが出てきた。今度は右手で捕えて喜んでいると、またもう一匹おもしろいものが出てきた。しかし彼の両手はふさがっていた。それらをみすみす逃すのは耐えきれなかった。とっさに右手の虫を口にほうりこみ、最後の一匹を捕えようとした。

ところが、口の中に入れた甲虫は、刺激のある悪臭を放ち、ダーウィンの舌は焼くような痛みに襲われ、吐き出さざるをえなかった。この騒ぎのうちに、手にしていた甲虫も、三番目の甲虫もすべて逃げてしまい、結局、何も採れずに終わってしまった。

不審そうなバレンティナに説明すると、風船が破裂したように笑った。つられて皆大笑い、とたんに賑やかになった。顔施（がんせ）という仏教用語がある。笑顔による施しという意味だ。

グランドホテルに戻り、フロントで鶏飼の有無を確認した。予定通り決行とのこと。やれやれと安心した。部屋に戻ると、二人ともノートパソコンを開いた。

彼女といると、ただの現実が非現実の光を帯びる。出会ってから些（いささ）かも変わらない。死別、生別という二重の喪失の後の、望外の邂逅（かいこう）のせいか。感謝の一言に尽きる。

早めに夕食をとった。鵜飼見物のためだ。彼女が絶賛したのは鮎の塩焼。天然ものの証拠に鵜の歯形の三本線。野性味もあり、芳香が口中を満たした。香魚と呼ばれる所以だ。

定刻にホテルのロビーに集合した。客一〇人が送迎バスに乗り込む。四、五分で乗船場に到着、係員の指示に従い、屋根付の鵜飼舟に乗り込む。屋根には岐阜提灯を模した照明が吊るされ、赤い座布団のような救命胴衣も備えられていた。ゆっくりと舟が動き出す。橋脚の下には灯りが灯され、鵜飼の期待感を抱かせた。

舟は所定の位置に移動、岸辺に艫（とも）を、舳先を川に向けて停まった。対岸のネオンが川面に映りこみ旅情を添える。鵜飼の最終日とあって舟がズラリと並んでいる。手拍子で賑やかな舟もある。通夜のように静かな舟もある。鵜飼は平成二七年一二月一五日、国連食糧農業機関（FAO）が世界農業遺産として認定した。

上流から踊り手を載せた舟が近づいてきた。若い女性が一〇人、揃いの浴衣の健康的エロチシズム。リーダーの女性がマイクを手に、鵜飼シーズンの幕を閉じる感謝を伝えた。期せずして拍手が起きる。

合図の花火が上がり、鵜飼が開始された。はるか上流のことでここからは望めない。舟が近づくのを待つだけだ。川面は少し肌寒い。

騒（ざわ）めきが起こった。遠くに鵜飼舟が見えはじめた。腰を屈（かが）めながら舳先に移動した。撮影のために好ポジションを確保したい。ズームレンズ二本で対応。被写体の光源は篝火だけだ。

来た。一艘、二艘、三艘。

速い。四艘、五艘、六艘。

篝火がまたたくまに接近してきた。増水して流れが急なのだ。すべてファインダー越しにシャッターを切った。

働きものの鵜。風折烏帽子（かざおりえぼし）に藁（わら）の腰蓑（こしみの）、真剣な鵜匠の表情。

最大の見せ場、総がらみとなった。

鵜舟六艘が川幅一杯に広がり、浅瀬に鮎を追い込む。

鉄製の篝籠（かがりかご）に入った松割木が火の粉を撒き散らす。一三〇〇年間、連綿と続く伝統漁法に拍手喝采だ。

余韻を残して鵜飼は幕を閉じた。


ところが更に見せ場が用意されていた。鵜飼シーズンのフィナーレを飾る花火だ。最初の一発が空高くヒュルヒュルと打ちあげられた。夜空に花が咲くと、バレンティナは口笛を鳴らした。花火は瞬時に童心に帰らせる。

ふと思う。鵜飼という催しの陰にどれほど多くの人が介在しているのだろう。鵜匠もいる、花火師もいる、警察や消防団、行政の人もいる。さらに観光客を受け入れるホテルや飲食店の人たちもいる。膨大な数の人たちが支えているのだ。

私が岐阜を訪れたことも川端の導きだ。作品の舞台裏を調査した多くの先駆者も看過してはならない。長谷川泉、島秋夫、青木敏郎。彼等なくして舞台裏の解明は進まなかった。


鵜飼シーズンも終わり、肌寒くなった晩秋の吉日、森本穫氏の出版記念パーティが、姫路駅前のホテルで開催された。出席したのは川端香男里氏、桜井靖郎氏、金森範子氏、石川麻衣記者、バレンティナと私。氏にとっては人生、最良の日だった。

都内で、私は氏に二日間同行、各新聞社の文化部の記者を紹介した。『魔界の住人 川端康成』（平成二六年、勉誠出版刊）一六〇〇頁の意欲作は、読売・朝日・毎日・共同の読書欄で取り上げられた。しかも本人の写真付きだ。研究者にとってこれほどの名誉はあろうか。

所用で川端香男里氏は日帰りした。我々は姫路に一泊、翌日岐阜に立寄った。西方寺では瀬古写真館の瀬古安明氏、青木敏郎氏の子息・青木陽太郎氏も合流、法話の後、記念撮影をした。

宮内庁式部職鵜匠、山下哲司

岐阜市製作の鵜飼ポスター

西方寺にて、左から瀬古安明氏、桜井靖郎氏、バレンティナ、田中大禅師、筆者、青木陽太郎氏、金森範子氏

次に向かったのは鵜匠・山下哲司氏の自宅。長良川に面し、庭には瀟洒な東屋（あずまや）まであった。氏は宮内庁式部職鵜匠なる肩書を持つ。

特別の計らいで鵜を見せてもらう。無論、シーズンは終わっている。肌寒い中、山下氏は装束を纏い、籠に入れた鵜を外に出した。鵜はキョトキョト、キョトキョトして、忙（せわ）しなく体を動かしている。眼はコバルトブルー、全身から野生の輝きを発散している。眼球はドーム状に突出、超広角レンズになっている。魚影を瞬時にキャッチするのだ。皆、首を伸ばして珍鳥のしぐさに見入る。山下氏が鮎を与える。速い、鵜は一瞬のうちに飲み込んだ。再び吐き出させ、二、三回繰り返した後、ようやく鵜の胃におさまった。

戦国武将の織田信長は鵜飼を催し、武田信玄の使者をもてなしたという。喜劇俳優のチャップリンも昭和一一年と三六年に来訪、ワンダフルを連発したそうだ。岐阜市作成のポスターにもチャップリンは登場、宣伝に一役買っている。

第八章　鎌倉　渚にて

平成二六年秋、三連休の中日、鎌倉市民に川端邸が公開された。川端邸を見たいという市民の要望を受け、鎌倉市の要請で前年からスタートした。春秋、年に二回の開催だが、最初の公募で一〇〇〇人近い希望者が殺到、抽選となった。

午前と午後の部に分れ、各々三〇人ずつ見学できる。参加者はまず鎌倉文学館で番組を鑑賞した後、すぐ近くの川端邸を見学に訪れる。川端コレクションを紹介する番組は、かつて毎日放送で制作したものだ。リポーター役は声優の水原英里、私の長女である。

見学者は広大な敷地に驚く。さらに美しい平屋の日本家屋と、御輿ヶ嶽のハーモニーに打たれる。空には上昇気流に乗った鳶が悠々と輪を描き、玄関脇の椿は蕾のまま。気の早い水仙がはや純白の花をつけている。鉛ガラスを通して晩秋の陽光が差し込み、陽炎のように廊下で揺らいでいる。書斎も公開したいが当分無理だ。展覧会用に梱包された箱が山積みされている。黒田辰秋の欅棚を座敷に展示、愛蔵品の一部を置いて庭から見てもらうことにした。

川端邸は大正時代に材木問屋が建てた堅牢な造り、大正一二年の関東大震災でもびくともしなかった。昭和二一年秋に川端が購入、爾後二五年間、終の住処となった。

午後の部は関係者に任せ、一人で極楽寺方向に向かった。日中は暑く、ジャケットはキャンバス地のリュックに突っ込んだままだ。

今日は購入したズームレンズ二本のテストだ。連写機能とボケ味のチェックを兼ねている。ボケ味とは絞りを最大限開き、被写界深度を浅く(前後にピントの合う範囲を狭く)すると生じるフワッとしたボケ。メインの被写体を際立たせ、立体感のある写真を撮る基本的テクニックだ。

長谷寺の雑踏を避けて、権五郎神社への裏道をたどる。極楽寺の切通の手前に星月夜の井戸。右手には成就院の虚空蔵堂。急階段には南無虚空菩薩と書かれた幟が林立、盛んに風に翻っていた。

カメラを構えた時、ファインダーの中に一人の少女が飛び込んできた。白の胴着に濃紺の袴、白い足袋に草履、実

鎌倉市長谷の川端康成邸

胴着姿の少女

輪を描いて飛ぶ鳶

成就院からの眺め

に凛々しい姿だった。足元を確かめつつ、少女はゆっくりと階段を下りる。瞬間、反射的にシャッターを切った。冬陽を浴びた紅椿のような美少女だ。

　道路を横断して、紫陽花で知られた成就院の坂道を上りつつ、川端の小説「みづうみ」(三五巻本全集、第一八巻)の一節を思い浮かべた。


　君はおぼえがないかね。ゆきずりの人にゆきずりに別れてしまつて、ああ惜しいといふ……。僕にはよくある。なんて好もしい人だらう、なんてきれいな女だらう、こんなに心ひかれる人はこの世に二人とゐないだらう、さういふ人に道ですれちがつたり、劇場で近くの席に座り合はせたり、音楽会の会場を出る階段をならんでおりたり、そのまま別れるともう一生に二度と見かけることも出来ないんだ。かと言つて、知らない人を呼びとめることも話しかけることも出来ない。人生つてこんなものか。さういふ時、僕は死ぬほどかなしくなつて、ぼうつと気が遠くなつてしまふんだ。


　川端が言及した通りである。成就院の山門に着くと、湾曲した由比ガ浜が一望できた。砂浜を散歩している人の姿もはっきりと見える。山があり海がある。起伏に富んだ鎌倉は絵巻物、そこに歴史が加味されるから、散策にはおあつらえむきだ。すれ違う人たちの満足そうな顔、私まで明るくなる。

　成就院には河口慧海(かわぐちえかい)がチベットから持ち帰った招来仏があった。黄檗宗の僧・河口慧海は仏教学者・探検家である。彼は漢語に音訳された仏典に疑問をいだいた。梵語の原典に当たろうと、当時鎖国状態だったチベットに潜入。中国人やチベット人に変装して、法王・ダライラマ一三世にも謁見した。後年、蔵和辞典を編纂、仏教界に大きな足跡を残した。明治三七年刊行の『西蔵旅行記』は当時の青年たちの冒険心を掻きたてた。

　明治三五年にスタートした大谷探検隊は、中央アジアのカシュガル、ホータン、クチャ、トルファン、楼蘭などを三度探索した。初回はイギリス留学中だった大谷光瑞(おおたにこうずい)も参加、彼は後に浄土真宗本願寺派第二二代門主となった。

河口慧海も大谷光瑞も、日本の物差では計りえない視野と行動力を持っていた。近代日本の勃興期は、進取の気性に富んだ若者たちを輩出した。

三明永無もこうした系譜上にある。三明はハワイで浄土真宗の布教に励んだ。未来への自己投影において「俺は今でもノベル賞を思わぬではない」と記した川端とぴったりと重なり合う。

大正六年九月、三明は第一高等学校に入学、全寮制の寄宿舎・東寮三番で川端と出会った。天性の明るさでリーダーとなり、同室の三人を率いて行動した。孤児という宿命のせいか、川端は寡黙で打ち沈んでいた。

三明は杵築中学の親友・恒松安夫の紹介で、青山に住んでいた岡本一平・かの子夫妻と知りあった。小説家志望のかの子は川端を名指、三明は銀座のレストラン・モナミで川端を紹介した。

大正一三年、三明は東京帝国大学仏教青年会館にて、新潟県上越市の西念寺の娘・津山利恵子と、岡本夫妻が仲人をして結婚した。仏教界の重鎮・高楠順次郎からインド哲学を学び、『大正新修大蔵経』の編纂にも携わった。

昭和五年、三四歳の時、本願寺派の開教使としてハワイに渡った。本願寺ハワイ別院付属ハワイ中学で教職に就く。

昭和一六年冬、運命は激変する。一二月七日午前八時、ハワイ別院での日曜学校に行こうと支度中、ヌアヌパリ方面から、編隊を組んだ飛行機が雲霞（うんか）の如く真珠湾に向かっていく。

直後、凄まじい轟音が響き、濛々たる黒煙が空を覆いはじめる。南雲中将率いる帝国海軍機動部隊の奇襲、真珠湾攻撃だ。三明一家はアメリカの憲兵によって拘束、本土に連行されて、ニューメキシコにある強制収容所に一年半抑留された。財産はすべて没収、着の身着のままであった。

昭和一八年秋、永無一人が捕虜交換船で帰国することとなった。日本人捕虜は一一万人、アメリカのグリップスホルム号の定員は一五〇〇人。優先されたのは政府高官、新聞記者、宗教家や学者、学生、銀行や商社勤務の会社員だった。一般人については本人だけ、家族は同伴できないという過酷さだ。妻の利恵子は混乱している日本に帰りたくないと主張、息子二人とロサンゼルスに残った。戦争は家族の絆も引き裂いた。

一方、日本の帝亜丸は船腹に白十字の交換船マークをつけ、夜間照明を点灯して航行、アメリカ人捕虜を載せてインドのゴアに向かった。途中、フィリピンに寄港、日本占領下のアメリカ人捕虜も乗船させた。ポルトガル領のゴアで、帝亜丸はグリップスホルム号と合流、同数の捕虜を交換した。

帰国後、三明は鎌倉二階堂に住む川端を訪ねた。昭和二一年秋、川端が長谷に移ってからもしばしば訪問している。

昭和二五年、三明はハワイ教団直属布教使として再度ハワイに渡った。一六歳の若さで第二三代西本願寺門主となった大谷光照（おおたにこうしょう）は、同じく帝大出で九歳年上の三明を精神的支柱とした。どこまでも頼られる存在であった。

昭和三六年、六五歳の定年で三明は帰国。代官山の同潤会アパートに住んだ。上京した甥たちを住まわせ、東京での拠点とさせた。二年後、三明は大田市の浄土寺の娘・原田寿恵（はらだすえ）と再婚した。箱根小涌園に行った折、顔見知りの寿恵が仲居をしていた。浄土寺の娘には相応しくない仕事だと諭して親密になった。

昭和四七年、三明は軽い脳梗塞を起こした。健康面での不安もあり島根県の浜田市に転居した。寿恵の姉の嫁ぎ先が医者だった。

昭和五四年一月、三明永無は逝去、享年八二歳だった。院号法名は「無明院釋永無」、温泉津の瑞泉寺でしめやかに葬儀が営まれた。

平成二六年夏、三明慶輝氏から都内在住の原大行氏を紹介された。大行氏は永無の兄・三明謙譲の末っ子である。日本大学芸術学部に進学した折、同潤会アパートで一年半同居、多大の影響を受けたという。

大行氏は永無を評する。アメリカ国籍を取得、年金も潤沢で生活に不安はなかった。オシャレでマージャンが好き。丹念に日記をつけて、末尾は必ず三南無阿弥陀仏と記した。ハワイでは最高責任者だった三明だが、退職してから本願寺のいかなる役職にもつかなかった。

こんなエピソードがある。大行氏が結婚、娘が生まれた。どんな名前にするか悩んだ。そうだ、川端の小説に出てくるヒロインにしよう。薫、駒子、葉子、菊子、千代子と書きだした。だがどうもピンと来ない。そこで『古都』から千重子を選んだ。仏典に当たると、『正信念仏偈』に「依修多羅顕真実（えしゅたらけんしんじつ）」という偈文（げもん）があった。神仏に帰依するという意だ。依（え）の一字を貫い、千依子（ちえこ）と命名。代官山に出向いて叔父と会った。経緯を聞いた永無は、その場で川端に電

川端を訪問した三明永無（昭和45年）

話をかけて了承を得た。二年経過、誕生日を迎える千依子を連れ、川端に挨拶に行く矢先、悲報が飛び込んできた。四月一六日の川端自裁だった。

平成二六年末、二枚の写真が永無の妻・寿恵の実家から見つかった。昭和四五年、夫妻で川端邸を訪れた。外国製のセントラルヒーティングを備えた別棟に招かれ、一緒に炬燵に入った。ノーベル文学賞受賞者の肩書も外し、本願寺ハワイ別院最高幹部の肩書も外し、素のままの姿だ。青春を共にした二人、一体、何を話したのだろう？

極楽寺の切通を超えると、新たな光景が広がる。尾根に囲まれた低湿地を鎌倉では谷戸と呼ぶ。かつては雑木林や田畑があった。自然に恵まれ、晩秋の光が差す谷戸は、ほのぼのと和んでいた。住んでみたいと思わせる何かが鎌倉にはある。

道路下の谷に、江ノ電の極楽寺の駅舎が見える。駅舎の屋根や線路が逆光に眩しく光る。陽だまりの猫が不意に線路を横切る長閑さだ。

極楽寺を見学、茅葺の山門を出たところで、例の美少女と再会した。男女のカメラマンが二人、韓国語でポーズをつけていた。少女は細かい指示に素直に従う。白の胴着と紺の袴がなんとも艶やかだ。

マンホールが落日に赤く光っている。江ノ電の踏切を渡ると、住宅街の間に湘南の海が出現した。この場面転換が鎌倉の魅力だ。海の横の国道に沿って、意匠を凝らした家屋が並んでいた。

このあたり一帯が、規模こそ違え、南仏のニースに似ていることに気づいた。赤銅色に照り映えた腰越の岬を見ながら景色を重ね合わせた。

アンダルシアが強烈な光と影、原色の世界だとすれば、湿潤な南仏はパステルカラーの世界。光はさほど眩くなく、影もグレーがかっている。南仏はルノワールやピカソ、コクトーや藤田嗣治など、多くの芸術家に愛されてきた。

半円球の大きな弧を描くニースの町。岬の突端をまわりこむと、大型のクルーザーが出入りするヨットハーバー。そこに向かう途中、ギョとする光景に出会った。コンクリート製のガードレールが一カ所、海に突き出している。そこに若い男が仰向けになって休んでいた。海面まで二〇メートル、下はゴツゴツした岩場。その大胆さに目を疑った。

ヨットハーバーに到着。多彩なクルーザーのデザインに目を見張った。世の中にはこうした豪華なクルーザーを持ち、人生を楽しんでいる連中がいる。映画さながらの世界ではないか。クルーザーから連想するものは自由と夢。そして美女とシャンパンか。

夕陽を見るためか、腰越の海岸に多くの人たちが集まってきた。その中に例の少女を見つけた。まだ撮影中らしい。二人のカメラマンの指示で弓を引き絞ったり、海辺を駆けたりしている。密かに夕映え少女と名づけた。

本郷の小さなカフェにも一人の少女がいた。純白のエプロンを着けてテーブルからテーブルに飛びまわっていた。少女が笑えば男たちも笑った。少女が歌えば男たちも唱和した。皆、青春の生命を輝かせていた。溌剌と働く姿は一人の作家志望の青年を虜(とりこ)にした。撮影を健気にこなす少女と、カフェ・エランの少女とが、九四年の時を超えて重なった。

砂浜に降りた。波に運ばれたヒトデが真っ赤な触手を伸ばし、隣にアルファベットでROと描かれていた。これは何かのまじないなのか？　それとも互いのイニシャルだろうか。

夕暮れになると、人出は多くなり、騒(ざわ)めきは強まった。落日の炎は赫奕(かくやく)と汀(みぎわ)を照らし、重い光輝を放つ。波は永遠の律動を刻む。没する太陽と海原の荘厳な交合だ。川端の書「夕日炎々」が胸を翳(かす)めた。

太陽は海に没した。皆、三々五々、引き上げはじめた。だが私は知っている。落日の素晴らしさはこれからなのだ。暮れ残る空が汀を染める。頬紅のような朱と、玻璃(はり)のような青。明暗の間(あわい)の神々しさ。川端が仕事部屋から見た最後の光景もこれだったのか。

昼のニース

昼寝男

朝のニース

黄昏のニース

夕映え少女

腰越夕照

ヒトデとRO

第九章　南砂町　初代終焉の地

地下鉄東西線南砂町。地の底のような駅から、地上に向かって長い階段が続いている。伊藤初代の子息・桜井靖郎氏は足元を確かめつつ、一歩一歩上っていった。

階段を上り切ると、衝立(ついたて)さながらの高層アパートが林立して特異な景観をなしていた。東京での生活が半世紀になる私だが、足を踏み入れるのは初めての町だ。

「すっかり変わりましたね」

あたりを見渡した桜井氏が発した第一声。数日前、桜井氏より、母が亡くなった江東区南砂町を訪ねないかと誘われた。

「なにしろ六〇年以上昔のことです。住んでいた場所もはっきりしません。たどりつけるかどうか不安ですが、私も年齢(とし)でしょう、このチャンスを逃したくないのです」

「なら私もご一緒します」

約束の日、東京駅の東京ステーションホテルのロビーで待ちあわせた。以前、大病をしたと聞いたが血色は良い。老いを感じさせる影は見当たらなかった。

まず桜井氏が通った小学校を探したが、簡単には見つからなかった。昭和二〇年三月一〇日、東京大空襲で工場群が狙われ、Ｂ２９の絨毯爆撃によって廃墟となった。それからの変貌は凄まじい。当時の面影を留めるものは無く、戦後の急激な人口増によって学校数が増えたのだ。

数度、通行人に道を聞き、たどりついたのが南砂小学校。校長の小林英忠氏が丁寧に応対してくれたが、どうも話が噛みあわない。

あたりは戦争前から汽車製造平岡工場の跡地だという。戦後工場が撤去され、敷地内に数多くの都営住宅が建設され、景観は一変したと語る。

昭和四四年には東西線が延伸、陸の孤島状態から脱することができた。都心の日本橋まで地下鉄でわずか一〇分、利便性は抜群である。

南砂小学校を辞して歩きまわり、江東区北砂四丁目に出た。

「ここだったような気がします……おそらく間違いないでしょう」

校門には砂町小学校と書かれてあった。校長の高橋修氏に面会、ようやく桜井氏が通った学校だと特定された。

高橋校長によると、敗戦直後の開校には大変な苦労が伴ったそうだ。校舎は無い、生徒はいない。焼け跡を一軒一軒まわり、在校生四六名を確認、授業を再開すると告げた。始業式は焼け残ったプールの中。一年生はたったの七、八人。

授業は土台石を並べて座った。雨が降れば学校は休み。新しい教科書などあるはずもない。戦前のものを墨で消して使用、すべては進駐軍の判断だった。朝、先生が真っ先に聞いたのは、皆さん、ご飯は食べましたか？　当時、東京都民は飢餓線上をさまよっていた。

昭和二三年に着任した藤田伸七校長らの努力により、汽車の車両や土木小屋を教室として使用した。市川のグライダー格納庫を移築、教室らしきものを作った。設備面は劣悪だったが、教師たちは理想に燃えた。子供たちに戦争の惨禍を絶対に味あわせたくない。

自由を順守、非戦を貫こうと。昭和二八年、私は団塊の世代の第一陣として小学校に入学した。教壇での教師たちの熱さが懐かしくてならない。

最悪の時期に、東京ならなんとかなるのではないかと、初代たち一家は活路を求め、岩手県の岩谷堂から上京した。飢餓と貧困が洪水のように襲ってきた。

校長に礼を言い、学校を後にした。授業が終わった子供たちが校庭に飛び出し、思い思いに遊び始めた。子供たちの歓声は良いものだ。なによりも未来を感じさせる。

陸橋の上で桜井氏は振り返った。校庭の一角を指さして、

「あそこですよ、あそこ。遠足の時、わざわざ母が見送ってくれたのは」

不自由な足を引きずり、初代が来てくれたという。昔日への想いが清水のように湧出した。校門前の書店も発見し

た。ビルに建て替わっているが、名前は元のまま。ひょっとして同級生に会えるかもしれない。どれほど彼女が可愛かったかを懐かしげに語った。氏の瞳に少年が宿る。

書店で店番をしていた老女に、氏は勢い込んで話しかけた。持参した遠足の写真も見せた。ところが同級生は関東圏の介護施設に入っているとの返事。萎んでゆく風船のように氏は落胆した。

永井荷風の本が多い。専門書もある。主人が荷風を愛して徐々に揃えたのだと。そんな主人もつい最近亡くなりましたと、寂しげに笑った。気に入ったものがあれば、なんでも差し上げますという。その言葉に甘えて私は数冊貰うことにした。

近くには州崎（すさき）の遊郭があった。荷風が歩いた場所である。川端所蔵の荷風直筆の画文集『築地草（つきじそう）』が脳裏をかすめた。

氏の記憶がよみがえってきた。学校を起点に旧居をたどることにした。明治通りと国道四七五号線の交差点に出た。切れ目なく車が行き交っていた。ごくごく日常的などこにでもある風景だ。

「そうそう、この四辻で新聞を売ったんですよ。小さいのによく頑張っているなと、馴染みのお客さんも増えました。新聞配達をして、たった一枚貰った映画のチケットを母に上げました。母は大喜びし、不自由な足を引きずって行った映画館はあっちの方角です」

母と接する時間が、小学校六年生で断ち切られ、ごく些細な日常が千金の価値を持つのだ。

氏は迷うことなく歩きはじめた。

表通りから離れ、住宅街に入っていく。西日を浴びて、思い思いの装いの家が連なる。路地には自転車が置かれ、プランターには夏の花が咲く。金魚が泳ぐ水槽もある。一見雑然としているが、路上には塵ひとつ落ちてない。庶民の生活が放つ安堵感に満ち、たとえようもない平和を感じる。

氏は立ち止まった。ある空地の前だ。額に手をやり何か思い出そうとしている。しばらくして眼をあけ、喜色をみなぎらせた。

「ここです、昔の家は。絶対に間違いありません」

南砂町を訪れた桜井靖郎氏の後ろ姿

汽車製造株式会社（昭和30年代）

汽車教室

一本の街路樹の脇に平屋の住宅があった。当然、建て替えられている。しかし大きさは当時のまま、必要最小限の住まいだ。

昭和二六年二月、岩谷堂から餅が届いた。食糧難の時代、餅は大変なぜいたく品で、めったに口に入るものではなかった。子供たちは大喜びだ。早く食べさせようと、餅を焼いている途中、初代は発作を起こした。倒れた初代に子供たちが取りすがった。靖郎は新聞売りに出かけていて不在だった。

桜井氏が対面（といめん）の家のインターホンを押した。杖をついた七〇代の男性が出て来た。いぶかる男性に事情を説明した。納得した男性は隣家の扉を叩いた。一声かけると年配の女性が顔を出した。

「ええ、桜井さん一家なら覚えていますよ。確か横浜に越されたと聞きましたが」

即座に反応があった。

「いやあ、ご存知でしたか」

氏の声が路上に響いた。なんと桜井家を知っている人が現れたのだ。

「ちょっと、待っていてください」

玄関に消えて、彼女は古いアルバムを持ってきた。

「この人じゃありませんか?」

「そうですね、母かもわかりません」

氏はピントのぼけた写真を覗きこんだ。賑やかな声を聞きつけ、件（くだん）の住宅から、下駄をはいた男性が現れた。ランニングシャツ姿だった。肌は艶々として、胸も腕も逞しい。

「伊藤さん、こちら桜井さんです。戦後すぐ、あなたの住んでいる家にいらしたのですって。ここでお母さんが亡くなったらしいの」

「そういうことでしたか」

伊藤氏が相好を崩した。

「母も旧姓が伊藤です。いやあ、これは偶然ですね」

桜井氏はすぐさま握手を求めた。

「ちょっとお願いがあります。お宅の前で線香をあげてもよろしいでしょうか？」

「ああ、どうぞ、どうぞ」

たちまち段ボール箱が運ばれてきて、線香立と真鍮の燭台が用意された。線香と蝋燭は桜井氏が持参した。風が強く着火しなかったが、なんとか火を点けた。

氏はしゃがみこみ、祭壇に向って深々と合掌した。やがて晴れ晴れとした表情で立ちあがった。

「いやあ、みなさんのお蔭です。本当にありがとうございました」

「お母さんも幸せですね。こんな親孝行な息子さんがいらして」

満ちたりた氏は春の海さながらだった。人情に篤い下町だ、いつまでも話が弾んだ。

「ちょっと、近所を散歩してきます」

そう断って私は歩きはじめた。右から落日前の光が差し入ってきた。真紅の躑躅(つつじ)が桃色の花水木(はなみずき)と囁きあっている。

親水公園が縦横に走る砂町はなかなか魅力的で、掘割は満々と水をたたえていた。

江戸時代、砂町は東京湾に面した海岸で、長州藩の大きな屋敷があった。三浦半島の砲台に据えるため、藩邸で大砲を鋳造した。尊皇攘夷の急先鋒だった藩は、大砲を下関まで送り、関門海峡封鎖の挙に出た。激怒した四カ国の連合艦隊が下関を攻撃、長州軍は降伏した。フランスは大砲を分捕り、パリの廃兵院に戦利品として飾った。砂村新田、平井新田と呼ばれていた頃の話だ。

南砂町を訪れて良かった。温かいもてなしの心を感じた。桜井氏の気取りのなさ、人の輪に踏みこむ素直な一歩も驚きで、そこに笑みも加わった。苦労して磨き上げてきたものだ。

対照的なのが川端だ。初対面の人に与える不愛想さ、取っつきにくさは生来のものだ。悪気があってのことではない。ある女性編集者は、川端に鷹のような眼で凝視され、居たたまれずに泣き出した。精神的に丸裸にされるような

当時のアルバムを見ながら話が弾む、右隅には臨時の祭壇

桜井氏の家のあった近所の人たちと

桜井氏の旧居跡

不安を覚えたのだ。

　昭和三年一月、事件があった。川端が熱海で借りていた鳥尾子爵の別荘に、夜、泥棒が入った。吊るした外套に手を入れた刹那、寝ていたはずの川端とふと目が合った。眼光に仰天、駄目ですかと声を落とし、あたふたと逃げ出したという。別室に泊った作家の梶井基次郎がこの事件を書いた。

　眼というと思い出す。二〇年前、私は小澤征爾氏のパーティーに参加した。氏が登場すると、大勢の女性ファンがワッと取り囲んだ。ファンが散った瞬間、小澤氏に話しかけた。

「ちょっとお聞きしてよろしいでしょうか？」

「はい、何でしょうか？」

「私は風景写真を撮っているものです。ドイツでは、良い写真の評価に、音楽が聞こえるようだと言うそうです」

　氏は頷いた。

「そこでお聞きしたいのですが、クラシックで景色が見えるような作品はありますか？」

「現代音楽の扉を開いたドビュッシーの曲に多いですね。『展覧会の絵』などはその典型です」

　小澤氏は丁寧に答えてくれた。

「最後にひとつ。ドビュッシーで好きな曲はありますか？」

「小品では『沈める寺』です。ピアノ曲ですが、あの神秘感は最高です」

　一分ほどの会話だった。背中は冷や汗でぐっしょりと濡れていた。大きな眼（まなこ）に捉えられ、瞬（まばた）きひとつしないのだ。過去、こんな眼に出会ったことはなかった。恐怖すら感じるほどの眼だった。

　帰路、考えた。小沢氏の眼力だ。欧米では相手の目を見て話すのがエチケットだ。いや、それだけではない。指揮者は一〇〇人前後のメンバーを相手にする。それは指揮棒だけではない。目だ、目で音を要求する。ベルリン・フィル・オーケストラなど超一流の楽団員たちは、音を色で解釈できる。指揮者はもっと黒をとか、もっと赤をとか要求、団員たちは見事に応えるという。

「沈める寺」はピアノ曲の小品で、ノルマンディ地方に伝わる伝説から作られた。漁師が海に出ると、海の底に沈んだ寺が見え、坊さんの読経の声が聞こえてくる。実に神秘的な曲で「沈める寺」だけの研究書も出ている。東洋の無、禅の世界を連想させる作品だ。

待たせてもいけないと、私は引き返すことにした。笑い声が風に乗って聞こえてきた。敗戦後の悲惨さを語りあっていた。

「母が急死した時、本当に淋しい葬式でしたよ。あの頃は何も無く、本当に粗末な棺(ひつぎ)でした。洗濯機も冷蔵庫もない、テレビも登場する前。もう少し生きていてくれれば、父の経営する工場が軌道に乗った後であれば、どれほど楽をさせられたか。温泉にも行き、美味しいものも食べてもらったのに。いやあ、そればっかり悔やまれます」

近所の人たちと別れ、地下鉄東陽町方面に向かった。食事をしようと一軒の焼肉店に入った。ビールで乾杯、再訪の収穫に笑みがこぼれた。

「みんな、親切でしたね」

「本当に涙がこぼれますよ。これで母も浮かばれるでしょう」

肉が来た。桜井氏は慣れた手つきで具材を網に乗せていく。肉は脂(あぶら)をしたたらせながら、ジュウジュウと音を立てる。せわしなく箸を動かし、肉をほおばる。舌、鼻腔、喉、胃、五感が美味いと告げる。やがてデザートにメロン、絶妙の組みあわせである。

「そうそう、これを見てもらおうと……」

氏がバッグから出したのは、古い新聞記事と写真だった。新聞を手に取った。昭和三年八月一〇日付の業界紙の記事だ。タイトルは「東京車両界のラッカー塗装瞥見(べっけん)　塗工の魁(さきがけ)」、筆者は東京T・M・生。

茲(ここ)に於いて最近我国車両界の覇王としてその金城鉄壁の歴史を誇る汽車製造株式会社東京支店はさきに米国に派

> 遺してラッカー塗装法、琺瑯質塗装及一般塗装法に就て実際研究を奨励せしめたる桜井五郎技師を迎へて今や御大典用京阪貴賓電車並に新京阪電車の竣工を相俟つて斯界に万丈の気を吐露せんとして居る。
> この報を耳にした記者は同氏に親しく接して所感を質すも亦諸君の参考の一助ともならんかと思ふて炎夏の苦熱を背に浴びつゝ同氏を訪問した。帰朝者桜井氏はどんな人であるか多少の好奇心を持つて居た記者は先ず眉目清秀、若干の青年に一驚を与へられた。大抵帰朝者と謂へば相当の経歴と年配の所有者であるのに汽車会社からこの活気縦横の青年を抜擢した事は単に皮相の観察を為すに止まず実際研究を目的としたので有つて全鋼製電車の台頭と共に一紀元を劃せんとする。（中略）汽車会社が他社に先鞭を付けられぬ様既に一昨昨年この青年を遥に米国に特派して窃に実際を研鑽せしめ居た事は亦敬服に堪へぬものがある。
> 目下全工場に旧式塗装の汽車、電車十数両の間に介在して新式塗装の京阪電車が三両流行界の先駆として異彩を放つて居た。
> 「イヤ綺麗な物が出来ましたナア」
> 記者の賛美を打ち消す様に
> 「イヤ未だ自慢の出来る様なものぢゃ有りません。実は一昨昨年米国に派遣されまして各種塗装法の実際研究に精進して居ましたが日本のラッカー塗が意外に早く台頭して来ましたので突然研究中途にして帰朝を電命せられまして研究事項を一先ず中止して帰りました様な次第ですから御覧の通り何の設備も無い塵埃乱舞の中でエアーも製缶工のを共通にして不便と戦ひつゝ製作に従事して居るのですから万事お察しを願ひます。（中略）
> ワイシャツ一枚で職工と共に奮闘して居る氏に敬意を表して外国の話は他日を期して辞した。

大仰な表現だが、昭和初期の躍動する日本を感じる。桜井五郎は塗装界に於ける先駆者だった。ラッカーはニトロセルロースを主成分とする揮発性塗料で丈夫で耐水性に優れる。

汽車製造株式会社は明治二九年に大阪市西区で誕生。三年後、南葛飾郡本所（東京市城東区砂町）の客車・貨車製造の

汽車製造株式會社が、夙に新時代に對するラッカー塗裝た着目せられ、同社櫻井技師を米國に派遣し、二年間に亘りてラッカー塗裝法の實際を研究せしめた事は、誠に卓見として筆者の感歎する所で有ります。櫻井氏は最近歸朝せられ、愈々ラッカー塗裝界に腕を振るはるゝ事となり、既に京阪電車の注文に係る貴賓車一輛をデユコにて塗裝せられ、更に新京阪の新鋼鐵車三輛もデユコで塗裝せらるゝ樣に聞いて居ります尙續々車輛のラッカー塗を實現せんとせらるゝの盛況に在る事は、本邦塗裝界にとりても喜ばしき事で有ります。櫻井技師が其蘊蓄を傾け米國に於て體得せる技術を巧に日本の車輛に應用するので有るから、之は明に本邦に於けるラッカー塗裝の實際的使用に於ける第一歩と云ふも過言では無く、デユコの眞價も斯くして益々發揮せらるゝ次第で有ります。筆者は本邦に於けるラッカー塗裝の發展を希ふの餘り今回櫻井氏に特に乞ふて同氏が研究の一端を本紙上に發表し度いと思ふのであります。其掲ぐる所が幸にして讀者諸賢の御參考ともなりますれば筆者の満足する次第で有ります。

昭和3年8月10日付の業界紙の記事

訪米中に友人と

陸軍中将兵器局長・植村東彦、陸軍中将第一師団長・堀丈夫と共に、右端が桜井五郎

日立車両の同僚と、左から5番目が桜井五郎

汽車製造株式会社東京支店ラッカー部、前列中央が桜井五郎、本所大平町ツチヤ写真店にて撮影（昭和5年4月）

桜井五郎、初代、和夫、マキ（初代の妹）、珠江（先夫との子）、本所ツチヤ写真館にて（昭和5年頃）

自宅の庭で靖郎を抱く初代

初代、匡子、五郎、小石川の自宅にて（昭和12、3年頃）

大手だった平岡工場と合併、社名を大阪汽車製造合資会社と改称した。各々の工場を大阪本店、東京支店と呼んだ。昭和一一年には本社を丸の内に移転、江東区南砂町の広大な敷地で客車・電車・貨車を世に送り出した。昭和四七年に川崎重工業に吸収合併され、工場の跡地を売却した。

「お父様が汽車製造に勤めていた頃、お住まいは何処でしたか？」

「小石川の一軒家です。山口県下松の日立車両に移ったのが、昭和一六年頃、弟の周二が生まれた頃です」

桜井氏は鞄から写真を出し、机に順番に並べた。

「水原さん、上野桜木町に住む川端さんを、母が訪問したことはご存じですね？」

息がかかるほど身を乗りだして問いかけてきた。

「川端が三三歳、初代さんが二六歳の時ですね」

昭和七年三月、突然、伊藤初代が川端を訪ねてきた。あの悲痛な別れから一一年が経過していた。初代を奥に通そうとすると、妻・秀子は抗議した。あなたを袖にした女を家に上げるのかと。川端は狼狽(うろた)えたが、秀子を無視した。心の秤(はかり)を突きつけられ、秀子は裏口から出て行った。

「父母への手紙」（初出『若草』昭和七年～昭和九年、三五巻本全集第五巻）や「姉の和解」（初出『婦人倶楽部』昭和九年、三五巻本全集第五巻）などには、連れ子を貰ってほしいと頼んだとされる。連れ子とは中林忠蔵との間にできた珠江のことだ。秀子夫人の『川端康成とともに』（昭和五八年、新潮社刊）も同様である。「姉の和解」にはこう書かれている。

芳子の怒つた理由が分つた。

新吉も八年ぶりで見る房子だつた。

夕闇を背に受けて、黒つぽい地味な着物で、頬の色もなくやつれて、肩を縮めながら、弱々しく微笑んでゐた。

「ずゐぶん御無沙汰致して居りました。ほんたうに伺へた義理ぢやございませんわ。何度もお宅の前を行つたり来たり致しましたわ。」

なるほど二人はこんな挨拶をしなければならぬ間柄になつてしまつたのかと、彼は房子の丁寧な言葉を幾らかくすぐつたく聞きながら、

「まあ上り給へ。」

（中略）

それとなく、昔の裏切りを詫びる言葉には、あの頃の勝気な虚栄心は跡形もなく、あきらめに近い素直な悔恨の響きがあつた。それを聞くと、新吉は妙に寂しくなつた。

房子の姿はもう古い恋の墓標としか、新吉の眼には写らなかつた。寧ろその墓標の前に房子と二人で立つて、はかない夢を追つてゐるやうな気持だつた。裏切られた時の血の涸れるやうだつた未練も、その前の息苦しいやうだつた恋心も、当の相手の房子と今向ひ合つてみると、反つてひとごとのやうに遠ざかる思ひだつた。房子は新吉が変らないと言つたけれども、新吉は房子が変らないとは、義理にも言へなかつた。


昔日（せきじつ）の面影はなく、初代は零落した姿で登場する。平山三男氏は堕天使（だてんし）と呼び、私も信じて疑わなかった。

「見てください。これが箱根に行った時、昭和七年夏の写真です。汽車製造株式会社に勤務している父と、母が再婚したのは昭和四年。本所のツチヤ写真館で家族写真を撮影したのは昭和六年の九月です。箱根に行ったのは昭和七年八月一六日前後です。当時、生活は苦しくありませんでした。尾羽（おは）打ち枯らして借金を申し込んだなど、想像もできないのです」

確かにその通りだ。少しも零落の影などない。こぼれるような笑みだ。幸福感が漣のように広がっている。髪型は大正末期から昭和初期にかけて流行った耳隠し。もはや固い蕾の初代ではなく、大輪の牡丹さながら、におうようなエロスを纏っている。

あたかも事実のごとく真反対のことを書いたのか、私は腕組みをしてあらぬ方を眺めた。

箱根神社前にて

箱根仙石原にて

芦ノ湖で（昭和7年8月16日）

「戦争末期、山口県下松市(くだまつし)にあった、日立車両の笠戸工場がアメリカ軍のB29によって爆撃されて働き場所を失いました。しかたなく岩谷堂の母の実家に身を寄せました。敗戦後、水沢で塗装業に手を染めたが不振、焼け野原の東京に出てきました。困窮したのはその時だけです」

確かに生活苦など微塵も感じられない。

「最近、父の弟、桜井六郎の妻の百代(ももよ)に確かめました。九五歳ですが矍鑠(かくしゃく)としています。叔母も同意見でした。父が失職した事実はないと」

初代は五郎との間に七人の子をもうけた。順に和夫、貴和男、美智子、このうち三人は夭逝(ようせい)した。そして匡子、靖郎、三千代、周二と産まれた。中林忠蔵との間に生まれた珠江を入れると計八人。子沢山を厭わない初代が、愛した珠江を川端に託そうとするだろうか?

「父母への手紙」の一編「後姿」には、「彼女は夕方の六時頃に来て、十一時ごろに帰つて行つた」とある。夕方から五時間近く話しこんだ。旧懐(きゅうかい)の情が働いたのだ。

川端は作家だ。非常の理由も聞いたのではないか。来たことは三明に明かさないで欲しいと初代は口止めした。知られると拙い事情でもあったのか? 次々に謎が湧く。

大正一五年春、川端は、都内市ヶ谷に住む友人・菅忠雄の家で、一人の女性と出会った。青森県八戸市出身の松林秀子(戸籍名・松林ヒテ)である。同棲は川端二八歳の時、入籍は昭和六年一二月、入籍まで六年を要した。初代の時の性急さとは正反対だ。

秀子は結婚後間もなく流産した。産めない体ならばあきらめもつく。しかし夫は子供を作らないと宣告した。ならば作家の良き妻となろう、見事マネージャーとしての役割を果たした。旅癖のある夫の留守中も雑事を捌き、出版社との交渉を仕切った。彼女は敏腕プロデューサーでもあった。

川端夫妻は他人からどう見えたか? 菊池寛の秘書で、川端家と親交深かった佐藤碧子はその著書『瀧の音 旧懐の川端康成』(昭和六一年、恒文社刊)でこう書いた。

川端さんは優しすぎるほど優しい夫で、仕事で旅に出た後の奥さんの寂しさを気にしていた。奥さんは万事川端さんしだいで、いらない神経をつかわなかった。単純で平和、ありきたりで独特な家庭であった。

これらの資料が物語るのは、一度も五郎は失職などしなかった、生活に窮しなかったという事実だ。アメリカ帰りのエリートとして汽車製造で活躍、日立車両でも指導的立場にいた。初代が零落していたなど真赤な嘘だった。川端が逆のことを書いたら、簡単に罠に陥ってしまう。私もその一人だった。作品だけから読み取ると自然とそうなってしまう。

初代の死を川端が知ったのは昭和三〇年頃だ。初代の姪（妹マキの娘）の伊藤紀子（いとうとしこ）氏から川端に手紙が届いた。昭和二六年に深川で逝去したと記されていた。一〇年後の昭和四〇年、随想「水郷」の中で、川端は初代の死に言及した。

前述の『川端康成の許婚者（いいなずけ）　伊藤初代の生涯』で、菊池一夫はあるエピソードを紹介した。東京本郷の十方寺は桜井家本家の菩提寺で、そこに初代もまつられていた。

ある日、上品な紳士が寺を訪れて、住職に墓の場所を尋ねた。紳士は長い間、墓前でたたずんでいた。帰り際、どなたでしょうかと聞いても、紳士は無言で立ち去った。桜井靖郎氏はこの事実を後で知り、住職に紳士の風貌を尋ねた。小柄で銀髪をした目の大きい人だと答えた。これが事実だとすれば、何を川端は墓前で語ったのか？

昭和四七年六月三日、十万寺に仮埋葬されていた初代の遺骨が鎌倉霊園に移された。当日はものものしい警戒だった。川端康成の納骨が行われ、親交あった佐藤栄作総理が出席していた。こんなに近い場所で一緒に眠るとは、よほど因縁があったのだ。

氏はしみじみと述懐した。何という奇遇であろうか。

これも不思議な縁である。

「私は秀子夫人にお会いしたことがあります」

秀子と谷中墓地にて

上野桜木町の自宅（昭和7年頃）

秀子と散歩する川端康成

川端康成の妻秀子、「川端康成展 その芸術と生涯」名古屋会場にて
（昭和48年3月16日） 撮影 青木敏郎

鎌倉霊園の桜井家墓所（昭和47、8年頃）
撮影 青木敏郎

鎌倉霊園の川端家墓所（昭和47、8年頃） 撮影 青木敏郎

氏は意外なことを言った。川端没後、昭和四七年秋の「川端康成展」初日に、初代の妹・伊藤マキと駆けつけた。会場には主賓の秀子夫人がいた。氏がこういうものですと挨拶すると、パッと夫人は相好を崩した。「今度、鎌倉に遊びにいらっしゃい。お母さんの手紙も写真もありますよ」と誘われた。

後日、川端邸の門を叩いた。歓待されて食事までごちそうになった。しかし厚かましくて手紙を見たいとは言えなかったそうだ。

展覧会は川端自裁の日（昭和四七年四月一六日）の五カ月後に開催された。タイトルは「川端康成展 その芸術と生涯」、日本近代文学館の小田切進らが企画を推進した。九月二七日、新宿の伊勢丹を皮切りに全国一〇カ所を巡回した。衝撃的事件の直後であり世間の耳目を集めた。開会直前、長谷川泉が三明永無から借りたスリーショットの写真が、秀子夫人の意向で展示できないという手違いが生じた。夫の死後、またぞろ初代が登場するのに耐えられなかったのだ。

「お母さんのことが川端作品に描かれている、それを知ったのはいつ頃ですか？」

「南砂町から横浜に転居した、中学一、二年の頃です。珠江が教えてくれました。それから夢中で読みはじめました。早すぎる死でしたが作品の中に生きています。川端先生のおかげです」

氏はしみじみ述懐した。

「忘れるとこでした。母が残したものです」

褐色に変色したノートを氏は取り出した。金釘流の筆跡だった。無理もない、半身の自由が利かなかった頃だ。

岩手県の水沢から江東区の南砂町に移っても、一家の大黒柱であるべき桜井五郎は再起出来ず、無為の日を送った。だが初代は逞しい。林檎を売り、屑鉄拾いまでした。小学生の靖郎氏は新聞配達に励み、姉妹は夜の蝶にもなったという。苛酷な状況での慟哭（どうこく）の譜であった。

私はゆっくりと文字を追った。

人々のやさしい暖たたかい愛がほしいのだ　でも

生れながら両親に早く死なれた子供
は　やはりどこまでも幸福に人の愛と言ふ
者はあたいられないかも知れない
自分が可愛そうでならない
いっそ死んだ方がと思ふ事も一度二度
ではないが　自分の様な者でも子供の
ために生きてゐた方がと思ってみたり
二十六才になった珠江の事を考へると
たまらないほ（ど）悲しくなる　自分が若い
時しっかりとした考（え）ですすんだら　親らし
く早くおよめにやる事が出来たのかと
初代にはあまり（に）大きな悩みだ　神様
私の生き（る）道をおうしえ下さい。
三月十二日

（脳）溢血で死ぬ自分の死がハッキリしてゐるので淋しい
六月十日頃に水澤町の大安寺にカマクラの円学寺（円覚寺）の
リッパナお方様（お坊様）がお出でになら（れ）たので夏目先生につれて
行っていただいただきました。有りがたい良いお話を沢山伺
って　なるほどと思いながら　ぼんじ人（凡人）のなさけなさで
なやまなければならない　早くかおそくか　だれでもが一度

は死ぬ事が　私には早く来るのでせう

（　）内は筆者補足

中林忠蔵との結婚、珠江の誕生、予期せぬ忠蔵の死。桜井五郎との再婚。三人の子を相次いで亡くした。昭和六年二月に長男の和男、七年四月に次男の喜和男、一〇年一二月に長女の美智子。だが初代は挫（くじ）けなかった。五郎の愛もあり、昭和一一年には匡子、一三年に靖郎、一六年に美千代をもうけた。いくら健康だとはいえ、多産が母体に影響しないわけはない。かつて浴びるように飲んだ酒も祟った。追い打ちをかけたのは戦後の生活苦である。忍び寄る黄昏のように初代に闇が訪れた。

死の恐怖に怯えた。たどたどしい言葉が苦悩を真率に伝える。神様、私の生き（る）道をおうしえ下さい。この言葉が切々と胸に通ってくる。仏の教えは曙光が見えたばかりだ。

「さあ、行きましょうか」

桜井氏は立ちあがった。

人々のやさしい暖かな心が[illegible]
まれながら両親に早く死なれた子供
はやはりどこまでも不幸に人の愛と言ふ
者はあたへられないかも知れない
自分が可愛そうでならない
いっそ死んだ方がと思ふ事も二度三度
ではないが自分の様な者でも子供の
ために生きていた方がと思って見たり
二十才になった珠江が子を[illegible]へると
たまらないほど悲しくなる自分が若い
時しっかりとした考ですすんだら親らし
く早くおよめにやる事が出来たかと
初代はあまり大きななやみだ神様
私の生きる道をおしえて下さい。
三月十二日
[illegible]で死ぬ事自分の死がはっきりしてゐるので淋しい
六月十日頃に水沢町の大安寺にカマクラの[illegible]
りっぱなお坊様がおいでになったので[illegible]につれて
行っていただきました、ありがたい良いお話を沢山聞
って、なるほどと思ひながらぼんじんのなさけなさで
なやまなければならない早くがおそくだけでどうせ一度
は死ぬ事が私には早く来るのでせう

伊藤初代の日記

前列（美千代、匡子、周二）、後列（初代、珠江）、東京南砂町にて（昭和25年頃）

第一〇章　会津　初代生誕の地

長い梅雨が明けて、眩しく太陽が輝きはじめた頃、携帯に着信があった。見ると桜井靖郎氏からだった。

「水原さん、面白い写真が出てきましたよ。いやね、押入を整理していたら、母と交流があった佐多さんとのツーショットがあったんです」

「佐多稲子さんと――そいつは凄いなあ。明日、おうかがいしますよ。葉山あたりでお会いしませんか」

そんな私を制して、氏は数日中に郵送するという。ならばと好意に甘えた。

「レストラン・洛陽」を再読しようと、昭和五二年に講談社から刊行された『佐多稲子全集』の第一巻をひもといた。

この頃初代は肺を病む中林忠蔵と娘の珠江を抱え、収入を得るために浅草の「レストラン・聚楽」で働いていた。聚楽は洛陽と名を変え、初代は夏江という名で登場する。四カ所、抜粋する。


「あらっ、夏ちゃん喧嘩してんじゃない?」

着物を着ていた女が、衣紋持っている手を止めて、二階の食堂の方へ耳を澄ました。

(中略)

涙声を上げて何かしきりに早口に言う夏江の声が聞えて来る。(中略)

「徳則(とくのり)さんとかしら」一人の女が好奇心の意地悪い笑いを顔に隠しながらそう言う。徳則は保河(やすかわ)という華族の息子で、夏江の公然のパトロンである。

急に夏江の声が近くなってバタバタと草履の音がしたと思うと痩せぎすのすらりとした彼女の派手な姿が駈け込んで来た。

(中略)

夏江は声を上げて泣いていたのを、すぐ思いかえしたように止めて早口にしゃべり始めた。

「あの、安達の野郎が、何でもないことから人につっかかって来て、そして私のこと淫売女だ、貴様ら淫売だって言いやがって、あんまり口惜しいから私……」

鏡に向いて自分のすることをしていたお葉が口を出した。

「安達って、あの徳則さんたちのお連れの、厭に高慢な顔をしたハイカラがった人でしょう」


（中略）


お葉は興奮して息をはずませた。鼻の両翼がひくひく動いている。夏江はお葉の顔を見て、

「え、私言ってやったわ、あんな奴にそんなこと言われる訳は無い、私だって病人や子供がなけりゃ、こんなことこんなこと……」そう言いながら彼女はまた泣き出した。

「泣くの、よしなさいよ、夏ちゃん！」お芳が声をかけた。

「そんな時、徳則さんは何とも言わないの？」と一人の女が眉をひそめた。


夏江がごむのような足どりですらりとはいって来た。

「田中さん、私今夜はうんと酔うの、いいでしょう」

蓮っぱにそう言って笑う彼女の目はもう細くなっている。


夏江はとろけそうに目を細めながら、それでもしゃんしゃんと歩いた。誰かと話をしては、大きく口を開いてあハハと面白そうに笑い散らす。


伊藤と入れ違いに、グラジオラスのような夏江の外出姿が部屋へはいって来た。

「や、お帰んなさいまし」

「あらいやな、伊藤さん」

たいこう色の鼻緒のすがった薄手の駒下駄を、横にかたむいた下駄箱の上にのせながら夏江が笑った。彼女はえんじ色の羽織を重ねた着物を手早く脱ぎ捨てて長襦袢（ながじゅばん）だけになり、立膝をついて持って来た風呂敷包を解いた。

「着物が出来て来たの？」お絹が身体をこちらへ曲げた。化粧棚に向かっている二、三人も振りかえる。三越の誂え物の包紙に、保河様という名宛を誰も見逃さなかった。大柄な大島の上下である。

「あら、いいわね」「お対ね」とのぞく。

「いくらくらいして」一人は自分にも目論見があるように言って布地に触わってみている。新しい着物を繰り展げている夏江が五つになる自分の子供の名を言って、その時の自分の若奥様のような姿が想像されるように言い出した。

「暖っかになつたらね、華江にもひとつハイカラな洋服をこしらえてやってね、私これを着て、一緒に上野へでも連れていってやるの。この着物こしらえる時から、私それを楽しみにしているのよ」

「あら、夏江さんのえり止め、葵の御紋じゃないの」

お葉の言葉で皆の目は一時に夏江のえり元に走った。

「うん、田鶴代さんとお揃いなの」

田鶴代さんというのが、ある退役大佐の娘で、やはり保河の、所謂(いわゆる)「被保護者」なのをみんな知っていた。

「昔なら、お室様(へやさま)ってとこね」

「いやだあ、葉さん」そう言って夏江は華やかに笑った。

泣いたり笑ったり、逞しく生きる初代の愛らしさが生き生きと描かれている。夫危篤との知らせがあった時、彼女は店には出ていなかった。パトロンの看病のために泊まり込んでいたのだ。「レストラン・洛陽」の末尾は印象的だ。

夏江は子供を連れて洛陽の近くに間借りをした。彼女はこの頃ますます酒を飲んだ。

かんばん過ぎて、女部屋は帰り支度をする女たちが立ちはだかって暗かった。その蔭に、その夜も、夏江は泥酔して転がっていた。迎いに来て待っていた可愛い子供が、くりくりと悲しそうに目を動かして、周囲の女たちを見上げながら、母親の手を引っ張った。
「母ちゃん、早く帰ろうよ」
「あいよ、今帰るよ。母ちゃんはね、酔っぱらっちゃったんだよ。華ちゃん母さんにキッスしてお呉れ」
そう言って畳に顔をすりつけて眼をつぶったまま、あてずっぽに子供の首に巻きつけてゆく母親の腕から、子供は笑いもせずくぐり抜けてまた母親の手を引っ張るのだった。

川端香男里から借用した、佐多の『年譜の行間』（昭和五八年、中央公論社刊）にも目を通した。

「レストラン・洛陽」は、浅草の聚楽がモデルなんですけど、中に、川端さんの初恋の人が出てくるの。小説の一番最後に、泥酔して寝ていて、女の子が「母ちゃん、早く帰ろうよ」と言って手を引っ張る。あの起こされる女の人が川端さんの初恋の人。あたしはその時分、もちろん知らなかった。（中略）
川端さんの初恋の人というその人ね、綺麗な人でしたよ。痩せた薄い感じの、背のすらっとしたね。シャキシャキとした性格で、さっぱりした感じの……、あたし、好きな人だった。四つぐらいの女の子がいて、旦那さんが病気、肺病でね。あのころはほんと、結核が多かったし、特効薬もなくて、ただただ栄養摂って静養するしか方法がなく、贅沢病といわれたものですものね。だからその人は子供と病人抱えていて……。

文芸時評を手掛けていた川端康成も同書を読んだ。「窪川氏の『レストラン・洛陽』」と題してこう論評した。

窪川いね子氏の「レストラン・洛陽」（文芸春秋）を批評するに当つて、私は新しく別のペンを持ち出して来たい。がさつな文章を、つつましい光のひそんだ文章に改めたい。（中略）
これは、レストラン女給生活の真実である。彼女等の内から見た真実である。カフェやバアの女給達の姿は、

初代と珠江（大正12年頃）

浅草時代の初代

窓辺の初代

佐多稲子と伊藤初代

咲きくづれた大輪の花のやうに、近頃の文壇の作品に、けばけばしく現れ出した。余りに外面的に、従つて猟奇的な対象として――だが、一群の彼女等がこの作品の中の彼女等のやうに、ほんたうの姿を見せたことはないであらう。真実はいつも質実である。――そのやうな言葉をこれは思ひ出させる。透徹した客観と、女性的なものとが、このやうに物柔かに融け合つて、作品を構成したことは、全く珍しい。

（中略）

――文壇はこの作者によつて、一個の真実を加へたと云へよう。つつましくて、同時に大胆で、冷くて、同時に温い――。

最大級の賛辞だ。若い女性の才能を愛し、成長に目を細める姿が浮かぶ。川端は夏江が初代だとはついぞ知らなかった。その時は初代も自分が描かれていると思わなかったに違いない。文芸誌にさほど目を通していたとは思えないからだ。巻末にあった佐多の年譜をたどる。

佐多稲子、本名・窪川イネは長崎出身である。父の田島正文は一八歳の中学生、母の高柳ユキは一五歳の女学生。七歳の時に母を肺結核で喪い、上京して本所向島に住む。父の失職もあり、小学校五年で中退、キャラメル工場で働いた。職業を転々とし、日本橋丸善の洋品部にも勤務した。二〇歳の時に、資産家の慶応大学の学生と結婚、心中事件を起こした。兵庫県相生町の父の下に帰り、そこで長女の葉子を出産した。

大正一五年、二二歳で上京、本郷動坂のカフェ「紅緑」に勤めた。「驢馬（ろば）」同人の窪川鶴次郎と同棲、そして結婚。昭和二年頃、浅草のカフェ「聚楽（じゅらく）」で女給をしながら詩を発表。窪川鶴次郎や中野重治等の影響で急速に左傾、昭和六年に日本プロレタリア文化連盟（コップ）に加盟した。

私は桜井氏に質問した。

「桜井さん、小説に出てくるパトロンって、誰のことですか？」

「徳川慶喜の孫の徳川喜好（きよし）さんですよ」

こともなげに言った。徳川喜好の父・徳川厚（あつし）は慶喜の四男で、明治一五年に分家した。二年後に爵位（男爵）を授けられ、貴族院議員を務めた。喜好は厚の三男だという。
「送りますよ、写真。喜好さんのもね」

数日後、待ちに待った写真が到着した。まず二人の写真。高い天井といい、着物といい、大正末期のカフェの空気が密封されていた。カメラに正対して緊張気味の佐多稲子。これとは対照的に、初代は稲子の肩に手をまわし、やや上を見上げている。自分の魅力を知り抜いている。すらりとした肢体はいかにも男好みだ。

わずか四、五センチ程度のセピア色をした写真もあった。おそらくカフェだと思うが、目を閉じてなにやら考え込んでいる。

さて、徳川喜好。一枚目は川端との恋愛事件の直後、大正一一年に撮影されたものだ。台紙裏には「近衛騎兵連隊にて、騎兵見習士官、徳川喜好」と書かれている。

次の一枚、昭和四年四月、天理教の法被（はっぴ）を着た喜好はいかにも楽しそうだ。労働は神聖なり、何となれば神と共に楽しく働くが故なりと記されている。パソコンで拡大すると、天理市丹波市町（たんばいちまち）の写真館「道友軒」で撮ったものと判明した。

最後は写真館でのスリーショットである。喜好も緊張した面持ちだ。裏の書き込みは桜井五郎、喜好は初代を天理市まで伴ったのだ。喜好の父・厚も天理教信者だった。令嬢の写真は喜好の妹・徳川喜和子。妹の写真まで渡すのは、家族ぐるみで付きあいがあった証拠である。

不思議なことに、桜井靖郎氏によると、桜井五郎の父・桜井省吾は、士族・田村平蔵の五男として生まれた。家康の信任篤かった土井利勝の家臣・田村某の血を引くのが田村平蔵。その縁で桜井省吾は土井家の直系、子爵の土井利興と親交を結んだ。普段の呼称は土井の殿様、利興は喜好とも懇意だった。五郎の祖父・田村平蔵の線からも喜好と結びつく。

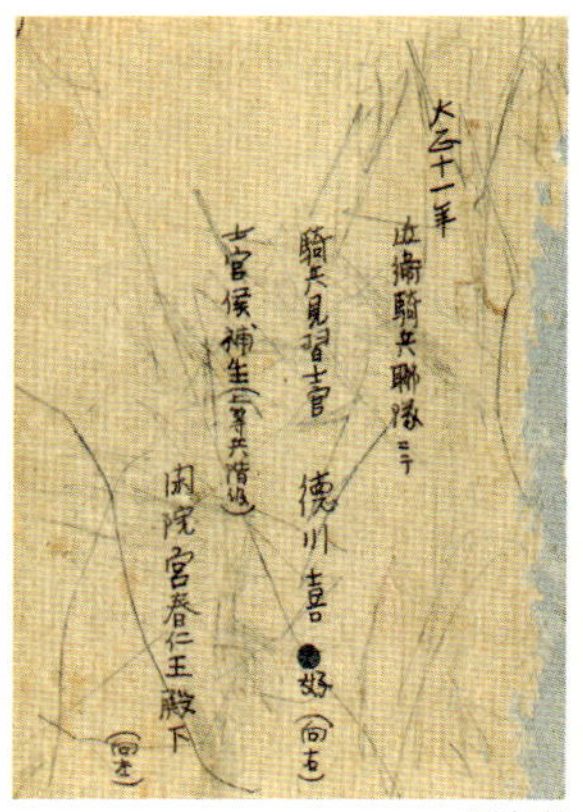

写真裏

閑院宮春仁、徳川喜好

徳川喜好、天理市丹波市町の道友軒で撮影
（昭和３年４月）

高瀬敏子、伊藤初代、徳川喜好、
天理市丹波市町にて撮影（昭和３年６月27日）

会津生まれの初代には、徳川家は特別な存在である。三代将軍家光と藩祖の保科正之は腹違いの兄弟だ。家光は正之の図抜けた能力を高く評価、信州高遠三万石から会津二三万石の主に抜擢した。基盤が固まっていなかった徳川幕府を二人は盤石のものとした。喜好からすれば、幕府に忠誠を尽くした会津。初代が会津出身と聞くだけで熱く込みあげてきたろう。会津という独特の気風を宿す町に、私は想いをかきたてた。

数週間後、郡山市の美術館に出張、帰路、取材で会津に向かった。翌日、城西小学校の教頭と会う予定である。初代は明治三九年（一九〇六年）九月一六日、若松第四尋常小学校（現城西小学校）の用務員室で生まれた。明治元年の会津戊辰戦争の三八年後だ。

伊藤忠吉は岩手県江刺（現奥州市）の岩谷堂出身で他国者。母サイの実家は鶴ヶ丘城に出入りする御用商人。父の大塚源蔵は市内博労町で雑貨商を営んでいた。後に初代は転々とするが、独特の気位と反骨心を秘めた会津こそ、魂の揺籃の地であった。

郡山から磐越西線に乗り、車窓からの光景を楽しむ。左手にある猪苗代湖は、手前を走る道路に遮られてほとんど見えなかった。島根の宍道湖とは大違いだった。

だが右手、緑なす水田の背後には、刻々山容を変える秀麗な尖り秀磐梯山が迫ってくる。古く磐梯山は「いわはしやま」と呼ばれ、天にかかる梯の意。元々活火山だったが、明治二一年（一八八八年）に大爆発、山体崩壊を起こした。火山泥流は長瀬川を塞き止めて、檜原三湖や五色沼を誕生させた。五つの集落は埋没、死者の数四七七人。近代日本が被った大規模な自然災害だ。人々は天災に屈せず、営々と植林を続けて、磐梯山を緑の裳裾とした。

車窓からシャッターを切る。青める双耳峰はたおやかな曲線を大空に描いている。名山は見飽きることがなく、しみじみ胸の宝となる。野口英世生誕の地・猪苗代を経て、電車は会津若松に到着した。

ホテルに荷物を預けて、町の探索にかかった。歴史を有する町の渋味と、物憂げな午後が同居している。人は多くも少なくもない。初めての町は凡てが新鮮である。

街角には二年前のポスターが何十枚も貼られていた。平成二五年一月から放映された、NHKの大河ドラマ『八重の桜』である。女優の綾瀬はるかが凛とした武家の娘を演じ、会津女のイメージを決定づけた。放映時は観光客が押しよせ、大変な騒ぎだったろう。もう一枚は鶴ヶ城再建五〇周年とかで、天守閣内での催しの告知だ。

最近、友人から『ある明治人の記録　会津人柴五郎の遺書』が送られてきた。昭和四六年に中公新書として刊行され、平成一〇年で三六版を重ねている。編著は石光真人である。

慶応四年（一八六八年）の会津戊辰戦役の折、一〇歳の少年だった柴五郎は、祖母と母と姉妹を一挙に喪った。新政府軍の城下侵攻の時、辱めを受けまいと自刃したのだ。その数、婦女子だけで二三三人、現代人には想像できない結果だ。信念とはかくも苛烈なものか。

柴五郎は偶然叔父の山荘にいた。


さらにしばらくして面川村在住の叔父柴清助翁（七十歳）、妻忠女とともにいたく疲労困憊の体にて到着す。余はさっそく家人の様子を訊ねたるも、低声にて、

「のちほど……」

とのみいいて奥に入る。清助翁まず奥の部屋より難民を去らしめてのち、余を招き身じまいを正して語る。

「今朝のことなり、敵城下に侵入したるも、御身の母はじめ家人一同退去を肯かず、祖母、母、兄嫁、姉、妹の五人、いさぎよく自刃されたり。余は乞われて介錯いたし、家に火を放ちて参った。母君臨終にさいして御身の保護養育を委嘱されたり。御身の悲痛もさることながら、これ武家のつねなり。驚き悲しむにたらず。あきらめよ。いさぎよくあきらむべし。幼き妹までいさぎよく自刃して果てたるぞ。今日ただいまより忍びて余の指示にしたがうべし」

これを聞き茫然自失、答うるに声いでず、泣くに涙流れず、眩暈して打ち伏したり。

祖母つねは八一歳、母ふじは五〇歳、太一郎の妻とくは二〇歳、姉ていは一九歳、妹さつは七歳。さつは幼いながらも懐剣を所持、万一の時は死ぬ覚悟をしていた。戦いに利なく、生き残った藩士は各藩に預けられた。薩長により、会津藩は一方的に朝敵の汚名を着せられた。藩士は下北半島の辺境、斗南藩（となみはん）に追いやられた。待ち受けたのは酷寒と飢餓である。落城後、俘虜となった。着のみ着のまま、下北半島の火山灰地に移封させられた。

日々の糧にも窮し、伏するに褥（しとね）なく、耕すに鍬なく、まことに乞食にも劣る有様にて、草の根を噛み、氷点下二十度の寒風に蓆（むしろ）を張りて生きながらえし辛酸の年月、いつしか歴史の流れに消え失せて、いまは知る人もまれとなれり。悲運なりし地下の祖母、父母、姉妹の霊前に伏して思慕の情やるかたなく、この一文を献ずるは血を吐く思いなり。

薩長に対する憎悪は半端ではなかったろう。西南の役では、芋侍（いもざむらい）に復讐できると、小躍りした者もいた。負の連鎖以外の何ものでもない。愚かと言うなかれ、それが人間の真実だ。

柴は死の三年前、少年期の記録を石光真人に貸与、校正を依頼した。こうして貴重な慟哭の書が世に出た。良書は読まなくてはならない。読んで真髄を後世に伝える責務がある。

この本は二部構成である。第二部の「柴五郎翁とその時代」は石光が筆を執った。愚かな戦争に日本はなぜ向かったのか、石光の考察が光る。

優れた素質の人々が選ぶ人生行路は、時代時代の社会条件によって異なるものである。経済が少数の政商と小（こ）商人（あきんど）に握られていた頃は、若いエリートたちは軍界、政界、学界に夢を描いて優れた人材を輩出したが、殖産奨励時代を経て大正年代の経済興隆期にはいってからは、経済界に駿才が蝟集し、軍備の急激な膨張の悪影響も加わって、軍界を志す者のうちに素質の低い者が混じるようになった。
「近頃の軍人は、すぐ鉄砲を撃ちたがる。国の運命を賭ける戦というものは、そのようなものではない」
と、翁はあるときは激しい気色で、またあるときは淋しい面持で語った。（中略）

　政・軍の分裂、軍における陸・海の対立、しかも陸・海軍部内における派閥抗争、いずれをみても中国から信頼されるものはなかった。このような内部矛盾を蔵したまま、空虚な神がかり的東亜共栄圏、八紘一宇の精神などを唱え、大陸に貧弱な神殿と鳥居をいくつ建ててみたところで、柴五郎翁が嘆かれたように、誰もついて来るはずはなかった。

　深く頷かされる論旨だ。足は鶴ヶ城へと向かう。陽光が燦と照りつけ、樹木が濛に映じている。一抹の涼感がある。風は無く、雲もない。

　新政府軍との城下での攻防は八月二三日に開始された。城主松平容保を盟主と仰ぎ、籠城者五二三八人、うち兵士は三二〇〇人。一カ月籠城したが、圧倒的火力を誇る新政府軍には到底敵わなかった。

　ゆるやかな坂道を行くと、天守閣が姿を現した。入場券売り場は閉まっていたが、場内は散策自由だ。鶴ケ城は明治七年に取り壊された。城址が政府払下げになった際、銀行の頭取だった遠藤敬止は、私財をなげうって松平家に献納した。戊辰の逆境に幾千の魂を留めた古戦場を後世に残すとの信念だった。

　城は昭和になって再建された。広大な空地に出た。かつて表、中奥、奥向きと、壮麗な建物が立っていた。今は見渡すかぎりの芝生で、クローバーが白い花を咲かせている。

　逆光の鶴ヶ城と正対した。天守閣は美しく、端麗さの極である。葺きなおした赤瓦、輝くような白壁。重々しく黒い石垣。日本人の美意識の結晶が眼前に屹ている。

　昭和の新城が心にしみるのは、ここに秘められた歴史があるからだ。おびただしい人が流した鮮血、人々の悲哀。自衛のための戦いとは、会津での戦争を指す。侵略の疑念があるものは、為政者が大義名分をいかに叫ぼうとも、一

会津磐梯山（標高1,819メートル）

夕映えの鶴ヶ城

砲弾の跡も生々しい鶴ヶ城（明治5年頃）

丸となった徹底抗戦は望むべくもない。七〇年前の太平洋戦争と比較してしまう。ちなみに侵略とは、他国に侵入して、領土や財物を奪いとることである。先の戦争に真の大義名分ありや。

　土塁に上って濠を見下ろした。水面に漣が立つさま、鯉が泥を掻きあげるさま、夕光に木々が染まるさま、平和そのものだ。鶴ヶ城での惨劇を思い、波立っていた心が平らかになる。柴五郎少年の、事件の真相を聞かされた時の動顛(どうてん)はいかばかりか。御身の悲痛もさることながら、驚き悲しむにたらず、いさぎよくあきらむべし。武士ならばいかなる時も狼狽(うろた)えたりせぬもの。そう諭されて受けいれられようか？

　動顛と言えばこんな体験をした。かれこれ二〇年程前、四〇半ばの時だ。妻が胃を切除することになり、三鷹の杏林大学付属病院で、温厚な初老の教授から手術の説明を受けた。診療室を出ようとすると、教授から私だけ残るようにと命じられた。一瞬妻は訝ったが、ドアを閉めて出て行った。

　教授と向かいあった。

「実は……奥様は、悪性の胃癌です」

　躊躇の後、こう明かされた。予想だにしない言葉だった。百雷が落ちたような衝撃が走った。それでも動揺を抑えて居ずまいを正した。

　私がどう答えたのか、思い出すことができない。

「病名はスキルスです。浸潤性で早期発見が困難、最も性質(たち)が悪い。生存率は限りなくゼロに近く、よくて一、二年の生命です」

　教授はホワイトボードを示しながら所見を述べた。説明など頭に入ろうはずもない。すべては遠い世界の出来事のようだった。

「執刀には全力を尽くします」

　固く口を結んだ。

　一礼して診察室を出た。外は光にあふれていた。看護婦が足早に行き交い、花束を抱えた見舞客がいて、幼児がバタバタと母親を追いかけていた。なにもかも日常の光景だった。妻にどう話すか考えた。しかしわずかな時間でまとまるはずもない。

妻は待合室の長椅子にぽつんと影のように座っていた。私を認めると咄嗟に立ちあがった。見たこともない表情だった。

「先生、何か、おっしゃった?」

「手術のことさ。心配はいらないって」

「あなた、本当のことを言って」

妻は異変を嗅ぎとった。

「嘘をついている。その証拠に――」

妻は執拗に食い下がった。その迫力に耐え切れず、黙ってしまった。沈黙は追認と同義だ。説得の言葉が喉で閊えた。運命の切処で演技などできない。

彼女はスキルスという言葉を引きだした。利那、蒼白になり動物のような唸り声を上げた。もう一度聞いてきた。本当にそう言ったのか? 私は肯いた。喉仏が鳴り重い沈黙が支配した。視線を落とし顔を覆った。妻は知っていた。胃が変調をきたしてから情報を収集していたのだ。迂闊にも私は気づかなかった。

運命の手札は最悪だ。妻は死に私は残る。子供を三人かかえてだ。人は覚悟していたことには耐えられる。だが予期せぬことには真に脆いものである。一体、これからどうなるのだ? ぼんやりとした不安がみるみるあたりを覆った。燦々と輝いていた太陽は消滅し、涯のない無明の闇が待っていた。仕事で忘れようとしても、酒で忘れようとしても、死ぬ事実に変わりはなかった。死神が私にも纏わりついてきた。

一年半後、妻は旅立った。母は棺に縋って号泣した。私は人前で取り乱すのが嫌いだ。武士のように平静を保とうとした。演技は完璧に思われた。

葬儀当日、子供たちは気丈に振舞い、誰も涙を見せなかった。喪主の挨拶をした。災厄に見舞われた家族を、参列者の一六〇〇の瞳が凝視していた。謝辞を述べ、ある試みをした。遺書を読んだ。病床の小机の中にしまわれていた。

死は永遠の平等と言われています。しかしいくらなんでも早すぎます。なぜ私だけが、突然死刑宣告を受けなければならないのでしょう？　死刑囚なら罰せられるだけの罪を犯しています。でも私は三人の子の母として生き、何ひとつ悪いことをしたわけではありません。あまりにも酷すぎます。

体にふたつあるものなら、そのひとつを失っても、私は生きていたい。目でも、腕でも、肺でもかまわない。生きて、社会人になった娘の晴れ姿を見たい。愛する人を紹介してもらいたい。一緒に花嫁衣裳を選びたい。可愛い赤ちゃんをこの手に抱きしめたい。

でもその望みも絶たれました。あなたたちにアドバイスすることはできません。私は一人で逝きます。でも、あなたたちのことを――

啜り泣く声が潮騒のように響いた。時折、桜が空に舞い、頭上に降りそそいだ。私は桜を見る度にその豪奢に打たれ、葬儀の日を思い出す。あの一六〇〇の瞳を。

平成二三年三月一一日の東日本大震災では、死者行方不明者合わせて、一万八四六六人の命が失われた。遺族の胸中、察するに余りある。真の支えは公的援助ではない。まずは自らの力、そして家族や友人たちの絆だ。

運命は底を打った。これ以上悪くはならない。後は運命の底を蹴って浮上するだけだ。人は災厄によって試される。鍛えられて強くなる。これは悪夢を経験した人への神の恩寵ではないか。

右下には走長屋で繋がる鉄御門があった。ここからの眺望も力感に溢れていた。赤瓦が夕空と呼応、交響曲を奏でていた。

翌朝、城西小学校に向かった。一〇時三〇分に酒井宏教頭と会う予定だった。小学校のある川原町に事前に到着、

花筏

近辺を散策した。建具屋の店先には様々な意匠の欄間を飾ってあった。青蔦に覆われた酒造博物館がポツンと建っていた。

川原町踏切に出くわした。線路の先に駅舎、JR只見線の西若松駅だ。会津若松を起点に上越線の小出を結ぶ。全山紅葉の渓谷を小さな電車がコトコト走る、そんな光景を描くだけで楽しい。平成二三年の豪雨のため、三つの橋梁が流され、バスで急場をしのいでいるとか。人家の玄関脇には紫陽花が咲いていた。可憐な白い星だ。

城西小学校の裏手に出た。広い運動場に体育館、屋上には天文台があった。夜、クラブ員たちは、月や火星、オリオン座や獅子座などを観察するのだ。アポロ一一号の月面着陸の折、児童たちも望遠鏡にかじりついたことであろう。星といえば、中学時代の川端の日記（大正五年九月一八日）を思い出す。五年に進級、寄宿舎の寮長の頃だ。

今日も朝から学校に出て何を得て来たのかと思ふと、ほんたうに哀しくなる。学校の教へに異教徒のやうな生活を送りながらも、ずるずると五年間も引きずられ、卒業間近までも来てしまつた。この生活を棄てるのが自己に真実と知りながら、天分の少ない自分に頼み難いのと、生活の平安を願ひ闘争を恐れる卑怯とでためらひながら、妥協に生きて来た。これまでに費した金と時と労力とをもって、独り私の道を進んだなら、きつときっと何かに達し、もう少ししっかりした自己をつかんでゐたに相違なからうに。

しかしこの生活からも近く放たれる。

尚この上続く学生生活が同じやうな幻滅に終わりはしまいかと不安にとらはれてならぬ。

ああ、私にゆるされた生命のすべてを燃焼しつくしてみたい。

星の美しい夜だった。

乳色の帯が夜空の真中を通ってゐる。

電燈の消えた寝室の窓に、今夜は殊（ことさ）らに鮮やかな十字架星をみつめてゐた。

私にゆるされた生命のすべてを燃焼しつくしてみたい。なんと美しい言葉であろう。しかも少年が。いや、少年だからこそ、このような真実な言葉が湧いてきたのか。私自身、人生の指針とすべき座標軸である。

通学路に沿い湯川が流れている。夏草が生い茂り、陽光がキラキラと反射する。夏草を配して水面を撮る。カシャ、カシャという短いシャッター音が心地よい。

職員室で名前を告げると、校長室に通された。東京帝国大学の総長だった山川健次郎の写真があった。解説を読む。

鶴ヶ城下に生まれ藩校日新館に学ぶ。白虎隊士として戊辰戦争に参戦。苦難の末にアメリカ留学。努力を重ねイェール大学を卒業。帰国後、わが国初の理学博士となる。

やがて東京帝国大学の総長となり、更に九州帝国大学、京都帝国大学の各総長を務めた。生涯会津魂を持って日本の教育と文化の発展に貢献した。

山川健次郎は白虎隊士だったのだ。藩閥政治で出世が閉ざされた会津人。さぞかし希望の星だったろう。目を引いたのは、武士の子たちの訓告だ。これを「什(じゅう)の掟」と呼ぶ。藩校「日新館」の入学は一〇歳、六歳から九歳までの子は「什」なるグループに属する。決められた行動規範を順守した。

一　年長者(としうえのひと)の言うことに背いてはなりませぬ。
二　年長者にはおじぎをしなければなりませぬ。
三　うそを言うてはなりませぬ。
四　卑怯な振舞いをしてはなりませぬ。
五　弱い者をいじめてはなりませぬ。
六　戸外(そと)で物を食べてはなりませぬ。

可憐な紫陽花

川原町踏切

城西小学校（旧若松第四尋常小学校）

七　外で女と言葉を交わしてはなりませぬ。
ならぬことはならぬものです。


基本的徳目の心地よさ。幼少期のしつけは生涯の財産だ。初代は人間の徳目を主として世間から学んだ。この点、川端もほぼ同様だ。

桜井氏は言った。あの母が嘘をつくなど信じられませんと。例の西方寺の一件だ。仮に嘘だとしても、人生の激流を前にして、咄嗟に出た言葉を咎められようか？

私には非常がある。初代が手紙に認めた言葉を、川端は決して非難しない。婚約が彼女を苦しめたと、その苦痛を思いやる。それが川端という男の根本である。凝視癖は確かに異常だ。しかし根底に流れるのは寛容の大河だ。その慈光に触れた人間は、皆、真の盟友となっていく。

酒井教頭が現れた。会津人の礼節と謙虚さが滲んでいる。取材目的を再度説明した。

「初恋の人が当校に通っていたのですか。しかも初代さんは当校の用務員室で生まれたのですか」

教頭は興味津々だった。

撮影にかかった。教頭自ら椅子の上に乗り、当時の校長の肖像写真を下ろしてくれた。初代の名付け親・長谷川代吉校長、初代通学時の斎藤実校長だ。大正五年頃の小学校の集合写真を見せてくれた。大正元年から昭和四年までの学校の沿革史、その使丁欄には、伊藤忠吉・伊藤サイの名が楷書で記されていた。初代の両親の生きた証である。

突然、一人の教諭が緊張した面持ちで入ってきた。教頭の耳元で何事か囁いた。教頭の顔色が変わった。

「申し訳ありません。児童がガラスでケガをしました。とりあえず応急処置は施しましたが、付き添って病院に行かなければなりません。遠方から来られて、十分な対応もできず」

陳謝された。

「いやいや、こちらこそ便宜を計っていただき、ありがとうございます」

若松第四尋常小学校（大正５年頃）

斎藤実校長
（大正２年～６年就任）

長谷川代吉校長
（明治40年～大正元年就任）

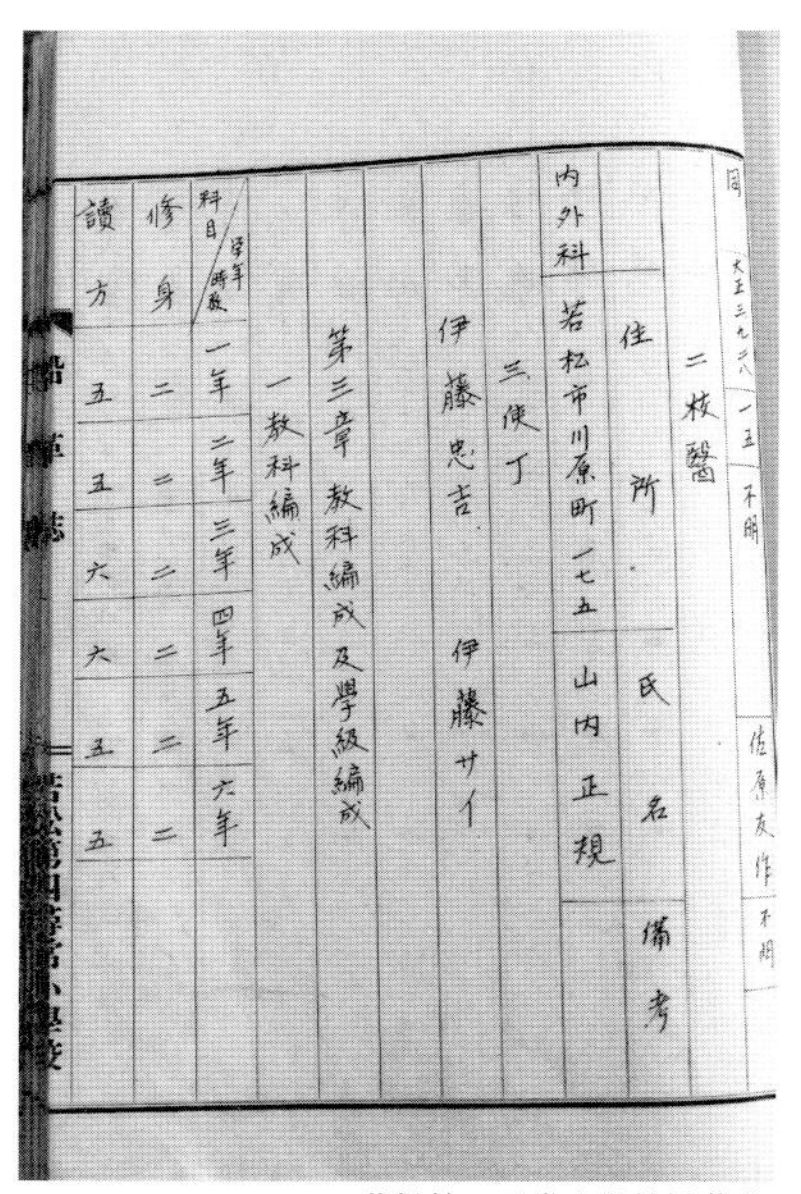
同　大正三・七・八　一五　不明　佐原友作　不明

二　校醫

住所	氏名	備考
内外科　若松市川原町一七五	山内正規	

三　使丁

伊藤忠吉　伊藤サイ

第三章　教科編成及學級編成

一　教科編成

科目／學年／時數	一年	二年	三年	四年	五年	六年
修身	二	二	二	二	二	二
讀方	五	五	六	六	五	五

明治末の子守学校

若松第四尋常小学校沿革誌

あわただしく荷物をまとめた。数多い生徒を預かる責任、重圧も相当なものであろう。校門には卒業制作の壁画が二枚飾られていた。学校の前を流れる湯川をモチーフにしていた。向日葵が咲き、蝶が乱舞する。美しい鴨たちが遊泳する。黄色、青、赤、そして緑。素直な原色の発露だ。

初代はどんな科目が得意だったのか？　当時、修身や書道は必須だろうが、図画の時間はあったのだろうか？　川端の小説に「温泉宿」(三五巻全集の三巻)というのがある。昭和四年、雑誌『改造』の一〇月号に発表された。赤ん坊を背負って学校に通うお雪の姿が、初代と二重写しとなる。


お雪は十で、尋常三年だつた。赤ん坊を背負つて学校に通つた。父達の食べ物や着物の世話も、一切彼女がした。野良犬を拾つて飼ひ始めたことが、彼女の唯一つの贅沢だつた。犬は——夜半に乳を貰ひに歩く少女の後を、忠実について行つた。

「子守と並ぶのは厭だあ。」と、お雪の隣に座る子供は、教場で泣き出した。背中の赤ん坊が泣く度に、お雪は教場を出なければならない。十分の休みにもおしめを取り替へ、乳を貰ひに行く。

それでゐながら、彼女は首席で四年に進級して、学校中を驚かせた。進級式に、やはり赤ん坊を負ぶつたまま、校長の前へ賞品を貰ひに行く彼女を見て、子供の親たちは泣いた。校長が県知事に表彰を頼んでやつたといふ噂は、お雪の耳にも入つた。しかし、子供達は——全く子供達程子供の弱身に向つて意地の悪いものはない。お雪は四年の夏休みから学校を止めてしまつた。

とにかく、お雪は自分の手一つで、赤ん坊を三つまで育て上げた。

(中略)

小学校長などの度々の催促で、県庁から表彰の通知が来た頃には、お雪は町の芸者屋にゐた。父は山地へ出稼ぎに行つてゐた。

叔母の家は下で造花を売りながら、二階は芸者屋だつた。

「芸者屋つたつて、私は造花を拵へたり、子守をしてただけなんですからね。」と、彼女が湯の宿で言ふのは、彼女の「修身教科書」らしい嘘だ。彼女は芸者の三味線や着替へを持つて歩く――下地つ子だつたのだ。

そのために、県庁の表彰は沙汰止みとなつたが、彼女の頬は見る見る色づき、円い眼がじつとしてゐなくなり、直ぐ小走りに飛んで行つてはおしゃべりをする――首の肌が白い色情に濡れて来た。身内に暖い火がついた。

だが、客を取ることを強ひられさうな気配を感じると、さつさと叔母の家を出てしまつたのは――「表彰の噂」をお雪が忘れないためかもしれなかつた。

父の出稼ぎ先へ来てみると、継母は打つて変つて、お雪をちやほやした。

「もう私はどこへ行ったつて、立派に一人で食べられるんだわ。気に食はない家になんか、誰がゐてやるものか。」

これはお雪が、芸者屋でしつかりと植ゑつけられて来た自信――彼女は自分で気がつかないながら、継母の顔をまともに見返す眼の色一つにも、それが現はれずにはゐないのだ。母はそれに突きあたつて一足退いた。お雪は新しく武器を持った者の大胆さで、人生を軽蔑し出した。彼女等の身の上としては、これは娼婦への一歩だ。

だが、小娘の「人生の軽蔑」は――結局、「玉の輿」の夢と同じだつた。世の中の上へ上へ――自分はその選ばれた娘だといふ誇りから、彼女は一層小賢しげに、浮気つぽくなつて行つた。

少女から女になる危うさを活写している、見事な描写だ。大正二年一月、妹のマキが誕生、その二年後に母のサイが三七歳の若さで急死した。二歳二カ月の赤ん坊の面倒を見つつ、授業を受けた。数えで一〇歳、満で八歳。涙が出そうになるほど健気だ。

当時、子供の面倒を見なければならない女児は多かった。明治一六年頃の児童の就学率は過半数にも満たず、女子の就学率は二割程度だった。こんな現状を打破するために一人の男が立ちあがった。茨城県で日本初の子守学校を開

初代12歳

初代11歳

初代14歳頃、後ろに立つのは山田ます

初代13歳

設した渡辺嘉重だ。こもり学校設立の建白書を提出、時の政府を動かした。後に子守学校は各地に設立され、昭和初期にピークを迎え、開戦前に消滅してしまった。

初代の写真で最も古いのは、一一歳の時にカフェ・エランで撮影したものだ。名刺程度の大きさでほとんど消えかかっている。無邪気な笑顔は岸田劉生の「麗子像」を思わせる。山田ますという後ろ盾を得たせいなのか。

初代は二冊の日記を残した。一冊は昭和二二年、水澤にいた時に書かれた。もう一冊は前述した昭和二四年のものだ。最初の日記には会津若松から上京した頃の経緯が記されている。川端のことは一切記されてない。文字も美しく整っている。

昭和二十二年一月

三十二年をかへり見ての書を

千代子は十才にして母を亡し　三才の妹と父と三人で若松の田舎に暮してゐた　千代子には母の妹でキヨと言ふ叔母がゐた　叔母は父に　兄さん男手で子を育てるのは大変でせうから千代を私がつれて育てませうと　千代子は叔母につれられて東京に出た　叔母も生活が楽でな(つ)かつたのか　十才の千代子は學校にもやられずロ入屋のせわで　ケンブ(剣舞?)の先生の家やら　げいしゃ屋やらてんてんと　三度目に本郷の平出ますと言ふ　ミルクホールの家につれてゆかれ　其の家に子供がなかったので　吾が子の様に可愛いがられて　初めて千代

は　平出の叔母さんを母の様に思って暮してゐた
が　幸福はいつまでつづかづ　叔母は夫の人と別
れる様な悲しい事になって　叔母の夫は店
の女中をつれて　でも叔母は店を自分でやって
ゐたので　生活には困まらず　千代も叔母と暮して
ゐたが　大学出の福田澄男と言ふ人に結婚を
申込まれて　ついに結婚して　台湾に行
く様になって　千代子は叔母の姉になる人の所に行か
なければならなかった　千代は叔母を母と思ってゐた
人と別れなければならないので　どんなに悲しい事だった
か　姉と言ふ人は　岐阜の加納と言う所のお寺に
とついでゐる人だつた　其の寺にも子供がないため
千代が寺にもらわれたのが　十四才の秋だった　千代
は淋しい生活が初(始)められた　東京ではにぎやか
な面白い事ばかりで　子供として幸福其のもの
の気持でゐたのが　急に田舎の淋しいお寺生活
千代子東京にあこがれと　知らぬ人の中におき
ざりにされた悲しさ淋しさにたいかねて　ついに
十七才の二月　母のゐない時を見て家出をして
千代子の父の田舎にあたる東北の岩谷堂の家に
帰ったが　千代が帰るまでの初めお金がなかったので

台湾の叔母と親友にあたるたばこ屋のお母さんの
所で汽車代をかりて帰ったが　水澤をおりたが
お金がなかったため　人力車にのって　増澤の家
に帰ったら大変しかられた　父がどこにも行かず
田舎で暮らせと言ふので考へたが　其の内　街から結婚
話が有ったがことはった。東京に出る
気持がつよく　ついに四五日ゐて東京に出た

ますのもとで平穏だった初代。岐阜に置き去りにされたのはどれほど辛かったことか。日記を再読、ある箇所でハッとした。煙草屋の主婦がますと親友だったという事実だ。単なる知人と親友とではまるっきり異なる。

岐阜の寺にいたはずの初代が、突然煙草屋に現れた。故郷に帰るので金を貸してほしいと言った。不審に思った主婦は当然訳を聞く。すると耳を疑うようなことを聞かされた。可哀想にと同情、汽車賃を貸した。

ここで考え込む。借金をしたいがために、初代は敢えて嘘をついたのか？　嘘にしても恥ずかしすぎる。羞恥心の旺盛な少女が、簡単に口にできることではない。すると彼女には虚言癖があったのか？　どう判断すべきか、私は困惑する。

この話は石浜金作を経て川端に伝えられ、川端は日記に記した。直感的に嘘だと判断したか、納得したのかは謎である。もしも純潔を奪われたのなら、幾分救いはある。失恋の理由を他の男のせいに出来るからだ。初代が嘘をついたとしたら、結局、愛されていなかったことになる。悩ましいところだ。

若い頃の川端は好男子ではなかった。痩身で背は低く容貌にも悩んでいた。帝大生というバックボーンはあったが精神的病根は深かった。

結婚に破綻し、台湾から帰国した山田ます。初代の失踪を知って茫然とした。上京した際、煙草屋の主婦に会い、

昭和二十二年一月
三十二年をかへり見ての書を
千代子は十才にして母をなくし二才の妹を父と二人で苦
松の実家に帰ってみた千代子には母の妹
できてと言ふ叔母が居た　叔母は父に見
さん男手で子を育てるのは大変だからと
千代を私がつれて育てませうと千代子は叔母に
つれられて東京にあた　叔母も生活が楽で
なかったので十才の千代子は学校にもやられず
に入屋のもすでにレブの家やらずげ[illegible]
やらで[illegible]と三度目に本郷の[illegible]すると
言ふミルクホールの家につれてゆかれ其の家に子供
がなかったので子の様に可愛がられて初めて千代
は[illegible]の叔母二人を母の様に思って暮して居
が幸福はいつまでもつづかず叔母は夫の人と別
れる様な悲しいことになって叔母の夫は店
の女中をつれてでも叔母は店を自分でやって
みてか生活は困らず千代も叔母と暮して
[illegible]が大[illegible]の福は[illegible]と言ふ人に結婚を
申込まれてついに結婚して台湾に行か
く様になって千代子は叔母の姉になる人の所に
なければならなかった千代は叔母を母と思ってゐた
人と別れなければならなくなってどんなに悲しいことだった
が姉と言ふ人は岐阜の加納と言ふ所のお寺に
とついでゐる人だった其のお寺には子供がなかったため
千代が寺にもらわれた　千代が十四才の秋だった　今まで千代
は淋しい生活が初めてれた　東京ではにぎやか
な所ばかりで子供として幸福　其の寺
の気持でゐたのが急に田舎の淋しいお寺生活
千代子は東京にあこがれ知らぬ人の中におき
ざりにされた悲しさ淋しさにたへかねてついに
十七才の二月母のない時を見て家出をして
千代子の父の里にあたる東北の岩谷堂の家に
帰ったが千代が帰るまでの初めてのお金がなかったので
台湾の叔母と親友にあたる[illegible]はこの屋の[illegible]
所で洗濯代をかりて帰ったが水沢をおりて
お金がなかったため人力車にのって岩谷堂の家
に帰ったら大変しかられた　父がどこにも行かず
田舎が暮[illegible]と言ふので[illegible]
[illegible]東京に出た

伊藤初代の日記（昭和22年1月）

実はと耳打ちされたのだろう。そして、すぐさま姉のていを糾したただろう。これは事実かどうかと。そこでていはどう返答したのか？

思い出すのは石榑和子氏の証言だ。「初代さんが寺を去った理由は、純潔を奪われたことしか考えられません。今まで言いませんでしたが……」との告白。氏は石榑家に嫁ぎ、再婚したますと同居した。ますから漏れ聞いたことが、石榑氏の記憶の底に残っていたのだろうか？

通りかかったタクシーを止め、白虎隊で知られる飯盛山に向かった。東京から取材で来たと知ると、四〇半ばの運転手が話しかけてきた。

「お客さん、こづゆは食べられましたか？」

怪訝な顔をすると説明をしてくれた。こづゆは客をもてなす特別な料理で、出汁は貝柱でとる。里芋や人参、キクラゲや椎茸、コンニャクなどの具をたっぷり入れる。器は会津塗の椀、客は何杯お代わりしても自由。海から遠い会津では、海産物が貴重だった。家庭によって味が違い、秘伝は母から娘へ受け継がれていくのだと。

小山が見えてきた。タクシーを降りると、「白虎隊墳墓の地、飯盛山参道入り口」なる標識が立ち、解説文があった。

飯盛山は、明治戊辰の戦いに、わずか、一六、七歳の少年が、主君のために戦い、力つき、ようやくこの地にたどりつき、そして自決した「白虎隊士」の自刃の場所と墓地である。

長い参道が上方に伸び、土産物屋や飲食店が軒を連ねていた。店先には木刀が木枠に突っ込まれ、竹籠や帽子、会津塗の箸が陳列されていた。飲食店のメニューは味噌田楽や玉こんにゃく、ばんだい餅やソース串カツ、かき氷まであった。

「飯盛山動く坂道」なる看板、エスカレーターを利用することにした。乗り継ぎの際、更に金が必要になる。汗もかかずに境内に入った。

境内は込み合っていた。妙なものがそびえていた。五、六メートル程の円柱の上にブロンズ製の鳥が羽を広げている。疑問を抱きつつ解説文と向きあった。

ローマ市寄贈の碑

白虎隊士の精神に深い感銘を受けたローマ市は昭和３年ローマ市民の名をもって、この碑が贈られた。この碑の円柱は赤花崗で、ベスビアス火山の噴火で埋没した、ポンペイの廃墟から発掘した古代宮殿の柱である。基石表面にイタリー語で「文明の母たるローマは、白虎隊勇士の遺烈に、不朽の敬意を捧げんが為、古代ローマの権威を表すファシスタ党章の鉞（まさかり）を飾り、永遠偉大の証たる千年の古石柱を贈る」裏面に「武士道の精神に捧ぐ」と刻まれてあったが、第２次世界大戦後占領軍の命により削り取られた。

概要は把握できた。しかし謎だらけだ。日本の戊辰戦役、会津での秘話がどうしてイタリアにまで伝えられたのか？　昭和三年と言えばムッソリーニがイタリアの実権を握り、一党独裁制を引いた頃だ。ムッソリーニも一枚絡んでいたのか。

近くには駐日ドイツ大使館員のエッツドルフ寄贈のモニュメントもあった。昭和一〇年に訪れて感動したとある。昭和一一年に日独防共協定が締結、昭和一二年の日独伊三国同盟へと発展した。飯盛山で政治的遺産に接するとは予想もしなかった。

狛犬（こまいぬ）に見守られ、一段と高い場所がある。杉林を背に白虎隊士の墓一九基が並んでいた。華美を排した素朴な形状だ。墓前には石作りの線香受けがあり、煙が朦々（もうもう）とたなびいていた。燃えつきた線香が底に積もり、少年兵の白骨を見る思いがした。

白虎隊士は誤認した。城下の黒煙を見て、はや、城は落ちた。ならば生きる意味なしと、早合点した。血路を開き、鶴ヶ城に入場すれば、あるいは助かっていたかもしれない。

墓碑名だが実に簡素だ。右上に自刃、真中に隊士の名前、左下に年齢が刻まれている。井深茂太郎、石山虎ノ助、伊藤俊彦、石田和助、一人一人の名前を読み、ゆっくりとたどっていった。前途有意の青年たちだ。多くの仕事を為したであろうに。側に解説文があった。

白虎隊士の墓
正面の墓は、明治元年(一八六八)の戊辰戦争において飯盛山で自刃した十九士の墓です。八月二十三日(新暦十月八日)自刃した隊士の遺骸は、西軍により手をつけることを禁じられていました。約三カ月後村人により、秘かにこの近くの妙国寺に運ばれ仮埋葬され、後この自刃地に改葬されました。
現在の形に十九士の墓が建てられたのは明治二十三年で、二度にわたり　墓域が拡大されました。右側の墓は、会津の各地で戦い、亡くなった白虎隊士、三十一名の墓です。左側の碑は白虎隊士と同じ年齢で県内各地及び新潟・栃木・京都で戦い、戦死した会津藩少年武士(白虎隊の仲間達)の慰霊碑です。

遺骸は三カ月間も放置されていた。獣や鳥に食い荒らされ、目も背けたくなる惨状だった。会津兵同様、新政府軍の憎悪も凄まじかったに違いない。飯盛山には会津藩が関わった戦(いくさ)に参加した全ての少年兵が合葬されていた。それだけではない。紫陽花が花をつけた墓域の隅にも、利休色の石碑が立っていた。鏡面仕上げの罷免には「会津藩殉難烈婦碑」とあった。敢然と官軍に挑んで戦死した中野竹子らの婦女子隊。自決した多くの女性、二〇〇余名の霊を弔うために、山川健次郎らの篤志家が建てたのだ。武門の妻女の誇りなくして為しえないことだ。
集団自決に追い込まれた裏事情もあった。四月一一日に江戸城開城、大村益次郎指揮する新政府軍が会津に迫った時、家老・西郷頼母は松平容保に献策した。白河口での緒戦の勝利を以て、新政府軍と和睦を結んではどうかと——だが主戦論が圧倒的多数で、登城差し止めとなる。敵が城下近くまで迫り、再登城する決意を固めた。
頼母は、母律子の枕辺に行く。律子は言う。

「我が君先にそなたの説を容れて恭順し給わば、今日の憂目もなかったろうに、浅ましくも、血気にはやる人々に妨げられて、藩国を危難の地に入れたものの、さて敵の城下に迫って城の落ちようとする時に、再び恭順説を出すと、世の人達はその真心を酌み得ないで、西郷一家の者は、命惜しさに降参を勧めるなどと口汚く言われれば、かえって武名を汚すから、自分達はここに潔く自害して、敵手にかかる恥をまぬがれよう」

この言葉を受けて、頼母は直言した。

城内にご機嫌をうかがうと、折節(おりふし)藩公の面前には会津の重臣が打ち集まって軍議をしていましたので、頼母は一礼して藩公の前に進み、

「御不興をこうむりたる某(それがし)、今日ここに罷(まか)りいでたるは余の儀に候わず、先に恭順を旨としたまわらば、今日の悲境にいたるまじきを！　されど、今日とても殿の思し召しいかんによりては、某ただちに官軍の本営に罷りいで、恭順のことを話しいたしましょう、今日の処では恭順の外に道は御座りますまい！」

と、へつらわずに諫言(かんげん)申し上げ、かつ居並んでいる重臣を顧みて、面色言語共に凛々しく、

「各々方は天下の大勢も顧みず、某が恭順説を排斥し、ついに藩国を今日の悲境に陥れ給いしよ！、ことここに至っては君公に見(まみ)ゆる面目は御座りますまい、さるをなを武勇を恃(たの)みて官軍に抗し給わば、君公の賊名を雪(そそ)ぐに由(よし)なく、果ては歴代の御偉業を如何にいたさるる？」

と、満腔(まんこう)の誠意を表して、遠慮なく申しましたので、さすが列座の重臣も、返す言葉がありませんでした。

大手門に迫った敵の先鋒・土佐勢と西郷頼母は戦うものの、主戦派から二心ありと疑われる。誅殺せんとする者があり、容保は頼母を米沢に遁(のが)れさせる。頼母は仙台に移り、函館五稜郭で榎本武揚(えのもとたけあき)の幕府軍に加わり、官軍に降った。

晩年は福島県霊山神社の宮司となって生涯を終えた。孤忠を貫き通した頼母、その胸中は凩吹きすさぶ厳冬だったのか。

西郷頼母の役割は先の大戦での英明な非戦派を思わせる。怒涛のような主戦論に抗するのがいかに至難のことか痛感させられる。

川端は先の大戦をどのように見ていたのか、時系列でたどってみる。まず昭和一二年に『文学界』九月号の「同人雑記」で、「お粗末な戦争文学などを一夜作りして、恥を千載に残す勿れ」と強く戒めた。

そして東京新聞紙上に「英霊の遺文」を発表。同社文化部の尾崎宏次に依頼され、昭和一七年から英霊たちの遺文を逐次紹介するものだ。一二月八日の日米開戦の日（当時は開戦記念日と呼んでいた）を起点とした一週間の連載だった。川端は承諾、遺書に真摯に向きあった。そこで発見したのは日本人の特性だ。三カ所抜粋する。

戦死や戦傷病を、私達作家はみだりに書くべきではない。悲みの深淵を貫ぬいて、悲みの彼岸に達するのでなければ、妄誕であらう。

幾多の英霊の遺文を読んで、結局なにを私が最も深く感じたかと言へば、それは「無言」といふことである。大きい無言、強く清い無言、出征兵士の無言、私達日本の無言である。あらゆる声を含め、あらゆる声を合せて、一つの声になり、私達すべての胸に声なく通ふ無言である。信仰と信頼との敬虔な無言である。遺文を読み重ねて行くと結局この「無言」に達する。

西洋の戦死者にくらべると、私達の英霊は一通も自己の手紙を書いてゐないと言へる。植村少尉が一歳の子に遺した手紙も、浄簡平澄、実は夫人に対する無言の愛情と等しいとも見られる。なにも特徴のない手紙であるところに、万人の感動があり、日本の英霊の幸福もあつた。戦場で己一個の手紙を書かうとすれば、地獄の錯乱に果しあるまい。

注　妄誕とは嘘の意

「戦場で一個の手紙を書かうとすれば、地獄の錯乱に果しあるまい」という言葉は強く心に響く。たとえ死に直面しても、大義に身を委ねれば、やすらかな心境になると示唆している。大義とはお国のためであり、その象徴である天皇陛下のためであろう。出征した兵士たちのほとんどは固くそう信じ、死ぬことを厭わなかった。一億総火の玉、国民もその覚悟であった。

私と会食中、写真家の林忠彦はこう述懐した。俺は死にたくないという叫びは、当時、一切口にすることは出来なかった。非国民の誹りを免れないからだ。戦争を賛美する声は、林間の蝉さながら、耳を聾(ろう)せんばかりだった。国のために死ね、陛下のために死ね、死ね、死ねの大合唱である。誰一人、こう生きろとは言わなかったと。

川端は戦争批判に繋がることは書かなかった。いや、書けなかった。軍部の厳重な検閲があり、発言は封じ込まれていた。我々は北朝鮮のことを決して嗤(わら)えない。一党独裁のキム・ジョンウン体制と当時の日本は酷似している。言論の自由は全く認められず、大新聞は軍部に追随、哀れな宣伝機関と化した。

後世の人間は自由に糾弾できる。戦争の時代に己が生を享けた時、どれほど国家権力に刃向かえるかまったく疑問である。おそらく烈風に吹かれる一本の葦でしかないだろう。

学生運動に私が加担しなかったのは、軽挙妄動が見えていたからだ。一時の流行病であり、すぐに変身すると。思考能力を失い、皆、教条主義的な言葉に浮かれていた。就職してネクタイをしめると、朝露のごとく熱情は消え失せて企業戦士と化した。

赤軍派の幹部だった、小学校の友は孤絶し、屹立し、私の故郷で草莽(そうもう)のごとく生きている。過去は絶対に語らない。それが彼の核心だ。軽薄な男ほど語りたがるものだ。

革命家・孫文は言った。国家は人民を入れる器である。人間は価値観を入れる器だと。然り、では私は何を入れようとしているのか。

日米開戦の愚を川端は熟知していた。近代的総力戦において強大なアメリカに勝てるはずはないからだ。敗亡に向から日本が哀れでならなかった。その想いを吐露したのが、昭和二二年一〇月『社会』に発表した「哀愁」である。

敗戦後の私は日本古来の悲しみのなかに帰つてゆくばかりである。私は戦後の世相なるもの、風俗なるものを信じない。現実なるものもあるひは信じない。

近代小説の根底の写実からも私は離れてしまひさうである。もとからさうであつたらう。

戦争中に私は東京へ往復の電車と燈火管制の寝床とで昔の「湖月抄本源氏物語」を読んだ。暗い燈や揺れる車で小さい活字を読むのは目に悪いから思ひついた。またいささか時勢に反抗する皮肉もまじつてゐた。横須賀線も次第に戦時色が強まつて来るなかで、王朝の恋物語を古い木版本で読んでゐるのはをかしいが、私の時代錯誤に気づく乗客はないやうだつた。途中万一空襲で怪我をしたら丈夫な日本紙は傷おさへに役立つかと戯れ考へてみたりもした。

かうして私が長物語のほぼ半ば二十二三帖まで読みすすんだころで、日本は降伏した。

敗戦の衝撃もあり、古典回帰、伝統回帰に向から。戦後の一切のものが信じられない、もはや虚妄でしかなかった。絶望感に満ち満ち、相次いで盟友が逝った悲しみも働いた。「哀愁」は三五巻本全集の第二七巻。

『湖月抄本』は延宝(えんぽう)元年(一六七三年)、歌人・古典学者の北村季吟が刊行した木版本である。源氏物語の注釈書として最も評価が高い。

数年前、川端邸で『湖月抄本』を撮影した。川端研究家の森本穫氏の依頼だった。朱塗の平机の上には、『湖月抄本』

ローマ市寄贈の碑

飯盛山参道

白虎隊自刃者の墓

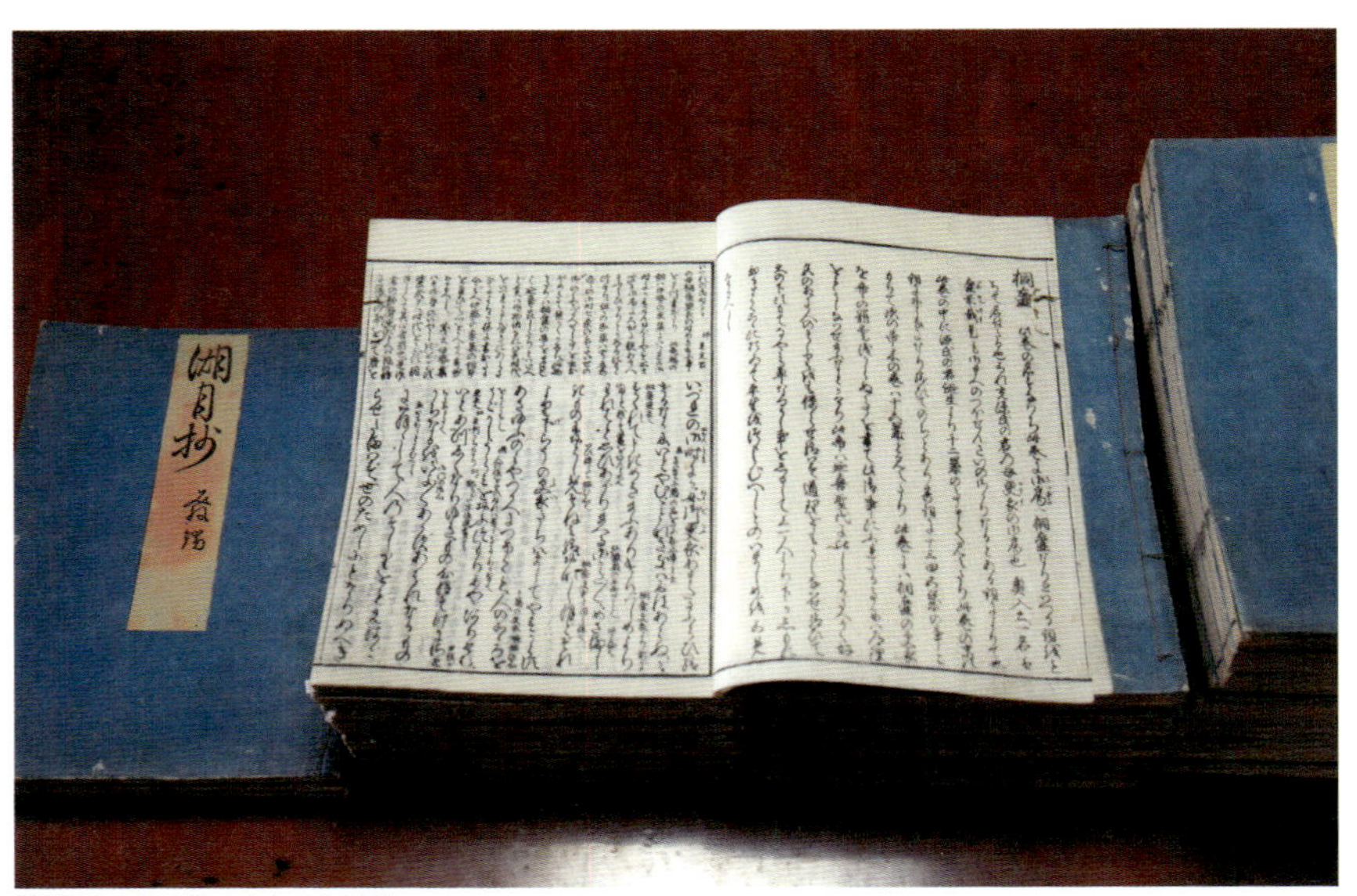

『湖月抄本』60巻のうちの「桐壺」

六〇巻が積まれていた。これが季吟の注釈本なのか、日本の雅、もののあはれの原点である。「桐壷」の冒頭をたどると、旧懐の情が湧いてくる。冒頭の文章を覚えたものだ。

アメリカ軍の爆撃を避けるため、鎌倉にも徹底した燈火管制が引かれた。その見廻り役が川端だった。作家だから夜遅くまで起きていると思われたのだ。己一個の生命と日本の行く末を交差させる名文だ。あまりの名文にふと微苦笑する。

昭和二四年三月一三日の朝日新聞朝刊に、川端は「平和を守るために」という一文を寄稿した。

日本は主としてアメリカに占領され、保護されて、辛うじて存立してゐる。独立はしてゐない。日本は軍隊がなく、憲法は戦争をすてた。戦争を起す力のあるはずはないが、戦争を防ぐ力もほとんどない。戦争が起るかといふ恐れの上に、起ればどうするかといふ無力者の惑ひが重なる。しかしいづれにしろ日本の無力を人間の無力、世界の無力と考へることは不幸であらう。

今日平和論は空想であり感傷であると思へるかもしれない。しかし戦争にも実に空想と感傷の分子が多い。前の戦争の結果に見ても明らかである。次の戦争が世界最終戦になるだらうなどと私は考へない。戦争を一日でも先へ延ばすことが、言はば最終戦であらう。

透徹した視点だ。鷹のような眼は、いささかの楽観も交えず、国の行く末を案じる。

私の眼下には会津の街が広がっている。パステルカラーの屋根が連なる先、濃い緑の上に微かに鶴ヶ城が望めた。明治元年の戊辰戦役、悲惨な会津の姿と、三〇〇万を超える戦死者を出した日本の姿が重なってくる。

いかなる理由があるにせよ、戦争という手段に訴えてはならない。最後まで戦争回避に死力を尽くすべきだ。それが為政者の、いや、国民一人一人の責務である。戦後七〇年間、平和を享受した日本、八月一五日はもうすぐやってくる。

第一一章　天城「伊豆の踊子」誕生の地

若き川端が通いつめた場所、それが伊豆の湯ヶ島である。川端はここを心の故郷とした。修善寺の奥に位置する湯ヶ島はさほど広くはない。天城の山塊が迫り、切り立った渓谷に添って、何軒もの温泉旅館が点在している。老舗「湯本館」あり、名門「落合楼」あり、井上靖縁（ゆかり）の「白壁荘」もある。

例の事件の三年後、大正一三年は一年の大半を「湯本館」で過ごした。女将の安藤かねに気に入られたようだが、ほとんど宿代を払った形跡はない。そこに友人たちがやってくるのだ。常人ならいたたまれないが、川端は豪胆というか、甘え上手というか、普通の物差しでは計れない人である。

幼少期は虚弱体質だった。病気を名目にすぐ学校を休んだ。一緒に行こうと誘いに来た子供が、出てこないのに腹を立て、家に向かって石を投げつけた。締め切った雨戸の中で、祖父・三八郎とひたすら過ぎるのを待った。

明治四五年四月、大阪府立茨木中学校に入学し、一里半の道を毎日通学、このことが脚を鍛える結果となった。温泉が体に良いと信じ、各地の名湯を渡り歩いた。そのはしりが伊豆湯ヶ島である。後に温泉作家との異名を得た。代表作の『伊豆の踊子』は湯ヶ島で、『雪国』は初めて越後湯沢で執筆している。

「湯本館」を私が訪ねたのは約一〇年前のことだ。女将の土屋裕子（つちやひろこ）さんが取材の便宜を計ってくれた。彼女は女将というより未だに娘さんという感じで、その姿を目にすると一日中幸福な気分でいられる。水辺の宝石・カワセミを見たようなものだ。「湯本館」は初代の安藤藤右衛門・かね夫婦から、息子の唯夫（ただお）、その息子の文夫、妻のたまえ、裕子と代々受け継がれてきた。

平成二七年七月初旬、東京駅から踊子号に乗った。列車の名前も作品名から採られている。現地で娘夫婦と落ち合う予定である。

『伊豆の踊子』の成立過程に触れてみたい。大正七年秋、第一高等学校の学生だった川端は寮から姿を消した。行先は誰にも告げなかった。向かったのは温暖な伊豆、経緯を文芸誌『人間』（昭和二三年～二四年）の「少年」（三五巻本全集第一〇巻）に記している。

私は高等学校の寮生活が、一二年の間はひどく嫌だつた。中学五年の時の寄宿舎と勝手がちがつたからである。そして、私の少年時代が残した精神の病患ばかりが気になつて、自分を憐れむ念と自分を厭ふ念とに堪へられなかつた。それで伊豆に行つた。

旅の様子を描いたのが「湯ヶ島での思ひ出」で、大正一一年夏に執筆された。四〇〇字原稿用紙で一〇七枚、六枚目から四三枚までが、旅芸人と道連れになり、下田まで旅をした体験だ。大正一五年に「伊豆の踊子」（三五巻本全集第二巻）「続伊豆の踊子」として書き直し、『文藝時代』に発表した。昭和二年に金星堂から第二作品集となる『伊豆の踊子』を出版した。「伊豆の踊子」が収載された本は軽く八〇冊を超えるという。

「湯ヶ島での思ひ出」では、茨木中学の寄宿舎で一緒だった、清野（きよの）少年との思い出を主に綴っている。旅のゆきずりの感傷よりも、清野少年との情愛の方が深かった。単なる序章が不朽の青春小説となる。作品の運命も神のみぞ知る。『伊豆の踊子』は淡い恋物語だ。孤児根性に歪んでいると思い込んだ一高生（いちこうせい）が、気鬱さから逃れるために一人伊豆の旅に出る。「湯ヶ島での思ひ出」を引用する。

温泉場から温泉場へ流して歩く旅芸人は年と共に減つてゆくやうだ。私の湯ヶ島での思ひ出は、この旅芸人で始まる。初めての伊豆の旅は、美しい踊子が彗星で修善寺から下田までの風物がその尾のやうに、私の記憶に光り流れてゐる。一高の二年に進んだばかりの秋半ばで、上京してから初めての旅らしい旅であつた。修善寺に一夜泊つて、下田街道を湯ヶ島に歩く途中、湯川橋を過ぎたあたりで、三人の娘旅芸人に行き遇つた。修善寺に行くのである。太鼓をさげた踊子が遠くから目立つてゐた。私は振り返り振り返り眺めて、旅情が身についたと思つた。

暫く低い声が続いてから踊子の言ふのが聞こえた。

「いい人ね。」

「それはさう、いい人らしい。」

「ほんとにいい人ね。いい人はいいね。」

この物言ひは単純で明けつ放しな響きを持つてゐた。感情の傾きをぽいと幼く投げ出して見せた声だつた。私自身にも自分をいい人だと素直に感じることが出来た。晴れ晴れと眼を上げて明るい山々を眺めた。瞼の裏が微かに痛んだ。

孤児根性に歪んでいた私が、この一言によって解消された。いい人という言葉は、川端には泣きたくなるほどうれしいものだった。世間から低く見られ、蔑まれている旅芸人だが、野の匂いがする好意に心開かれていった。寮に戻った川端は以前とは別人のように、嬉々として伊豆の旅を語った。

この美しく光る黒眼がちの大きい眼は踊子の一番の美しい持ちものだつた。二重瞼の線が言ひやうなく綺麗だつた。それから彼女は花のやうに笑ふのだつた。花のやうに笑ふと言ふ言葉が彼女にだけほんたうだつた。

私の大好きな文章だ。いかに音楽性に富んでいるか、音読してみると理解できる。旧仮名遣いで生じる言葉の陰影も悪くない。文章に深みと立体感を与える。

美しさを引き立たせるために醜いものも混入する。茶屋の場面だ。雨に打たれて峠に到着した学生は、茶屋の老婆に勧められて濡れた服を乾かす。別室に案内されて目撃したものとは。

私は敷居際に立つて躊躇した。水死人のやうに全身蒼ぶくれの爺さんが炉端にあぐらをかいてゐるのだ。瞳まで黄色く腐つたやうな眼を物憂げに私の方へ向けた。身の周りに古手紙や紙袋の山を築いて、その紙屑のなかに埋もれてゐると言つてもよかつた。到底生物と思へない山の怪奇を眺めたまま、私は棒立ちになつてゐた。

この描写があるから踊子の美しさが一層引き立つのだ。近代文学史上、『伊豆の踊子』ほど映画化された小説は皆無だ。

昭和八年に『恋の花咲く　伊豆の踊子』として松竹が先鞭をつけた。監督は五所平之助、主演は田中絹代。昭和二九年には美空ひばり（野村芳太郎監督、松竹制作）、制作にあたっては「湯本館」が舞台となった。昭和三五年には鰐淵晴子（川頭義郎監督、松竹制作）。昭和三八年に吉永小百合（西河克己監督、日活制作）が主演に選ばれた。川端は伊豆のロケ現場まで出向き、吉永小百合と長々と話し込んだ。その間、撮影はストップ。スタッフは煙草をふかしつつ、話が終わるのを待った。昭和四二年には内藤洋子（恩地日出夫監督、東宝制作）が踊子を演じた。

映画化が決定すると、女優たちが川端邸への挨拶が恒例となった。不愛想とされる川端だが、美女たちには極上の笑顔で接した。

川端没後の昭和四九年、山口百恵が『伊豆の踊子』（西河克己監督、東宝制作）に初出演した。相手役は三浦友和でたちまち恋に落ちた。互いに見つめあうシーンなど、スタッフはあてられっぱなしだった。

二人はゴールデンコンビと呼ばれ、『潮騒』『絶唱』など、一二本の映画に共演した。百恵は友和との結婚で引退を発表、そのフィナーレを飾ったのが川端の『古都』（昭和五五年制作、監督市川昆）である。山口百恵には独特の影、哀愁があり、真実味を喚起する。引け際の見事さもあり、同世代の女性に熱狂的ファンは多い。

川端作品は四一本映画化された。代表作『雪国』の駒子役は二人、昭和三二年の岸恵子、昭和四〇年の岩下志麻である。

東京駅から二時間前後で修善寺。そこからバスで三〇分かけ、ようやく「湯ヶ島温泉口」に到着した。バス停を下

第一高等学校時代の川端康成

安藤かね

「湯道」からの光景

「湯本館」の人たちと、中央が川端

「湯本館」玄関

『抒情哀話 伊豆の踊子』(主演田中絹代)
近代文芸社刊(昭和8年)

吉永小百合と話し込む川端康成

長谷の川端邸にて

りると「湯道」、「湯本館」の創業者・安藤藤右衛門が開削した小道で、谷底の共同湯まで伸びている。道の脇には清流が勢いよく流れ、右手は切り立った深い谷。岩を食む狩野川の瀬音が響き、湯ヶ島を実感する。急流の上の小橋が風情を添える。

「白壁荘」を右手に見ながら、西平橋脇の国道を渡る。坂道を下りると「湯本館」である。打水をした玄関扉を開けると、「いらっしゃいませ」の声。帳場から土屋裕子さんが顔を出す。奥まった部屋に案内された。「おじいちゃんが来た」と五歳の孫娘が飛びついてきた。

孫には、夜、蛍を見せる約束をしていた。三歳の時、湯ヶ島に来て、初めて蛍を知った。ピンクの傘に舞い降りた蛍に好奇の目を瞠った。

夕食後、「湯本館」の主・土屋晃氏がワゴン車を運転、蛍が生息する場所まで、提灯を手に案内してくれた。今年は梅雨が長く、季節も外れかかっていた。蛍がいるのか心配したが杞憂に終わった。孫は叢に点る光に、「蛍、蛍」と歓声を上げた。大人でもつい興奮してしまう。

暗さに目が慣れてくると、樹木の間にも夜空にも、何匹も何匹も浮かんでいた。長く明滅するのが源氏蛍、短いのが平家蛍。偶然、飛んできた平家蛍を捕まえた。孫の掌に乗せてやると、夏の神秘に、赤い苺のような唇がゆるんだ。蛍はしばらく羽を休めていたが、不意に飛び立ち、夜空の星にまぎれてしまった。

二日後、私が再び訪れた時、蛍は激減して数匹確認されただけ、本当にはかない生命だ。

深夜二時、寝床を抜け出してロビーに向かった。庭に出るガラス窓を静かに開けた。窓際にスリッパを脱ぐと、只今使用中とのサイン。露天風呂を一人で独占できるのだ。東屋で浴衣を脱ぎ、慎重に階段を下りる。湯船に身を沈めると、ザザザと湯が溢れる。安堵のため息が出る。

昔、露天風呂は狩野川の中にあった。岸から仮橋を渡して、湯は竹の樋で引いた。ここには川原の湯、カッパの湯、小鳥の湯と露天風呂が三つある。小鳥の湯は川端が名づけた。なんでも小鳥たちが群れるのだそうな。

時折、川遊びをする子供が冷えた体を温めた。見つかって叱られて一目散に逃げたと、土屋氏は懐かしそうに話す。氏は地元農協の職員だった。安藤裕子さんと恋仲になり、「湯本館」の経営に乗り出した。

私は露天風呂が好きだ。とりわけ真冬を好む。寒気で湯が冷まされ、いつまでもつかっていられるからだ。縁石に身を預けていると、無我の境地になる。轟々たる瀬音もやすらかな音楽と化す。湯の中でうたた寝をして、ふと目を覚ますと、一瞬どこにいるのか判らない。こうした戸惑いも自然の恩恵である。

樹木が頭上を覆う。対岸は切りたった山肌だ。空はひどく狭い。樹幹から冬の星座が見える。中央にオリオン座、四八個ある一等星のひとつ、ベテルギオスが光る。大犬座のシリウスと子犬座のプロキオンを結ぶ冬の大三角を追う。

さて今は夏——露天風呂が熱いため、長湯は無理だ。数分で湯から出て、縁石に仰向けになる。屋外で裸体をさらす、この解放感はたまらない。

大正九年秋、川端は小石川に住む菊池寛を初訪問、『新思潮』継承の許しを得て、翌年に第六次『新思潮』を発刊した。大正一三年には『文藝時代』の創刊に加わり、作家としても活発に活動しはじめた。『文藝時代』同人は石浜金作、片岡鉄平、今東光、佐佐木茂索、鈴木彦次郎、横光利一ら。川端は「新しき生活と新しき文藝」と題して創刊の辞を高らかに宣言した。

一輪の薔薇の花は人目に知られないかも知れない。しかし、それと同じ遠さにあつても、薔薇の花束は人の目を見開かせるであらう。我々のこの雑誌は文藝界の機運を動かさうとする我々が新しい時代の精神に贈る花束である。

同時に、同人一人一人をそれぞれ一個独立の存在としても見てほしい。この雑誌は新しい国へ飛ぶ渡鳥の群である。

『宗教時代より文藝時代へ。』この言葉は朝夕私の念頭を去らない。古き世代に於いて宗教が人生及び民衆の上に占めた位置を、来たるべき新しき世に於いては文芸が占めるであらう。

頭上に文学が燦然と輝いていた時代だ。文学書が読まれず、街の書店が消える昨今とは正反対だ。教養を積むことは必須条件で、皆、文学書に生きる意味を模索した。

その後、川端は『文藝時代』に原稿用紙二、三枚の作品を発表した。実験的な手法を駆使した「掌の小説」の魁である。ある文藝評論家は横光・川端ら若手の文芸活動を注視、「新感覚派」の誕生と名づけた。

大正一五年六月、川端は処女作品集『感情装飾』を、昭和二年に第二作品集『伊豆の踊子』をいずれも金星堂から出版した。創造の熱源がいかにたぎっていたか。

同年、衣笠貞之助監督によるサイレント映画『狂つた一頁』の脚本を川端が担当した。これは横光が提唱した新感覚派映画連盟の第一作で、精神病院を舞台にした物語だ。病院の用務員に実力派の井上正夫、妻に中川芳江が扮した。衣笠は娯楽一辺倒の風潮を嘆いた。日本でも芸術映画が出来るはずだと考えた。川端は映画作りに参画、新しい表現手段としての可能性を映画に求めた。ただ原稿の升目を埋める小説家とは一線を画す。

長期滞在した川端は「伊豆の踊子」の執筆を開始。大正一五年一月に『文藝時代』に「伊豆の踊子」を発表した。「伊豆の踊子」は薫という名だが、伊藤初代との共通点が多く見られる。

長谷川泉はこう解説する。昭和四七年一一月、講談社から刊行された文庫本『伊豆の踊子・十六歳の日記 ほか三編』の中である。ちなみにほか三編とは「油」「篝火」「父母への手紙」を指す。

「新小説」初出の「篝火」と、全集所収の「篝火」とでは、若干、文章が変えられている。推敲のはてである。また、大きく削除された部分がある。それは、二人の少女の裸身を描いた部分である。

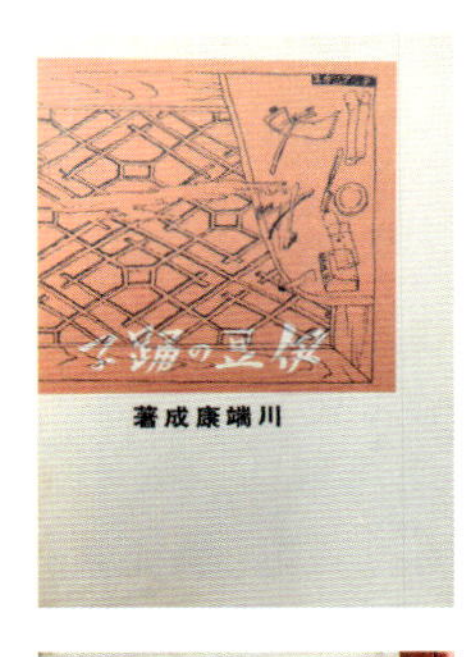

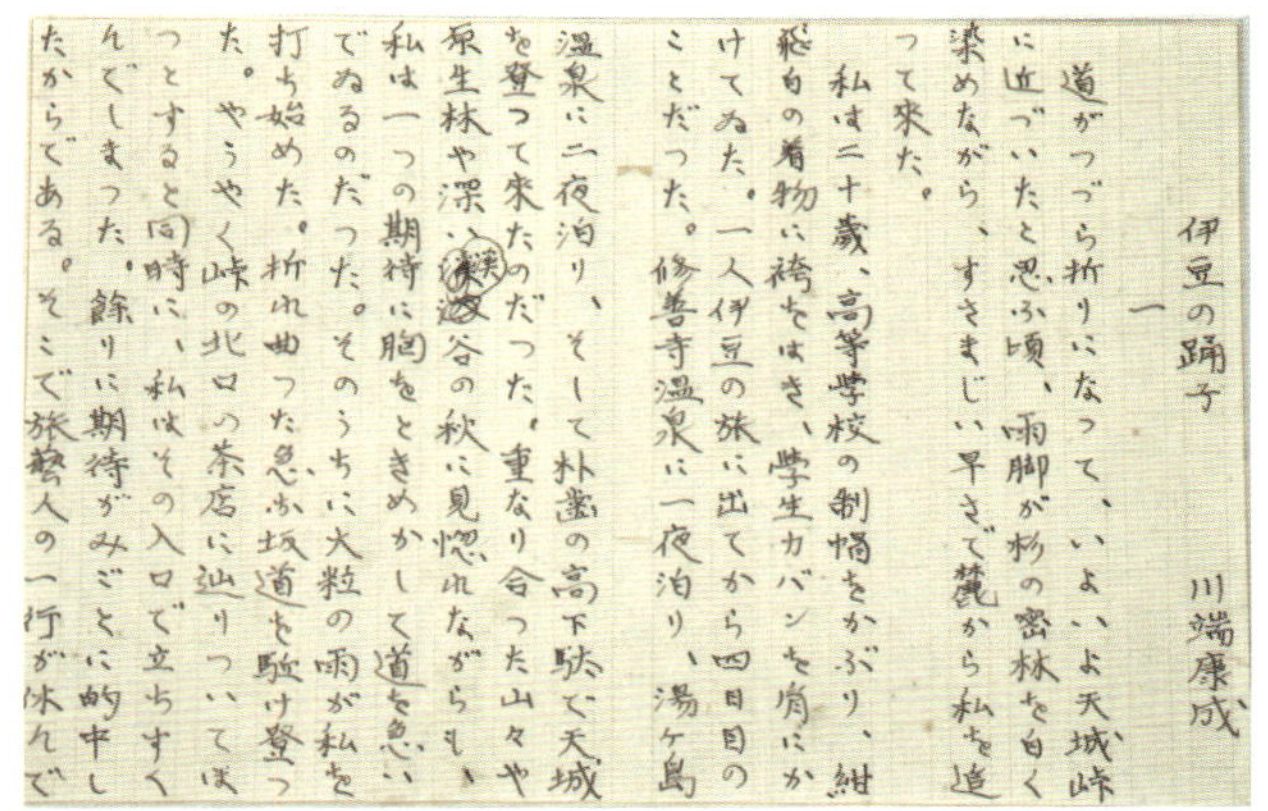
伊豆の踊子　　川端康成

一

道がつづら折りになつて、いよいよ天城峠に近づいたと思ふ頃、雨脚が杉の密林を白く染めながら、すさまじい早さで麓から私を追つて来た。

私は二十歳、高等学校の制帽をかぶり、紺飛白の着物に袴をはき、学生カバンを肩にかけてゐた。一人伊豆の旅に出てから四日目のことだつた。修善寺温泉に一夜泊り、湯ヶ島温泉に二夜泊り、そして朴歯の高下駄で天城を登つて来たのだつた。重なり合つた山々や原生林や深い渓谷の秋に見惚れながらも、私は一つの期待に胸をときめかして道を急いでゐるのだつた。そのうちに大粒の雨が私を打ち始めた。折れ曲つた急な坂道を駆け登つた。やうやく峠の北口の茶店に辿りついてほつとすると同時に、私はその入口で立ちすくんでしまつた。餘りに期待がみごとに的中したからである。そこで旅藝人の一行が休んで

「伊豆の踊子」原稿（「湯本館」蔵）

『伊豆の踊子』
金星堂刊（昭和2年）、
外函には「湯本館」の欄間が
描かれている。

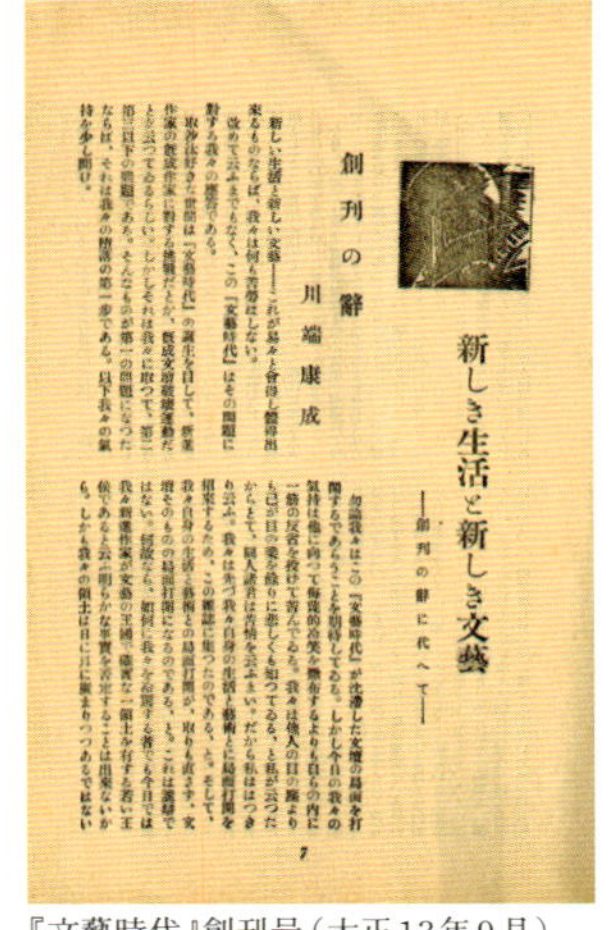
新しき生活と新しき文藝
―創刊の辭に代へて―
創刊の辭　川端康成

『文藝時代』創刊号（大正13年9月）

映画『狂った一頁』より
左から川端康成、衣笠貞之助、井上正夫、片岡鉄平、京都下賀茂松竹撮影所にて（大正15年5月）

この子供なんだという感じは、ふと、少女の裸身を見た二つの記憶を一時に蘇らせた。――みち子がいた東京の小さいカフエで、軽い目舞ひがした私は鏡台のある部屋に寝てゐた。湯から帰つたみち子は私の傍らで化粧しているうち、牡丹毛で鏡台をかたかた叩いて他愛なく笑ひころげた。暫くしてふと空気の色が変わつたと思つて眼を動かすと、隣室に裸のみち子が細く立つてゐた。身につけたものをさらりと落して、新しい色を腰に巻いてゐるのであつた。直ぐ、水色の単衣が斜に上げた右腕から辷つて背を隠した。なんだ、子供なんだ。やがてみち子は、私の友達のゐる店に出て、夏の宵を美しくする新しい灯のスヰツチを捻つた。その時にも、私は今と同じも一つの少女の裸身を思ひ出してゐた。天城山の南の麓、南伊豆の湯ケ野温泉であつた。夜の豪雨に風物が洗はれた朝は、からりと晴れた小春日和であつた。宿の内湯につかつてゐると、小川の向ふ岸の共同湯の流し場から、私を認めたのか、裸の女が走り出して、脱衣場の突つ鼻に川岸へ飛下りさうな格好で立ち、両手を一ぱいに伸ばして何か叫んでゐる。旅の踊子である。その踊子がゐるために、私は旅芸人の一行と道連れになつてゐたのであつた。伊豆大島で育つたと云ふ豊かな髪と衣装とに騙されて、裸を見るまで、娘盛りだと思ひつめてゐたのであつた。ところが、子供なんだ。黄色い雨水が先を争ふ勢で流れて行く山川と快く伸びた背丈一ぱいに立つた裸の小娘とは、一時に私をすがすがしくしたのを覚えてゐる。

その裸の踊子は十四、裸のみち子は十五であつた。そして今また十六のみち子を見て、私は空想の誤算を感じたのであつた。

二少女の裸身のうち、後の少女の裸身は「伊豆の踊子」に出てくる踊子の印象的な場面である。「篝火」のなかに、その踊子のことが書かれていたという意味において、注目すべきくだりである。

川端が魅かれる女性には共通した要素がある。少女（子供も含む）であること、純潔であること、社会的弱者であること。川端は成熟した女性にはあまり関心を示さなかった時期がある。子供と女のあわい、不安定な時期の少女に好奇心を燃やした。

大正一三年から昭和二年にかけ、湯ヶ島に多くの文学者たちが訪れた。池谷信三郎、藤沢恒夫、保田与重郎、日夏耿之介、岸田国士、林房雄、外村繁、三好達治、十一谷義三郎、若山牧水、梶井基次郎。梶井は『伊豆の踊子』の校正を手伝っただけでなく、「十六歳の日記」も収載すべきだと勧めた。

川端の下に文学者が集まってきたのは、新時代の文学を担うという熱気、連帯意識であろう。後は川端の人間性か。一見無口で不愛想だが無類の滋味がある。信頼に値する男の条件である。山懐に抱かれた出湯の里、心安らぐ風光も寄与したであろう。


翌日、「山桜の間」を撮影した。湯ヶ島通いも十回を超えた。この部屋は初めてだ。ここですと案内されて、目にした欄間の美しさはたとえようもなかった。漆塗りの平机に欄間が映り込んでいる。感激しながらシャッターを切り、美麗さを写真に封じ込めようとした。仄暗さの中にこそ安らぎがある。私の陰影礼賛は強まるばかりだ。

川端と相前後して湯ヶ島に来た歌人がいる。若山牧水である。旅を愛し、酒を愛し、湯ヶ島で「山桜の歌」二三首を詠んだ。以来、同館では一号室を「山桜の間」と称した。川端は牧水をこう記す。


牧水の酒は酔つた風で廊下を通るにも、少し恥ずかしげにうつむいてゐられる酒だつた。ただ一つ、桜の頃、先代の郵便局長などと、山の頂上で花見の宴を開いて、皆が泥酔し、牧水も踊つたりして、子供のやうにはしゃいだ末、この緑の草の芽の美しい山腹を滑り下りるのだとい丶出した。皆は牧水を取り押さへやうとしたが腰が立たず、あれよあれよと騒ぐうちに牧水は松の枝を折り、それを股に挟み尻に敷いて、何十間もある急勾配の山腹を橇のやうに落ちてしまつた。

牧水は小柄であり、百姓然とし、村父子然とし、いかにもみすぼらしかつた。あの童顔の厳しい美しさがなければ、名歌人とは信じられない風だつた。しかしそれが旅人の姿、旅に息づいた顔であることは、行きずりの一

『伊豆の旅』（川端康成著、中公文庫）の表紙

湯本館の「山桜の間」

若山牧水

竹田市の岡城にて（撮影 高田力蔵）

目で感じられる今西行の面影であつた。山帰りに牧水は花やかな花でなく、素朴な花を手にさげてゐた。
村父子然とした今西行、なんと的確な言葉であろうか。金星堂刊の『伊豆の踊子』の装幀には、「山桜の間」の欄間が使用された。著名デザイナーの吉田謙吉が装幀を担当、ヒントを求めてわざわざ「湯本館」まで来た。

さて出来上がつた本を見ると、やつぱり吉田君に来て貰つただけのことはあつた。「伊豆の踊子」は湯ヶ島温泉の着物を着てゐる。これはあれで、これはあれだ、私達は装幀の絵の中のいろんな物と実物とを一々思ひ合わせて騒ぎ立てた。こんないい私の湯本館生活の記念品がまたとあらうか。

私の湯本館は長い。小説「伊豆の踊子」の中の私は二十で一高の学生である。（中略）十年ばかりの間、私が湯ヶ島へ来なかつた年はない。殊にこの二三年は伊豆の人間と言つてもいい程である。一昨年の初夏から昨年の四月まではずうつと滞在し、今また春が回つて来たと言ふのに去年の秋から相変らず湯本館住まひである。

欄間には後日談がある。平成二七年一一月に復刊される文庫本『伊豆の旅』の表紙に、私が撮った欄間の写真を使いたいと中央公論新社から連絡があった。あらかじめ渡してあった、伊豆の風景写真を使うとばかり、私は思い込んでいた。事前に見せてもらいデザイン室のセンスに驚嘆した。
『伊豆の旅』は中央公論から文庫化（昭和五六年）され、絶版になっていた。それを惜しんだ「湯本館」の主・土屋晃氏が行政に働きかけ、補助金を得て復刊が実現したのだ。新装版の解説は川端香男里氏である。
川端が流しの踊子を見た階段も昔のままである。長い月日を経て磨き抜かれた床は鏡のように輝いている。長逗留した四畳半の部屋は今も「川端さん」と呼ばれる。床の間には、川端が揮毫した書「有由有縁（ゆうゆゆうえん）」がかかっている。人やものの出会いには、それだけの縁、理由があるという意味だ。

大分県竹田市の市長・首藤勝次氏は川端に心酔。この「有由有縁」を座右の銘としている。実家の長湯温泉の「大丸旅館」には、川端康成記念ギャラリーを設けるほどの熱の入れようだ。

昭和二七年秋、川端は大分県知事・細田徳寿の招待で大分を訪問した。案内役は、くじゅう高原を世に出した洋画家・高田力蔵である。竹田市を訪問した際、竹田高校で講演をし、日々新たな気持ちで生きてほしいと訴えた。そんな縁もあり首藤は著名人を招き、毎年、「川端康成記念講演会」を開催している。

全山草原というくじゅうに川端は驚嘆した。本州とは山容がまったく異なるからだ。黄昏ともなると山にはほのかな紫色が漂う。

翌年六月にも飯田高原を再訪した。真紅のミヤマキリシマが山腹を染める頃である。ここを舞台にして「千羽鶴」の続編「波千鳥」を構想した。ところが都内紀尾井町にある名門旅館「福田家」で原稿の入った鞄が盗難に遇い、小説は未完のままに終わった。

さて、今日はどこに行こう……考えた末、浄蓮の滝から太郎杉あたりを歩くことにした。渇水期の滝は白布一枚を垂らしたような貧弱さ。勇壮なイメージからは遠い。しかしこのところの長雨で水量は多いようだ。

タクシーを呼び、浄蓮の滝に向かった。伊豆半島の東側は一〇〇個もの単成火山が点在、近辺には丸山と鉢窪山がある。一万七〇〇〇年前に噴火、美しい円錐形のスコリア丘となった。麓から流れ出した溶岩が本谷川に流れ込み、茅野や与市坂の溶岩台地や、浄蓮の滝を作った。滝の岩壁には、溶岩が冷え固まった柱状節理が見られる。溶岩台地の豊富な湧水のために清流を好む山葵の栽培に適している。

昭和六年二月、改造社の『日本地理大系』第六巻に、川端は「伊豆序説」と題して寄稿した。その冒頭は——

伊豆は詩の国であると、世の人はいふ。

伊豆は日本歴史の縮図であると、或る歴史家はいふ。

伊豆は南国の模型であると、そこで私はつけ加えていふ。
伊豆は海山のあらゆる風景の画廊であるとまたいふことも出来る。
伊豆半島全体が一つの大きな公園である。一つの大きい遊歩場である。
つまり、伊豆は半島のいたるところに自然の恵みがあり、美しさの変化がある。

これほどスケール感のある文章は誰もが書けるものではない。視点を変える、それがいかに楽しくて驚きに満ちたものであることか。

以前、修善寺の「新井旅館」に宿泊した時、こんな体験をした。露天風呂には誰もいなかった。露天の脇で仰向けになっていた。急に雨が降り出し、空を見上げていた。すると二メートル程上で、突然、雨滴にピントが合う。真っすぐ矢のように向かってくるのだ。些細なことだが可笑しくってならなかった。幼児の日常は驚嘆に満ちた体験の連続であろう。だから瞳が黒曜石のように澄んでいるのだ。

少年時代を追慕する気持ちは、川端は人一倍強かった。三歳になった時、医者だった父・栄吉も母・ゲンもいなかった。当時死病と恐れられた肺結核だった。うつることを懸念して隔離され、母に抱かれることも少なかった。早世の怯えは終生脳裏から離れなかった。初恋の道をゆっくり歩まなかったのも、怯えかもしれない。

川端は父祖の地・茨木の宿久荘(しゅくのしょう)に連れていかれた。伴ったのは祖父の川端三八郎・カネ夫婦。姉の芳子は親戚に引き取られた。川端三八郎は失意の人だった。事業に失敗して先祖伝来の田畑を失い、夜逃げ同然に宿久荘を出た。親戚に身を寄せていたが、孫が両親を失ったのを機に戻り、敷地内に小さな家を建てた。

川端の不幸は続いた。七歳で祖母、八歳で姉を亡くした。祖父は耳が遠くなり、白内障を患って失明、やがて寝たきりとなった。一般人が歩む安寧とは縁のない世界だ。我々のいかなる想像もいかなる分析も跳ね返されてしまう。

大正三年には頼みの祖父も失った。一五歳で天涯孤独となった。過酷な環境下で醸成されるのは、生命の危うさである。死は生の彼方に存在するのではない。生の核心に宿る危険な種子、時限爆弾なのだ。

寝たきりの祖父のことを綴ったのが、大正一四年に『文藝春秋』に発表された「十六歳の日記」である。中学生とも思えぬ鋭い観察は、昭和二〇年後半、本因坊秀哉を描いた『名人』の原型となった。だが「十六歳の日記」に難癖をつけた研究者がいた。後年、創作したものだと執拗に追及した。心外だった川端は信じてもらえないのが哀しいと応じた。


――学校から帰ると、門口が開いてゐた。しかし家の中は静かであつた。

「今戻つて来た。」と三度言ふ。

「おお、ぼんか。後でししさしてんか。」

「はあ。」

これくらゐ私に嫌な仕事はない。私は食事をすませて、病人の蒲団を捲り、尿瓶で受ける。十分経つても出ぬ。どんなに腹の力がなくなつてゐるかが知れる。この待つ間に、私は不平を言ふ。厭味を言ふ。自然に出るのだ。すると祖父は平あやまりに詫びられる。そして日々にやつれて行く、蒼白い死の影が宿る顔を見ると、私は自分が恥しくなる。やがて、

「あ、痛たった、いたたった、ううん。」細く鋭い声なので、聞いてゐる方でも肩が凝る。そのうちに、チンチンと清らかな音がする。


極寒の寂寥の家。その歳月が凝視、無口という独特の性癖を生んだ。相手を無遠慮に見つめ、不気味がられる癖は終生直らなかった。欲しいとなったら見境なく購入することも同様だ。中学時代、茨木の「虎谷書店」での多額の借金をした。戦後の度外れた美術品購入もその痕跡かもしれない。両親がいればそんな癖は正されもしよう。しかし川端を叱責する人は誰もいなかった。

川端はある経験をした。大正五年、茨木中学校の寄宿舎室長の時、二年生の清野少年と出会ったのだ。一緒に同衾

して体を温めあい、愛されることの喜びを知った。だが、最後の一線は越えなかった。少年の肌は大いなる慰撫であり、宗教的法悦でもあった。「少年」を文芸誌『人間』に発表したのは昭和二三年、三二年後のことだった。

そんな体験を経て邂逅したのが、運命の人・伊藤初代だった。しかし彼女には過去の愛の方程式は通用しなかった。世間の辛酸を嘗めて、多くの男性に愛された初代の眼には理想の人とは映らなかった。

破婚に苦しんだ末に『伊豆の踊子』を書いた。手も握らない、好きだと告白もしない。己が傷ついて、塗炭の苦しみを味わうこともない。ある意味臆病である。精神的畏縮である。だがかえって世に受け入れられる要因ともなった。誰もが通過するプラトニック・ラブだからだ。小説では、女になりつつある少女の独特の危うさを配し、一管の笛のように緊張感を奏でていく見事な手法だ。

川端にとって次の課題は、何時、肉体の門を潜るかであった。「湯本館」で執筆された「伊豆もの」にも性愛が透けて見える。温泉旅館に長逗留すれば、男女の夜の息づかいを感じもしたであろう。濡れ場を目にしても不思議ではない。

川端は生来の生真面目さ、潔癖性から、他の男とは違って女を買ったりはしなかった。男女の自然な邂逅を大切にした。こうして大正一五年頃、生涯の伴侶、松林ヒテ（後に秀子と改名）に出会う。

肉体の門をくぐった川端は変貌した。純潔性を重視しつつも、時には性愛の世界に耽った。前者が浅草「カジノ・フォーリー」の踊子・梅園龍子。後者が越後湯沢の「高半旅館」で会った芸者の駒子、小高キクである。

梅園龍子は初代同様、両親の愛が薄かった。祖母は日本舞踊梅園流の師匠で、龍子の面倒を見ていた。川端は昭和四年一二月から朝日新聞に『浅草紅団』を連載、傾きかかった「カジノフォーリー」は一躍活況を呈した。そこのスターが龍子だった。

龍子のパトロン的存在となった川端は、昭和六年頃、洋舞を習わせ、英会話の学校に通わせ、スポンサーとなった。初代にしてやりたかったことを龍子で叶えたのだ。龍子は日本人離れした美貌の持ち主だった。カジノフォーリーを離れても舞踊家として独立、舞踊家の益田隆らと積極的に活動した。

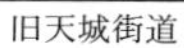
旧天城街道

大正末期の湯ヶ島

天城隧道（明治35年完成）

浄蓮の滝付近のボンネットバス（昭和初期）

梅園龍子

タクシーは滝の入口に着いた。観光バスが何台もたむろし、中国人がどっと吐き出される。「伊豆の踊子」のブロンズ像の脇に、地元有志によって建立された安藤藤右衛門の「懐徳碑」がある。碑文は以下の通り。

この「懐徳碑」は旧上狩野村の安藤藤右衛門翁が、明治三九年に、私財を投じて「浄蓮の滝」遊歩道を開き休息所を造り、地元観光業に貢献した事を讃えてます。

以後、内外より多くのお客様が訪れ、伊豆唯一の名瀑として広く知られる様になりました。翁は、ノーベル賞作家川端康成が「伊豆の踊子」を執筆した、湯ヶ島西平温泉旅館「湯本館」の創始者でもあります。

また、「浄蓮の滝」は石川さゆりさんの代表曲「天城越え」の中でも歌われております。先人の数々の偉業は、昭和の名曲とともに、滝の音のように絶えることなくいつまでも語り継がれ歌い継がれて行くことでしょう。

どんな場所にも傑出した先人は存在する。湯ヶ島における安藤藤右衛門などはその典型であろう。長い階段を下りる。すれ違う老人は立止り、復路の厳しさに喘ぐ。子供たちの歓声に混じって滝の音が聞こえてくる。枝越しに滝の上部が垣間見える。

下に降りた。観光客が滝をバックに記念撮影をしている。瀑布がドドドッと滝壺に激突、一面に飛沫が巻き上がって、空中に霧のベールとなって漂っている。エメラルド色の水面で繰り広げられる、変幻自在な水煙ほど、気持ちを昂(たかぶ)らせるものはない。その尽くがシャッターチャンスだ。瞬く間に少年に戻る。

ここは標高三一〇メートル地点にあり、滝の高さは二五メートル、滝壺の深さは一五メートル。真夏でも摂氏一六度、手の切れるような冷たさである。滝の名は近くにあった浄蓮寺に由来する。

川の流れに沿って狭い歩道を歩く。盗難防止のネットが張り巡らされた、山葵田(わさびだ)が続く。清流に根を下ろした山葵、太く逞しい根茎。湯ヶ島の特産は椎茸と山葵、そして猪である。

椎茸は元禄時代（一七世紀末）に人工栽培が確立された。榾木(ほだぎ)での栽培方法は厳秘で、他国に漏らしたりすれば厳罰に処せられた。風穴を開けたのは三島代官の斎藤喜六郎である。延享元年（一七七四年）、湯ヶ島に住む板垣勘四郎に命じ、栽培方法を伝授に行かせた。場所は駿河国安倍郡有東木村、お礼に山葵の苗をもらったのが発端である。

天明三年（一七八三年）、天城の山葵は江戸に初出荷された。それまでの熟鮨に代わり、握り鮨が流行の兆しを見せた。魚介類を発酵させ、自然の酸味で食べさせるのが熟鮨である。文政年間（一八一八～一八三〇）、霊岸島の花屋与兵衛が山葵でコハダを握り、これが評判となり、多種多様なネタが生まれた。

山葵の需要は増大、とりわけ天城産のものは珍重された。粋で豪奢、利那的な江戸っ子気質と、口中で瞬時に放たれる香りと辛みが合致した。

広重の浮世絵に「江戸高名会亭尽」がある。深川か、向島か、着飾った遊女が二人、屋形船に乗り込もうとしている。そこに朱塗りの器を抱えた女が小走りに出てくる。器の中には握り鮨が入っている。江戸情緒あふれる情景に、粋な遊びの息づかいが聞こえてくる。

「湯本館」の近所にも、高級フランス料理で著名なホテルができた。著名なシェフの味を求めて首都圏から来る人は多いそうだ。私のお勧めは「鈴木家食堂」の山嵐丼だ。料理人・鈴木康三氏が腕を振るう丼ぶりは絶品だ。猪と椎茸と山葵、そこにゴボウとタケノコ、青菜、そして秘伝のタレを加える。東京では味わえない一品だ。食べたくなったら「鈴木家食堂」に行くしかない。

美食に言及した川端の文章はあまり記憶にない。食事もいたって小食だった。ステーキが好物で滋養強壮になると信じていた。東山魁夷夫妻を招いた時の写真がある。自宅に寿司職人を呼ぶという贅沢さ、楽しげな会話がこちらまで聞こえてきそうだ。

川端は超のつく下戸だった。銀座のクラブでも酒は一切口にしない。代りにお茶を用意させ、気に入った娘の手を握る。たまに一言、二言、耳元で囁く。後は花の顔に目を凝らす。これが川端流の遊び方だ。

帰路、再び長い階段を上る。国道の反対側に出て、岩尾の砂防ダムに向かう。観光客とは無縁の世界だ。頭上を竹林が覆う。その青がなんとも美しくてカメラを向けた。

浄蓮の滝

寒天林道の木霊

京都の上賀茂神社の神奈備の杜

春点描（浄蓮の滝付近）

無骨なダムの壁面を水が落下、永遠の律動に心を奪われる。天城場所は水の巨大な貯蔵庫だ。生きとし生けるもの生命を育む水である。

小さな集落に入った。天城は杉の美林に占領されている。左手に奇跡のように残る広葉樹林の林が見えた。昨年の春、ここは山桜が満開だった。パステル調の彩の淡々しさに見惚(みと)れた。

被写体としての桜は意外と難物だ。皆、見慣れているからだ。湯ヶ島の造酒屋「浅田屋」の壁にあった、地元のカメラマンが撮った、蒼天に散る桜吹雪は強く印象づけられた。これほど動感に満ちた作品は滅多に撮れない。素晴らしい写真である。

踊子歩道を行く。地元の人しか通わない杉林の小暗(おぐら)い世界だ。七、八メートル先に一頭の鹿を発見した。道の脇に突っ立ち、微動だにしない。剥製だと思った。こんな悪戯を誰がと考えた瞬間、動かないはずの剥製が動いた。くるりと向きを変えて一目散に斜面を駆け上った。ほんの四、五秒、永遠とも思える対峙だった。予期せぬ遭遇に動悸が激しかった。

人里に鹿や猪が出没するのだ。食害も相当な額に上るだろう。農家は防護ネットを広く張り巡らさなければならない、その手間暇も大変だろう。

今年の冬、天城隧道の先の寒天林道で鹿の鳴声を聞いた。最初、鳥の声だと勘違いしていた。どこかしら哀調を帯びた声は天界からの木霊(こだま)を連想させた。

京都の上賀茂神社、鬱蒼とした神奈備(かむなび)の杜(もり)。そこでは神霊を迎えるための行事がある。発する神官の祝詞(のりと)、高く張った荘重な響きは、古人(いにしえびと)の抱く、人間を超越したものに対する畏怖心の現れではなかろうか。

「道の駅」のある天城会館を過ぎると、「滑沢渓谷(なめさわけいこく)」の入口にかかる。坂を下ると「井上靖猟銃碑」がある。碑が鏡面仕上げのために、まわりの景色が映りこみ、せっかくの山本健吉の撰文が読みにくくてしかたない。片道一・三キロの山道には、山葵田が隠れるように点在している。瀬音に混じり、ザックザックという山靴の音が林間に響く。

右手に「太郎杉」が姿を現した。人名を冠せられた巨木は斜面に静かにそびえていた。風雪に耐えた姿、その天辺(てっぺん)

は虚空に消えていくかのようだ。上空は少し風があるらしく、悠然と緑葉を震わせていた。何度も訪れた場所だが、心気改まり清新の感を抱く。厳父のいる実家に帰郷したようだ。

数年前、伊豆市は根方保護のために柵を設け、真下に近づけないようにした。無粋だが仕方ない。樹齢四〇〇年、樹高五〇メートル、根回り一四メートル――天城の盟主に相応しい圧倒的な存在感だ。樹勢益々盛ん、実に瑞々しい。五〇メートルの樹高を支える根は、一体、どれほどの深さか。一〇メートル、二〇メートル、いや、それ以上あるのか。

川端も巨樹に心を奪われた一人だ。巨樹に永遠の生命を見出し、人の生の儚さを想った。『雪国』にも杉の巨樹が登場する。島村が駒子と逢引した諏訪社の御神木だ。

その杉は岩にうしろ手を突いて胸まで反らないと目の届かぬ高さ、しかも実に一直線に幹が立ち並び、暗い葉が空をふさいでゐるので、しいんと静けさが鳴つてゐた。島村が背を寄せてゐる幹は、なかでも最も年古りたものだつたが、どうしてか北側の枝だけが上まですつかり枯れて、その落ち残つた根本は尖つた杭を逆立ちに幹へ植ゑ連ねたと見え、なにか恐しい神の武器のやうであつた。

学生時代に読んで最も印象に残った箇所だ。紡がれた言葉にただ気圧された。鉈彫の円空仏にも似た強い彫琢だ。文章表現の底力を教わった。良い文章は決して消えることはない。

彫琢といえば、人間国宝に認定された工芸家・漆芸家の黒田辰秋。昭和四〇年頃から川端は交流があった。黒田作品を数多く所蔵しているが、お気に入りは栃の木の小箱だった。いつも机上に置き、こよなく愛玩した。拭漆という手間のかかる手法で制作されたものだ。いつもは閉じてある蓋を開けてみた。中は燃えさかる炎さながらだった。栃の魂を封印した円熟の技に言葉を失った。

「太郎杉」に向きあい、豊饒の時を過ごした。余韻にひたりつつ歩道を引き返した。本谷川に架かる橋の上で水面を

聳えたつ「太郎杉」

水輪

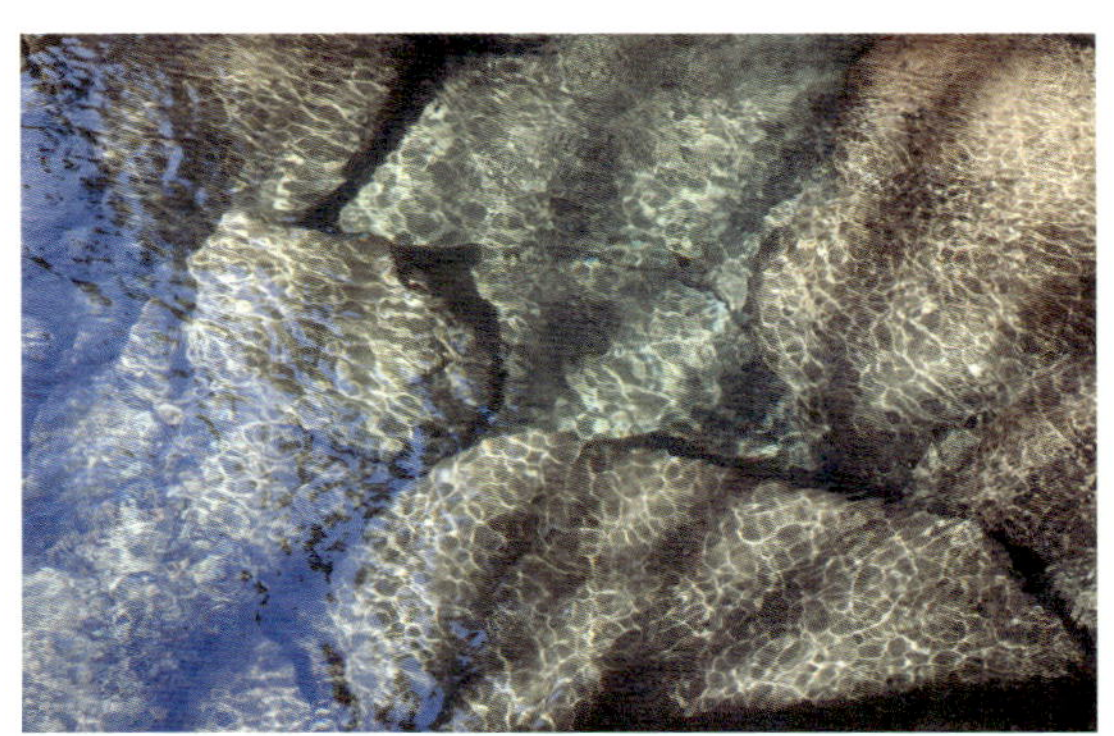
光芒

蜥蜴を咥える蛇

覗きこんだ。滑らかな安山岩の水底に、午後の光が降り注ぎ、揺らぎの輪を描いていた。

水面と言えば、今年の冬、寒天橋近くの林道で素晴らしいものを見た。真上から一条の木洩れ日が深い渓谷に差し、ギラギラと強い光を放っていた。暗部は黒く落ち、無数の星のような眩さに湧き立つ、凛乎とした小宇宙だった。モニターでトリミングを施し、輝く星座とした。

セイシェルではスコールの後の沼を撮影した。樹木から滴が垂れ、水面に不規則な波紋を作った。水面ほど興味をそそられる被写体はない。写真の面白さに目覚めてから三〇年、ずっと撮り続けてきた。

携帯が鳴った。長女からだ。明日、「修善寺しいたけの里」でバーベキューをする予定だ、時間はあるかとのこと。了解と答えた。嫁に行った娘夫婦たちと、年に数回、旅先で時間を過ごすのも悪くはない。

翌日、「湯本館」の側の「天城タクシー」を呼び、目的地に向かった。家族経営の「修善寺しいたけの里」は山の中にあった。巨大なビニール・ハウスの半分は、びっしりと榾木が並び、園児のような椎茸が丸い頭を出していた。残りのスペースはバーベキューのための施設で、熱源を囲んでベンチがあり、椎茸や肉などの具材を焼くことができる。採ったばかりの椎茸は甘く、柔らかく、香り高かった。こんな体験は初めてだ。娘たちに心から感謝する。

帰路、修善寺町大平にある「旭滝」に寄った。朝日が正面から当たるのでこう呼ばれる。一帯は公園として整備されている。修験道の地だったらしく、苔むした虚無僧たちの墓が並ぶ。尺八の名曲「滝落の曲」の誕生地だ。画家の浦上玉堂など、真冬の滝に対峙、筆を執るのに良い場所だ。

滝に近づく。躍動する水音が急激に高くなる。重なりあう青紅葉の奥に、銀色の滝が姿を現す。黒い柱状節理の渓流を、何段にもなり、白布のように落下してゆく。全長一〇五メートル、垂直に落下しない渓流滝。「浄蓮の滝」に比べて女性的な印象を受ける。

落ち口近くまで散策路が続く。階段を上ると、滝まで数メートル地点。空から流れ落ちる水の圧倒的エネルギーを浴びる。験力新たなる場所だ。伊豆もまた水の国だと再認識する。

撮影しか目に入らない父を尻目に、娘たちは公園脇の大平神社に詣でていた。階の上の六人を下から望遠で抜いた。数カット、撮り終えた時、孫娘が何か叫んだ。

「蛇だ、蛇がいる」

見ると蛇が階の横を滑り降りてきた。足もとを這う蛇を咄嗟に連写した。咥えているのは蜥蜴、尾は半分ほど切れていた。車で待機していたタクシーの運転手・原田昌裕氏が、悲鳴を聞いて駆けつけてきた。素早く近づくや、蛇の尾を踏みつけた。一瞬、蛇が口を開いた。その隙に蜥蜴は逃げ、杉の木に上った。赤い目をした蛇はしばらく杉の根方を這っていた。人間に邪魔をされ、せっかくの御馳走にありつけなかった。無念やるかたないだろう。爬虫類が繰り広げた寸劇だが、都会で目にすることはない。弱肉強食の世界を見せつけられた。

昭和二九年一〇月、中央公論社より刊行された『伊豆の旅』の中で、川端も様々な動物を扱っている。大正一四年六月、『婦人公論』に発表された「燕」(三五巻本全集、第二六巻)の中には――

鼠が琴を鳴らすのを聞いたことがありますか。――実は昨夜私、びつくりして寝床から飛び上がつたんです。お話にならないほど淋しい山の温泉で、間数が二十ばかりある宿屋の二階に、昨夜も泊客は私一人なんです。こんなことは珍らしくないんですが、夜が更けてから大雨なんです。屋根の上を大勢の人間が踊る足音で走り廻つてゐるやうな気がしてならないんです。全くあんまり独りぼつちでゐると魔に襲はれます。同種類のいきものである人間の魔にです。(中略)全く、空の雲でも、谷川の石でも、障子でも、木蓮の花でも、手拭でも、花瓶でも、馬でも、何でもかでも、ふいふいと人の顔や姿に見えるやうになつて来ます。ですから、大雨が屋根を叩く音も人間の足音に聞こえたのですが、そしてそれが自分にも分かつてゐるのですが、なぜだか雨戸が明けてみたくなりました。その時です、隣の部屋で琴がピインと鳴つたのは。何でもないことなんです。欄間を渡つてゐた鼠が琴の上に落ちたんです。

それから直ぐ雨の音が静まると、
ヒュヒュヒュヒュヒュ、フイフイフイ、ヒュウイヒュウイ――
谷川の河鹿です。河鹿の声を聞くと、美しい渓流を持つてゐるこの谷の雨上りの匂ふやうな月夜の景色が、ふと私の心一ぱいになりました。

流れるような文章だ。河鹿の鳴声、その表現も集中力の精華であろう。孤独な心は雨上りの月光に満たされる。場面転換も見事だ。「湯本館」の隣には共同湯がある。名前を「西平温泉 河鹿の湯」という。撮影を終えて通りかかった時、すっかり暗くなっていた。湯上りの少女が一人、玄関前の縁台に座っていた。家族でも待っているのだろう。肩からバスタオルを纏い、うつむきかげんに携帯をいじっていた。長い洗い髪と、若桐のような手足が宵闇に白く浮き出て、ハッとするほど色っぽい。少女と女のあわい、束の間の揺らぎの時。伊藤初代もこうだったのか。川端が内包した少年の襞(ひだ)が少し理解できた。

娘たちを修善寺駅に見送り、一人で宿に引き返し、露天風呂につかった。そして午睡。まったくのマイペースだ。最近、長男の晶彦と二日間ほど川端邸に詰めた。川端の膨大な日記をスキャニングするためだ。解読は進んでいるが、手つかずのものも多い。恋愛事件直後の日記は、残念ながら見つからない。どこかに存在するはずだ。スキャニング中、面白いものが発見された。大正一〇年四月から翌年三月までの、東京帝国大学文学部学生便覧だ。パラパラとめくっていくと落書きがあった。千代(伊藤初代の源氏名)、ｃｈｉｙｏ、伊藤生と書かれていた。他に岐阜、露香、夏目との言葉も。

作品「新晴」(三五巻本全集第二四巻)には、岐阜で久々に会った初代を色づいた夏目の果(み)にたとえていた。都会の「カフェ・エラン」では感じられなかった野の香を好ましく思ったのだ。

青畳に大の字になって明日の予定を練った。突然、ある場所が閃いた。八丁池である。これだけ湯ヶ島に通いなが

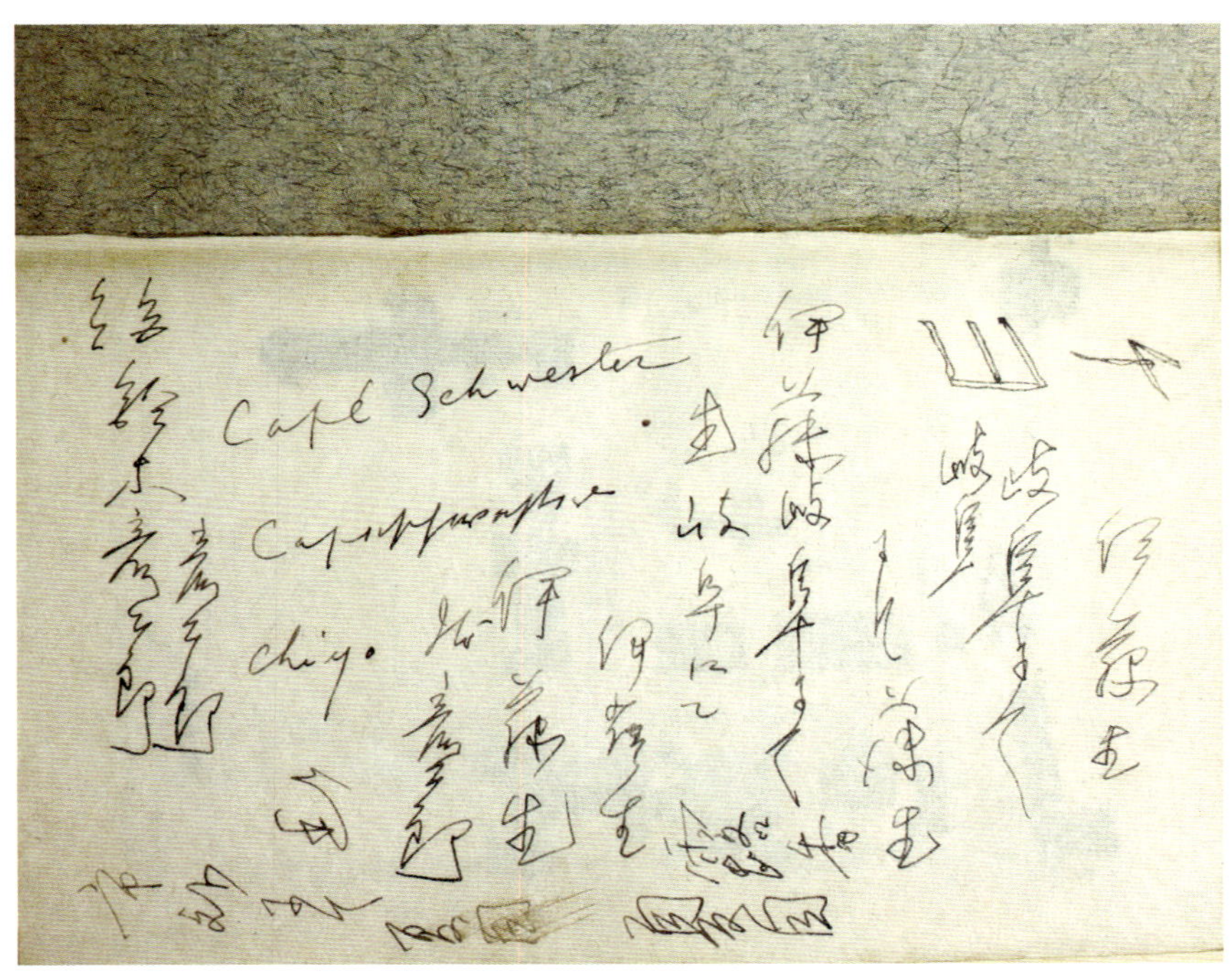

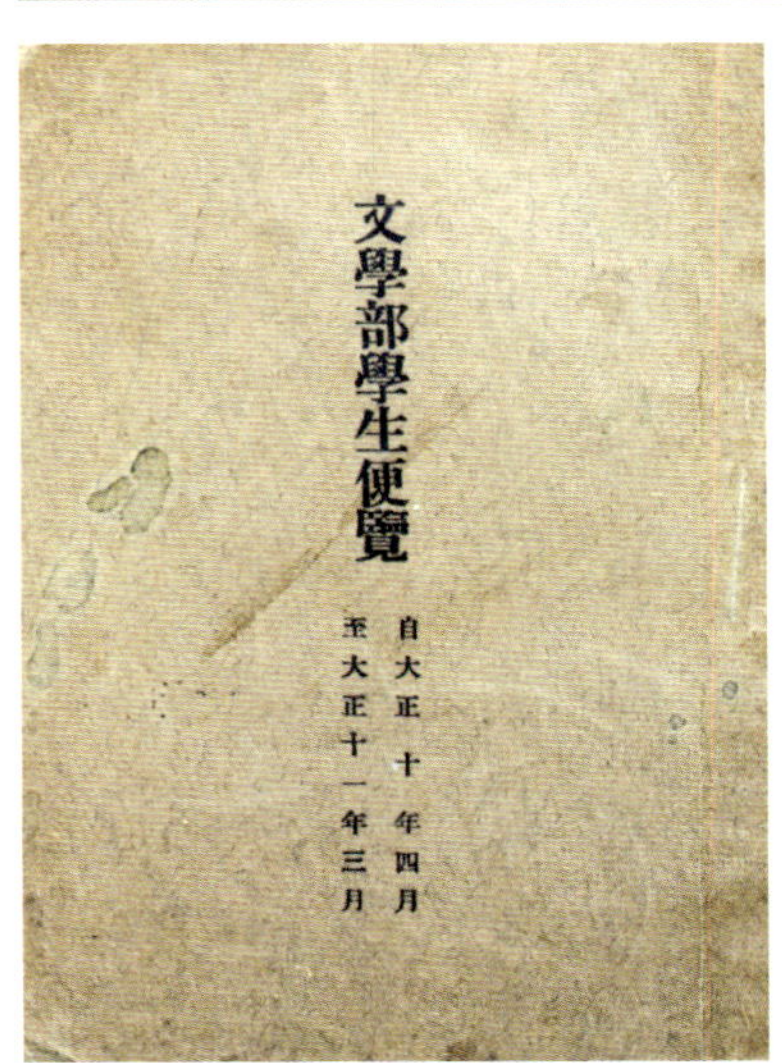

大正10年度の東京帝国大学文学部学生便覧に書かれた川端の落書き

ら行ったことがない。あのあたりの魅惑的な写真集も出ている。人は天城の瞳と讃え、かつては天然氷のスケート場でもあった。

八丁池の近くで起きた「天城山心中」はご存知だろうか？　発端は昭和三二年一二月、元満州国皇帝溥儀の姪、美貌の愛新覚羅慧生が突然行方不明になった。彼女は学習院大学文学部国文科の二年生、同級生の大久保武道と交際をしていた。大久保を慧生の母は快く思わず、将来を悲観した大久保が無理心中を迫った。二人は伊豆に来て、タクシーに乗り、天城隧道に向かった。捜索隊が編成され、運転手の証言から足取りが判明した。八丁池の南側でピストル自殺を遂げていたのが発見された。まだ一九歳の若さであった。

現場のヒメシャラの木の根方には、紙に包んだ遺髪と爪が埋められていた。美しいがゆえの慧生の悲劇、生真面目な青年の悲劇、そして叔父である満州国皇帝溥儀がたどった悲劇。事件が報じられて話題となり、『天城山心中 天国に結ぶ恋』として映画化された。

自殺とは負の情念に憑りつかれた人間の行為だ。精神的に均衡を保っていればこうはならないが、何をしでかすかわからないのが人間だ。

翌朝、タクシーを呼び、八丁池に向かった。林道に一般車両は入れない。しかし営業車は林道入口の鍵を所持している。タクシーで寒天園地の八丁池口まで行くと、徒歩なら数時間かかるところ、負担は大幅に軽減される。運転手の原田昌裕氏に、三時間後に拾ってもらう約束をした。

機材を背に歩きはじめた。ウグイス歩道、コマドリ歩道、オオルリ歩道と、山中に小道が血管のように枝分かれしている。随所に道標があって迷う心配はない。

高温多湿の天城は樹木の生育には最適だ。地元では天城の私雨という言葉がある。下界は晴れていても、山では雨が降るという意だ。八丁池は標高一一七〇メートル、火口湖ではなく、断層でできた窪地に形成された。モリアオガエルの生息地としても知られる。気圧のわずかな変化も察知するのか、或る種の高揚感に包まれる。

寂とした林道は幻想的だ。一面の霧におおわれ、生きものの体内のようだ。樹木の呼吸を肌で感じる。下界とは明らかに植生が違う。サルスベリに似たヒメシャラの高木が多い。茶褐色の木肌をテテラと光らせ、女の肌を連想させる。対照的に霧の中の橅、無骨で逞しい男だ。高所を好む馬酔木の木も散見、暗緑色の葉を基調に、真紅の葉が花と見まごうばかりにあざやかだ。

池畔に出た――霧がすべての音を奪ったかのようだ。岸辺に寄せる水音だけは微かに響いてきた。いっそう静寂を強める。

時折、風が渡ると、湖面は銀色に光る。風は鍵盤を走る指、漣はその楽譜。霧は濃くなったり薄くなったり、生きているようだ。現実でありながら、非現実の感光に染まりゆく。

前方に白い花を咲かせた木があった。近づくと蝶が群がり蜜を吸っていた。羽は薄い藍色、浅葱色だ。フワリフワリと奇妙な飛び方をする蝶だ。霧の中での蝶の出現は奇異な感じがした。

写真を撮っていると、背後から足音が響いてきた。若い男性登山者だった。単独で天城を縦走中だとか、引き締まった体躯はうらやましいばかりだ。

蝶の名はアサギマダラだと彼は同定した。越冬のために南に向かう。それも半端な距離ではない。遠く沖縄台湾まで集団で飛ぶという。こんな小さな体で！　一体、何に導かれて飛ぶのだろう？　風、温度、太陽、月、星、それとも地磁気か？　大自然は驚異に満ちている。

時計を見た。約束の二時まで後一時間、そろそろ引き返す時間だ。撮影しつつ進む。ふと道が間違っているような気がした。しかし森の中だ、どこも似たようなものである。不安を払拭するように歩を速める。

下り行幸という枝道に出る。こんな道があったのか、とりあえず下りることにする。倒木が多く、難行を強いられた。それに人が通った痕跡がない。

舗装された本道に出た。これで助かったと安堵した。ところがすぐに行き止まりだ。焦り始め、本道を登り返す。展望の良い場所から、タクシー会社に連絡をとる。電波状態が悪く、通じたり通じなかったり。とりあえず道に迷っ

ブナ

ヒメシャラ

倒木

海を渡る蝶アサギマダラ

霧の林道

霧の八丁池

たことは伝わった。しかし現在地が特定できない、結局同じことである。

約束の時間まで後三〇分。もう絶対に間に合わない。なるようになれと腹を括る。不意に眺望が開けた。なんと左手に富士山が見える。来る時は無かった。原田運転手にしてみれば、待合せ場所に私が現れないのだ。行方不明者として夕方には警察に届けるだろう。自分が仕出かしたことに頭をかかえる。山での遭難はこうして起きるのだ。

エンジン音が響いてきた。数分後、車が二台現れた。地獄に仏である。俊寛の気持がよく分かる。車体には伊豆新聞社、車を止めて事情を説明した。送ってくれるという。

結局、寒天橋に二時間遅れで到着した。寒天園地の林道入口にはタクシーがもう一台待機していた。破顔一笑、原田運転手が迎えてくれた。私は頭を下げげっぱなし。八丁池を引き返した際、逆の道を行ったらしい。登山道が縦横に整備されている故の判断ミスだった。


このところ大乗仏教にある根本哲理、唯識論に魅かれてならない。この世のあらゆる存在と現象は人間の「こころ」から生じたもの。実際にあるのはこの「こころ」だけだと。深重な教えの扉は、今、開いたばかりだ。

第一二章　善福寺　夜のベンチ

平成二八年、冬晴れの午後、近所の善福寺公園に向かった。公園は雑木林に蔽(おお)われた窪地に位置し、武蔵野の面影を今に伝えている。駅から離れているため、急激な開発の波から逃れ、自然がよく保存されている。源頼朝縁(ゆかり)の遅(おそ)の井(い)という泉が水源となり善福寺池を作りあげた。上の池、下の池と別れ、かっこうの散歩コースだ。

コースを半周したところでベンチに座った。冬眠中の睡蓮の間を鴨の親子がのんびりと泳いでいる。人の気配を察した鯉は足元に集まってきた。生茂った葦原の先にはメタセコイアの巨木が亭々とそびえていた。

桜の頃、水辺の宝石と呼ばれるカワセミをここで撮った。ほんの数メートル先の桜にとまり、カメラを向けても逃げなかった。しばらくして水面に浮上する小魚をサッと捕食すると、一直線に巣の方に飛んで行った。白昼夢のようだった。

出がけに郵便受けを覗き、内容を確認せずに、ひとまとめにしてリュック入れた。ふとそのことに気づき、リュックを改めた。桜井靖郎氏から小包が届いていた。DVDと一緒に手紙があった。

暮に体調を崩し、得度のための最終的修業が受けられない。約束していた越後湯沢行も延期したい。お詫びに岸恵子の『雪国』のDVDを贈るとあった。映画ファンの桜井氏ならではの配慮である。映画は前に観ていたが頂くことにした。

越後湯沢には取材で三度訪れたが、「雪国の宿 高半」で桜井氏と温泉につかるのも悪くない。桜井氏はふんわりとした空気のような人だ。一緒にいても圧迫感がない。少年の頃から苦労、無数の仕事に就きましたと笑う。艱難(かんなん)汝を玉にす、なのか。

「川端コレクション展」を立上げて一四年が経過し、代表作『雪国』には正面から向きあってきた。『雪国』がいかなるものか、少し考察することにしよう。

昭和九年、川端三五歳。奥利根の湯檜曽(ゆびそ)や水上などの旅館を転々として執筆を続けていた。五月、開通したばかりの上越線に乗り、難工事で有名な清水トンネルを抜け、新緑も眩い越後湯沢に行った。宿泊したのは「高半旅館」、

カワセミ

高台に建つ木造三階建ての老舗だ。二階の角部屋、三方窓という眺望が気に入り長逗留した。

高半の主・高橋半左ヱ門は川端を不審がった。むっつりと部屋に入ったきり、番頭や女中にもろくに物を言わない。昼過ぎまで寝て、なんと夕食は夜の十時。酒も飲まないのに、芸者を呼べと言う。花代は宿料の倍の五円。半左ヱ門はお大尽のような金遣いを怪しみ、食い逃げではないかと警戒した。芸者も川端を不気味がった。「あの客、フクロ（フクロウ）のようなまなこで、酒も飲まず、冗談も言わず、じっとにらんでいるがんだ。おっかなくて肩がこったて」と同僚にこぼした。

二ヵ月後に再訪、出会ったのが一九歳の松栄（まつえ）だ。本名小高キク、一〇人兄弟の長女で、一〇歳の時に口減らしで、長岡の芸者置屋に奉公に出た。このあたり初代にそっくりである。昭和三年、一三歳の時、初めて湯沢に来た。その後、一度湯沢を離れ、一七歳の時に戻ってきた。旦那もつかず同じ着物で通したという。

小説が好きで利発な彼女に好感を抱いた。初代との共通点も多かった。透けるような肌や清潔感、日記をつける癖。険阻な山が阻むものの、会津と湯沢は直線距離にしてそう遠くはない。松栄もまた、他の客とは異なり、知的な小説家に魅かれた。松栄は創作意欲を触発する芸者だった。

三度目の訪問は一二月六日から七日間、越後の冬を初めて体験した。聞きしにまさる豪雪だった。こうして作品を構成する三つの要素、高半旅館、松栄、雪国と揃った。昭和一〇年秋に一ヵ月、一一年夏に一〇日間、都合五度の訪問で川端の取材は完了した。

川端に会いたくなると、松栄は雪の崖を這いあがってきた。川端が起きるのを待ちかね、かいがいしく面倒を見た。そんな松栄が可愛くないはずはない。仲睦まじく歩く姿がしばしば目撃された。

松栄は作品発表後に自分が書かれていると知った。承服できない箇所は、コンチキショウと書き入れた。そのことを知った川端は詫び状と生原稿を送った。昭和一五年、結婚で芸者を引退する際、松栄は諏訪社の境内で燃やしてしまった。小高キクとして幸せな日々を送り、平成一〇年一月に逝去、八三歳だった。

昭和一〇年一月、『文藝春秋』に載せた、初出の「夕景色の鏡」（三五巻本全集第二四巻）の冒頭を引用する。

「高半旅館」の芸者松栄の艶姿

一本杉スキー場にて、山袴姿のキク

松栄（小高キク）（昭和11年）

濡れた髪を指でさはつた。――その触感をなによりも覚えてゐる、その一つだけがなまなましく思ひ出されると、島村は女に告げたくて、汽車に乗つた旅であつた。

「あんた笑つてるわね。私を笑つてるわね。」

「笑つてやしない。」

「心の底で笑つているでせう。今笑はなくつても、後できつと笑ふわ。」と、最後までは拒み通せなかつたことを、その時女は枕を顔に抱きつけて泣いたのだつたけれども、彼はやはり水商売の女だったと笑つて忘れるどころか、それがあつたゝめに反つて、いつも女をまざまざと思ひ浮かべたくなるのだつた。ところが、目で見たものや耳で聞いたものはいふまでもなく、唇で触れた彼女も、はつきり印象しようとあせればあせるほど、つかみどころがぼやけてゆくのだつた。記憶の頼りなさを知るばかりだつた。たゞ左手の　　　　だけが彼女をよく覚えてゐた。島村はその　を不気味なもの、やうに眺めてゐることがあるくらゐだつた。自分の体でありながら、自分とは別の一個の生きものだ。それに彼女がやはらかくねばりついてゐて、自分を遠くの彼女へ引き寄せる。

国境のトンネルを抜けると、窓の外の夜の底が白くなつた。信号所に汽車が止つた。

向側の座席から娘が立つて来て、島村の前のガラス窓を落した。雪の冷気が流れこんだ。娘は窓いつぱいに乗り出して、遠くへ叫ぶやうに、

「駅長さあん、駅長さあん。」

明りをさげてゆつくり雪を踏んで来た男は、襟巻で鼻の上まで包み、耳に帽子の毛皮を垂れてゐた。

そんな寒さかと島村は外を眺めると、鉄道の官舎らしいバラツクが寒々と麓に散らばつてゐるだけで、雪の色はそこまで行かぬうちに闇に呑まれてゐた。


空白は当局の検閲を受けて伏字（ふせじ）になった箇所だ。昭和二三年一二月に完結した決定版『雪国』（創元社刊）は違う。象

駒子と逢引した「諏訪社」

「諏訪社」の御神木

「高半旅館」の前で、川端（左端）と写真家のサイデンステッカー（右から2人目）

徴的手法を駆使、場面は次々に転換する。視覚から冷気を感じる触覚に、娘の声で聴覚に訴える。一三年という歳月をかけた、プロフェッショナルの凄まじい推敲の跡である。以前の冒頭はバッサリと削除された。

> 国境の長いトンネルを抜けると雪国であつた。夜の底が白くなつた。信号所に汽車が止まつた。
> 向側の座席から娘が立つて来て、島村の前のガラス窓を落した。雪の冷気が流れこんだ。娘は窓いつぱいに乗り出して、遠くへ叫ぶやうに、
> 「駅長さあん、駅長さあん」
> 明りをさげてゆつくり雪を踏んで来た男は、襟巻で鼻の上まで包み、耳に帽子の毛皮を垂れてゐた。

平成二六年一月、豊田四郎監督の東宝映画『雪国』を観た。真冬の越後湯沢、現在改名された「雪国の宿 高半」内のミニ・シアターである。『雪国』は昭和三二年に制作され、島村に池部良、駒子に岸恵子、葉子に八千草薫が出演した。

モノクロ映画が始まった。冒頭、島村が列車に座っている。結露した窓を拭うと、若い女の顔が映りこむ。島村は無言で窓を見る。遠くの野火が瞳に重なり、幻想的な美しさに驚く。ここで初めて若い女に視線を向ける。能舞台に登場するワキにも似た厳かな導入部だ。一気に非現実的世界に引きこまれる。文学と映画の見事な融合だ。

強く印象に残ったのが、島村と一夜を共にした駒子が朝化粧するシーン。鏡台に雪晴の山が映り込む。その時、微笑んだ駒子の表情の可憐さ、初々しさ。愛する男にだけ見せる顔。映画はたった一瞬でいい、記憶に残るシーンがあれば良い。『ローマの休日』のオードリー・ヘプバーンにも匹敵する岸恵子の永遠の輝きだ。

アップテンポ気味の台詞もリズム感があり、単調な筋立てを救う。崩し島田という髷(まげ)は、女をことさらに強調する。唇は蛭(ひる)のように伸び縮みする。

和服の沈潜した色香。うなじや手首、足首など、わずかな露出が裸体を、甘えた口調は閨(ねや)での睦言(むつごと)を連想させる。

島村との再会シーン、差し出された指を駒子は噛む。島村は一筋のほつれ毛を口に含む。島村に鋏を渡して、元結(もとゆい)を

切ってもらった駒子。腰までの髪を島村の首に巻きつける。黒髪は蛇のように男に絡みつく。震えるような感応性の表出だ。

駒子の清潔さと妖艶さが紫の闇に混じりあう。男の指で女は燃え、内奥を蠢かす。この浄福、この愉悦を川端は描きたかったのだ。戦地に赴く兵士は秘かに背嚢に忍ばせた。

『雪国』は男の願望そのものだ。時局ただならぬ時代に、妻子のことも忘れて芸者と遊ぶ。島村は親の遺産で食べる舞踊評論家。女は、滅多に来ない島村に惚れ抜き、ひたすら訪れを待つ。まるで演歌の世界だ。島村の社会的背景の捨象、空洞こそ川端が用意した罠だ。皆、島村に自分を置き換える。

一方、悲しいほど美しい声の葉子は島村にせがむ。東京に連れて行ってほしいと。かつての惨めな恋の川端康成の復讐のような気がする。極度の熱量を集中させる創作行為は虚構ではない。現実以上の現実であり、別個の人生を生きるに等しい。創作者の愉悦はここに極まる。

陽光を浴びて『雪国』の世界にひたっていると着信音がした。吉川憲一だった。同じ団塊の世代で、写真を通じて四〇年近い付きあいだ。長年、三菱重工業に勤務、定年後は高知市の郊外に住んでいる。

吉川憲一は生前の川端康成を知っている。吉川の父・美雄は読売新聞の記者だった。教育問題を担当した時、「綴り方コンクール」を立ち上げ、名誉審査委員長に川端を据えた。子を思う親心か、息子の憲一にも運営を手伝わせ、川端に会う段取りしてくれた。

昭和四一年、高校生だった憲一は、社旗を翻した黒塗りのハイヤーに乗り、川端邸の通用口に到着した。正門は開かずの扉で、皆、通用口から出入りする。原稿を鎌倉に持参した憲一は、肝臓炎で自宅療養中の川端と会った。ああ、あなたが吉川さんの一人息子ですかと、とびきりの和顔だった。

「おい、もうバレンティナは日本に帰ってきたのか?」

開口一番、こう聞かれた。

映画『雪国』のポスター（提供「雪国の宿 高半」）

主演の岸恵子と池部良（写真提供 東宝）

小高キクと対談する岸恵子

「いや、母国に行ったきりだ。立て続けに親が亡くなり、残務整理もあるだろう」

「のん気な男なだ。むこうに行って一年経つぞ。若い女だ、浮気でもしているんじゃないか?」

「バカ言え、彼女は歴史だ、この一〇年間の」

私には確固たる信頼だが、吉川には過信と映るのかもしれない。

「読んだぜ、送ってくれたエッセイ。昨日八時間、今日七時間かけて」

「上京したら、いい飲み屋に連れていってくれ」

「そうか、それは感謝する」

高くつきそうな風向きだ。

「出来はどうだった?」

「ああ、良く書けていたよ」

第一関門突破だ。吉川は市井(しせい)の男だ。本のターゲットは研究者ではなく、吉川のような一般読者だ。東京にいた頃、社内では論客として通った。愛されもし煙たがられもした。

ある時、会社の得意先である東電の勉強会に管理職として出席した。原発の安全性を強調する講師に、一人質問を浴びせた。それほど安全なら、なぜ異常なほど強調するのかと。後で人事部に呼ばれ、お前の将来は決まったと通告された。直観力という父の血を継いでいるようだ。

「構成だが時系列でないと理解しにくい。最初、岩谷堂だ。次に桜井さんと鎌倉で会う。このあたりはまだまだ工夫の余地がある。良かったのは南砂町だ。俺も同じような経験をした。俺が住んだのは自由が丘で、巴幼稚園も同じ惨状だった。校舎がなくて、授業の時に列車を使った。なんとも懐かしかったよ」

ところが一転、辛口評価に変わった。

「初代さんの手紙、ありゃあ、ラブレターと呼べるしろものじゃないな。大半が養家への不満、いつ岐阜を出るかだ。肝心の言葉はほんの申し訳程度だ」

「肝心の言葉？」

「わたくしを愛してくださいませとか……あれは単なるリップサービスだな。結婚に向かう強い心が感じられない」

確かに結婚したいとはどこにも書かれてない。

「俺にいわせりゃあ、もともと惚れてなかったんだ。ネクラだし、男前でもない。つまり抱かれたい男じゃなかった。嫌な寺を出たい、体よくダシに使われただけさ」

そういう見方もできる。

「わかった。それで非常の謎は？」

「あれか、あれは真っ赤な嘘さ」

容赦なく切って捨てた。その明快さに唖然とした。

「いいか、よく聞けよ。熱意にほだされて結婚の口約束をした。三明の助言も効を奏した。あの時、川端は錯覚していた。自分と結婚することは、彼女が幸福になる唯一の道だと。初代さんには苛酷な環境から学んだしたたかさが身についていた。作家を志す男など、結婚相手として上の部類ではない。現代とは大違いでまだ賤業だったのだ」

「……」

「四人で岩谷堂に行き父に恥をかかせた。そんな男が生涯の伴侶として相応しいか？　大いに疑問だ。今なら約束を解消できる。だが相手を傷つけたくはない。そこで非常の手紙を書いた。事情では説得力がない、敢えて非常と書いた。ところが逆効果だった。却って川端を焚きつけてしまった」

吉川の勢いに危うく土俵を割りそうになった。なりゆきで口約束をしたとすれば、そう解釈出来なくもない。婚約ととるか、口約束ととるかだが。

「住職に体を奪われた、あれはどう考える？」

「おいおい、水原、本気で信じているのか？　嘘に決まっているじゃないか。妻の妹から預かった娘だ、手を出すはずがない。むしろ美貌の妹の方に気があったかもしれんぜ」

「山田ますか、なるほど」

「川端が駆けつけた時、ていさんの反応は暢気すぎる。はあ、どうかされましたか、初代なら家にいますが……どこにも緊迫した様子はない。変じゃないか。もしも純潔を奪われたのなら、翌年まで待ちはしないさ。着の身着のままで飛び出したはずだ」

滔々と持論を展開した。

しかし俎板の上の大根ではないのだ、そうそうスパスパと切れるものか？　初代の手紙にあった文面。其の非常を告げるなら、死んだ方がどんなに幸福でしょう。どうか私の様な者は此の世にいないと思って下さいませ。この手紙もでっちあげだと断じるのか？　純潔を奪われて身の置所もない悲鳴ではないか？　この状況を論理で解明する怖さがある。

「吉川、煙草屋の主婦に打ち明けた件は？」

「あれか、同情を買う方便さ。汽車賃欲しさに嘘をついた。こんな目に遭ったと言えば同情されるだろう」

なんとも素っ気ない返事だ。

「吉川、俺が引っ掛かかるのは、娘の珠江に告白したことだ。わざわざ実の娘に嘘をつく理由が無い。体を奪われたと判断するのが自然じゃないか。当時は現代とは違い、生娘でない女性、疵物など、まともな結婚を望めなかった。だから身を引いたとも考えられる。まして初代は東京から来た娘だ。岐阜の片田舎では際だって垢抜けていた。無遠慮な視線、欲望を秘めた視線が絶えずまつわりついた。そして事件は」

吉川は最後まで言わせなかった。

「甘い、甘い、彼女は酒場で働き、常に男たちから口説かれていた。顔はおぼこいかもしれないが、中身は違う。白と黒ほども。お前が純愛の花輪で飾りたいのはよく理解できるがな」

「待てよ。吉川こそ性悪説に傾きすぎだ。懐疑心が強いと全てがそう見えてくる。昔からそうだった、なんで組織は俺ほどの男を評価しないのだと」

「言いやがったたな、こいつ、倍にして返すぜ」

石原裕次郎の映画のようなセリフになった。二人して呵々と笑った。

「そもそも出発点からして違う。水原は最初に桜井さんから聞いた。それを鵜呑みにして各地を飛び回った。俺は端から問題外だった。手紙を読んだ瞬間、愛されてないと直感した」

しばらく沈黙が訪れた。トークバトルの中休みだ。

「水原、川端の夫婦仲はどうだったんだ?」

「良かったとも言えるし、そうでないとも言える。昭和五年の『新文藝日記』にこんな記述がある。『私の生活 希望』、面白いからメモにした。読みあげるぜ。

一、妻はなしに妾と暮らしたいと思ひます。
二、子供は産まず貰ひ子の方がいいと思ひます。
三、一切の親戚的なつきあひは御免蒙りたいと思ひます。
四、家は今の所、二階一間、下一間で用は足りますが、食べ物は贅沢で、同居の女は、教養の低いのがいいと思ひます。
五、自分の家は建てたくない代りに、月のうち十日は旅にゐたいと思ひます。
六、仕事は一切旅先でしたいと思ひます。
七、原稿料ではなく、印税で暮らせるやうになりたいと思ひます。せめて月末には困らないやうに……。
八、風邪をひかず、胃腸が丈夫になりたいと思ひます。
九、いろんな動物を家一ぱいに飼ひたいと思ひます。
十、横になりさえすれば、いつでも眠れるやうになりたいと思ひます。

同居の女は教養の低い女が良い、まあ、これは愛嬌だろう。川端の考えが手に取るように分る。秀子と同居してい

左から松林君子（秀子の妹）、川端康成、松林秀子

憂い顔の初代

上野桜木町の自宅にて、
犬を抱く川端康成（昭和8年）

上野桜木町の自宅にて、
肩に梟を乗せて犬を抱く川端秀子（昭和8年）

た頃の文章だ」

「なんだかワルぶっているな」

「まあ、正直な吐露だろう。松林秀子と出会ったのは、大正一五年春、市ヶ谷の友人宅だ。すぐ理無い仲になり、湯ヶ島の『湯本館』で一緒に暮した。しかし入籍はほったらかし、この間、彼女は流産の憂き目にも遭った。もう子供は要らないと冷たく宣告された」

「愛情が薄かったのか？」

「いや、愛していたと思う。川端は自分のように両親が早世して、子が孤児になるのを嫌ったのかも知れない。深い失恋の傷を癒してくれたのは、何といっても秀子だ。だが女のカンで知っていた。まだ未練が断ち切れてないと。初代が訪問した時、あなたを袖にした女をどうして家に上げるのかと抗議。捨て台詞を残して飛び出した。おそらく精一杯の抵抗だったのだろう」

「秀子さんには、初代さんは敵だったのか？」

「ある意味な。愛されてないという不満が嫉妬に転じたのじゃないか。ひょっとして憎しみにまで」

川端没後、新宿伊勢丹で開かれた展覧会で、スリーショットの写真の展示を夫人が拒否したエピソードを説明した。

「過去の恋の墓標なのか、初代とのことは？」

「わからん。浅草の女王と呼ばれた初代だ。そう容色が衰えていると思えない。写真では幸せそうな若奥様ぶりだ。長男を亡くしたが、夫からは愛されていた。尾羽打ち枯らして来たんじゃない。だから四、五時間も長居できた。気づまりだったらすぐに帰るさ」

「惚れ直したのかな？」

「俺なら、魅かれる。ただし妻には悟られたくない。機嫌を損ねられて、マネージャー役を放棄されたら困るからな。疑念を払拭するために想いは封印した。カムフラージュして、真反対のことを書いた」

「どうも危なっかしい論理だな。仮にそうだとしても、封印した想いはどうなる？」

「書く材料を貰ったとは思ったろうね」

答えようとした時、「悪い、客が来た」と電話が途切れた。吉川の意見は実に直線的だった。その都度、反論しようかと思ったが控えた。反論に反論で応じると、下手をすれば互いにシコリを残す。異論への寛容さこそ必要ではないか。

川端は「非常」の中で一番肝心な点を暈（ぼか）している。だから読者は様々な憶測をする。川端が仕掛けた罠でもある。生前、川端が真相に触れたのは、関東大震災の数カ月後、大正一二年一一月二〇日の日記だ。再度記す。


十月、石浜、昔みち子が居りしカフェの前の例の煙草屋の主婦より聞きし話。――みち子は岐阜〇〇にありし時、〇に犯されたり。自棄となりて、家出す。これはみち子の主婦に告白せしことなり。


単なる噂話をなぜ「独影自命」に残したのか？ 削除しても良かったのだ。もしや川端は事実の解明を後世に託そうとしたのではないのか――

思い出すのは「十六歳の日記」だ。岐阜の金森範子氏が発見したように、なぜ川端は故郷の川端家の菩提寺・極楽寺を西方寺に置き変えたのか？ 名を出して誰に迷惑がかかるわけでもない。極楽寺で通せば良いのだ。問題は別個の小説に西方寺の名を残した真意だ。青春時代の思い出を石碑さながらに刻みたかったのか。

初代にとって、エリートである帝大生から真剣にプロポーズされた歓びは強かったであろう。初代は芸者置屋の子守りまでした。いつ苦界に身を落しても不思議ではない。しかし彼女は強い向上心の持主だった。将来を夢みて成功のビジョンを描いた。それは玉の輿に乗って結婚、岩谷堂の父や妹を呼び寄せることだ。

初代が嘘をついたにせよ、つかなかったにせよ、川端の初恋が破綻したことは疑いようのない事実である。心変わりしたとしても、それを責める気にはなれない。女性がいくら現実的であろうとも許される、そう私は考えるからだ。女は強い男に魅かれる。DNA自体、そう出来ている。従って男は強い磁力を持つべきだ。女を最高に輝かす責務がある。

初代との一件で、川端は己の無力を痛感した。だからこそ作家として力を蓄えようとした。愛する女性から仰ぎ見られる存在になろうとした。男の才能に対する畏敬は女の本能である。だが皮肉なことに、ノーベル文学賞受賞の吉報を知らせようにも、もう初代はこの世にいなかった。淋し、その一言に尽きたろう。

「おれは今でもノベル賞を思はぬでもない」川端がこう日記に記したのは、大正五年一月二〇日、茨木中学で五年に進級した一七歳の時だ。この言葉に出会ってふと疑問を抱いた。今でもとは、以前も考えたという意だ。ならばそれは何時のことかと？

私はインドの詩人・タゴールに着目した。タゴールは東洋人初のノーベル文学賞受賞者である。大正二年に来日、熱烈な歓迎を受け神戸では講演もし、新聞は動向を連日書きたてた。一四歳の文学少年は刺激を受け、歴史に名を残す小説家になろうと決意した。それがこの一文だった。川端の受賞はタゴール以来、東洋人では半世紀ぶりという快挙となったのだ。

メメント・モリ、死を想えというラテン語がある。幼少期から死と向き合った川端にとって、人生は何時生命を絶たれるかわからない不安定なものだ。残された時間の有効活用が喫緊の課題で、利那利那を完全燃焼させたいと希求した。

人生の座標軸、即ち生と死が交差する一点に自己の総てを投入した。灼熱の想いこそ、未来に自己を投影する。川端の生涯は、夢を抱くことがいかに大切かの例証である。おそるべき実務家なのだ。

ノーベル文学賞のメダルはアルフレッド・ノーベルの横顔が表に、裏には竪琴を手にした美の女神がくちずさむ歌、それを記録する若者の姿が刻まれている。そのまわりには古代ローマの詩人・ウェルギリウスの詩。「技芸を編みだし地上の生をより良くせしもの」とのラテン語だ。

昭和三二年九月の世界ペンクラブ東京大会誘致も、日本ペンクラブ会長の川端が先頭に立って旗振りをした。東京大会誘致は敗戦国日本の国際会議の魁だった。京都にも会員を招待し、開催国責任者の大役を果たした。開催資金捻

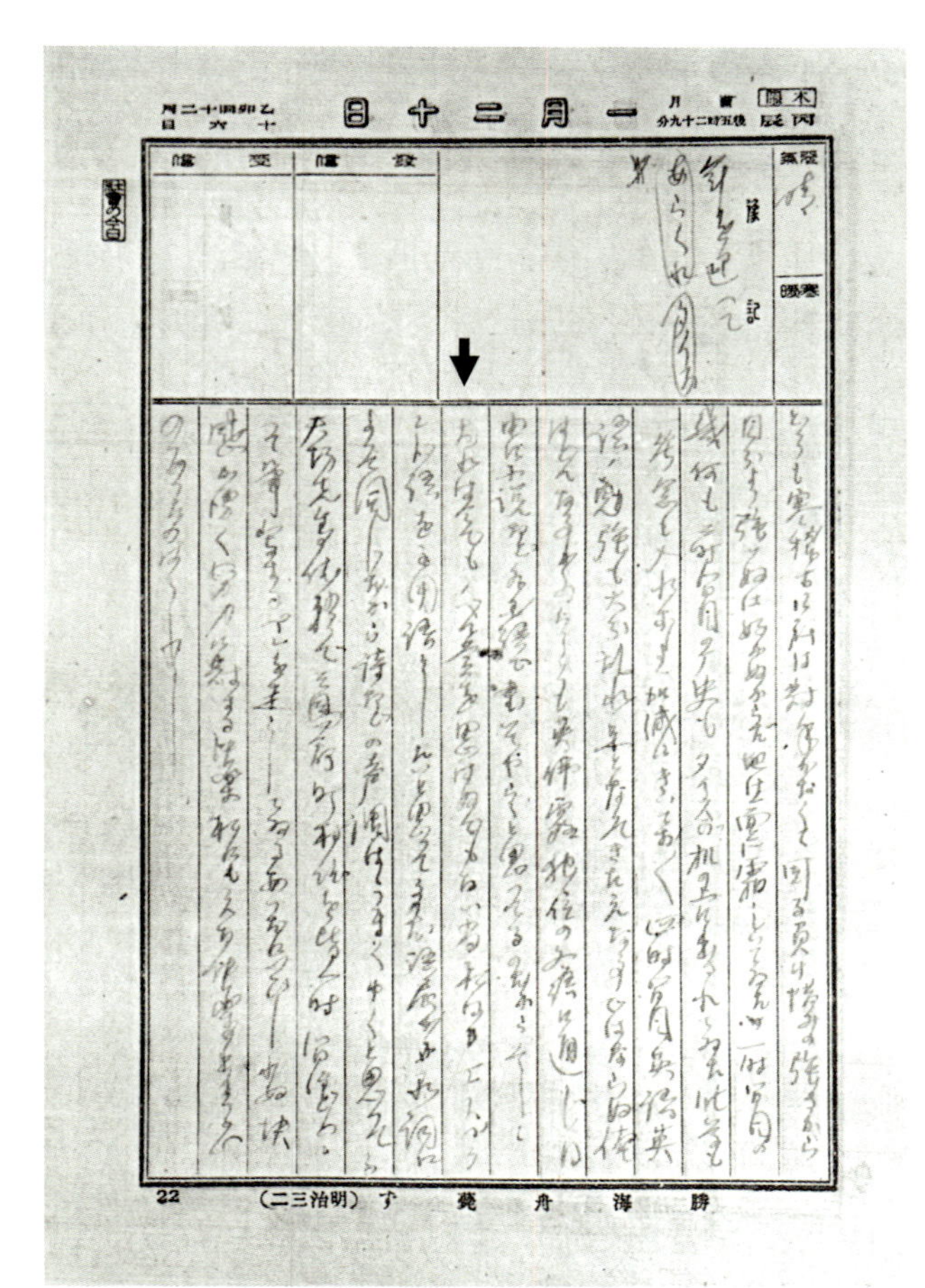
一月二十日

勝海舟　蔑す（明治三二）

22

大正5年1月20日の川端の日記、8行目にノーベル賞についての一文がある

ノーベル賞のメダル
（直径6.5センチ）

メダルの裏面

ノーベル文学賞受賞の朝日新聞の号外
（昭和43年10月18日）

出のために小学生までが募金したと聞く。

川端は敗戦の理由を、自分同様、日本が世界の孤児になったからだと捉えた。日本にも欧米に負けないだけの現代文学がある。もっと日本に関心を持ってもらいたい、もっと翻訳してもらいたいと願ったのだ。

再び電話がかかってきた。吉川だった。

「用事はすんだ……ところで非常の謎だが、お前はどう考えている？」

「正直、解らん。あれこれ推測はしたが、絶対こうとは言い切れないのだ。川端が解き明かしてないのだ」

「ハムレット型のお前には相応しい答えだな。じゃあ、別の質問をする。どうして二年間、猟犬のように事件を追っかけた？」

「面白かったからさ。疑問を抱いて、未知の人に会う。新資料を発見して、マスコミに仕掛ける。各地を取材して、異なった空間に身を置く。カメラに収めて、ひたすら文章を書く。なにもかも忘れて集中できるのが」

「昔から一番やりたかったことだな」

「ああ、俺を生かす、本当の仕事に出会ったのは遅かった。定年を七年後に控えた五三の時だった。テレビ局と言っても営業畑。毎日、数字数字で振りまわされた。クリエイティビティは低く、制作や報道の奴らがうらやましかった。まあ、その口惜しさが俺を作ったんだろうな」

「口惜しくなければダメか？」

「もちろんさ、それがエネルギー源、火種が無ければ、燃え続けることは不可能だ」

「確かにな。大事にしろよ、バレンティナを」

そう言い残して電話を切った。

冬は暮れるのが早い。もう街灯には明りが点りはじめた。肌寒く感じてベンチから立ちあがった。このところずっと右膝が痛い。いつのまにかそんな年齢なのか、ヒマラヤをトレッキングするほど健脚だったのだが。

見上げると、澄んだ藍空に、鎌のような寒月がかかっていた。バレンティナは新月に紙幣を翳すと何倍にもなると秘密めかした教えてくれた。そんな俗信が微笑ましかった。

善福寺池に向かってベンチが並んでいた。道なりにゆるやかなカーブを描く五つのベンチだった。そこに誰かがいるように思えた。森閑とした夜の小劇場だった。

夜のベンチ

終章　東尋坊再訪　冬の雄島

深夜、携帯が鳴った。既に時計の針は二時を指していた。表示を見るとMからだった。このところ数ヵ月ほど連絡を取りあってなかった。近年Mは躁鬱の波が激しかった。快方に向かってはぶり返す、その繰り返しだった。聞こえてきたのはMの声ではなかった。普段の声とあまりにも違っていた。Mの携帯を拾った男が電話してきたのかと訝った。

「あなたはどなたですか？」

他人行儀に聞いた。

「俺だよ、Mだよ」

そう言われてみればMの声だ。これほど声変わりをするとは。よほどひどい風邪でも引いたのか、それとも酔っぱらっているのか、解せぬままケータイを耳に押し当てた。

解ったのはこういうことだった。昼間、外出しようとする妻の前で、Mは飛び降りようとした。高層マンションのベランダからだ。妻は走りより、思いっきりMの頬をぶった。

「やめなさい！　あなた、自分のしていることがわかっているの！」

全力で部屋に押し戻され、縺れあうように倒れた。Mの発作が治まったのを確認して、妻は音大の同窓会に出て行った。

それからMはしたたかに酒を飲んだ。私と違っていける口だった。不甲斐ない自分が惨めでならず、泣きながら飲んだ。そして自らを嘲った。頭を占めているのは自己破壊本能だけだと。どう返答していいか解らなかった。

鬱の波はこれほど進行していたのだ。太宰治との違いは実行するかしないかだけだ。だが死にたいと訴えること自体、生きていたい証でもあろう。本当に死ぬのなら相談などすまい。ただ胸の裡（うち）を聞いてほしいのだ。ある意味甘えであろう。Mに救いの道はあるのか？　いや、残酷だが、打つ手など何もない。

「じゃあ」

「またな」

電話が切れた。人に接する時、いつもこれが最後だと考えている。大切な人であればなおさらだ。エッセイに記す言葉すら、遺書だと捉えている。遺書ならざる言葉を一行たりとも記したくはない。

そう言う私は断じてペシミストではない。この一瞬を大切にするという意味では、典型的なオポチュニストだ。そうでないとただ一度の人生がもったいないではないか。

Mは音楽家だ。彼の弾くチェンバロが好きだった。哀切さが底流に流れていた。Mが幸せでないから伝わってきたのだ。幸せな歌手が不幸な歌を歌えるものではない。弦の響きから、不安定極まる生、死と交錯する黄昏を感じさせる。

妻もピアニストだった。人も羨む夫婦に見えた。しかし妻の名が売れ、自分の名が売れないことに苛立っていた。小心な男だが、傲岸に振舞った。反発を招き、皆、潮が引くように去っていた。実力は妻よりあるのに、ただ美人というだけで持て囃す世間も許せなかった。

気がかりなまま時間が過ぎた。

二週間後、Mの妻から電話があった。旅に出るとの書置きを残し、忽然と姿を消した。病状も病状だ、妻は眠れぬ日を送った。

ところが今日、ふらりと戻ってきたという。まるで憑きものが落ちたような顔をして。何処へ行っていたのだと詰問すると、ああ、海が見たくなってなと言葉を濁した。大理石の風呂に入り、ビールを三本ほど空け、寝室で高鼾（たかいびき）をかいているという。

「本当にご心配をおかけしました」

「落ちついたら、吉祥寺で飲もうと伝えて下さい」

伝言を依頼して、電話を切った。Mには過ぎた妻だった。健気で、清楚で、控えめで。Mの愚行を全身で受けとめてきた。どれほど感謝してもしすぎることはない。しかしMからすれば、理想の妻を演じていることが気に食わなかったのだ。

直感的にMは東尋坊の雄島に向かったと思った。以前、写真を見せた折、真剣な表情で凝視していたからだ。

考えてみれば、川端も、Mとそう違わない。初代の愛を失い、際限ない無明に陥った。鬱の波も凄まじく、精神的に破壊寸前まで追い込まれた。それでも耐えた、なんとか耐えた。そこから逃れる道はただひとつ、書いて書いて書きまくることだった。そうして必死に己を支えた。

私も無性に東尋坊に行きたくなった。夏、雄島の板状節理の岩壁に衝撃を受け、文章を認(したた)めた。

雄島の板状節理の海岸、異界の海は死に場所として完璧だ。真冬、海が荒れ狂う時、吹きすさぶ雪の中に立ちたい。不幸にして病に臥せ、一切身動がとれぬ時は、この異界の海を心の天堂に映し出そう。

こう書いたのは、高見順の「荒磯」の詩が心に響いていたせいだろう。

おれは荒磯の生れなのだ
おれが生れた冬の朝
黒い日本海ははげしく荒れていたのだ
怒涛に雪が横なぐりに吹きつけていたのだ

おれが死ぬときもきっと
どどんどどんととどろく波音が
おれの誕生のときと同じように
おれの枕もとを訪れてくれるのだ

山肌

光る海

平成二八年二月、自宅マンションを出た。鞄には折口信夫(おりくちしのぶ)の「海やまのあひだ」が入っていた。三八歳の折口が改造社から出した処女歌集だ。先人たちは良い歌を残したものだ。

近くの公園に寄り道をして、白梅を一輪、胸ポケットに収めた。歩く度に仄かなアロマが立ちのぼってくる。冬の旅の護符がわりだ。

東京駅で北陸新幹線「かがやき」に乗った。車両は最新式、座席の間隔が広い。これだけで相当気分が違う。金沢まで二時間半、軽井沢近辺で雪を目にした。缶ビールを飲み、歌集を読んでいると眠ってしまった。

目覚めたのは宇奈月の手前だった。純白の立山連峰が灰色の空に映えていた。車窓に顔を付けたまま沈思した。過去の思い出がシャンパンの泡のように立上ってきた。

平成二五年春、富山の水墨美術館で展覧会を開催した。氷見では網本が経営するホテルに泊まった。窓からは富山湾と立山が一望できた。朝ぼらけの立山連峰、海を照らす光芒、その神々しさは譬えようもなかった。日々、氷見の人々はこれほどの光景を目にしているのか、その眼福を思った。

二〇数年前、まだ妻が元気だった頃、家族五人で上高地から黒部にかけて旅行をした。ロープウェイで大観峰に行き、展望台から立山を見た。巨大な山塊が眼前に迫り、山肌は不可思議な濃紫(こむらさき)に輝いていた。山肌に描かれたスキーのシュプールの跡を見て、どうしてこんなところが滑れるのかと子供たちは不思議がった。この写真は平成一一年の銀座コンタックス・サロンでの二回目の個展の時、案内状の表紙とした渾身の一枚である。

金沢駅に到着した。乗り換え時間を利用、新設された土産物屋を歩いた。工芸品を売る店が多く、そのうちの一軒で金箔を施した文箱(ふばこ)が目に留まった。兼六園の雪吊りをデザイン化したものだ。そう高くないのでつい買ってしまった。土産物品とは言え、内在する力を感じた。

二〇年程前のことだ。ＣＳのスポーツチャンネルの会社「ＧＡＯＲＡ」に出向した。アメリカのスポーツマネージメントの視察という、クライアント招待企画を立案して、招待客と一緒にアメリカ各地を旅行した。

ニューヨークを訪れた際、ヘリコプターによるマンハッタン島の夜間飛行があると知った。事故も多いと聞き、客は皆尻込みした。中にフライトを希望する客が一人いた。しかたなく私も同乗した。

ヘリで上空に舞いあがった途端、マンハッタンの光景の美麗さに衝撃を受けた。剣山のように林立する高層ビル、散りばめた宝石のような無数の窓、光の帯となって縦横に行き交う車列。ああ、ここが世界の中心だ。経済も情報も全世界を支配していると実感した。決して東京ではないと。

一八年前、金沢に行き、兼六園脇の県立美術館で伝統工芸展を見た。出品作の中に漆の小箱があった。黒漆の地に螺鈿(らでん)を施し、闇に浮かぶマンハッタン島の夜景を多彩な色で表現していた。その着想力、和と洋の融合に息を呑んだ。螺鈿とは真珠光を放つ貝を切って、漆に填(は)め込む技法だ。花鳥風月を始めとする伝統的文様であればならば、これほど感激はすまい。作家の名前も忘れてしまった。ただ感動したことだけが、漆黒の宇宙の彗星さながら長く尾を引いた。

後日談がある。五、六年前、井之頭公園の近くの邸宅である女性作家の漆芸展が開かれた。ふと会場を覗いた私は、居合わせた作家に金沢での体験を語った。それは私の作品ですと言われ、予期せぬ巡りあわせに驚嘆した。

作家の名は三好かがり氏、昭和二九年に香川県三豊郡に生まれ、二一歳で漆芸家・佐々木英氏の内弟子となった。聖心女子大の哲学科を卒業、昭和五六年に佐々木氏急逝の後をうけ、本格的に作家活動に入った。

私が金沢で見た作品《静夜(せいや)》はオランダのアムステルダムに住む、漆の研究家でコレクター、医者のヤン・ディーズ氏の所蔵となった。オランダの国立美術館の要請により、数年間陳列されたという。

三好かがり氏の技法は、切り取った微細な貝の小片に、金や銀、赤や青などで裏彩色を施す。漆という極限の黒によって、貝が生命を得て永久(とわ)に照り映える。真の感動は劣化せず、更なる感動を誘発するのだ。

川端は「ほろびぬ美」(三五巻本全集、第二八巻)の中で、高村光太郎の言葉を紹介している。

いったんこの世にあらわれた美は、決してほろびない、と詩人高村光太郎は書いた。「美は次ぎ次ぎとうつり

三好かがり《静夜》(平成10年、第45回日本伝統工芸展)

妖精の眠り

無垢

かはりながら、前の美が死なない。」民族の運命は興亡常ないが、その興亡のあとに残るものは、その民族の持つ美である。そのほかのものは皆、伝承と記録のなかに残るのみである。「美を高める民族は、人間の魂と生命を高める民族である。」

このような言葉を書いた人と、書かれた時とのせいで、これは私の胸にしみた。書かれたのは昭和二十八年、日本の降伏から八年、平和条約が発効の翌年、日本はまだ敗戦の虚脱、荒廃、混迷の癒えぬ時であった。書いた老詩人は、戦争中の調べ高い戦争賛歌が敗戦によって、戦争犯罪と世の指弾を受け、詩人自らも自らを「暗愚」であったと懺悔して、東北の寒地の小屋、「草庵」に遁世、われとわれを「流竄」のように生を終えた。その晩年の言葉なのであった。

注　流竄（るざん・りゅうざん）とは流刑の意。

光太郎の言葉、まさしく至言である。美を徹底して探求した川端は、古いものほど新しい命を持つと捉えた。ノーベル文学賞の受賞講演「美しい日本の私」でも、日本人独特の繊細な美意識を讃え、事例を挙げながら言及した。たとえば茶道。

一輪の花は百輪の花よりも花やかさを思はせるのです。開き切つた花を活けてはならぬと、利休も教へてゐますが、今日の日本の茶でも、茶室の床にはただ一輪の花、しかもつぼみを生けることが多いのであります。冬ですと、冬の季節の花、たとへば「白玉」とか「侘助（わびすけ）」とか名づけられた椿、椿の種類のうちでも花の小さい椿、その白をえらび、ただ一つのつぼみを生けます。色のない白は最も清らかであるとともに、最も多くの色を持つてゐます。そして、そのつぼみには必ず露をふくませます。幾滴かの水で花を濡らしておくのです。

この一文から私は茶道の深さを知り、白の虜（とりこ）にもなった。調布市には広大な「神代植物公園」がある。冬、椿園を撮影、透過光に浮く白い花弁に魅了された。時には清楚な少女、時には眠りについた妖精だった。

在来線特急に乗り換え、四〇分程度で芦原温泉に到着。天気予報は雪、もしくは雨、強風の怖れあり。民宿に電話を入れ、長靴を借りることにした。タクシーを利用、二時過ぎに、三国町安島の「おおふく」に着いた。

機材を担いで外に出た。時化の中、人影は皆無だった。ジャケットの上にビジネスコートを羽織っただけ、強風で傘は使用できなかった。

大都会をどこかに引摺り、撮影モードに切り替わらなかった。それも瞬時に吹き飛ばされる。なにやら空が急変、青味を帯びた雪雲が頭上を蔽いはじめる。たちまち雹交じりの霙が吹きつけ、礫さながらの勢いだった。左頬が痺れるように痛い。これが冬の日本海なのだ。

朱色の雄島橋が白く染まる。白粉に紅を引いた京都の舞妓のような艶やかさだ。だが楽しむ余裕などない。連続シャッターを切り、赤子のように愛機を手で庇った。冬の雄島を撮りたいなどという、狂気じみた情熱を嗤いつつ、ひたすら歩を進める。気持が昂ぶってならない。

耳朶をかすめる烈風に、伝説のディスコ「ＭＵＧＥＮ」の音が被ってきた。昭和四三年頃、中山競馬場の近くに住む馬蹄師の息子に、オープンしたばかりの「ＭＵＧＥＮ」に誘われた。片田舎出身の私は、ディスコがいかなるものか理解できてなかった。上京してちり紙とは違ったティッシュというものに、外人のように驚いたのだ。

ドアマンに扉を開けてもらい、中に足を踏み入れた。炸裂する音、極彩色の光、マルチストロボの明滅、断続的に人像のシルエットとなった。黒人の生バンド、長髪のベルボトムの男、ミニスカートの女。誰もが踊り狂うサイケデリックな空間、幻覚症状の王国のようだった。

瞬く間に時間が過ぎ、地下鉄赤坂駅に向かう途中、友人から聞いた。なんとあの川端も足繁く通うという事実だった。「ＭＵＧＥＮ」の衝撃よりも、七〇近い作家の底知れない好奇心に衝撃を受けた。それが昨日のことのように甦ってくる。好奇心の炎が消えた時、人間は精神的壊疽が忍び寄るのか。好奇心は生の重要なバロメーターである。

昭和一二年に完成した二〇〇メートルはあろうかという橋を渡り終えた。島影で幾分風が弱まる。しかし体は濡れ鼠だ。

雄島神社に通じる長い階段を、すべらないように慎重に上った。息が上がりかけた頃、平坦な小径に出た。あたりは斑雪（はだれゆき）、路面は最悪だ。長靴を借りて正解だった。頭上の木々は不気味に騒（ざわ）めき、烈風の歌を奏でる。直進して最短距離で島の反対側に出た。

途端に強風に煽（あお）られ、体が、いや心が怯（ひる）みそうになる。左手の灯台にカメラも向けられず、岩壁を見下ろす径を行く。

ああ、あそこだ――夏に見た光景が甦える。怒涛が岩を食み、飛沫（しぶき）が高々と舞い上がる。恐怖心が働くのか、一歩も海に近づくことができない。Mもこんな気持を味わったのか、風雪に身をさらしつつ、波の躍動に瞳を凝（こ）らす。この岩壁は太古、地中深所にある高温のマグマが噴出、急速に冷え固まって形成されたのだ。おびただしい板状節理の塊（かたまり）は獣（けだもの）がうずくまっているようだ。先人たちはこの光景に接して畏怖心を抱いた。ここを神聖な神の島として崇（あが）め始めた。大自然の峻烈さを前にすれば、人間のひ弱さが込みあげてくる。

古来、人は荒磯に無限の生命力を見出した。荒磯は力を貰う場所だ。万葉集（巻一七、三九五九）にある大伴家持（おおとものやかもち）の歌。

かからむと　かねて知りせば　越（こし）の海の
荒磯の波も　見せましものを

かねてから弟が死ぬと知っていたら、越の海の荒磯の波を見せたのだが、という意味だ。越とは北陸の古名で、福井、石川、富山、新潟の四県を指す。暗鬱な荒々しい光景は、どうしてこうも私の心を鷲掴みにするのだろう。

雄島幻想

荒れ狂う海

ここでずっと居たかったが、とても居られたものではない。人間が立ち入ることを拒絶しているのだ。厳然とした大自然のルールを破ってはならない。

鬱蒼としたヤブニッケイの純林に入った。再び川端を想う。実らなかった愛こそ、最も豊饒で甘美な果実だ。自分が全否定された負の感情を正のエネルギーに転換できるからだ。実った愛が深化することは少なく、失った愛から学ぶものは無限なのだ。

完

取材の足跡

①平成二五年秋　鎌倉市長谷の川端邸で川端の初恋の人・伊藤初代の書簡一〇通の存在を川端香男里氏より知らされる。

②平成二六年冬　川端が『伊豆の踊子』を執筆した宿・湯ヶ島の「湯本館」に滞在中、川端康成の手紙は存在するのだろうかと疑問を抱く。縁者を探す。

③同年五月　初代の子息・桜井靖郎氏の連絡先を知り、葉山在住の氏と鎌倉で会う。初代が婚約を破棄した理由を聞く。

④同年五月　川端邸で一〇通の書簡のスキャニングをする。川端香男里氏より初代宛ての未投函の川端書簡を見せられる。純な内容に驚く。

⑤同年七月七日　岩手県水沢市の岩谷堂を取材する。

⑥同年七月八日　二人の書簡、計一一通が発見されたことをマスコミが報じる。

⑦同年七月一六日　岡山県立美術館で「巨匠の眼・川端康成と東山魁夷展」が開幕、書簡類を並べた「初恋コーナー」が設けられる。

⑧同年七月一七日　初恋の場所・岐阜市を訪問。初代が預けられていた西方寺や、婚約の翌日、三明永無もいれて写真を撮った瀬古写真館を取材する。

⑨同年七月三〇日　伊藤初代が生まれた福島県会津若松を取材する。

⑩同年九月一日　川端の学友で初代との恋の仲立ちをした三明永無の故郷、島根県の温泉津の瑞泉寺を取材する。

⑪同年一〇月　岐阜再訪。カフェの主である山田ますの縁者・石榑和子氏に会う。

⑫平成一七年七月三一日　初代生誕の地、会津若松を取材する。

⑬同年八月二一日　初代が逝去した江東区南砂町を桜井靖郎氏と訪問する。

川端康成年譜

一八九九（明治三二）年
六月一四日、父川端栄吉、母ゲンの長男として、大阪市北区此花町に生まれる。四歳上に姉の芳子がいた。栄吉は東京で医学校・済生学舎を卒業した医者であった。儒家易堂に学んで谷堂と号し、漢詩文、文人画をたしなんだ。

一九〇一（明治三四）年　二歳
一月一七日、父結核で死去、享年三二歳。母の実家黒田家に移る。

一九〇二（明治三五）年　三歳
一月一〇日、母結核で死去、享年三七歳。大阪府三島郡豊川村宿久庄の祖父母に引きとられる。

一九〇六（明治三九）年　七歳
九月、祖母死去、享年六六歳。これ以後約八年間祖父と二人暮らし。

一九〇九（明治四二）年　一〇歳
七月、姉芳子（秋岡義一宅に預けられていた）が心臓麻痺で死去、享年一三歳。

一九一二（明治四五・大正元）年　一三歳
四月、大阪府立茨木中学校に入学。中学二年ころから小説家を志す。

一九一四（大正三）年　一五歳
五月二五日、祖父三八郎死去、享年七三歳。孤児となる。祖父の死に至る日々を書く（のちの「十六歳の日記」）。

一九一五（大正四）年　一六歳
一月、茨木中学寄宿舎に入る。

一九一六（大正五）年　一七歳
一月二〇日、「おれは今でもノベル賞を思はぬでもない」と日記に記す。

一九一七（大正六）年　一八歳
九月、第一高等学校文科乙類（英文）に入学。三明永無、石浜金作、鈴木彦次郎らと出会う。ドストエフスキイを中心とするロシア文学に耽溺する。一二月二八日の日記に『罪と罰』の読了が記されている。

一九一八（大正七）年　一九歳
一〇月、初めて伊豆旅行をして旅芸人の一行と道ずれになる。

一九一九（大正八）年　二〇歳
六月、「ちよ」（『校友会雑誌』）を発表。本郷にあったカフェ・エランの女給・伊藤初代と知り合う。

一九二〇（大正九）年　二一歳
七月、東京帝国大学文学部英文科に入学。九月、初代が岐阜に去る。秋、第六次『新思潮』刊行を計画、その準備を通じて菊池寛の知遇を得る。

一九二一（大正一〇）年　二二歳
二月、第六次『新思潮』発刊。四月、「招魂祭一景」（『新思潮』）が菊池寛らの好意的批評を得る。九月、初代を岐阜に訪ねて、一〇月、初代と婚約に至るが短期間で破綻する。この体験によって後に「篝火」「非常」等の作品を書く。菊池家で芥川龍之介、横光利一らを紹介される。この年に岡本かの子と出会う。

一九二二(大正一一)年　二三歳
六月、英文学科から国文学科へ転科。仕送りを断り生活を始める。

一九二三(大正一二)年　二四歳
一月、菊池寛が『文藝春秋』創刊、横光利一らとともに編集同人に加えられる。九月、関東大震災に遭遇、今東光、芥川龍之介とともに東京各地の惨状を見て歩く。

一九二四(大正一三)年　二五歳
三月、東京帝国大学国文学科卒業。横光らと『文藝時代』創刊。「新感覚派の誕生」といわれる。

一九二五(大正一四)年　二六歳
伊豆湯ヶ島「湯本館」に長期滞在する。

一九二六(大正一五・昭和元)年　二七歳
四月、松林ヒテ(秀子)と出会う。五月、『狂つた一頁』の撮影に立ち会う。六月、短編集『感情装飾』が金星堂から刊行され、その出版記念会に先輩知友五一名が集まった。

一九二七(昭和二)年　二八歳
三月、第二作品集『伊豆の踊子』(金星堂)出版。

一九二九(昭和四)年　三〇歳
文芸時評を旺盛に書く。九月、馬込から上野桜木町に転居。一二月から朝日新聞に「浅草紅団」を連載、浅草のカジノ・フォーリーが大ブームとなる。詩人サトウハチローと出会う。

一九三一(昭和六)年　三二歳
一二月、秀子との婚姻届を提出、五日入籍。古賀春江を知る。カジノ・フォーリーの踊子・梅園龍子を支援する。

一九三二(昭和七)年　三三歳
二月、「抒情歌」(『中央公論』)を発表。三月、伊藤初代が上野桜木町の川端宅を訪問する。この年、舞踊発表会を多く見る。夏頃から小鳥たちを多く飼う。

一九三三(昭和八)年　三四歳
二月、五所平之助監督、田中絹代主演の『伊豆の踊子』映画化。七月、「禽獣」(『改造』)を発表。九月、古賀春江死去、享年三八歳。その強い印象のもと芸術家と死の関係を考えた「末期の眼」(『文芸』)を執筆。一〇月、岡本かの子が川端に師事。

一九三四(昭和九)年　三五歳
六月、越後湯沢に行き「高半旅館」に滞在する。

一九三五(昭和一〇)年　三六歳
一月、新設された芥川賞選考委員となる。「夕景色の鏡」(文藝春秋)を皮切りに文芸誌に「雪国」連作が発表される。一二月、上野桜木町から鎌倉町浄明寺宅間ヶ谷に転居する。以後終生鎌倉に住む。

一九三七(昭和一二)年　三八歳
五月、鎌倉町二階堂へ転居する。七月、『雪国』が第三回文芸懇話会賞を受賞。

一九四一（昭和一六）年　四二歳
四月に満州日日新聞、九月には関東軍の招きで渡満。自費で奉天にも滞在。開戦八日前に神戸に帰着する。

一九四三（昭和一八）年　四四歳
五月、母方の従兄、黒田秀孝の三女・政子を養女として入籍。『源氏物語湖月抄本』を読みはじめる。

一九四四（昭和一九）年　四五歳
四月、「故園」「夕日」などにより第六回菊池寛賞受賞。王朝古典文学を数多く読む。

一九四五（昭和二〇）年　四六歳
四月、海軍報道班員として鹿児島県鹿屋の海軍航空隊特攻基地に行く。五月、小林秀雄、高見順ら鎌倉在住の文士の蔵書を寄せ合い、貸本屋鎌倉文庫を開店。八月一五日、玉音放送を自宅で聞く。九月、鎌倉文庫が出版社となり久米正雄らと重役に就任。

一九四六（昭和二一）年　四七歳
一月、三島由紀夫の訪問を受け、「煙草」を『人間』に紹介、六月号に掲載。

一九四七（昭和二二）年　四八歳
古美術への関心が高まる。一〇月、池大雅・与謝蕪村《十便十宜図》を購入。
一二月、盟友・横光利一死去、享年四九歳、弔辞を読む（翌年一月）。

一九四八（昭和二三）年　四九歳
三月、菊池寛死去、享年五九歳、弔辞を読む。六月、日本ペンクラブ第四代会長に就任。一二月、決定版『雪国』（創元社）刊行。

一九四九（昭和二四）年　五〇歳
五月から「千羽鶴」、八月から「山の音」の連作分載を開始する。一一月、広島市の招待により原爆被災地を視察。

一九五〇（昭和二五）年　五一歳
四月、ペンクラブ会員とともに広島長崎を視察。五月、浦上玉堂《凍雲篩雪図》を購入。鎌倉文庫倒産。一二月、朝日新聞に「舞姫」の連載を開始。

一九五一（昭和二六）年　五二歳
六月、林芙美子死去、享年四八歳、葬儀委員長を務める。六月、《十便十宜図》が国宝に指定される。八月、「名人」（『新潮』）を発表、以降『世界』で分載する。

一九五二（昭和二七）年　五三歳
二月、『千羽鶴』（筑摩書房）を刊行、芸術院賞受賞。一〇月、洋画家の高田力蔵の案内で大分県のくじゅう高原、竹田等を訪問する。

一九五三（昭和二八）年　五四歳
六月、くじゅう再訪。芸術院会員に任命される。

一九五四（昭和二九）年　五五歳
「みづうみ」を『新潮』に連載する。四月、『山の音』刊行、野間文芸賞受賞。

一九五五（昭和三〇）年　五六歳
春、東山魁夷が川端邸を訪問する。以後、親交を重ねる。

一九五六（昭和三一）年　五七歳
三月、朝日新聞に「女であること」連載、東京駅も舞台となる。

一九五七（昭和三二）年　五八歳
四月、豊田四郎監督、池部良・岸恵子主演で『雪国』映画化。九月、第二九回国際ペンクラブ大会を東京、京都で開催。主催国会長の大役を果たす。

一九五八（昭和三三）年　五九歳
二月、国際ペンクラブ副会長に選出される。

一九六一（昭和三六）年　六二歳
一〇月、朝日新聞に「古都」連載を開始。一一月、文化勲章受章。

一九六二（昭和三七）年　六三歳
睡眠薬障害で東大病院に入院。一一月、「眠れる美女」が毎日出版文化賞を受賞。

一九六四（昭和三九）年　六五歳
八月、「片腕」（『新潮』）の連載を開始。

一九六五（昭和四〇）年　六六歳
五月、《凍雲篩雪図》国宝に指定される。八月、高見順死去、葬儀委員長を務める。一〇月、一八年間務めた日本ペンクラブ会長を辞任。

一九六八（昭和四三）年　六九歳
七月、参議院選挙に立候補した今東光の選挙事務長を務める。一〇月、ノーベル文学賞受賞決定。一二月、授賞式、スウェーデン・アカデミーで「美しい日本の私—その序説」を記念講演。

一九六九（昭和四四）年　七〇歳
一月、欧州旅行から帰国。東山魁夷から《北山初雪》を受賞祝いに寄贈される。三月、ハワイ大学へ赴く。五月、ハワイ大学で「美の存在と発見」と題する特別講義を行った。六月、同大学名誉文学博士号を授与される。

一九七〇（昭和四五）年　七一歳
五月、川端文学研究会が設立される。一一月、三島由紀夫が割腹自殺。

一九七一（昭和四六）年　七二歳
一月、三島由紀夫の葬儀委員長を務める。三月、東京都知事選に立候補した秦野章の応援を引き受ける。一〇月、日本学研究国際会議の準備、運動を立野信之から託され、年末より募金等で奔走、著しく健康を損ねる。一二月、日本近代文学館名誉館長に推される。

一九七二（昭和四七）
一月、万葉歌碑建立のため、奈良県桜井市に赴く。三月、盲腸炎のため入院手術。四月一六日夜、逗子マリーナ・マンションの仕事部屋でガス自殺を遂げる。満七二歳一〇カ月。一八日、自宅で密葬。五月、日本ペンクラブ、日本文芸家協会、日本近代文学館の三団体葬が青山斎場で営まれる。一〇月、財団法人川端康成記念会（初代理事長 井上靖）創設。

一九七三（昭和四八）
川端康成文学賞創設。

謝辞（敬称略）

川端香男里　執行草舟
桜井靖郎　首藤勝次
三明慶輝　冨田　章
原　大行　林　義勝
石榑和子　田野葉月
田中大禅　古浦　郁
名和哲夫　吉川憲一
瀬古安明　松村卓正
山下哲司
渡辺　晃　待田晋哉
添徹太郎
金森範子
森本　穫　土屋　章
平山三男　原田昌裕
田村嘉勝　高橋はるみ
張　石
信國奈津子
藤猪玲子
森下涼子

川端康成と伊藤初代　初恋の真実を追って

発行日　二〇一六年五月一四日
著者　水原園博（みずはら・そのひろ）
発行者　足立欣也
発行所　株式会社求龍堂
〒一〇二-〇〇九四
東京都千代田区紀尾井町三-二三　文藝春秋新館一階
電話　〇三-三二三九-三三八一（営業）
〇三-三二三九-三三八二（編集）
http://www.kyuryudo.co.jp

印刷・製本　株式会社東京印書館
デザイン　近藤正之（求龍堂）
編集　深谷路子（求龍堂）

Printed in Japan
ISBN978-4-7630-1614-0 C0095